LES AMANTS DE LA NUIT

SYLVIE DERVIN

LES AMANTS DE LA NUIT

PLON

ISBN 2-266-07217-X

CHAPITRE PREMIER

L'aube va poindre et j'ai consumé ma chandelle à vous lire, Marie, durant toute la nuit.

Mon geôlier, monsieur d'Artagnan, qui est homme d'honneur et ne se console pas de la triste tâche qui lui incombe, me laisse écrire tout ce que je veux, car on ne lui a pas commandé de m'en empêcher. Néanmoins, il ne consent pas pour autant à fermer les yeux sur mes tentatives de communiquer avec l'extérieur. Mon médecin et mon domestique, qui m'ont rejoint ici au château d'Angers en demandant à partager mon sort, sont fouillés dès qu'ils passent le seuil.

Mais j'ai été fort malade de nouveau, mes fièvres. On ne se méfie pas du linge souillé qui sort de ma chambre et c'est la cachette que mes bons amis ont trouvée, pour l'instant, afin de faire entrer et sortir des messages. Ensuite, ceux-ci sont acheminés par le biais d'un garde du château d'Angers, que des alliés extérieurs ont circonvenu (on a arrêté un nombre considérable de mes amis et obligés, mais j'en ai un nombre plus considérable encore). C'est ainsi que votre journal m'est parvenu. Je me fierai au même procédé pour que vous receviez ma réponse.

Toutefois, il est question que l'on me change de prison. C'est pourquoi, craignant que ce texte ne soit le dernier qui vous puisse parvenir, j'éprouve le désir d'y ressusciter notre histoire. Il y a beaucoup de choses que nous avions tues, au temps où nous étions libres de nous parler. La lecture de votre journal m'a fait comprendre combien grand, parfois, fut le malentendu entre nous. Dans la disgrâce, par la disgrâce, j'ai fait, en peu de jours, une découverte qui m'éclaire et qu'il vous faut partager.

Marie, vous êtes le seul amour de ma vie. Aujourd'hui, j'en suis sûr, mais au temps où vous m'étiez donnée, je l'ignorais. Il m'aura fallu le supplice du cachot pour l'apprendre. Et je crains de ne plus pouvoir vous le répéter avec assez de constance : Marie, vous êtes le seul amour de ma vie.

La première fois que je vous vis, vous aviez quinze ans et j'en avais vingt-six. C'était, vous rappelez-vous, sur le chemin de Moulins, le 14 décembre 1641.

Il pleuvait, les routes étaient devenues d'infâmes bourbiers où ma voiture se traînait. Fourbu, je m'arrêtai dans un relais au milieu de l'après-midi, incapable de poursuivre plus loin. Alors que je venais d'y arriver, dans la cour de l'auberge transformée en pataugeoire, un carrosse qui avait cassé son essieu déversa ses passagères : trois dames en pèlerine, encombrées de bagages, n'osant s'aventurer à travers le déluge.

Comme le personnel de l'auberge manquait et que leur cocher, un vieil homme un peu perclus, n'était pas de force à les transporter, je me fis reconnaître des voyageuses. Il s'agissait de madame Philippe de Coulanges, née Marie Lefèvre d'Ormesson, et de madame de La Trousse, née Henriette de Coulanges, belles-sœurs l'une de l'autre et accompagnées de leur nièce. Comprenant que notre voyage avait le même but, je leur présentai mes condoléances et m'offris à jouer le rôle de porteur. Elles acceptèrent volontiers et je les acheminai chacune leur tour à pied sec.

La plus jeune des trois, une adolescente aux épais cheveux blonds, laissait voir, sous sa capuche, un visage d'une transparence que le mauvais temps semblait encore aviver, et le sourire d'une âme heureuse de vivre, prête à s'émerveiller des accidents du hasard. Elle se présenta elle-même, en toute simplicité, et je lui dis combien j'étais peiné du deuil qui la frappait.

Nous nous rendions au couvent de la Visitation de Moulins, pour l'enterrement de la fondatrice de l'ordre, Jeanne de Chantal, décédée la veille au milieu de ses religieuses. Les Foucquet avaient parrainé et financé la création de cet ordre, dont plusieurs de mes sœurs étaient religieuses. Mon frère François, évêque de Bayonne, et ma tante de Maupeou, abbesse d'un couvent de la Visitation dans son diocèse, venaient d'ailleurs de rencontrer la mère de Chantal à Montargis quelques jours avant son trépas. Je savais qu'ils assisteraient aux funérailles.

Mais la sainte femme que nous accompagnions à sa dernière demeure était bien plus que cela pour vous, Marie : votre grand-mère paternelle et le dernier ascendant qui vous fût resté. Par cette mort, à moins de seize ans, vous vous retrouviez sans aucun parent ni grand-parent au monde.

Ce n'étaient pas des circonstances qui me permettaient de badiner avec vous, quand même j'eusse osé y songer : car en ce temps-là, pour liés que fussent nos clans, j'étais encore un robin de province, qu'intimidait la Parisienne, héritière d'un des plus nobles noms de France. Je me contentai donc de m'occuper de votre confort à toutes trois, vous cédant le meilleur appartement — que mon valet venait de louer —, vous priant à ma table ce soir-là et m'assurant que votre voiture était dûment réparée le lendemain matin, lorsque je repartis moi-même.

En dépit de la situation, le souper fut un délicieux moment. L'orpheline m'enchanta par son esprit, sa vivacité. Nous parlâmes de littérature italienne et nous amusâmes aux dépens des convives qui se sustentaient autour de nous, dans la grande salle de l'auberge.

Je vous trouvais particulièrement séduisante. Lorsque vous souriiez, les fossettes qui creusaient vos joues me donnaient une irrésistible envie de baisers. Quand des larmes vous venaient aux paupières à l'évocation de votre chère grand-mère, mon cœur fondait d'une compassion très douce. Je sais que votre cousin Bussy vous a fâchée en prétendant que vos sentiments étaient comme vos yeux, bigarrés et changeants. Je remarquai tout de suite, dès le premier regard que je posai sur vous, que vos yeux étaient dissemblables de couleur, en effet, l'un bleu, l'autre vert doré, mais cela, selon moi, vous conférait un charme. D'ailleurs, je me laissai aller à vous dire, dès ce soir-là, que vous aviez les yeux d'une fée.

Après les funérailles, lorsque je présentai mes compliments avant de partir, je ne pensais pas vous revoir de sitôt — sauf à souhaiter de nouveaux deuils dans nos familles réciproques. Cette assurance me laissait dans une humeur étrange : j'étais heureux d'avoir rencontré un esprit complice du mien, de m'être diverti, d'avoir éclairé mon cœur à la lumière de son charme ; et jaloux de penser que cette merveilleuse « Cantaline », comme vous avait surnommée votre grand-mère, appartenait à un monde qu'il m'était permis d'entrevoir à l'occasion d'une cérémonie funèbre, mais où je ne serais jamais admis à pénétrer.

Plus tard, vint un temps où ce monde s'aplatit à mes pieds, réclamant mes faveurs et dépendant de mes largesses. Alors, grisé par l'ivresse des cimes, je crus que j'y avais conquis ma place et qu'il était devenu mien. Je m'autorisai même, auprès de cette clientèle, des prodigalités.

Je sais désormais que le crime le plus impardonnable qu'on puisse commettre envers autrui est de l'obliger par ses actions généreuses. Seules des âmes exquises comme la vôtre, Marie, peuvent trouver, dans la reconnaissance pour les services rendus, la raison d'une amitié approfondie, d'une fidélité indéfectible. Les âmes plus vulgaires, c'est-à-dire presque toutes les autres, vous haïssent, au contraire, en proportion de la dette qu'ils vous doivent.

Le monde où vous gravitiez, Marie, accepta mes largesses, mais ne m'accepta pas. A l'heure de ma disgrâce, la noblesse de France détourne de moi son regard. Vous seule, parmi ces noms illustres, m'êtes demeurée fidèle. Je n'ai pas fini de payer ma présomption.

Si sûr que je fusse de n'avoir aucun droit de penser à vous, au retour des funérailles de la mère de Chantal, je ne résistai pas à la tentation d'écrire à sa petite-fille. Vous fûtes touchée par cette première lettre, pourtant bien embarrassée.

Metz, 23 décembre 1641.

Mademoiselle,

De retour à Metz depuis ce matin, je me permets de vous renouveler l'expression de ma sincère compassion pour le deuil qui vous afflige et de vous témoigner, aussi, mon admiration.

Vous avez montré, dans l'épreuve qu'il vous fallait traverser, une modestie qu'aurait appréciée la disparue, dont vous vous révélez en tous points la digne petite-fille.

Je n'oublierai pas, de longtemps, le souper que vous me fîtes l'honneur de partager et que votre présence éclaira, en dépit de votre tristesse légitime. J'espère que la Providence m'accordera le bonheur de vous revoir en des circonstances moins douloureuses.

Je ne souhaite, en attendant, que de demeurer votre dévoué

Nicolas Foucquet.

Je sais désormais que vous avez commencé l'écriture de votre journal au lendemain de notre première rencontre.

Croyez, Marie, que je suis bouleversé jusques aux fond du cœur de l'audace que vous avez montrée en me le faisant parvenir. Vous n'ignorez pas, s'il eût été intercepté, le risque que sa découverte vous eût fait courir. A l'heure où je me trouve abandonné, vous me donnez le gage d'un sentiment qui, pour vous, existe depuis vingt ans déjà, et que je prie Dieu de ne point perdre. Vous lire m'a fait rire dès la première page, puis m'a inspiré, au travers d'élans de tendresse, la nostalgie de votre présence. J'ai pleuré plusieurs fois, en mesurant quelle âme vous êtes et de quel amour vous m'aimez. Je ne soupçonnais pas que j'avais mérité une telle foi. Je n'en suis peut-être pas digne, mais qu'importe ! J'en rends grâces à Dieu, cet amour m'aidera désormais à vivre.

J'ai caché votre journal dans un trou du mur de ma cellule, en attendant de vous le rendre avec ma réponse. La rédiger me prendra quelques nuits. Heureusement, nous entrons dans la lune pleine, ce qui me permettra, en m'approchant de ma fenêtre, d'économiser la chandelle quotidienne qui m'est allouée. Je l'ai dit, monsieur d'Artagnan n'est pas enragé à me fouiller, tant que je suis entre ses mains, je ne crois pas courir le risque qu'il confisque mes écrits ni les vôtres. Si jamais l'on me donnait un autre geôlier avant que je n'en aie terminé, alors, je ne me soucierais que de votre salut et détruirais votre cahier rouge ainsi que le ruban de linge sur lequel j'écris ce texte.

Soyez rassurée sur une autre précaution que j'ai prise. En dépit de leur valeur inestimable — car je crois qu'il y a en vous un écrivain autant qu'une amoureuse —, quelques jours avant mon arrestation, dans un moment de prémonition, j'ai brûlé toutes celles de vos lettres qui pouvaient révéler notre histoire. Nul ne saura jamais rien.

Depuis que je suis condamné au secret par la volonté de monsieur Colbert, empêché de lire et de communiquer avec le monde, c'est ma mémoire qui me sauve du néant — car c'est un néant qu'une vie sans paroles et sans livres. Je me récite chaque jour de longs passages, revoyant dans mon esprit les ouvrages parfois écornés, un peu fatigués, dans lesquels je les ai lus. Il ne me faudra pareillement que quelques jours, dans le silence de ma cellule, pour apprendre votre journal. Ainsi, après que je vous l'aurai renvoyé, il demeurera imprimé dans mon cœur.

Je me rappellerai chacune de vos pages, son parfum, son poids, la couleur de l'encre, l'épaisseur du papier, la marque des pliures, le mot sur lequel vous passiez à la page suivante. J'aurai tout le loisir nécessaire à ces souvenirs ! A partir des images ressuscitées, je m'exercerai, à la virgule près, à reconstituer mentalement les textes.

Outre que l'exercice aura l'avantage de maintenir l'acuité de mon esprit, il m'emplira de vous et ce sera la meilleure défense contre le chagrin, le doute, le désespoir où me plonge ma situation. Ma mémoire me rendra la sensation que vos mots m'avaient inspirée à la première lecture, l'enrichissant des émotions nouvelles qui m'exaltent désormais lorsqu'il s'agit de vous. Car je vous aime bien mieux qu'autrefois, Marie.

JOURNAL DE MARIE DE RABUTIN-CHANTAL

Aujourd'hui, 20 décembre 1641, à l'âge de quinze ans et onze mois, j'entreprends de tenir un journal, comme ma grand-mère regrettée m'avait enseigné de le faire. Elle était la dernière parente qui me restait et me voilà seule au monde désormais. Il faut bien que je me donne du courage à vivre, puisqu'elle ne m'en donnera plus.

J'ai toujours aimé écrire. Depuis la mort de mes parents, j'ai secrètement rempli des cahiers de petits contes, outre la correspondance assidue que j'entretenais avec ma grand-mère et mon oncle de Livry. L'exercice épistolaire, qui semble si fastidieux à mes cousins, est un devoir qui m'a toujours donné du plaisir.

Il est sept heures et, par la fenêtre de ma chambre, qui s'ouvre sur la rue des Francs-Bourgeois, j'entends la rumeur des carrosses qui se rendent au théâtre du Marais, à la représentation d'une pièce de monsieur Corneille que mon oncle Philippe de Coulanges et ma tante Marie avaient prévu, de longue date, de m'emmener voir. Bien évidemment, il ne saurait plus en être question désormais. Je ne puis confier qu'à ce journal la déception que cela me cause. Il semble aller de soi que la douleur du deuil doit dispenser d'éprouver tout autre émotion et a fortiori *tout plaisir. J'avoue que j'ai pleuré toute la soirée d'hier, en retrouvant dans ma cassette un chapelet que m'avait offert ma bonne grand-mère pour l'enterrement de maman. J'avoue qu'elle me manque.*

Cependant, je garde bon appétit : avoir pleuré deux heures avant souper ne m'a pas empêchée, à table, de faire honneur au ragoût. Je n'ai rien perdu de ma coquetterie : je me trouve plaisante tournure dans la robe de taffetas noir que ma tante m'a fait faire. Et j'ai ri tantôt des bouffonneries de mon cousin Philippe-Emmanuel et de sa petite sœur Anne-Marie. Ces deux enfants se sont toqués d'un personnage que Philippe-Emmanuel a inventé de toutes pièces et qu'il appelle Cafut. *Cafut est une sorte de grossier petit génie, insolent, gourmand, mal élevé, auquel le frère et la sœur prêtent toutes les sottises qu'ils font, ou qu'ils voudraient faire. Ce tantôt, comme leur mère s'étonnait qu'un bol de crème eût disparu du garde-manger, Anne-Marie, petit ange, s'est écriée :*

— C'est Cafut qui l'a mangé !

— Oui, a enchéri son frère, il en avait même encore plein la barbe tout à l'heure...

Je n'ai pu m'empêcher de sourire, mais ma tante Marie, elle, s'est fâchée :

— En voilà assez de ce Cafut, je ne veux plus en entendre parler, et pour vous apprendre à mentir, mon fils, je vais vous faire donner des verges !

Le pauvre garçon s'est pris, des mains de son précepteur, dix coups de fouet bien sentis. La petite Anne-Marie, qui n'a que deux ans et demi, restait à côté de lui toute contrite :

— As-tu bien mal ? a-t-elle demandé à l'issue de l'épreuve.

Le drôle, serrant les dents pour ne pas pleurer, a répondu :

— C'est pas mon cul qu'a pris, c'est celui à Cafut !

Anne-Marie, riant à gorge déployée, s'est mise à seriner :

— Le cul à Cafut, le cul à Cafut...

Moi-même, entendant cela, ne pouvais plus me retenir de rire. Bref, cela fit un hourvari insupportable, qui tira de nouveau ma tante Marie de ses appartements. Comme il paraît que, dans une maison en deuil, on ne doit pas rire, elle nous a tous consignés dans nos chambres, y compris le pauvre précepteur de Philippe-Emmanuel, qui n'en pouvait mais.

Bref, je suis la même fille que toujours, par nature rieuse et gourmande de vivre. J'eusse été au théâtre avec plaisir ce soir, cela m'eût distraite de mon chagrin, justement, et je trouve que l'on s'y prend très mal dans ces sortes d'affaires.

On doit aux autres de leur garder bonne figure quoi qu'on en ait, je n'aime pas les grands transports d'affliction que certains nous imposent lorsqu'on va leur rendre des compliments. Ce ne sont que reniflements, baisers mouillés, les femmes prennent de gros yeux rouges et des nez comme des lumignons : à quoi bon ? Le meilleur hommage qu'on puisse rendre à ceux qu'on a perdus, c'est, me semble-t-il, de continuer de vivre comme on a vécu, de demeurer tels qu'ils nous ont aimés. Qu'au secret de son cœur, on veuille se soûler de larmes, soit. Mais qu'on le fasse sans témoins.

A cause de cette façon que j'ai de voir les choses, je me suis retenue de pleurer durant le long voyage qui nous menait, mes tantes et moi, à l'enterrement de ma bonne-maman de Chantal. La route de Moulins était creusée par l'hiver d'ornières profondes, qui nous firent verser une fois, puis descendre d'autres fois pour alléger la charge des chevaux. Il pleuvait comme au Déluge. Jamais je ne m'étais sentie si désemparée, si abandonnée, je regrettais tout ce que je n'avais pas eu le temps de mander à ma grand-mère et ses sages conseils pour l'avenir. Je me sentais jetée désormais sans recours dans un monde d'adultes, c'est-à-dire d'intrigues et de faux semblants. Or, mon enfance avait été, malgré les deuils successifs, d'une gaieté délicieuse. Bref, j'étais dans cette humeur lorsque nous avons fait une rencontre.

Les embarras de la route nous ont contraintes, le soir du 14, de nous arrêter dans une auberge, l'essieu de notre carrosse s'étant rompu. Un jeune homme qui se rendait également aux funérailles nous a aidées à nous accommoder, puis nous a cédé son appartement et conviées à sa table.

Ce monsieur Nicolas Foucquet, président du parlement de Metz, a la figure séduisante et d'excellentes manières. Son nom ne m'était pas inconnu, car les Foucquet sont liés aux Chantal et à l'ordre de la Visitation. En l'espace d'un an, ce jeune homme a perdu son père et son oncle — ce qui l'a fait chef de famille à vingt-six ans — ainsi qu'une épouse, Louise Fourché, aux funérailles de laquelle ma grand-mère s'était rendue il y a quelques mois. Ce fut sans doute l'un de ses derniers déplacements. Elle s'affligeait que la défunte eût laissé une petite fille dans les langes, « une orpheline comme toi », me disait-elle.

Malgré toutes les raisons que nous avions donc de traiter aimablement monsieur Foucquet, ma tante Henriette, la sœur de maman, qui est un chaperon assez redoutable quoique je l'affectionne, prenait, pour lui parler au souper, un petit air pincé censé lui rappeler notre différence de condition et la gravité des circonstances. Or il avait l'esprit fait comme le mien, à ne vouloir s'appesantir sur rien, et il se moquait d'elle et de sa piété affectée sans qu'elle en eût conscience... Moi, bien sûr, je ne pouvais m'empêcher d'en sourire. J'avais plaisir à me trouver en compagnie d'une personne qui me comprenait et me distrayait de ma peine.

En vérité, il me fit forte impression. Je ne cesse de revoir dans mon esprit les moments de cette soirée et je ne parviens pas à l'oublier. Cela paraît bien vain. Je n'imagine pas même que nous nous rencontrions de nouveau, car la destinée de ce jeune magistrat est de faire carrière en province. Quoique... Je ne serais pas surprise outre mesure qu'il grimpât plus haut. Le blason de sa maison porte un écureuil, ce que j'ai appris hier en consultant la bibliothèque de mon oncle, qui est féru d'héraldique. Et la devise en est : « Quo non ascendet ? » Cela veut dire en bon latin, d'après le précepteur de Philippe-Emmanuel : « Jusqu'où ne montera-t-il pas ? » Jusqu'à Paris, peut-être. Et alors...

Bon, il est entendu que je n'ai pas le droit de rêver. En matière de jeunes gens, il paraît qu'on rêvera pour moi. Et l'on rêvera blasonné, s'il vous plaît. « Un Cafut de la Cafugnotière, pour le moins », prétend mon cousin.

On m'a chauffé les oreilles, depuis l'enfance, sur le sujet de la naissance. La mienne a le défaut d'être un peu mélangée. Je ne risque guère d'oublier que mes Rabutin paternels sont d'illustre lignage, tandis que les Coulanges maternels ne sont que robins, fi ! Je ne vois pas que les seconds soient moins estimables que les premiers ni que leur tendresse ait été moins douce à mon cœur d'orpheline. Parfois, cette question de la naissance m'agace. Le mérite singulier des gens ne vaut-il pas mieux, lorsqu'il s'agit de les éprouver dans les circonstances de la vie, que le nom qu'ils portent ? Monsieur Foucquet m'a paru tout aussi noble de cœur que mon cher oncle et tuteur. Pourtant, je sais qu'on prévoit, chez les Rabutin, de me faire réparer le sang Coulanges par les vertus d'un beau mariage. Un petit écureuil qui veut grimper ne serait sûrement pas un parti convenable à leurs yeux.

27 décembre 1641.

J'ai reçu, ce matin, une lettre de compliments très bien tournée de monsieur Nicolas Foucquet, laquelle me prouve que je ne l'ai pas laissé indifférent non plus lors de notre rencontre à Moulins.

Me voilà bien songeuse...

Plus tard.

Je vais lui répondre à la manière de Cafut. C'est un autre des jeux qu'ont inventés les enfants. Cafut a envoyé, ce matin, ses vœux de bonne année à la gouvernante, en lieu et place de Philippe-Emmanuel :

Chère madame,

En ce premier janvier je vous offre mes vœux.
J'écouterai toute l'année ce que vous me manderez.
Je promets que je ferai en sorte, chaque jour, de bien
vous obéir, d'apprendre mes leçons, de ne jamais
vous déplaire. J'aimerais mieux mourir que de
causer votre chagrin et je promets, désormais, de toujours
vous satisfaire.

Signé : Le vilain Cafut.

La bonne dame n'y a vu que du feu... Lui, saura-t-il me lire une ligne sur deux ?

27 décembre 1641.

Monsieur,

Votre lettre m'a bouleversée, car elle m'a fait voir que le deuil qui m'afflige vous touchait. D'autres pensent que le manque de sentiment que j'éprouve gouverne ma conduite.
On m'a toujours jugée de la sorte, vous aussi, je crois.
Cela ne devrait pas être, pourtant je n'y puis rien faire.
Voilà pourquoi je garde un souvenir particulièrement ému de ce voyageur, ce convive que j'ai rencontré à Moulins
car il a deviné qui j'étais : la mémoire de ma chère aïeule occupe mon cœur et mon esprit, je ne l'oublierai jamais.
Il faut être d'âme grossière pour me supposer indifférente.
Si j'agis ainsi que je le fais, c'est une preuve d'amour que je donne à mes chers disparus, or on m'en blâme.
Un lien s'est créé entre nous, vous l'avez senti vous aussi, par la ressemblance que nous nous sommes trouvée.
J'accepte votre amitié fidèle et vous donne la mienne.

Marie de Rabutin-Chantal.

CHAPITRE II

J'étais jeune, amoureux, inconséquent. J'osai.

Metz, 5 février 1642.

Mademoiselle,

Sachant que ce jour est celui de vos seize ans, je prends la liberté de vous écrire pour vous souhaiter un heureux anniversaire. Mais ce prétexte sert surtout à me permettre d'avouer que, depuis la triste circonstance où nous nous rencontrâmes à Moulins, je n'ai pas cessé un seul instant de songer à vous.

Il est des folies qu'on peut se reprocher d'avoir accomplies, mais je crois plus affreux de regretter, sa vie durant, celles qu'on n'a pas osé faire. Ainsi donc, je commets la folie de vous aimer et je l'aggrave en commettant celle de vous demander en mariage.

Je serai à Paris dans deux semaines pour faire ma proposition à votre tuteur. Le bonheur que vous me feriez en l'agréant dépasse, en cet instant, tout ce que je suis capable d'imaginer.

Croyez, mademoiselle, à mes sentiments fervents et respectueux.

Nicolas Foucquet.

Deux semaines après l'envoi de cette lettre, j'arrivai à Paris et me présentai rue des Francs-Bourgeois chez votre oncle et tuteur, Philippe de Coulanges, auquel j'avais écrit le même jour qu'à vous pour demander votre main. Comme la disparition de mon père et de mon oncle faisaient de moi le chef du clan Foucquet, il n'y avait personne pour m'accompagner dans ma démarche.

Votre situation était fort différente. Philippe de Coulanges, s'il eût été libre de décider, m'eût peut-être agréé, car sa noblesse était de robe et il avait assez souffert de la condescendance des Rabutin quand votre mère avait épousé votre père. En outre, lors de notre entrevue, je vis bien que je lui faisais bonne impression. Mais il ne pouvait rien décider vous concernant sans l'accord du conseil de famille. Or, le conseil de famille, réuni pour en délibérer, avait refusé ma proposition.

Je reçus la rebuffade en silence, puis, ayant repris mes sens, demandai si je pouvais vous voir. Votre tuteur secoua la tête.

— Une telle rencontre, monsieur, serait inopportune dès lors que votre demande a été repoussée. Je ne puis vous accorder cette faveur de ma propre autorité.

J'allai me réfugier, l'âme emplie de chagrin, dans la maison de mon père, rue de Jouy, qui était fort triste car personne ne l'habitait plus depuis sa mort. J'attendis quelques jours, faute de vous voir, votre réponse à ma lettre. Mais après une semaine, je renonçai à cet ultime espoir et repris la route de l'Est.

Philippe de Coulanges, par crainte d'éveiller en vous des émotions inutiles, avait préféré garder par-devers lui la déclaration que je vous avais adressée, en attendant le verdict du conseil de famille. Ledit conseil, ayant jugé ma demande irrecevable, avait estimé préférable que vous n'en fussiez jamais informée. En conséquence, il avait ordonné que ma lettre à votre intention fût détruite, tâche dont votre tuteur s'était acquitté.

Je ne devais découvrir ces détails que deux ans plus tard. A l'époque, après plusieurs semaines de désespoir intense, ils m'aidèrent à me détacher — du moins le croyais-je — de mon amour pour vous. Je me persuadai qu'une jeune personne qui n'avait pas même daigné me répondre n'était sûrement pas digne de mes sentiments.

Paris, le 10 avril 1642.

Je n'ai rien écrit dans ce journal depuis trois mois. Après l'avoir entamé, j'ai même failli le jeter au feu. Aucun sujet n'inspirait plus ma plume, car la vérité m'oblige à dire que je ne l'avais entrepris que dans un seul dessein : parler avec moi-même d'un certain jeune homme, le décrire complaisamment, nourrir les émotions qu'il m'avait inspirées.

Je vois bien, quelques mois plus tard, que j'avais échafaudé des chimères à partir de rien. Eh bien, je vais l'oublier, voilà tout.

Nous restâmes deux années sans nous revoir. Deux années de secousses pour ma famille, et qui déterminèrent mon avenir.

Le clan Foucquet avait servi avec dévouement Richelieu, auquel je devais ma position dans la magistrature. Mais le Cardinal mourut le 4 décembre 1642, suivi par Louis XIII quelques mois plus tard. Autour de la régente Anne d'Autriche, ce fut soudain, dans les antichambres du Louvre, un grouillement d'ambitions au milieu desquelles il fallait savoir tracer son chemin, choisir le bon parrain sans se tromper.

La fidélité au souverain était pour moi un principe inconditionnel. Mais le Roy était un enfant de cinq ans et la Reine une Espagnole parfois plus proche de sa patrie d'origine que de son pays d'adoption. Je misai sur le cardinal de Mazarin, cet Italien entré depuis quelques années au service de Richelieu, et dont la Régente avait fait son conseiller. Il me parut d'une étoffe à devenir un Premier ministre presque aussi grand que son maître, quoiqu'il eût des faiblesses inconnues à Richelieu, une passion quasi maniaque pour l'or, par exemple.

Je ne me trompais pas. Le Cardinal dirigea bientôt la France et, dans son ombre, je commençai mon ascension. Il m'envoya faire mes armes en Dauphiné, où il me nomma intendant du royaume. La province était tenue par quelques vieilles familles de notables, les Lesdiguières notamment, et l'arrivée dans leur fief d'un jeune homme de vingt-huit ans mandaté par le lointain pouvoir royal n'avait rien pour leur plaire. C'était une rude tâche que de les séduire.

Si j'y parvins, ce fut parce que la raison me fit voir la justesse de leurs plaintes : le Dauphiné était écrasé d'impôts. J'eus beau refaire les comptes en tous sens, l'évidence que la charge fiscale était trop lourde me sautait aux yeux. Je le mandai dans mon rapport au Cardinal. Fort de cet appui, le gouverneur Lesdiguières s'empressa de monter à Paris, pour réclamer auprès du Premier ministre un dégrèvement fiscal. Cela, je l'appris plus tard, entraîna contre moi le courroux du Cardinal, qui ne détestait qu'une chose au monde, se voir réclamer de l'argent. J'étais trop jeune encore pour savoir qu'on ne peut à la fois contenter son maître et le peuple, et je devais d'ailleurs renouveler quinze ans plus tard la même erreur auprès du Roy…

Ignorant que j'avais déchaîné la colère du Cardinal, je me croyais heureux en Dauphiné. Or, cette colère était alimentée par ceux de mes rivaux qui avaient la chance de parler à Mazarin chaque jour au Louvre. Le chancelier Séguier, par exemple, me haïssait. Plus tard, Colbert me haïra pour les mêmes raisons. Le Roy lui-même... Il suffit que je lui conserve ma parole. C'est assez devoir au principe sacré qu'il incarne et je m'autorise à dire, de l'homme Louis, ce que je pense.

Il est au fond de la race de ces ministres dont il a préféré s'entourer. Des besogneux sans brio, ardents à la tâche parce que peu doués, âpres au gain parce qu'ils amassent à défaut de créer. Séguier, Servien, Le Tellier, Colbert, Louvois... Ces hommes sont de même trempe. A trente ans, je ne savais pas discerner que nous étions d'essence différente, aussi ne comprenais-je pas que là résidait le motif de leur haine : au vrai, je n'imaginais pas qu'on pût me haïr. J'étais heureux, j'aimais rendre heureux autour de moi, je régalais et parrainais tous les gens de talent, déjà, que je croisais en mon Dauphiné. Et les dames me souriaient volontiers. Que demander de plus à Dieu — sinon, peut-être, regret cuisant que j'enfouissais dans ma mémoire, l'amour et la main de mademoiselle de Chantal ?

En octobre 1643, mon frère François donna une fête pour la prise de possession de son diocèse d'Agde. Chef du clan, je me devais de représenter ma famille en cette circonstance importante pour le nom des Foucquet. Cela allait de soi. Aussi, sans songer que le Cardinal pût me refuser l'autorisation de quitter ma charge, je pris le chemin d'Agde avant d'avoir reçu sa réponse.

A peine avais-je quitté Grenoble, toutefois, qu'une émeute contre l'impôt éclata dans mon département. A Moirans, les populations rebellées molestèrent des percepteurs et brûlèrent les rôles des taxes. Au Louvre, le bruit de ces événements, amplifié sans doute par la distance, retentit considérablement. Le chancelier

Séguier s'empressa d'utiliser cette affaire contre moi. J'avais soutenu la rébellion des notables contre l'impôt, ce qui, selon lui, avait incité les populations à se croire tout permis ; et, désormais que l'émeute était déclenchée, je prenais lâchement la fuite !

Il recueillit, dans ce sens, autant de dénonciations qu'il voulut bien en acheter, les présenta devant le Cardinal alors même que j'ignorais encore tout de la révolte, et obtint, sans aucune enquête, que je fusse relevé de mes fonctions. Les maîtres des requêtes, mes collègues, sentirent sans doute qu'un tel déni de justice constituait un précédent menaçant pour toute notre corporation et prirent ma défense. Les parlementaires dauphinois, qui avaient appris à m'estimer en peu de mois, réclamèrent eux aussi mon maintien en place. En vain. Le Cardinal entérina ma disgrâce — sans doute encore endurci dans sa colère par le soutien inattendu qu'on offrait à ma cause.

Jouant mon va-tout, j'osai le voyage de Paris en avril 1644. Le Cardinal ne voulut pas même m'accorder une audience et me renvoya aux bontés du chancelier Séguier, qui me confirma avec un sourire de grippeminaud que je pouvais rentrer en mon Dauphiné pour y faire mes bagages, car on avait nommé à ma place monsieur de Lauzières et l'on m'envoyait m'ensevelir en Bretagne, en la terre de Quéhillac que ma défunte épouse m'avait apportée en dot.

J'étais abasourdi par l'injustice de ma disgrâce. On m'avait calomnié, accusé sur de fausses preuves et condamné sans m'entendre. Combien cet avertissement du Ciel, si j'avais su en percevoir le sens, aurait dû m'avertir du rôle que Mazarin voulait me faire jouer ! Le procès qu'on ourdit contre moi aujourd'hui n'est que la même pièce un peu récrite, et certains des acteurs seront inchangés.

Le 5 d'avril 1644, au sortir du Palais-Mazarin, où l'on avait donc refusé de me donner audience, je me rendis, tout désemparé, chez un de mes cousins Maupeou, qui m'offrait l'hospitalité de sa maison à Paris, celle de mon père étant vide de meubles depuis mon installation en Dauphiné. Je le trouvai en compagnie du coadjuteur Paul de Gondi. Mon cousin et lui étaient en relations et, ce jour-là, qui était la fête de Saint-François-de-Paule, ils avaient prévu d'aller ensemble pour les vêpres à l'église des Minimes, où l'évêque d'Uzès prêcherait en présence de Sa Majesté la Reine. Mon cousin s'enquit du succès de ma démarche et je dus lui confesser que le Cardinal ne m'avait pas même voulu recevoir.

Le Coadjuteur, petit homme noir de poil qui aurait eu l'air d'un faune sans l'éclat d'un sourire dévoilant de belles dents et la flamme d'un regard intelligent, me dévisagea, ayant entendu quelques mots de mon échange avec mon cousin :

— Le Cardinal vous a donc disgrâcié, monsieur ? Sachez que vous n'êtes pas le seul à souffrir de sa mauvaise humeur. Moi-même... Mais il ne faut pas croire que le Cardinal et la Reine, ce soit bonnet blanc et blanc bonnet. Sa Majesté s'intéresse à l'ordre de la Visitation et estime madame votre mère. Si j'étais de vous, je m'arrangerais pour me trouver à l'église des Minimes tout à l'heure sur le passage de la Reine et pour la saluer respectueusement... Sait-on jamais ?

Je prenais ainsi, auprès du Coadjuteur qui, dans le domaine de l'intrigue, de l'influence, de la manipulation des esprits, était un grand maître, ma première leçon de courtisan... Je suivis le conseil et accompagnai mes deux « parrains » à la messe. L'église était bondée, pas une chaise libre, la foule débordait sur le parvis et jusqu'à la place Royale, et le carrosse de Sa Majesté eut bien du mal à se frayer passage jusqu'au sanctuaire.

Monsieur l'évêque d'Uzès fit un beau sermon, la musique du Roy joua. Puis ce fut la quête. Ces jours de grandes fêtes étaient l'occasion, pour un certain nombre de demoiselles bien nées, de paraître pour la première fois dans le monde dans le rôle de quêteuses, car elles pouvaient ainsi faire admirer leurs appas à un très grand nombre de prétendants possibles. On murmurait sur le sillage de l'une d'entre elles et le Coadjuteur, d'un air satisfait, se pencha vers mon cousin et moi :

— C'est elle dont la corbeille est la plus lourde. Il faut reconnaître qu'elle est ravissante, je suis fort satisfait du choix que nous avons fait...

Je ne pouvais distinguer la silhouette de la jeune fille parmi la foule pressée. J'aperçus fugitivement, entre deux têtes, une chevelure d'or mousseux sur laquelle tombaient, d'un vitrail, les rayons obliques du soir.

— Qui est-ce ? demandai-je, le cœur étreint d'un pressentiment.

— Mademoiselle de Rabutin-Chantal.

— La connaissez-vous ?

— Les Gondi ont formé le projet de la marier avec le jeune marquis de Sévigné, l'un de nos protégés et de nos parents, qui a des terres en Bretagne.

Souvent, depuis deux ans, malgré mon dépit, malgré mes serments de vous oublier, j'avais songé à vous, Marie, lumineuse apparition sous la pluie de Moulins. Une insolente idée avait même traversé mon esprit, lorsque j'avais commencé à croire que ma faveur grandirait auprès du Cardinal : demander à nouveau votre main et, cette fois, l'obtenir.

Ce soir-là, dans l'église envahie de toute la noblesse qui comptait dans le royaume, en entendant le Coadjuteur, futur archevêque de Paris, vanter le charme de votre personne et l'unanimité des hommages que vous aviez recueillis, je mesurai l'absurdité d'un tel projet.

Ma disgrâce présente ruinait tous mes espoirs, rendant ma démarche inimaginable plus encore aujourd'hui que deux ans plus tôt. Vous étiez un fort beau parti. Moi, je n'étais même plus un robin, mais un valet congédié. D'ailleurs, le Coadjuteur n'avait-il pas prononcé le nom d'un prétendant pour vous, un marquis lié au puissant clan des Gondi ? La cause était entendue.

Vous arrivâtes, avec votre corbeille, à la hauteur de notre travée. Mais vous gardiez les yeux baissés comme il convenait à une jeune fille, remerciant d'une brève révérence ceux qui déposaient leur obole dans votre panier. En outre, j'étais loin de l'allée centrale et vous tendiez votre corbeille au premier de chaque rang, qui la faisait ensuite passer de main en main. Je ne parvins pas à me faire remarquer de vous. Je n'eus pas non plus l'occasion de m'approcher de la Reine pour la saluer, la cohue rendant l'entreprise impraticable.

Après l'office, je quittai donc l'église plus malheureux que je n'y étais entré, d'avoir perdu l'occasion de restaurer mon crédit auprès de ma souveraine aussi bien qu'auprès de la femme que j'aimais. Mon cousin et moi nous séparâmes du Coadjuteur et je me sentais si morose que je refusai de l'accompagner ensuite à la comédie.

6 avril 1644.

Hier, j'ai fait mon apparition officielle dans le monde, en quêtant aux Minimes pour la fête de Saint-François. Je portais une robe de velours bleu et des dentelles de Valenciennes. Il y avait tant de monde que j'ai failli étouffer, mais cela ne s'est pas remarqué. La Reine m'a donné une bourse et l'on m'a fait mille compliments.

Ce matin, mon oncle Philippe a reçu monsieur le coadjuteur de Gondi à propos d'un projet de mariage me concernant. On dirait un tour de magie, comme s'il avait suffi de ma première apparition publique pour susciter une pléiade de soupirants. Il n'en est rien, en réalité. Ma tante Henriette, dont je voyais bien les airs de conspiratrice depuis quelques semaines et la façon qu'elle avait d'arrondir la bouche pour citer les Gondi à tout bout de champ, a fini par céder à mes instances et m'avouer ce dont je me doutais.

Les Coulanges-Rabutin et les Gondi se sont fait des approches depuis un mois à mon propos. Il paraît que ces derniers voient de l'intérêt à s'allier avec notre clan. Il paraît aussi que l'abbé de Coulanges est furieusement pour ce mariage, afin de se mettre bien avec le futur archevêque de Paris.

Après son entretien avec le Coadjuteur, mon oncle m'a prié de les rejoindre tous deux et m'a fait part de la proposition. Le parti est un monsieur de Sévigné, parent et client des Gondi. Mon tuteur n'a guère parlé, laissant au Coadjuteur le soin de plaider la cause du marquis de Sévigné. Il s'y prenait avec beaucoup d'esprit et de talent. Il a tenté de me convaincre que je ne pourrais qu'agréer un jeune homme si bien né, fortuné, aimable et joli de sa personne. Comme je ne répondais rien, toutefois, mon oncle m'a un peu brusquée :

— Eh bien, qu'en dites-vous ?

Je n'avais rien à en dire, j'étais étourdie. La seule image qui demeurait dans mon esprit vide, c'était celle d'un visage qui me souriait en oblique, au cours d'un souper à Moulins, dans une auberge, deux ans plus tôt... J'ai fait la bête :

— Pardon, mon oncle, mais à la vérité, j'ai paru hier pour la première fois dans le monde et j'avais imaginé qu'il faudrait quelques bals et quelques fêtes avant qu'on ne me mariât... La proposition. est bien rapide.

Le Coadjuteur a souri :

— C'est que vous avez séduit les cœurs dès votre première apparition, mademoiselle.

— M'autorise-t-on à réfléchir ?

J'ai bien vu que ma repartie agaçait mon oncle, mais le Coadjuteur n'a pas mal pris la chose :

— Il va de soi que vous ne pouvez répondre avant d'avoir rencontré le jeune homme. Nous allons arranger cela.

Une rencontre est donc prévue entre Roméo et Juliette dans le courant du mois prochain. Avant que de laisser partir le Coadjuteur, mon oncle a dit que le conseil de famille donnait son accord de principe à la proposition, sous réserve que « les jeunes gens se plussent ».

Il semble que ce soit ainsi que se fassent les mariages. Il semble que je sois stupide de penser encore à une personne que j'ai rencontrée une seule fois, il y a plus de deux ans, et qui ne m'a plus jamais adressé le moindre signe, hormis une lettre de compliments après l'enterrement de ma grand-mère. Mais ces considérations me rendent triste à rester comme une souche au bord de ma fenêtre, les larmes aux yeux.

Je n'avais aucune raison de demeurer dans la capitale, le Cardinal m'ayant renvoyé sans ménagements faire mes malles en Dauphiné. Toutefois, je dus différer d'un jour ou deux mon départ, ma propre voiture ayant besoin de réparations et les carrosses de diligence pour Lyon étant pleins. En outre, j'avais reçu du président du Parlement de Grenoble une lettre recommandant ma cause à l'un de ses amis, le maître des requêtes Olivier Lefèvre d'Ormesson, magistrat au Parlement de Paris.

Le lendemain, je demandai donc une entrevue à monsieur d'Ormesson. Il ne pouvait ignorer, étant membre de votre conseil de famille, le refus que j'avais essuyé, deux ans plus tôt, lorsque j'avais voulu épouser la nièce de madame de Coulanges, sa sœur. Je n'ignorais pas non plus ce détail et j'avoue que j'espérais pouvoir obtenir de lui quelques éclaircissements sur le projet de mariage entre monsieur de Sévigné et vous.

Monsieur d'Ormesson me reçut courtoisement. Il jugeait, lui aussi, que notre situation de maîtres des requêtes était menacée par le précédent que constituait ma disgrâce, et me promit d'alerter tous nos collègues à ce propos. Comme il me raccompagnait au moment de prendre congé, je croisai dans son antichambre une visiteuse qui arrivait.

Je vis, à la rougeur de votre visage, que vous étiez émue de cette rencontre peut-être autant que moi. Cependant, croyant avoir été repoussé comme prétendant, je n'osais vous importuner. Je me contentai, en vous saluant d'un signe de tête, de dire que vous aviez quêté, l'avant-veille, en l'église des Minimes, avec beaucoup de grâce. Cette remarque, vous faisant connaître que je vous y avais vue à votre insu, vous troubla plus encore. Je vous dis alors adieu, en me permettant une audace que seule pouvait m'inspirer la certitude de n'avoir plus rien à perdre :

— Je suis assez beau joueur, mademoiselle, pour souhaiter au marquis de Sévigné d'obtenir ce qu'on m'a refusé.

Sur cette phrase qui scellait, semblait-il, votre sort et le mien, la porte de monsieur d'Ormesson se referma sur moi.

Mon cousin, qui me retrouva plus désemparé encore que la veille, crut me divertir de mes tristes pensées en m'emmenant ce soir-là chez Ninon de Lenclos, rue des Tournelles. Le hasard fit que j'y croisai, justement, le marquis de Sévigné. Dès cette nuit-là, je devinai que c'était un godelureau, amateur de jeu, de vin et de duels.

Je ne concevais pas qu'un homme qui eût le bonheur de vous avoir pour fiancée pût passer ses nuits dans la ruelle d'une autre, quelle qu'elle fût. Au-delà de mon amour et de mon amour-propre meurtris, je fus convaincu sur-le-champ que ce mariage, s'il se faisait, serait la plus mauvaise affaire du monde pour vous. Cette pensée se vrilla dans mon esprit, s'y envenima, me tarauda. Je quittai le salon de la belle Ninon, désespéré de moi-même et des autres.

7 avril 1644.

J'ai tellement pleuré depuis des heures que ma tête semble enserrée dans un étau. Je suis malheureuse à mourir, je déteste toute ma famille, et je suis presque résolue à m'enfuir d'ici...

Ce matin, je suis allée chez le frère de ma tante, Olivier Lefèvre d'Ormesson, pour évoquer avec lui mon projet de mariage, car c'est un homme de bon conseil et plusieurs avis valent mieux qu'un dans ce domaine. Je venais d'arriver dans son antichambre, lorsque j'ai croisé celui-là même auquel je ne cessais de penser ces jours derniers.

Monsieur Nicolas Foucquet se trouvait en effet dans ladite antichambre, sur le point de partir quand j'entrai. Il me salua en me faisant compliment de ma quête aux Minimes : il m'y avait donc vue ! Il semblait troublé de me rencontrer, mais se montra cependant d'une inexplicable froideur et me fit une remarque fort étrange à propos du marquis de Sévigné.

Après qu'il fut parti, je n'eus de cesse que d'apprendre de monsieur d'Ormesson la raison de sa visite. Il a bien fallu qu'il cédât, car je ne voulais rien écouter de ce qu'il avait à me dire tant qu'il ne m'aurait pas répondu. J'ai donc appris les détails de la disgrâce de monsieur Foucquet, qui est une injustice révoltante, dont j'ai le cœur meurtri pour lui.

— Mais mon oncle, dites-moi encore ce que monsieur Foucquet a voulu signifier, en me parlant du marquis de Sévigné. Comment pouvait-il savoir qu'on me l'avait proposé pour époux ? Cela ne date que d'hier !

Olivier d'Ormesson s'est mis à bredouiller, mais je l'ai si bien harcelé qu'il a fini par se rendre et j'ai appris la vérité qu'on me cachait depuis deux ans : en février 1642, monsieur Foucquet est venu à Paris demander ma main, qu'on lui a refusée sans même m'en avertir, sans me communiquer la lettre qu'il m'avait écrite !

De retour rue des Francs-Bourgeois, j'ai osé dire à mon tuteur ce que je pensais de ses procédés d'alors. Il m'a répondu sans colère qu'il n'était pas seul à décider et que les Rabutin avaient dicté leur loi.

— Ne crois-tu pas, si tu leur avais tenu tête pour ce petit magistrat de province, que tu aurais fait ton malheur ? Réfléchis, Marie...

Je suis si agitée que j'ai recommencé dix fois la lettre que j'ai décidé d'écrire à monsieur Foucquet. Mon Dieu ! Il va de soi qu'il m'aimait, alors, tout comme il va de soi que l'humiliation reçue voici deux ans l'a détaché de ma personne à cette heure. Et moi, durant ces deux années, je m'évertuais à ne pas songer à lui... Quel gâchis, quelle douleur ! Je suis au désespoir de la froideur qu'il m'a témoignée. Il m'aimait, il ne m'aime plus, et je ne peux en aucun cas lui en vouloir, car on lui a donné toutes les raisons de se détacher de moi en me méprisant. Qu'a-t-il pu penser, en constatant que je ne lui répondais même pas ? Je veux au moins éclaircir ce malentendu. Il repart de Paris demain matin et je n'imagine pas qu'il puisse s'en aller en exil sans savoir que je ne fus pour rien dans la blessure qu'on lui infligea.

Je n'étais qu'un butor et votre aveu de 1641 m'avait échappé, que je n'avais pas su lire entre les lignes. Il me faudrait attendre bien des années pour que vous m'en livriez la clef... A mes yeux, la lettre d'avril 1644 fut donc votre première lettre d'amour déclaré. Pouvez-vous imaginer, aujourd'hui, comme elle me bouleversa ?

Le 12 avril 1644.

Monsieur,

Cette lettre est destinée à n'avoir jamais de réponse, je vous demande de m'en accorder la faveur. Ce n'est qu'un signe que je me permets de vous faire, comme un voyageur qui agiterait son mouchoir en montant en voiture. Vous devrez oublier que je l'ai écrite, quoique je ne puisse m'empêcher de vous l'adresser ; mon cœur déborde mais il ne m'appartient plus, ma famille ayant arrêté pour moi un établissement.

J'ignorais, jusqu'à ce jour, qu'un autre m'eût jamais été proposé auparavant. J'ai découvert ce matin que vous aviez demandé ma main voici deux ans et qu'on vous l'avait refusée.

Vous devez connaître que cela advint sans que j'en fusse avertie, et sans qu'on me permît ni de vous voir ni de recevoir vos lettres. Vous devez croire aussi que, si j'eusse reçu votre proposition, je l'eusse agréée, car je ne connais personne de plus estimable que vous et vous aviez, dès la première rencontre, touché mon cœur. La menace du couvent n'aurait pu me détourner de vous accepter, j'eusse même consenti à un enlèvement.

Si je vous déclare aujourd'hui, aussi librement, l'affection que vous m'avez inspirée, ce n'est point que j'attende rien en retour. J'ai conscience qu'il s'agit d'un passé révolu car votre réserve, ce matin, en me voyant, m'a fait connaître que vous aviez cessé de m'aimer. Je ne puis vous en blâmer, vous avez eu toutes les raisons de prendre mauvaise opinion de moi et de persister dans ce sentiment durant deux ans. Le chagrin, le dépit ont fait leur œuvre. Nous n'y sommes pour rien ni vous ni moi, mais je comprends que la proposition que vous faisiez alors, vous ne la pourriez plus faire aujourd'hui.

Il n'importe. Quand je serais seule à vous aimer, je ne pourrais croire que des sentiments si violents dussent demeurer inavoués. Ce serait de l'amour perdu : il ne faut pas que l'amour se perde. J'ai donc résolu de vous éclairer sur le malentendu qui nous sépara naguère.

Et puis, je devais au moins vous dire combien je suis affligée de l'injuste sort qui vous frappe. Oh, monsieur, je suis sûre que l'on vous calomnie, vous ne sauriez avoir failli à votre devoir ainsi qu'on le prétend et il faut que ce préjudice soit réparé. J'aimerais y pouvoir quelque chose et je ne puis, hélas, que prier.

Je prie donc pour vous de tout mon cœur. Je suis heureuse et fière de vous aimer. Quand même vous auriez oublié la rencontre de Moulins, pour moi, je ne l'oublierai pas.

Marie de Rabutin-Chantal.

Je passai outre votre prière et vous écrivis le jour même, votre lettre m'ayant été portée chez mon hôte et cousin. Pour être sûr qu'elle vous parvînt, je payai un valet de mon cousin, qui devait se poster devant la maison de votre oncle et ne remettre le pli qu'à vous, en mains propres, lorsque vous iriez à la messe.

Le 12 avril 1644.

Mademoiselle,

Si j'ose vous répondre en dépit de votre prière, c'est dans l'unique espoir d'adoucir votre douleur, qui m'est intolérable. Vos sentiments, mademoiselle, n'en doutez plus, n'en doutez jamais, sont partagés.

Le contenu de votre lettre me fait comprendre que la demande en mariage que je vous adressai voici deux ans ne vous fut jamais remise. On me refusa votre main, en effet, et l'on dut juger qu'il valait mieux vous cacher des sentiments aussi inconvenants que les miens.

Vous ne devez pas les ignorer, pourtant. Je crois, comme vous, que l'amour ne se doit pas perdre, et qu'il n'est pas d'aveu moins condamnable aux yeux de Dieu que celui-là. Sans honte aucune, je vous répète donc que, depuis le jour de 1641 où nos regards se croisèrent pour la première fois, vous avez occupé mes pensées.

Vous les occuperez toujours. Si j'ai osé m'aigrir contre vous naguère et vouloir ne plus vous aimer, à présent que je connais la vérité, je m'avoue combien mes efforts pour vous oublier furent vains. J'avais deviné en vous dès le premier regard une âme sans pareille. Je vous demande pardon d'en avoir ensuite douté et vous bénis de me rétablir aujourd'hui dans ma foi.

Vous êtes promise à un autre. Je ne suis qu'un disgrâcié qui, s'il osait demander à nouveau votre main, serait à nouveau repoussé. Pourtant, il me semble qu'il n'y a plus au monde de disgrâce capable de m'atteindre. Quoi, je me prétendrais infortuné, quand j'ai le bonheur, la faveur inespérée de vous inspirer de l'amour ?

Je pars, on me chasse. Qu'importe ! Vous pensez à moi et vous me le dites ! Merci, mon Dieu, d'une épreuve qui me vaut si douce consolation... Ne soyez pas malheureuse, Marie, ne le soyez pas, puisque je vous aime. Cet amour partagé nous aidera, l'un et l'autre, à surmonter le chagrin de la séparation. Je ne puis cesser de croire que la Providence veille sur nous.

Nicolas Foucquet.

J'avais la mort dans l'âme en vous quittant, Marie. Mais il n'y avait rien de plus à répondre, tout semblait consommé. Je repartis pour le Dauphiné.

1er mai 1644.

J'ai déclaré ne plus vouloir quitter ma chambre et je n'ai rien avalé de tout ce qu'on m'y a porté depuis deux jours. Dans la maison, il se fait un silence comme lorsqu'un parent est malade ou agonisant, je sens qu'on marche dans les corridors sur la pointe des pieds. Je ne suis pas aveugle au point de ne pas voir que mon oncle et ma tante sont désolés de mon aventure.

Mon oncle m'a dit n'avoir jamais imaginé que j'eusse de l'inclination pour monsieur Foucquet. Mais au reste, cela n'eût probablement rien changé.

— Nous avons eu raison d'agir ainsi que nous l'avons fait. Nous ne souhaitions que ton bien. Et il est vrai que si tu l'avais épousé, à supposer que les Rabutin y eussent consenti, eh bien, tu serais aujourd'hui la femme d'un magistrat disgrâcié. Cela ne m'empêche pas de comprendre ton chagrin. Veux-tu que nous différions un peu la rencontre avec le marquis de Sévigné ?

Si mon oncle m'eût donné des ordres, j'eusse regimbé comme un cheval affolé, au risque de me déchirer les flancs. Mais son ton plein de compassion m'a désarmée.

— Non, ai-je dit, il en sera comme vous voudrez, puisque vous m'assurez que c'est un bon parti.

De toute façon, le heurter de front n'eût servi de rien. Mais je ne puis plus consentir à ce projet de mariage. A présent que je sais la vérité quant à monsieur Foucquet, l'idée d'en épouser un autre me fait horreur.

Pour autant, je ne vois pas d'échappatoire. Il est vrai que s'il renouvelait sa demande, celui qui a touché mon cœur serait de nouveau refusé. Quelle issue avons-nous ? Un enlèvement ? Ce serait me bannir à jamais de mon monde, ruiner sa carrière et faire de nous des proscrits sans le sou... Une folie. Oh, pourtant, j'ai beau savoir cela, je voudrais qu'il me la proposât, cette folie...

Vierge Marie, éclairez-moi !

3 mai 1644.

Les Gondi ont organisé une rencontre entre monsieur de Sévigné et moi pour le 16 de ce mois.

J'ai consenti à la chose d'un air bénin pour gagner du temps. Lorsque je l'aurai vu, je prétendrai simplement qu'il ne me convient pas du tout. D'ailleurs, je me rendrai si désagréable que lui non plus ne pourra pas m'agréer.

16 mai 1644.

Rencontre avec le jeune homme. Il est plaisant et d'humeur gaie, le pauvre garçon. En vérité, je n'aurais rien contre lui s'il n'était pas question de l'épouser.

Jouant ma petite comédie, je lui ai à peine parlé, j'ai feint d'être incommodée par son haleine et autres gracieusetés qui ont dû l'agacer fort. Quand on m'a demandé mon sentiment sur lui, ensuite, j'ai dit que je comprenais que Ninon de Lenclos ne voulût plus le voir chez elle car je le trouvais fat.

Mon oncle alors s'est emporté, jurant qu'il ne se souciait pas de mon avis, car il voyait bien que, dans l'humeur où j'étais, je trouverais pareillement à redire à tous les prétendants qu'on me proposerait. On allait donc s'arrêter à celui-ci et baste !

Le contrat de mariage devrait être établi ces jours-ci, que cela me plaise ou non. C'est un maquignonnage qui ne semble pas déshonorant aux yeux des familles, il faut bien acheter et vendre les chevaux et les filles à marier, n'est-ce pas ?

— Ton cœur n'y prend aucune part, tant mieux, m'a dit ma tante de La Trousse, cela est sage en affaires. Au reste, ton cœur a le droit d'avoir la tête ailleurs... Crois-tu que nous en ayons usé autrement quand nous avions ton âge ?

Il se peut, mais je ne ferai pas comme elle.

29 mai 1644.

Les dernières formalités du contrat semblaient arrangées et j'étais au désespoir quand patatras ! On apprend à l'instant qu'hier, monsieur de Sévigné s'est disputé sur le Pont-Neuf pour les beaux yeux d'une dame avec un dénommé Châtelet, avant de l'occire proprement, sur le Pré-aux-Clercs, dans un duel qui l'a lui-même laissé pour mort.

Je me suis jetée à genoux pour remercier la Vierge, je l'avoue. Puis j'ai eu honte de moi, car il s'agissait tout de même de la mort d'un pauvre jeune homme qui ne m'a rien fait de plus méchant que de vouloir ma main.

— Je me figure que ce fait d'armes va rompre mes noces, ai-je declaré à mon oncle d'un ton faussement ingénu.

— Ma foi, le Coadjuteur m'assure que ton fiancé n'est blessé qu'à la jambe et à la cuisse et se rétablira.

— Tout de même, s'il se rétablit, ne craignez-vous pas qu'on se moque ? La veille de se marier, mon époux se bat pour Ninon de Lenclos...

— Il s'est battu pour une question religieuse. Il a montré sa bravoure en défendant sa foi chrétienne.

— Vous me croyez bien sotte si vous pensez que je vais gober cela, mon oncle. Cette dispute en plein vent a eu des témoins. Madame Ninon de Lenclos a dit, avant-hier, chez elle, en présence du dénommé Châtelet et de monsieur de Sévigné, qu'elle n'aimait pas les hommes qui avaient peur de l'enfer. Sur le Pont-Neuf, Châtelet a déclaré au marquis, qui croit au diable comme tout catholique qui se respecte, qu'elle entendait par là signifier à Sévigné qu'il n'avait plus ses faveurs. Sévigné s'est emporté en affirmant que Ninon le préférait à tous et le lui avait prouvé. Voilà pourquoi ils se sont battus. Je dis moi, qu'il ne s'agissait pas d'une affaire de culte mais d'une affaire de cul...

— Marie !

— C'est pourtant la vérité. Tout le monde a l'air de se louer de ce combat comme s'il s'agissait d'avoir vaincu à Rocroi... Mais monsieur de Sévigné n'est qu'un Condé de la galanterie !

Sur ces paroles, je suis sortie en claquant la porte et me suis enfermée dans ma chambre pour pleurer bruyamment. Mais je ne fais que semblant. Je n'ai pas du tout envie de pleurer, au contraire, je n'ai jamais senti ma détermination si forte à résister. Je ne doute pas que la Providence ait voulu m'aider en m'offrant ce prétexte à ne plus consentir au mariage.

Gagner du temps, voilà le seul parti à prendre. Avec le temps, monsieur Foucquet peut purger sa disgrâce, rétablir son crédit, se distinguer auprès de la Reine, que sais-je ? Pourvu que je demeure libre, il viendra bien un jour où l'idée d'une alliance entre nous cessera de paraître absurde.

3 juin 1644.

Plus aucune nouvelle de l'exilé. A cette heure, il est sans doute de retour en Dauphiné, pour faire ses malles. Pourquoi ne m'a-t-il pas écrit ? Mais il est vrai que je lui ai interdit de le faire, oh, je deviens folle…

Le blessé du Pré-aux-Clercs semble hors de danger. Il garde le lit, c'est monsieur Patin qui soigne ses blessures. Les choses ne vont pas aussi bien que je l'escomptais. Tout le monde semble juger du dernier galant, en effet, qu'il ait failli périr en duel pour une autre, et l'on ne se lasse pas de m'en féliciter. Je serais bien bégueule d'y trouver à redire, paraît-il, même ma tante Henriette est de cet avis !

Je n'aurais jamais pensé que l'on fît si bon marché de la morale lorsque l'intérêt est en jeu, mais tant pis, je ne réponds rien. Après tout, tant que monsieur de Sévigné est invalide, il ne peut pas courir à l'église pour m'épouser. Che sera sera, *dit-on en italien.*

15 juin 1644.

Comme je ne suis pas sortie de ma chambre depuis deux semaines afin d'éviter les discussions et les tentatives de persuasion de la part de mon entourage, le camp adverse a entamé l'offensive.

Le Coadjuteur lui-même est venu me voir ce matin. Il m'a d'abord confirmé que la querelle théologique du Pont-Neuf fut tout à l'honneur de mon « fiancé ». Puis il m'a fait la cour en procurateur de monsieur de Sévigné, lequel, paraît-il, se languit d'être rétabli pour pouvoir m'épouser.

— Qu'il prenne son temps, ai-je répondu.

Le Coadjuteur a paru s'incliner et a pris congé de moi. Mais sur le seuil, avant de me quitter, il m'a lancé une flèche de Parthe :

— Monsieur de Sévigné a songé que, peut-être, vous pourriez user de ce prétexte pour dissimuler quelque raison personnelle de différer le mariage. Je n'en crois rien, évidemment.

Qu'il croie ce qu'il veut !

1er juillet 1644.

Ce matin, le conseil de famille au grand complet, réuni dans cette maison, m'a convoquée pour me mettre le marché en main. Ou bien j'épousais monsieur de Sévigné, ou bien je « préférais » m'enfermer dans un couvent de la Visitation.

2 juillet 1644.

J'ai pleuré une partie de la nuit, puis j'ai pris mon parti.

Ce serait peut-être une preuve d'amour que de m'ensevelir au couvent. Mais ce ne serait pas une preuve de foi. Je trouve affreux de s'y résoudre par dépit, par chagrin, plutôt que par vocation. Quoique bonne chrétienne, je ne me dissimule pas un appétit de vivre incompatible avec la règle monastique.

La chose est donc résolue, je serai marquise de Sévigné.

5 juillet 1644.

On a porté monsieur mon fiancé jusque chez moi en chaise, afin qu'il me présentât ses compliments ce matin.

Il m'a vanté sa famille, qui est d'ancienne noblesse, et s'est fort honnêtement engagé vis-à-vis de moi. Il a des manières enjouées, assure-t-il, et horreur de chercher querelle à autrui. Pour peu que je ne me mêle point de ses affaires, il ne se mêlera point des miennes. Nous pourrons vivre agréablement ensemble durant les quelques mois de l'année qu'il faudra passer en Bretagne, où le marquis a ses terres. Le reste du temps, à Paris, nous aurons des appartements convenablement séparés. Cela lui semble être le meilleur parti à tirer du mariage.

Dans la certitude où je suis de pouvoir tomber plus mal, je me suis résolue à l'accepter pour époux, sans plus opposer de rébellion. Je sais à présent qu'ainsi va le monde. Rares sont les jeunes filles qui peuvent concilier les intérêts de leur famille avec leur inclination. Lorsqu'il y a divergence, ce sont les intérêts qui l'emportent toujours.

C'est peut-être sage. Qui sait à quels égarements mon cœur m'aurait conduit? Ce qui fonde l'usage que les parents choisissent des époux pour leurs enfants, c'est l'évidence qu'ils sont passés eux-mêmes, jadis, par des passions auxquelles ils sont bien heureux de n'avoir pas succombé. Celui dont mon cœur est épris, auquel je ne puis penser aujourd'hui sans soupirer, je devine qu'il aurait probablement fait un mari désastreux.

Ce qui m'attend auprès de monsieur de Sévigné ne fait aucun doute : il est joli garçon, donc joli cœur, et me trompera. Je m'en accommoderai de mon mieux, n'étant pas amoureuse de lui. Monsieur Nicolas Foucquet, qui est joli garçon, m'eût trompé lui aussi, quelques semaines plus tard. Cependant, parce que je l'aime d'amour, j'en eusse souffert mille morts.

Mieux vaut qu'on ne me marie point selon mon cœur.

Mon oncle a loué pour les futurs époux une belle maison rue des Lions, dans la paroisse Saint-Paul, que l'on est occupé à meubler en ce moment.

Hélas, il est bien vrai pourtant que la lettre de monsieur Foucquet est serrée dans mon corsage ; elle ne me quitte pas et me brûle la peau, il suffit que j'y songe pour rougir jusqu'aux épaules. Ou pour pleurer toutes les larmes de mon corps. Dieu, pourquoi m'avez-vous faite d'une pâte si tendre ? Et pourquoi faut-il que le tourment d'amour m'exténue et me ravisse à la fois ?

7 juillet 1644.

Monsieur de Sévigné marche à nouveau. On a signé l'accord pour le contrat ce jour.

17 juillet 1644.

Nous étions tous hier à Ormesson, chez Olivier, quand un émissaire est venu chercher mon oncle Philippe sur ce que monsieur de Sévigné voulait se marier séance tenante et partir dans deux jours à l'armée, rejoindre le duc d'Enghien [1]*, qui mène campagne en Alsace. On a donc arrêté les fiançailles et la signature du contrat pour le 1*er *août et les noces pour le 4 à l'église Saint-Gervais, à deux heures de la nuit.*

Cette hâte est fort cavalière, mais s'il est vrai que monsieur mon mari veut partir à la guerre, lui et moi nous en accommoderons sûrement très bien.

1. Le futur prince de Condé.

5 août 1644.

Voilà, la chose est faite, je suis marquise depuis hier, comme tous les membres de ma famille sont venus, ce matin dans ma chambre, s'en assurer avec des plaisanteries appuyées.

J'avais pensé que, devenue femme, je serais différente de ce que j'étais, fille. Certaines confidences m'avaient laissé entendre beaucoup de plaisir, d'autres beaucoup de douleur. Eh bien, je n'ai senti ni l'un ni l'autre. J'éprouve simplement le contentement d'avoir passé l'épreuve que je redoutais. Mais je m'étais figuré une montagne : c'est une taupinière, qui ne mérite certes pas le bruit qu'on en fait.

Serais-je honnête avec moi-même que j'avouerais ma conviction secrète : si l'homme qui m'a serrée dans ses bras eût été l'amant auquel je ne cesse de penser, la nuit m'eût sans doute parue bien différente. C'est une chose assez ridicule que deux corps qui transpirent, qui soufflent, qui s'accolent l'un à l'autre comme ceux des animaux, dès lors que la passion ne les inspire pas. Mais je conçois que l'amour, qui bouleverse l'âme, puisse éblouir les sens. Il y a bien des paysages de Bourgogne, dans la brume du petit matin, qui m'ont fait pleurer de bonheur. Ou le parfum des premiers lilas, au printemps. Ou la musique des violons.... Un baiser, une caresse, s'ils sont prodigués par la personne aimée, doivent causer un ravissement de cet ordre.

Mieux vaut ne pas imaginer ce qui ne me sera jamais donné, ce sont de ces rêveries qui laissent l'âme en souffrance.

10 août 1644.

Monsieur de Sévigné, qui est toujours aussi désireux de partir à la guerre, a demandé à mon oncle Olivier de s'entremettre auprès de monsieur de Roquemont pour qu'il lui vende sa charge de cornette des chevau-légers.

Il paraît que nous irons en son château de Bretagne à la fin de l'été, mais je doute que nous soyons installés rue des Lions assez correctement d'ici là. Pour ma part, j'aime assez Paris l'été, avec tous les braves gens qui se baignent en la Seine, et puis il y a le plaisir de se promener partout en se faisant annoncer : « marquise de Sévigné ». Cela n'est pas rien, une petite personne comme moi s'en trouve aisément flattée. Nous verrons bien, je suivrai mon époux, de toute façon. Allons, c'est un charmant garçon, qui ne mérite pas une femme renfrognée. Je ne veux pas être triste. Je me suis juré, à sept ans, quand mon père et ma mère sont morts, de ne jamais me laisser aller à la mélancolie.

Mais qu'il est difficile, pourtant, d'être aussi gaie qu'on le voudrait...

Le 11 août 1644, ma démission étant confirmée, je quittai Grenoble, accompagné de deux conseillers au Parlement, du président du bureau des Finances et de plusieurs autres notables, qui voulaient me faire un brin d'escorte pour me marquer, au moins, leur soutien moral.

J'avais appris, le matin de mon départ, votre mariage à Paris une semaine auparavant et j'en avais le cœur effroyablement meurtri. Plus meurtri que de la mort de ma pauvre épouse, que je n'avais eu le temps ni d'aimer ni de regretter, plus même que d'aucun autre deuil auparavant. Sans doute ce sentiment me dégoûtait-il assez de vivre pour me donner tous les courages face au danger que je dus alors affronter.

Dans votre journal, vous avez écrit mieux que je ne saurais le faire la relation de ces événements.

CHAPITRE III

21 août 1644, rue des Lions.

Hier soir, chez mon cousin d'Ormesson, où nous soupions monsieur de Sévigné et moi en bonne compagnie, nous avons trouvé les esprits fort échauffés dès notre arrivée. La conversation fusait à table au point qu'on avalait les mets sans pouvoir dire si c'était rôti ou bouilli et que, sitôt le repas fini, la maîtresse de maison oublia de s'asseoir devant l'épinette et les invités de jouer aux bouts rimés. On s'installa dans le jardin sous les roses et la conversation du souper se poursuivit.

Il n'était question que de l'ex-intendant du Dauphiné, Nicolas Foucquet, qui vient d'arriver à Paris pour demander une audience au Premier ministre... Mon trouble, je crois, ne se remarqua pas, tant l'émotion des autres convives était grande. L'arrivée de l'intendant dans la capitale est en effet précédée par la rumeur d'aventures surprenantes advenues à Valence. C'est pour s'en expliquer que le banni a demandé audience au Palais-Mazarin.

Voici les faits, tels que je les ai entendus. Congédié comme un coupable, l'intendant quitta Grenoble il y a dix jours, le 11 de ce mois, faisant contre son infortune bon cœur. Il paraît qu'il avait le sourire, salua fort poliment ceux qui avaient été ses domestiques et leur donna à chacun une gratification.

Le soir, accompagné d'une petite troupe de notables dauphinois qui désiraient lui faire escorte hors de leur province, il gagna Moirans, où on lui présenta le registre fiscal rétabli, puis Romans, où il devait coucher dans un couvent de la Visitation. Le lendemain, il allait prendre la route de Tournon lorsqu'un certain Marescaux, collecteur des tailles, arriva, hors d'haleine, à la rencontre de son carrosse. Ledit Marescaux avertit l'intendant que les femmes de Valence, poussées par la misère, s'étaient armées et parcouraient la ville, où elles excitaient le peuple à l'insurrection. Les préposés à l'impôt, bousculés par elles, avaient dû se réfugier dans la citadelle. Seul Marescaux avait pu s'échapper à l'insu des enragées.

Que faire? Le successeur proposé par Séguier en remplacement de Nicolas Foucquet, monsieur de Lauzières, avait été contesté par la compagnie des maîtres des requêtes, auxquels reviennent d'ordinaire les charges d'intendants : en effet, il n'appartenait pas à leur confrérie. Mazarin tergiversant, il n'y avait, de fait, toujours pas de représentant de l'autorité royale en Dauphiné. Quant au gouverneur, le duc de Lesdiguières, il n'était pas à Valence, mais en villégiature dans son château. Le disgrâcié savait qu'il fallait agir vite, sinon les femmes instigatrices de l'émeute rallieraient les hommes derrière elles et tout le pays s'embraserait. Il envoya un de ses valets prévenir le duc de Lesdiguières en son château. Lui-même décida, avec son escorte, de se rendre à Valence.

Les émeutières, se doutant de son intention, s'étaient déjà portées à sa rencontre sur la route de Moirans. Mais Nicolas Foucquet, prévoyant leur manœuvre, emprunta un autre chemin pour entrer dans la ville. Il y pénétra à leur insu, gagna l'évêché, s'y retrancha avec ses compagnons bien armés. Puis il envoya une servante de l'évêque avertir les femmes rebelles qu'il voulait parlementer avec elles, si elles consentaient à le rejoindre.

Dans le jardin épiscopal, sous un soleil de plomb, tandis que l'évêque et ses gens sont retranchés derrière les persiennes closes, l'ex-intendant, qui a quitté sa tenue de voyage poudreuse pour le meilleur de ses habits, reçoit les représentantes des insurgées avec calme et dignité. Les pauvres femmes, intimidées, tombent à genoux devant lui en réclamant justice. Nicolas Foucquet leur parle avec douceur, écoute leurs plaintes, demande des détails. Il note les noms des hommes de troupe qui ont commis des exactions, promet réparation des iniquités fiscales les plus criantes. Mais avant tout acte de justice, il réclame le désarmement des insurgées et le retour à l'ordre.

Les déléguées hésitent, elles ne peuvent s'engager au nom de celles qu'elles représentent.

— Fort bien, dit l'intendant, allez donc les chercher et ramenez-les ici.

— Toutes ?

— Toutes.

La troupe des rebelles au complet entre alors dans les jardins de l'évêché. Nicolas Foucquet leur parle d'une voix douce, mais ferme.

— Croyez-vous que le Roy ne se soucie pas de vous ? Pourquoi pensez-vous qu'il envoie ses commissaires dans les provinces sinon pour écouter le peuple ? Si vous avez des plaintes fondées à adresser au Roy, consignez-les par écrit, je puis vous assurer qu'elles seront transmises à votre souverain. Mais si vous commettez l'erreur de prendre les armes et d'attenter à la personne des représentants de l'autorité, alors, le Roy vous enverra la troupe et vous serez punies de mort.

Son éloquence et son calme rassérènent les femmes.

Comme il fait très chaud, certaines d'entre elles, qui n'ont rien avalé depuis l'aube, se trouvent mal. Foucquet leur fait porter de l'eau et des fruits, une collation improvisée par les cuisiniers de Monseigneur l'évêque. Subjuguées par l'attention courtoise qu'on leur témoigne, les émeutières oublient leur colère et acceptent de se retirer dans leurs foyers.

Les compagnons de l'intendant le pressent alors de repartir, mais il entend laisser la ville en ordre. Le reste du jour, il tient donc une sorte de lit de justice dans le jardin épiscopal, recevant divers plaignants ainsi que leurs témoins, délibérant avec les autorités locales pour appliquer, tout de suite, quelques mesures simples — restitution de son bétail à un malheureux qu'on en a dépouillé, dédommagement d'une femme volée par la troupe…

Le soir, le calme semble définitivement rétabli et le disgrâcié peut songer à jouir enfin de sa disgrâce en reprenant la route de Tournon. Hélas, on lui mande que les collecteurs d'impôts, tremblants de terreur, sont toujours retranchés dans la citadelle et qu'ils veulent lui parler. Nicolas Foucquet ne croit pas pouvoir leur refuser ses bons offices et se rend à la citadelle.

Il assure aux collecteurs des tailles qu'ils peuvent sortir de leurs retranchements sans risque. Toutefois, mieux vaudrait pour eux, avant de poursuivre leur tâche, attendre l'arrivée du nouvel intendant du Dauphiné et celle du gouverneur Lesdiguières, qui amèneront en ville des renforts de troupe.

Le lieutenant du Roy se trouve là, lui aussi. C'est un personnage dur et imbu de sa personne que les gens du peuple détestent, car il n'hésite jamais à envoyer la troupe dans les fermes pour réquisitionner le grain. Le fait que des femmes en furie l'aient obligé à se réfugier dans la citadelle l'a ulcéré jusqu'au cœur, il entend bien les faire pendre toutes. Quant à ce jeune intendant qui a passé la journée, en chapeau à plumes et en habit brodé, à parlementer avec les harpies, le lieutenant du Roy le tient en aussi piètre estime qu'elles : un godelureau, un jean-foutre, qu'on a d'ailleurs démis de ses fonctions parce qu'il n'avait pas su tenir le peuple à sa place.

— Vous n'êtes plus intendant du Dauphiné, monsieur Foucquet, rappelle-t-il avec humeur, et n'avez aucune autorité pour parler ainsi que vous le faites. La seule personne qui puisse ici représenter le Roy, c'est moi.

— Fort bien, rétorque l'intendant, qui a sué sous le soleil toute la journée et qui n'a plus de voix à force de parler. En ce cas, je vous laisse à votre tâche et m'en vais vaquer aux miennes.

Et, sous le coup de la colère cette fois, il repart en effet sur-le-champ, en compagnie du conseiller Coste et de ses hommes d'escorte. Cependant les gens de Valence, ayant vu son entrée dans la citadelle, sachant qu'il s'est entretenu avec l'odieux lieutenant du Roy et qu'il lui a laissé le commandement de la ville, ne doutent pas que Nicolas Foucquet les ait trahis. Le méchant homme, pensent-ils, s'enfuit à présent avec les collecteurs d'impôts, abandonnant la population à la vindicte d'un soudard qui ne respectera aucune des promesses accordées.

A la nuit noire, le carrosse de l'intendant cahote sur la route de Tournon. Soudain, le long de la contrescarpe, son équipage est attaqué à coups de pierres. Plusieurs centaines d'émeutiers vociférants entourent la voiture, croyant que les collecteurs d'impôts s'y cachent. Foucquet passe la tête à la portière et tente de les convaincre qu'il n'en est rien, mais ne parvient pas même à se faire écouter. Il reçoit une pierre à la poitrine et manque défaillir.

— Traître ! Vous êtes complice de ceux qui nous assassinent !

A ce moment, le cocher parvient à dégager ses chevaux

et les fouette vigoureusement pour faire repartir la voiture. Hélas, l'une des bêtes glisse et s'abat sur les genoux, versant le carrosse dans le fossé. Cette fois, les agresseurs sont sûrs qu'on veut soustraire à leur vengeance les collecteurs détestés et se jettent sur l'équipage de l'intendant. C'est la débandade, toute la belle escorte fuit, cocher compris, laissant seuls Nicolas Foucquet et le conseiller Coste.

Ils voudraient bien s'échapper, mais c'est une nuit de poix et ils ne savent pas même où ils se trouvent.

— Bon, nous n'avons pas le choix, propose l'intendant, marchons aux émeutiers pour essayer de les raisonner.

Les voilà tous deux au milieu de trois cents ombres menaçantes, dont les yeux brillent à la lueur chancelante des torches. Foucquet n'a pas même le temps d'ouvrir la bouche. Les hommes se sont échauffés de se voir si nombreux et leur appétit de sang s'est aiguisé en poursuivant l'escorte débandée, dont ils sont parvenus à embrocher deux ou trois membres. Armés de gourdins, de faux, de hallebardes, ils ne connaissent plus que l'ivresse de la violence. Nicolas Foucquet est frappé à la tête et au corps, son habit est lacéré. Coste, blessé par un coup de pique, met la main à l'épée pour se défendre : ils sont aussitôt vingt à se jeter sur lui.

Foucquet ne voit plus son compagnon, terrassé qu'il est par le nombre. Lui-même avait un pistolet, mais il l'a perdu lorsque le carrosse a versé et se trouve à présent sans armes. Il rassemble son courage et parle avec calme.

— Vous voyez bien, essaie-t-il d'arguer, que je repartais seul avec mon escorte vers Tournon. Vous pouvez vérifier que mon carrosse, qui est cul par-dessus tête, ne cache pas le plus chétif collecteur d'impôts. Je vous donne ma parole d'honnête homme que les promesses que j'ai

faites seront respectées, pourvu que vous renonciez à la violence.

Quelques-uns parmi ses assaillants sont ébranlés par ces propos et cessent de frapper, le temps de réfléchir.

— S'il disait vrai ?

Les autres ne veulent d'abord rien savoir mais, à la longue, la persuasion de Nicolas Foucquet les convainct.

— Bon, ramenons-le en ville, proposent-ils enfin.

Aux portes de Valence, toutefois, Coste et Foucquet sont accueillis par une nuée de femelles enragées, qui accusent à nouveau le pauvre intendant d'avoir fait fuir les collecteurs d'impôts.

— Pourquoi l'aurais-je fait ? Ils ne sont pas mes amis. C'est même pour vous avoir défendus contre eux auprès du Roy que je suis disgrâcié, plaide Nicolas.

En vain. Les braves femmes veulent tout simplement le pendre.

— Au moins, permettez-moi d'être entendu en confession auparavant, réclame-t-il.

Cela déroute un peu les drôlesses, qui diffèrent la hart et le conduisent jusqu'à une taverne. Cependant, l'infortuné Coste, meurtri de toutes parts, répand son sang à flots et les excités qui le tirent à hue et à dia menacent de l'écarteler.

— Je vous en prie, laissez le conseiller en paix, supplie Nicolas Foucquet, c'est un homme de bien que vous connaissez tous et il n'a rien fait d'autre que me défendre ! Sa mort vous enverrait tous à l'échafaud ! Reprenez-vous avant de commettre l'irréparable, je vous en conjure devant Dieu !

De nouveau, l'éloquence de l'intendant fait vaciller la foule. Elle s'écarte du pauvre Coste, qu'on porte sur une table de l'auberge, où il demeure dans une inquiétante immobilité. Foucquet voit bien que son compagnon et lui sont cernés sans échappatoire. Il sent aussi que l'hésita-

tion des émeutiers ne lui est pas favorable, car ils sont maintenant inquiets d'avoir commis des actes impardonnables. S'ils tuaient le conseiller et l'intendant et jetaient leurs corps dans un ravin, peut-être ne retrouverait-on jamais les auteurs du crime ?

— Il faut donner les secours d'un médecin au conseiller, réclame doucement Nicolas Foucquet. S'il mourait, rappelez-vous que plusieurs témoins de notre agression ont survécu et la rapporteront aux autorités. D'ailleurs, d'ici quelques heures, certains parmi vous se seront calmés et, pour acheter leur salut, courront dénoncer les autres. Vous êtes trop nombreux pour demeurer longtemps d'accord ensemble.

Dieu Merci, les autorités de Valence, alertées par le tumulte, arrivent enfin pour porter secours aux deux agressés. Le conseiller Coste est transporté d'urgence dans un lazaret de religieuses. Il a perdu beaucoup de sang mais, après une nuit de repos, on cessera de craindre pour sa vie. Quant à l'ex-intendant du Dauphiné, il a été dépouillé de son argent, de ses papiers, de ses armes. On l'a frappé, égratigné, on a lacéré ses habits. Mais il n'est pas gravement blessé.

Le lendemain, le calme n'est pas rétabli et le lieutenant du Roy propose à Foucquet de lui faire quitter discrètement Valence. Ce dernier s'insurge : pour qu'on l'accuse à nouveau de fuir devant l'émeute ? Il ne partira que lorsqu'il saura la ville pacifiée.

Il s'oppose au lieutenant, qui veut faire donner la troupe. En l'absence de son successeur, déclare-t-il, il reste intendant du Dauphiné et le commandement des opérations lui appartient. Il prend sur lui de s'en justifier plus tard auprès du Premier ministre. Cette fois, le lieutenant du Roy, qui a bien été contraint de constater son impuissance devant la situation, est obligé de lâcher les guidons et de les rendre à Foucquet.

Ce dernier préfère constituer une milice bourgeoise de volontaires, qu'il charge de ramener le calme dans les faubourgs. Il promulgue aussi un texte défendant les accaparements de blé et le fait crier aux carrefours. Il reçoit les doléances de tous les taillables, instruit leurs affaires en bon juriste, fait arrêter des émeutiers mais aussi des accapareurs. La milice patrouille en ville.

Le tumulte s'apaise. Toutefois les mutins proclament qu'ils ne laisseront pas juger ceux de leurs camarades qu'on a capturés. Foucquet l'apprend. Il se rend alors au présidial pour entamer le procès des émeutiers et envoie chercher ceux-ci. Pour montrer au peuple qu'il ne le craint pas et qu'il entend bien que justice soit faite, il fait traverser deux fois la ville aux prisonniers sous une escorte solide de miliciens et de gens d'armes. Personne n'ose bouger...

Les notables de Valence, impressionnés par son courage, lui demandent de présider le tribunal qui va juger les séditieux.

— Non, répond-il, car ils m'ont agressé et je ne puis, en bon droit, être à la fois juge et partie. En outre, je ne veux pas qu'on croie que je pourrais utiliser la situation que vous m'offrez afin de me venger personnellement.

Il apprend alors que le duc de Lesdiguières arrive avec une chambre complète du Parlement de Grenoble.

— Suspendez toutes les procédures, ordonne-t-il, en attendant l'arrivée de ces magistrats, seuls compétents pour juger des crimes et délits commis.

Et ce n'est qu'après l'arrivée du duc, une fois que la ville est enfin aux mains des autorités, qu'il s'autorise à repartir vers son exil.

Voilà. Les magistrats invités chez mon oncle sont restés jusqu'à la minuit pour discuter l'affaire, madame d'Ormesson a servi de la citronnade et des abricots, les roses embaumaient dans l'air du soir. Puis un orage a éclaté du côté d'Auteuil et les invités, calmés un instant par la citronnade, se sont époumonnés de nouveau : la disgrâce de Foucquet leur restait en travers du gosier, qui n'était pas le fait de la Reine mais de Mazarin. Cette atteinte à leur immunité les chagrinait. Ils osaient espérer que l'heureuse issue des échauffourées de Valence entraînerait le pardon du disgrâcié.

Pour moi, je ne sais ce qu'il adviendra de lui. Je sais seulement qu'il est présentement, sans doute, dans l'antichambre du Cardinal, c'est-à-dire à deux pas d'ici, c'est-à-dire qu'il s'en faudrait de peu que je ne le visse : il pourrait, par exemple, rendre visite à mon cousin demain…

Je n'ai pas pu fermer l'œil et je m'aperçois que l'aube est proche. Ma chandelle est morte. Par la fenêtre ouverte de ma chambre montent les chansons des porteurs d'eau qui s'en viennent du fleuve. Je ne cesse de penser qu'on a failli le blesser, le tuer, qu'il est courageux, habile homme, grand stratège, que je l'admire, que je l'aime, que je ne sais plus où j'en suis…

CHAPITRE IV

Je ne vous écrivais plus, Marie, puisque vous m'aviez prié de ne pas le faire. Je m'efforçais d'oublier votre image, mais elle était gravée dans mon cœur tout comme votre lettre, dont je savais chaque mot.

Je n'obtins pas ma grâce, en dépit du fait, incontesté, que j'avais sauvé le Dauphiné d'une jacquerie comme il en éclatait dans toutes les provinces depuis dix ans, à cause de l'accroissement des impôts. Le chancelier Séguier fit valoir que les émeutes de Valence étaient la suite des émeutes de Moirans, et que si j'avais rempli ma charge en empêchant les premières, les secondes n'eussent jamais eu lieu.

Je partis donc vivre en Bretagne, dans la terre de Quéhillac que j'avais héritée de mon épouse. Je n'étais rien là-bas, pas même pour mes fermiers, qui ne m'avaient jamais vu. La grossesse difficile de mon épouse, aussitôt après nos noces, m'avait dissuadé d'entreprendre avec elle un voyage dans ses terres. Plus tard, après sa disparition, j'avais ajourné cette obligation qui, désormais, me pesait, confiant le domaine à un intendant. Aussi les hobereaux du cru, dépités que j'eusse boudé leur province au temps de ma fortune, m'abandonnèrent-ils à ma solitude lorsque j'y vins purger ma disgrâce. C'est à peine si le curé de la paroisse consentait à venir quelquefois partager mon souper.

L'intendant que j'avais commis avait fort négligé sa tâche : les bois étaient dans un état pitoyable, le parc en friche, l'étang asséché. Dans le manoir démeublé, je dus faire transporter l'indispensable, linge, vaisselle, mais aussi un lit, quelques fauteuils, des tapis, mes livres. Je n'eus toutefois ni le temps ni l'argent nécessaire pour faire réparer la bâtisse avant la mauvaise saison. L'automne, qui est précoce et pluvieux en Bretagne, vint s'engouffrer en sifflant dans les trous de mon toit. Parfois, la nuit, les sarabandes du vent me tenaient éveillé jusqu'à l'aube. Les immenses cheminées fumaient beaucoup mais ne chauffaient point. Je vivais en sauvage, en compagnie de mes livres et de mes chiens.

Coïncidence torturante, le château des Rochers, où vous séjourniez alors avec votre époux, ne se trouvait qu'à quelques lieues de mon domaine. Peu après vos noces, le marquis vous y avait emmenée et je savais que vous y passeriez l'automne, ne repartant pour Paris qu'à la fin de novembre. Mais je n'osais pas vous y faire visite, ne sachant quel accueil j'eusse reçu du marquis.

Plusieurs fois, je passai sous les murs de votre parc en espérant vous apercevoir en promenade. On disait que la nouvelle dame des lieux aimait beaucoup la vie campagnarde, montait à cheval, se baignait dans la rivière et parcourait facilement une lieue à pied chaque jour avant l'heure du dîner. Mais je n'eus pas la fortune de vous croiser sur les chemins d'alentour. Je me persuadai, ainsi, que le destin ne voulait pas d'une nouvelle rencontre entre nous.

L'année suivante vous ramena en Bretagne, à la fin de mai, en compagnie de votre tante Henriette de Coulanges, veuve du marquis de La Trousse. Vous étiez à

Rennes, logée en l'hôtel de Brissac. Le 25 juin 1645, je sus que vous assistiez à un baptême à l'église Saint-Etienne, comme marraine de l'enfant. Puis, en juillet, vous régliez des dettes et concluiez des fermages au nom de votre époux. Comme il était sur le point de partir pour l'armée, il vous avait donné procuration générale pour vous occuper de ses intérêts et ne vous rejoignit aux Rochers qu'à la mi-juillet.

La solitude dans laquelle j'étais enseveli depuis un an m'avait beaucoup changé. Mes livres ne suffisaient pas à la nourrir et j'en étais venu, vous sachant si proche de moi, à penser beaucoup à vous. Votre souvenir m'obsédait.

Plus tard, j'ai mis une sorte de rage à vouloir oublier cette période de ma vie, avec ses rêves, ses galops sur la lande, ses harangues désespérées aux arbres indifférents, avec la presque volupté que j'éprouvais à me savoir abandonné, trahi, injustement puni. Je me suis jeté dans la gloire avec frénésie, pour mieux oublier le mélancolique, le ténébreux que j'étais au plus secret de moi et que la Bretagne avait révélé. Pour mieux oublier aussi qu'en exil, mon humeur singulière m'avait conduit à éprouver pour vous ce qui ressemblait à de la passion.

Mais en ce temps-là, je n'en étais pas encore à tricher avec moi-même. Après des jours de tourment, à suivre vos faits et gestes de loin, je résolus de vous revoir. Madame de La Trousse vous servait de chaperon, aussi ne voulais-je point me présenter au château. J'attendis votre promenade vespérale, car je vous avais guettée plusieurs fois et savais à quelle heure vous faisiez le tour du parc. C'était un très beau soir d'été, un rossignol chantait quelque part. Je marchais à cheval le long du mur du parc. Je vous voyais, de loin, venir vers moi dans une allée dorée par le soleil et je m'apprêtais à vous héler, lorsque le roulement d'un carrosse derrière moi, sur la route, me détourna de mon intention.

Je pris le trot pour entrer dans le bois voisin, d'où j'observai, dissimulé aux regards, ce qui se passait. Le carrosse était peint à vos armes et transportait votre époux.

Vous demeurâtes tout l'hiver aux Rochers. Madame de La Trousse, qui souffrait de rhumatismes, repartit pour Paris en novembre 1645, vous laissant sans chaperon. Toutefois, monsieur de Sévigné s'éternisa, lui, en votre compagnie. Il avait voulu s'établir dans l'armée, mais l'affaire qu'il convoitait avait échoué et, demeuré sans emploi, il se résignait à s'occuper de ses terres. Il passait volontiers ses soirées près de vous, des notables des environs se joignant parfois à vos soupers.

Je désespérais, j'enrageais, voyant perdue définitivement l'occasion de vous rencontrer seule. Je ne pensais plus à rien d'autre qu'à vous, je rêvais de vous chaque nuit, le matin je vous écrivais des lettres que je déchirais, car elles me semblaient d'une effroyable pauvreté au regard des sentiments qui brûlaient ma poitrine.

Néanmoins, ce long séjour breton avait surtout pour but de régler des affaires et votre époux dut bien finir par se rendre à Rennes pour en venir à bout. Après des mois de consomption, dans un état d'égarement que j'ai peine aujourd'hui à me figurer, je sus qu'à la date de votre anniversaire, qui est proche du mien, vous seriez seule aux Rochers, et je complotai, pour la seconde fois, de vous rendre visite.

C'était un jour d'hiver ensoleillé, qui donnait par les vitraux de votre grand salon. La rougeur n'avait pas eu le temps de quitter votre visage, entre le moment où l'on m'avait annoncé à vous et celui où j'entrai dans la pièce. Un feu de hêtre crépitait dans l'âtre. Vous portiez une robe de velours vert et un ruban du même vert retenait vos épais cheveux blonds. A contre-jour, les rayons du soleil d'hiver vous faisaient un halo d'or mousseux, et la beauté de cette vision, encadrée dans la vaste fenêtre, me coupa le souffle un moment. Je ne pouvais parler, je restais là, stupide, et vous non plus ne trouviez rien à me dire.

Enfin nous reconquîmes l'un et l'autre un peu de raison. Pourtant je ne me souviens pas du sujet de notre conversation, or je ne crois pas avoir oublié le moindre de vos propos, car votre esprit m'a toujours enchanté. Il me semble que je vous complimentai, vous auriez le lendemain vingt ans et c'était pour ce prétexte que j'étais venu. Le temps passa. Nous sortîmes ensemble dans le parc, dînames ensemble, devisâmes. Le soir vint, vos serviteurs allumèrent les chandelles, vous ordonnâtes à souper pour deux, fîtes préparer une chambre, il n'était pas question de me laisser reprendre ces mauvais chemins boueux à la nuit noire...

Je crois n'avoir pas su retenir mon cœur, qui déborda jusqu'à mes lèvres. Nous bûmes du vin de Champagne pour fêter votre anniversaire. Vous m'écoutiez, vos joues étaient un peu chauffées par le vin bu, vos yeux brillaient, j'étais éperdu de vous.

A la fin du souper, c'est vous qui parlâtes. Le plus simplement du monde, vous me redîtes l'amour que vous aviez avoué deux ans plus tôt, combien il avait grandi en vous, nourri par l'admiration que vous inspirait ma conduite en Dauphiné puis dans la disgrâce. Vous me redîtes aussi que cet amour n'avait aucun droit d'exister et que nous devions nous interdire d'en jamais reparler. Si je vous eusse averti de ma visite, vous m'eussiez fait dire, affirmâtes-vous, que vous n'y étiez pas, car vous vous en teniez aux termes de la lettre précédant vos noces. Vous étiez désormais mariée et teniez à vous conduire loyalement. De fait, vous me priâtes de ne plus revenir vous visiter.

Je vous quittai à la porte de votre chambre sans imaginer rien, convaincu que vous auriez la force, en effet, de résister à l'immense désir qui nous avait portés, soulevés, éblouis ensemble depuis le matin. Je n'avais pas la moindre intention de vous faire faillir. Marie, je crois que cela, aujourd'hui, vous le pouvez croire.

Mais, durant la nuit, le destin se joua de nous. Je ne sais comment, votre chandelle mit le feu à vos courtines. Vos cris m'éveillèrent. Vous m'aviez logé non loin de vous mais vos gens, installés dans une autre aile et à un autre étage, ne les entendirent même pas. J'accourus, je vous saisis dans mon manteau pour éteindre le feu qui avait pris votre chemise et j'étouffai le début d'incendie sans trop de peine. Puis je revins vous offrir le secours d'un de mes onguents, parce que vous aviez été brûlée à la cuisse. Mes mains... mes mains découvrirent votre peau.

Son parfum, son grain doux jusqu'à l'impalpable, c'était comme d'accéder à l'éternité. J'éprouvai la sensation que, dans le plaisir qui m'était donné, je touchais à l'infini, à la perfection. Cela ne m'était arrivé par aucune autre femme que vous. Et vous... votre émotion semblait l'écho de la mienne.

Depuis lors, j'ai beaucoup lu les grands mystiques et j'ai acquis la certitude que l'extase qu'inspire un grand amour charnel est de nature semblable à celle qu'inspire l'amour de Dieu. Nombre d'humains traversent la vie sans jamais soupçonner que l'une ou l'autre grâce existent. Ce qui est rare, c'est le don de transmuter les vils métaux en or. Avec cet or, on peut ciseler une coupe pour désaltérer la femme aimée, ou bien le calice dans lequel porter le sang du Christ. Dieu nous donne les moyens, c'est nous qui choisissons la fin.

Le plaisir d'amour est une alchimie, car il n'a rien à voir avec la beauté des corps en présence, avec le savoir-faire amoureux de l'un ou de l'autre, pas même avec les sentiments qu'on se porte. On peut estimer et chérir une femme, la trouver belle, n'avoir à lui reprocher aucune gaucherie dans l'intimité, et cependant posséder sa chair sans émotion profonde. On aura plaisir à se rappeler ce qui advint, mais on se retrouvera pareil, après la nuit, qu'on l'était avant.

L'exaltation amoureuse qui transforme à tout jamais, qui fait dire, au matin, « cette femme-là est celle qui m'était destinée » tient de la magie. Pourquoi la courbe de vos épaules, le duvet de vos reins, la saveur de votre bouche sont-ils tout ce qui me bouleverse au monde et tout ce que je désire, je ne puis l'expliquer. On dit à la Cour que vous avez du charme, mais qu'il est de plus belles dames que vous. Cela n'a pas de sens pour moi. Penser à n'importe quelle partie de votre personne m'inspire à la fois le désir le plus immédiat, le plus manifeste dans mon corps, et en même temps le sentiment de la félicité céleste.

Je n'ai jamais douté, dès ce jour-là, que mon exaltation eût été partagée. Vous aviez montré à la fois de la ferveur et de l'innocence, qualités qui ne se peuvent mêler que dans le plus confiant des abandons. Le moment de l'amour est celui où l'animal, en nous, touche au plus près le divin. Qu'il manque la grâce, laquelle est plus fine qu'un cheveu, et l'appétit des sens nous fera basculer du côté de l'animal. Si la grâce s'y trouve, les mêmes gestes, les mêmes mots nous feront toucher au ciel, caresser l'âme de l'autre au travers de sa peau. J'ai aimé caresser votre âme, Marie. Je m'en ressouviens mieux que de toute autre chose et si j'avais à choisir entre les bonheurs que la vie m'a donnés, c'est celui-là que je voudrais revivre.

Je vous avais quittée un peu avant le lever du jour, épanouie dans vos cheveux. J'avais aspiré votre souffle dans un baiser, vous m'aviez ramené contre vous en nouant vos bras, puis laissé partir en murmurant mon prénom, les yeux clos. Au matin, lorsque je gagnai la salle à manger, je vous trouvai à la fois grave et gaie au déjeuner. Votre ton d'innocence me décontenança. Vous aviez l'air d'une fraîche petite rose, mais il manquait à vos regards, à vos sourires, le souvenir de nos caresses éperdues. Vous parliez de vos courtines brûlées comme d'un sujet de lettre amusante à faire à votre oncle de Livry ou à votre tante de La Trousse. Vous en plaisantiez avec moi, me remerciant d'avoir été là pour vous secourir.

Je me taisais, le cœur pris dans un étau. Je fus incapable de rien avaler, je ne sais plus ce que je dis, si jamais je parvins à proférer un son. Je me refusais à croire que vous n'eussiez aucune émotion de ce qui était advenu la nuit précédente. Cela restait gravé au fer rouge dans ma chair et je savais que nous en avions partagé l'exaltation. Jouiez-vous ce jeu pour me faire comprendre que nous devions en rester là, qu'il ne nous était pas permis de nous en souvenir ? Aviez-vous décidé de nous en punir tous deux en faisant comme si cela n'avait jamais été ?

Ayant retenu de notre conversation, la veille, que je n'avais point de cuisinier digne de ce nom, vous m'obligeâtes à repartir avec, dans mes fontes, des pâtés et des confitures. Vous étiez tendre, presque maternelle.

— Quand vous reverrai-je, Marie ? demandai-je à la fin comme un enfant transi.

— Il ne faut pas revenir.

— Pourrai-je au moins vous écrire ?

— Non, ce serait déraisonnable. Tenez-vous à la promesse que vous m'avez faite.

— Mais, Marie, ce qui s'est passé cette nuit...

— Il ne nous est pas interdit de nous en souvenir au secret de nos cœurs, mais cela ne doit jamais plus se reproduire.

— Pourquoi ? ne pus-je m'empêcher de demander.

— Parce que je vous aime. Je vous l'ai dit hier et cela ne se peut changer.

Je vous regardai, indécis, éperdu.

— Je ne comprends pas, alors, ce qui peut nous séparer. Je vous aime en retour.

— Nous n'avons pas voulu ce qui est arrivé cette nuit mais nous pouvons continuer de vouloir ce que nous avions décidé hier. Je vous le demande, Nicolas. J'aurais été fière qu'on vous donnât ma main car auprès de vous, le mariage eût pris un tout autre sens. J'ai toujours cru que vous auriez un destin, un destin bien plus grand que le mien. Tous deux ensemble, nous aurions accompli de belles choses, nous sommes faits pour la lumière. Etre aujourd'hui votre maîtresse clandestine serait comme renoncer à vous, à celui dont je voulais être la femme. Dieu nous a donné une nuit parfaite — oui, je crois que c'est Dieu et non le diable. Contentons-nous de ce bonheur inattendu. S'acharner à en reproduire les magiques conditions ne ferait que le corrompre.

Pourtant, au moment où je m'éloignais de votre perron à cheval, vous fîtes quelques pas dehors pour me rejoindre. Je crus que vous alliez me retenir par la bride, vous jeter dans mes bras.

— Prenez soin de vous, me dîtes-vous en me serrant la main, les larmes aux yeux. Nous vous admirons.

Je piquai des deux, mon cheval prit le galop et je me retins de me retourner. Je ne voulais plus rien, ne comprenais plus rien, des larmes m'aveuglaient, j'étais anéanti.

Je ne savais pas qu'il nous faudrait plusieurs années,

Marie, pour nous rejoindre. Je ne savais pas que durant ces années, mille fois j'évoquerais avec regrets, avec rage, avec délices, l'éblouissement du 5 février 1646. Au milieu des soucis de plus en plus lourds qui m'accapareraient, durant la guerre civile qui nous placerait dans des camps adverses, je ne savais pas combien souvent votre image m'apparaîtrait ; combien souvent je me demanderais si vous m'aimiez encore, aussi limpidement que vous me l'aviez dit ce matin-là droit dans les yeux, et si vous étiez brûlée du même souvenir que moi.

Une partie de moi admirerait votre sagesse. L'autre se rebellerait contre l'injustice de votre décision. Durant nos années d'épreuve, ce combat en moi ne serait jamais résolu. J'irais souvent tel un vaisseau démâté, naviguant à vue dans la tourmente. A peine percevrais-je, plus nettement que mes contemporains, que nous traversions des temps de passion incohérente, parce que ma propre vie serait l'image de ce qui advenait alentour.

5 février 1646, aux Rochers.

Ce jour est l'anniversaire de mes vingt ans. L'Ecureuil est venu me rendre visite hier, sans lui j'eusse été seule pour fêter ce moment.

Je ne m'attendais pas à le revoir, quoique j'eusse connaissance de son exil tout près des Rochers. Je ne m'attendais pas à le revoir, pourtant j'ai eu conscience, lorsqu'il est entré dans mon salon, d'avoir espéré sa venue sans répit, de n'avoir pas cessé un instant d'y songer depuis que je suis ici.

Il est reparti ce matin. Mais le destin, cette nuit, s'est joué de nous. Tandis que je m'étais assoupie en lisant, ma chandelle a enflammé mes courtines. C'est la douleur qui m'a éveillée, ma chemise commençait à brûler. Personne d'autre que lui ne m'avait entendue crier. Il est arrivé en courant, encore botté et vêtu, et il a éteint le feu sur moi tout de suite en me couvrant de son manteau. Puis en arrachant la courtine et en la piétinant, il a étouffé le reste des flammes. Il m'a réconfortée, a proposé d'appeler mes gens.

J'étais d'avance fatiguée du tumulte qui se ferait après coup pour un incident déjà clos, des gloses sur le pourquoi du comment, sur ce qu'il aurait fallu faire depuis longtemps, sur ce qu'on avait prédit qui finirait par arriver parce que je lis à la chandelle dans mon lit… Bref, j'ai préféré de ne pas ameuter la maison. Cependant je souffrais d'une brûlure à la cuisse et il n'a pas voulu me laisser en cet état. Il s'en est allé chercher dans son bagage un baume de sa composition pour les ulcères et brûlures — sa mère et lui, je le sais, sont des herboristes de qualité. Il est revenu soigner ma blessure. Et les gestes de ses mains se sont fait caresses sans que je les refuse…

Ce matin, mon appartement sentait la fumée et les courtines étaient ravagées, mais point d'autres dégâts spectaculaires. J'ai ordonné qu'on me déménageât dans une autre chambre en attendant que le tapissier refît la garniture de celle-là, de sorte que j'ai pu, de nouveau, éviter de transformer en drame pour veillées bretonnes un incident domestique. Nul n'en parlera plus demain.

Nul ne saura que ma vie en a été changée.

Que dis-je, c'est moi qui suis changée. Cette nuit m'est arrivé ce qui ne m'était pas advenu quand je suis devenue marquise. J'avais pressenti qu'un tel éblouissement pouvait exister, quand tout l'être s'embrase ensemble, quand on s'abandonne du corps et de l'âme, quand le vertige né d'une caresse se propage de la surface de la peau jusqu'aux abîmes du cœur. Mais mon imagination était en deçà de la réalité.

Au premier déjeuner, j'ai parlé au primesaut, mais

c'était en vain, je crois que ma transformation se devait voir. Il avait l'air étrange, lui aussi, comme s'il s'éveillait d'un songe. Mais ce n'était pas l'air d'un mari comblé. Je me rappelle, au lendemain de ma nuit de noces, cette sorte de familiarité qui s'était instaurée entre Henri et moi, comme celle de deux chiots d'une portée qui se reniflent et se reconnaissent. Rien de semblable dans l'attitude de l'Ecureuil. Le trouble entre lui et moi était vertigineux, pétrifiant. Impossible de nous toucher, de nous regarder, comme si nous avions scellé la nuit même, en mêlant nos corps, quelque pacte de sang.

Amour. Etrange lacune qu'il n'existe qu'un seul mot pour dire ce que l'on peut simplement faire, comme on fait le ménage ou les comptes, en bonne économie domestique. Et ce qui peut vous faire un être différent, vous métamorphoser. Je comprends qu'on puisse engloutir, dans cet abîme entre deux sens, des volumes de littérature.

Ce n'est pourtant pas ce que je ferai. Je ne diluerai pas cette nuit en mots. Je me sens lourde et secrète, pleine et apaisée. Qu'importe de nommer, de décrire ce qui le fut cent fois et le sera mille encore, mais reste, pour quiconque en reçoit la grâce, un joyau singulier ? Il m'a rendue femme. Ce fut comme une visitation. Cela peut sembler une comparaison blasphématoire et pourtant, je ne vois que la présence de Dieu pour inonder l'être avec cette évidence.

Il est parti ce matin, il fallait qu'il partît. Je lui ai ordonné de ne plus m'écrire, de ne plus me revoir, cette décision avait été prise avant la nuit et la nuit ne la pouvait changer, quoiqu'elle m'eût changée, moi. Il n'existe pas la plus petite colline, sur la carte du Tendre, où nous pourrions nous rejoindre. Je l'aime si violemment qu'un tel amour ne pourrait s'installer dans la coquetterie. Je ne veux ni d'un adultère ni d'un enlèvement. Je ne m'accor-

derais de l'aimer que s'il m'était permis d'en être glorieuse à la face du monde. Mais je ne suis pas libre et n'ai aucun droit de l'emporter dans mes entraves. Dès lors que je ne puis être à lui autant qu'il est à moi, je m'interdis de lui.

J'ai employé toutes mes forces à l'en convaincre mais, lorsque la chose fut accomplie et l'écho de son galop étouffé dans l'allée, je suis tombée inerte devant la cheminée, où je suis restée plusieurs heures comme une morte.

Avec le temps il comprendra que j'ai raison. Si nous agissions autrement, nous irions déchirer cet amour, de petits remords en déceptions sourdes, et viendrait l'usure de l'âme, l'irréparable désenchantement.

Je souffre. Pourtant, ce n'est pas une souffrance amère. Mon cœur est à la fois meurtri et léger, comme s'il avait été saigné. Je sens entre l'Ecureuil et moi la force, la lumière d'un sentiment inaltérable. Ce sentiment n'aura pas d'histoire mais demeurera. Je m'estime fortunée de l'éprouver, de savoir, aussi, qu'il est partagé, et je crois, je veux croire qu'il saura me porter par-dessus l'écume des choses.

CHAPITRE V

Ma chance avait tourné, de sorte que je n'eus pas à m'évertuer pour ne pas transgresser votre vœu. Deux jours après notre rencontre, Mazarin me rappelait à son service, pour m'envoyer en observateur en Catalogne, où les armées françaises guerroyaient. Le comte d'Harcourt s'était enlisé dans le siège de Lérida et réclamait à cor et à cris des vivres, des munitions, des renforts. Une armée avait déjà échoué devant cette place forte et l'on avait accusé le Premier ministre d'en être responsable pour n'avoir pas fourni les subsides nécessaires aux troupes.

J'arrivai en pleine confusion, croisant sur mon chemin des hommes débandés. L'ennemi venait de tenter une manœuvre qui avait obligé l'armée de monsieur d'Harcourt à lever le siège. S'ensuivait une scission de l'état-major, les uns tenant pour le commandant en chef, les autres affirmant que c'était un incapable. Le comte d'Harcourt avait mis aux arrêts les officiers rebelles à son autorité, ainsi que le commis à l'extraordinaire des guerres et deux de ses aides, accusés de concussion et de fausse monnaie. Je me montrai le plus discret possible, recueillis de nombreux témoignages parmi les troupes, établis un rapport franc et sincère sur la gabegie qui régnait à Lérida et recommandai la libération de messieurs de La Trousse et de Mérinville, les maréchaux de camp arrêtés par le comte.

Le Cardinal fut très satisfait de mon office. Je fus reçu par lui à mon retour de Catalogne, ainsi que par la Reine mère, toujours avide de nouvelles venant de son pays natal, secrètement déchirée de se trouver en guerre avec lui. Elle écouta en silence le récit que je lui fis, puis à la fin soupira. Elle croyait, en m'entendant, ressusciter les odeurs et la rumeur de la terre d'Espagne...

A cette petite phrase, je compris sa nostalgie. Nous nous trouvions dans une de ces salles claires du Palais-Royal, qui rappelle les palais italiens et que la Reine a choisi d'habiter par dégoût du sombre Louvre, et je me rappelai soudain le doux soleil castillan. Cela m'inspira de la compassion pour la Régente. Ce que raillaient les chansons à boire — une liaison avec Mazarin — était peut-être vrai, mais combien pardonnable, pour cette femme exilée loin de son chaud pays, épouse négligée puis veuve portant le fardeau du pouvoir ! L'Italien l'avait soulagée de ses soucis de souveraine et, peut-être aussi, de ses tristesses de femme.

La Reine me garda encore un moment. Il se trouvait que ma mère, qui était aussi experte en herboristerie que sainte femme, avait élaboré une eau dont les médecins se servaient pour soigner les dartres et qu'on l'avait recommandée à Sa Majesté. L'ayant essayée, elle en avait trouvé sa santé fort améliorée. Elle me le dit, me chargeant de remercier ma mère pour elle, dont elle admirait par ailleurs les œuvres charitables.

Elle avait donc une double raison de me faire bonne figure et, pour me manifester sa bienveillance, suggéra au Cardinal de m'accorder un vrai retour en grâce.

— Que proposeriez-vous, madame ? demanda-t-il d'un air innocent, en roulant les r.

Elle songeait à l'intendance de l'armée qui était

concentrée en Picardie sous le commandement de Gaston d'Orléans. Mais, de fait, Monsieur était en Bourbonnais à prendre les eaux et cette armée n'avait pas de tête. La Reine m'offrait ainsi mieux qu'un retour en grâce : une promotion. Je baisai la main de ma bienfaitrice. Le Cardinal sourit de son sourire italien et hocha la tête.

— Fort bien, monsieur Foucquet, vous voilà donc à dater d'aujourd'hui intendant de l'armée du Nord...

6 mars 1646, aux Rochers.

Depuis quelques jours, je ne veux plus respirer aucune odeur de nourriture, je suis dégoûtée de rôti, de bouilli, de cru et de cuit. Mais au lieu de s'affliger et de quérir le médecin, ma tante et Henri, qui sont de retour aux Rochers, se contentent de me regarder d'un air ravi en cherchant des prénoms dans l'histoire de la famille et, aussi, des partis pour une fille et des charges pour un garçon.

Je regarde leur exaltation en étrangère, l'idée d'avoir un enfant ne me touche point, ni d'espoir ni d'effroi. Ma mémoire s'obstine sur ce matin où j'ai vu l'Ecureuil partir à cheval, si désemparé, si sombre. Lorsque je prétendais parvenir à ne plus souffrir, je me leurrais. L'apaisement de la douleur, je ne l'obtiens qu'au prix d'un engourdissement de tous mes sentiments. Le monde m'apparaît décoloré, indifférent. Chaque foulée qui l'éloignait de moi me faisait mourir un peu, mais je ne le savais pas...

8 mars 1646, aux Rochers.

La sage-femme qui a accouché plusieurs générations de Sévigné dans ce château, Françoise Coudrier, m'a confirmé mon état. Henri est guilleret comme s'il avait gagné à Rocroi. Moi, je me sens comme un cheval qui a mangé trop de pommes vertes, mais on ne cesse de me féliciter, j'aurais donc mauvaise grâce à me plaindre.

17 mars 1646, aux Rochers.

Ce tantôt, je n'allais pas bien. Françoise Coudrier étant indisponible, on a fait venir une autre accoucheuse, une vieille femme d'un bourg voisin. Après m'avoir tâté le ventre, elle m'a dit que c'était un enfant de février. Je n'ai point relevé ses paroles et suis aise que personne d'autre que moi ne les ait entendues, car elles auraient semé le trouble dans mon entourage comme elles l'ont fait dans mon esprit.

Henri m'a quittée en janvier et n'est revenu qu'en mars — ce que la vieille ne pouvait savoir, mais ce dont la Coudrier est avertie, car sur nos terres, on n'ignore rien de nos allées et venues. Aussi cette dernière m'a-t-elle supposée, comme tout le monde ici, enceinte d'avant le départ d'Henri. Mais si j'ai accepté de le croire, c'était en dépit de ce que m'en disait mon corps. En vérité, ce n'est que depuis la mi-février que je suis malade…

Cet enfant peut-il être celui de la nuit magique ? Dieu, si un tel cadeau m'était accordé !

Non, je ne dois pas le croire, cela ne peut pas être. Et puis je risquerais, si je me trompais, de refuser à ce petit, par déception, une part de l'amour qui lui est dû.

La vieille femme ne reviendra pas, heureusement. Mieux vaut effacer ses paroles de mon esprit.

18 août 1646, aux Rochers.

Tout est prêt pour accueillir l'héritier des Sévigné au début d'octobre, à Paris où nous serons dans trois semaines. Mais ils ont beau dire, sage-femme, tante, matrones de Bretagne, je ne me vois pas accoucher avant la Toussaint.

Qu'adviendrait-il, si j'avais raison ? Prétendraient-ils que j'ai couvé mon enfant trop longtemps ? Il paraît que cela arrive. Je ne crains guère un scandale domestique. Quelques semaines de différence n'y changeraient rien pour Henri, qui sait que je n'ai point quitté le fond de la Bretagne et qui ne m'imagine point capable d'adultère, m'estimant froide aux choses de l'amour.

Pour moi, en revanche, ces quelques semaines changeraient tout. J'ai beau m'interdire d'y songer, je ne songe qu'à cela.

Paris, rue des Lions, 11 octobre 1646.

Je suis accouchée hier d'une fille, à la date supposée par tout mon entourage. Je me suis donc trompée.

Cependant, quoiqu'ils eussent tous prévu l'événement sans la moindre erreur, aucun d'eux n'était là pour m'assister. Henri avait affaire en Bretagne. Ma tante Henriette de La Trousse était occupée auprès de sa fille aînée, mon autre tante de Coulanges, Marie d'Ormesson, ma chère tutrice, était malade. Ce fut son frère Olivier qui eut pitié de moi et m'envoya son épouse et sa mère, sans lesquelles j'eusse été vraiment abandonnée.

La petite se nomme Françoise-Marguerite. Ce n'était pas l'enfant de février. Et pourtant… Je ne sais s'il en va ainsi pour toutes les mères, mais j'ai senti, dans l'instant premier où je l'ai vue, quelque chose de très doux et de très fort naître entre elle et moi, une sensation comme je n'en avais plus connue depuis des mois. Un lien nous unit, pour peu qu'elle ait l'âme chevillée au corps. Ma tendresse — ou ce que je suis encore capable d'en donner — ne lui fera pas défaut, d'où qu'elle soit venue.

15 octobre 1646.

Hélas, faut-il que cette tendresse ne serve de rien ? Personne autour de moi ne semble miser beaucoup d'espoir sur la vie de Françoise-Marguerite. L'on me presse de la baptiser sans attendre le retour d'Henri. Pauvre petite, il est vrai qu'elle est chétive, on dirait une poupée.

16 octobre 1646.

J'ai fait quérir un médecin pour l'enfant. Il est venu ce tantôt et m'a longuement questionnée. Puis il m'a déclaré qu'il trouvait Françoise-Marguerite disposée à vivre.

— Simplement, comme tous les enfants nés avant terme, elle sera sans doute un peu fragile de la poitrine.

J'ai tressailli :

— Pourquoi pensez-vous qu'elle est née avant terme ?

— A cause de ce que vous m'avez dit de vos cycles et des symptômes de votre état au fil des mois.

Mon cœur a chaviré. Je le crois. Je crois que la vieille Bretonne, tout comme ce médecin, ont dit vrai, je crois que ce brimborion de fillette est, après tout, l'enfant de février, née de l'homme que j'aime. Ellle m'aidera à vivre, elle rendra saveur à la coulée des jours. Elle prolongera le charme par-delà lui et moi, elle sera l'histoire que nous ne pouvions pas avoir. Je sais bien que si elle est sa fille, mon péché est plus grand, mais je m'accommoderai de cela avec Dieu. Ce n'est pas seule-

ment une grâce pour moi. Il me semble que c'est la promesse pour elle d'être mieux dotée par le sort.

Je me moque des oiseaux de mauvais augure, elle vivra parce que je veux qu'elle vive.

18 décembre 1646, rue des Lions.

Monsieur le Prince[1] *a été enterré hier. Après les funérailles, monsieur de Sévigné et moi, entraînés par mon cousin Bussy, avons soupé à l'hôtel de Condé, chez le duc d'Enghien, désormais monsieur le Prince. C'était une soirée intime, compte tenu du deuil, mais cependant chaleureuse. Sa sœur, la duchesse de Longueville, se trouvait là aussi, entourée de sa Cour, ainsi que ma chère duchesse de Châtillon. Nous nous disons couramment « ma sœur » à cause que nos pères, amis inséparables et compagnons de duels, s'appelaient entre eux « frères » autrefois. Elle m'a complimentée d'avoir si vite retrouvé ma taille et ma bonne humeur.*

— Ma bonne humeur ?

— Ma chère, il est connu que le premier enfant qu'on met au monde rend parfois mélancolique. Durant plusieurs semaines après sa naissance, on ne cesse de pleurer sans savoir pourquoi.

— Je n'avais jamais ouï dire une telle chose.

— Bien sûr, vous avez échappé à cette infortune. Telle que je vous connais, le lendemain de vos couches, vous deviez déjà rire à vous faire mal au ventre ! Vous êtes d'une nature gaie.

Comme Isabelle se trompe, ainsi que tous les autres ! On me croit gaie parce que j'ai décidé d'en donner

1. Condé. Son fils, le duc d'Enghien, devient donc à sa mort prince de Condé — le Condé de la Fronde.

l'apparence : une sorte de politesse du désespoir. Mais dès je suis seule, je retombe dans mon engourdissement. Tout me rend morne : j'ai le sentiment que la moindre chose désagréable qui advient n'a été voulue par la Providence que pour me garder dans ma torpeur attristée : la disette en Poitou, le froid en Artois, la mort du vieux prince de Condé, par exemple, quoique je l'aie à peine connu. L'impossibilité où je suis de réveiller mon cœur ne fait que m'affliger plus encore.

Pourtant, je suis bien sûre que ma pouponne n'y est pour rien, c'est l'enfant la plus facile du monde, on ne l'entend que babiller et sa nourrice en est folle. Elle seule parvient à faire fondre, dans les instants où je suis avec elle, le noyau de glace qu'est devenu mon cœur.

22 février 1647, rue des Lions.

Les Ormesson ont soupé chez nous hier soir, après quoi nous sommes allés place Royale chez le président de Novion, qui donnait en son hôtel le « Ballet des rues de Paris ». Il y eut une échauffourée vers la minuit, le fils de monsieur Amelot, conseiller au Grand Conseil, ayant voulu forcer la porte de la maison comme un malandrin pour participer à la fête. Il avait bu et tira son pistolet contre les suisses du président. Aussitôt il fut saisi, désarmé, bien battu et jeté sur le sable de la place. Après quoi, le ballet interrompu put reprendre.

Il paraît que c'est une nouvelle mode pour les jeunes gentilshommes que de s'inviter ainsi chez les gens. Comme si ce n'était pas assez des spadassins, des demoiselles du Marais et des tire-laine qu'on croise dans nos rues le soir, il faut, désormais, se méfier des fils de nos meilleurs amis…

Ma tristesse ne se console guère, je trouve partout les

fêtes mornes, les conversations vaines, le vin amer et le potage fade. Je crèverais plutôt que de l'avouer, car je n'aime pas dévoiler le fond de mon âme. Et puis, je n'ai pas le moindre motif à ce désenchantement, je n'ai pas le droit d'en avoir un. Aussi m'appliqué-je à singer la gaieté. Il paraît que je n'y parviens pas trop mal, tout le monde est enragé pour m'inviter à souper, à danser, à jouer aux charades, à voir les pièces de monsieur Racine.

Dès le printemps, ce tourbillon finira, nous irons en Bretagne. Monsieur mon époux le veut ainsi, il n'a pas digéré l'affaire de sa charge manquée et prétend que nous n'avons pas les moyens de mener un train digne de nous à Paris. Je crois plutôt qu'il est fâché qu'on me courtise autant, qu'on me veuille partout, alors qu'il est lui-même marri d'avoir été repoussé par certaine dame dont on s'est empressé de me dire le nom et que je me suis empressée d'oublier.

Il pense me punir en m'emmenant aux Rochers. S'il savait combien je suis plus morose que lui ! Comme les galanteries, les compliments dont on m'assomme m'importent peu ! J'irais volontiers au fond de l'Inde ou de la Chine s'il le voulait.

Les Rochers, 16 avril 1647.

Me voilà donc de retour dans mes terres, où je m'accommode comme je peux d'une compagnie de vieilles filles, de curés gourmands, de hobereaux imbus de poésie. Ma tante de La Trousse me chaperonne. Henri chasse tous les jours quand il n'est pas à Rennes pour ses affaires. J'ai trouvé une nourrice bretonne pour Françoise-Marguerite, qui prospère à vue d'œil : du moins semble-t-il que la campagne réussisse à cette mignonne.

Je marche beaucoup dans nos bois, dont je projette de

faire un parc si la Providence nous en accorde les moyens. Il suffirait de peu de chose, éclaircir les futaies, ouvrir des allées, tailler les plus vieux chênes, pour que cela ressemble enfin à quelque chose. J'aime les jardins, voilà un domaine où l'on crée lentement, mais sûrement. Il faut prévoir un paysage pour dans vingt ou trente ans, imaginer la croissance patiente de ces grands êtres immobiles que sont les arbres : l'idée me séduit. Cela ressemble un peu à la sagesse des tailleurs de pierre qui faisaient les cathédrales. J'aimerais bien, de ma vie, faire cette sorte d'entreprise, entamer une œuvre dont je sache qu'elle m'occupera jusqu'à mon heure dernière et demeurera après moi. Une tapisserie de Bayeux, peut-être?

J'ai eu d'affreux serrements de cœur en revenant ici, plus d'un an après la visite de l'Ecureuil. Son souvenir m'a suivie partout douloureusement durant plusieurs jours. C'est moi qui ai voulu que nous ne nous revoyions plus, que nous ne nous écrivions pas. Mais il serait vain de me dissimuler encore à quoi, à qui je devais le dégoût de vivre qui m'a ployé les épaules depuis un an. Il me faudra du temps pour gagner cette sérénité que, présomptueuse, je me vantais auprès de lui de posséder. Il hante mes rêves, je crois voir son ombre partout et mes nuits frissonnent de souvenirs interdits...

Pourtant, le printemps est arrivé, du vert transparent frémit sur les arbres. Cela ne me fera-t-il plus jamais sourire?

10 août 1647, aux Rochers.

Je suis grosse de nouveau. Voilà réglée la question d'un possible retour à Paris. Comme je rends de la bile tous les matins, que j'ai des vapeurs et que j'ai beaucoup engraissé, paraître dans le monde parisien en cet état ne me dit rien qui vaille. Ma tante Henriette restera donc avec moi jusqu'à mon terme et j'accoucherai ici.

Je marche dans nos bois, je me soûle de vent, mais cela est vain, mon cœur ne cesse de revenir aux mêmes souvenirs. C'est moi qui ai voulu que nous ne nous revoyions pas, pourtant je ne cesse de penser à lui. En vérité, mes mille activités, les courses, les ordres, les lettres, les voyages pour être marraine ici, pour régler des fermages là, tout le mouvement que je fais — et qui conduit mon entourage à me comparer à un toton, à dire que ce n'est pas la peine d'être en Bretagne pour m'agiter comme à Paris — n'ont qu'un seul but : me distraire l'esprit de la pensée qui l'obsède. Malheureusement, mon état présent m'oblige à calmer ce rythme effréné. D'ailleurs, ma tante Henriette est résolue à m'empêcher de bouger, elle pense que j'attends un garçon et ne veut pas que je le perde.

12 août 1647, château des Rochers.

J'ai reçu hier la visite de monsieur de Tonquedec, gentilhomme breton de vieille souche, qui a du panache comme on n'en a plus que dans ce pays-ci. Il est amoureux de moi depuis la première fois que je suis venue en Bretagne, jeune épousée, il y a trois ans. Cela se traduit, selon l'étiquette bretonne, par une vénération qui rend l'échine très raide, la mine farouche et les yeux mourants. Toutefois, Tonquedec ne manque pas d'esprit quand il consent à parler. Il a bien voulu me tenir compagnie dans ma promenade et sa façon de dire ses sentiments n'était ni ridicule ni affectée. Sa manière de me regarder, aussi, me faisait ressouvenir que j'étais femme, ce qui m'a réchauffé un peu le cœur.

Je ne devais pas vous revoir, Marie, durant plus d'un an. L'année 1647 fut consacrée à la campagne de Picardie. C'était une vie toute militaire, sans grand agrément, une vie de camp, de piétinements dans la boue, de secousses sur des routes infâmes, de bivouacs dans des demeures de fortune mal chauffées. Ce ciel bas, gris, des plaines du Nord, comme je l'ai haï ! En Bretagne, je n'avais jamais éprouvé de tristesse semblable, la sauvagerie de la nature était pour moi roborative.

Néanmoins, je m'acquittai de ma mission à la satisfaction du Cardinal et achevai, de la sorte, de rétablir mon crédit au Palais-Royal.

Je pensais sans cesse à vous, j'en avais tout le loisir au long de mes veillées devant l'âtre des auberges, au son mélancolique des violes de village. J'avais appris, dans une lettre de ma mère, que vous étiez accouchée d'une fille le 10 octobre 1646, huit mois après notre dernière rencontre. J'avais regretté que ce ne fût pas neuf et qu'à ce mois près, elle ne fût pas mon enfant. Alors, elle fût demeurée près de vous pour vous faire ressouvenir de moi.

J'étais malheureux. Je vous avais perdue et je n'avais rien ni personne à aimer. Je me rappelais le grand destin dont vous m'aviez parlé et il me semblait, à l'heure des bivouacs, que c'était une ironie cruelle que vous ajoutiez à ma désolation.

CHAPITRE VI

Les Rochers, 24 janvier 1648.

Je ne bouge plus, je suis comme une balle de foin et j'ai hâte que cela finisse. La sage-femme pense, comme ma tante, que ce sera un garçon, à la façon dont je le porte.

Il paraît que le Parlement et le peuple s'agitent contre Mazarin à Paris en refusant les taxes nouvelles inventées par le Cardinal et aussi, la création de nouveaux offices.

Ces échos, qui viennent par mon cousin Bussy jusques en mon désert, me semblent parvenir de la lune.

13 mars 1648, aux Rochers.

Je suis accouchée hier d'un garçon, et ne suis pas peu fière d'en remontrer à Bussy sur ce chapitre, lui qui ne fait que des filles…

Tous les fermiers, régisseurs et gens de mon mari sont venus m'en féliciter, c'est un défilé ininterrompu. Ma bonne tante dit qu'ils vont m'épuiser, mais Henri prétend que des générations de marquises de Sévigné ont survécu à ce rite avant moi. Voilà. Marquise de Sévigné je suis, je fais donc des enfants et le temps passe… Il y a de pires destinées au monde.

Je me suis donné pour règle, il y a longtemps, de ne jamais me plaindre et de m'enjouer des moindres riens. A la longue, c'est devenu ma seconde nature. Je rends grâces à Dieu de pouvoir être tout de même gaie quand je suis triste.

Et puis, cette fois, mon enfantement est différent. Le corps parle et m'encombre, je le laisse donc prendre la place du cœur engourdi et je m'amuse de mon petit garçon tout rond, tout rose... Il me permet de penser un peu moins souvent à l'objet de mon tourment.

Comme je voudrais parvenir à donner enfin, à cette nuit de mes vingt ans, les dimensions d'un rêve ! Mais quand l'Ecureuil revient hanter ma mémoire, c'est aussi ma peau qui frissonne sous la caresse du souvenir...

En avril 1648, Mazarin me rappela à Paris. Une période de troubles s'annonçait et le Cardinal avait besoin de rassembler autour de lui les fidèles de la monarchie. Ayant jugé, au travers de mes diverses missions, que je méritais sa confiance, il me nomma intendant de Paris. Je m'installai dans la maison de mon père, rue de Jouy. Mes responsabilités étaient lourdes : surveiller la levée de l'impôt, contrôler les étapes militaires, veiller à la subsistance des Parisiens. Et calmer, si possible, l'atmosphère orageuse qui régnait dans la capitale.

Le Parlement protestait depuis des mois contre la multiplication des offices, que le Cardinal vendait à tours de bras pour remplir le Trésor. Or, affamés d'argent pour la guerre, la Reine et son ministre venaient de créer une nouvelle fournée de maîtres des requêtes. Cela ulcérait non seulement les parlementaires, mais aussi les maîtres des requêtes antérieurement nommés, qui voyaient soudain, par cet afflux de concurrents avec lesquels partager, leurs prérogatives et leurs bénéfices diminuer.

Le 13 mai, les cours souveraines, généralement antagonistes, constituèrent sous l'égide du conseiller Broussel une union, la Chambre Saint-Louis, pour s'opposer à l'exécution des édits créant de nouvelles charges. Beaucoup de maîtres des requêtes se joignirent aux magistrats. La Reine, la rage au cœur, dut accorder les réformes demandées.

Le 26 août, elle se rendit en carrosse à Notre-Dame assister à un *Te Deum* en l'honneur de la victoire de Lens. Au retour, des officiers de son cortège arrêtèrent le conseiller Broussel sur son ordre. Elle espérait, en détenant cet otage, faire rendre gorge à la chambre Saint-Louis. Mais la nouvelle, répandue dans Paris comme une traînée de poudre, suscita aussitôt la révolte. Le lendemain, 27, ce fut l'insurrection. Marchands, artisans, confréries et compagnies de milices dressèrent dans les rues mille deux cent soixante barricades. La Reine, assiégée dans son Palais Royal, dut consentir, sur la demande du Parlement lui-même pressé par la foule, à libérer Broussel.

Il fallut plusieurs jours pour rétablir le calme. Mais ce n'était qu'une apparence, car, à l'occasion des barricades, des alliances étranges s'étaient créées. La Fronde était née. L'instigateur, au moins le porte-parole, de la révolte parisienne était Paul de Gondi, le Coadjuteur qui avait naguère marié Henri de Sévigné à Marie de Rabutin-Chantal.

La Chambre Saint-Louis ayant annulé les charges d'intendants, j'étais redevenu maître des requêtes, renvoyé dans mon corps d'origine. Cette position pouvait me permettre de parler à mes pairs sans susciter leur méfiance. Le Cardinal me chargea donc de les convaincre que leurs intérêts divergeaient totalement de ceux des parlementaires.

— Divisons pour régner. Plus il y aura de factions, mieux nous les combattrons.

Je remportai dans cette mission quelques succès, qui ne me rassurèrent pas. Le ciment qui soudait les révoltés n'était pas un intérêt commun, mais une haine commune contre Mazarin. On le haïssait doublement, d'être un étranger et, comme dans *Hamlet*, l'amant supposé de la Reine mère, laquelle est toujours un peu, pour le peuple, sa propre mère. La haine, hélas, est le meilleur aliment du feu de la révolte.

Je sentais que nous allions à la guerre civile et il ne me semblait pas que grand-monde en fût conscient autour de moi. Il me fallait défendre mes souverains, montrer ce dont j'étais capable. L'exaltation d'agir offrait, enfin, un répit aux tourments qui m'avaient occupé le cœur depuis deux ans.

Les Rochers, 17 septembre 1648.

Le Roy, la Reine et le Cardinal ont quitté Paris le 13 pour échapper au Parlement et se sont réfugiés à Rueil. Nous apprenons cela par une longue lettre du Coadjuteur, qui nous fait un récit effrayant des événements des dernières semaines.

Même si je fais la part des choses, car à l'en croire il aurait sauvé Paris et la Reine au péril de sa vie, son récit me convainct que la capitale a connu une véritable insurrection. Lui-même a été blessé par des jets de pierre et n'a dû son salut qu'au fait qu'il portait rochet et camail et qu'il fut reconnu par les émeutiers.

Ces nouvelles m'inquiètent et je presse Henri que nous ajournions notre retour dans la capitale.

Les Rochers, 1er octobre 1648.

Nous partons ce tantôt pour Ferrières, en Bourgogne, chez l'évêque de Chalon notre oncle, où nous resterons quelques semaines, car j'en profiterai pour régler les affaires de Bourbilly.

25 octobre 1648, à Ferrières.

Une lettre d'Olivier d'Ormesson m'apprend que la Reine a accepté les principales revendications du Parlement. Tout devrait donc rentrer dans l'ordre bientôt, affirme Henri, qui me paraît beaucoup s'ennuyer ici. Pour ma part, j'ai deux raisons de ne pas désirer regagner la capitale. La première est la crainte des émeutes. La seconde est que monsieur Nicolas Foucquet s'y trouve et que je risquerais de le croiser dans certains salons où nous hantons également. Il est des cicatrices trop fragiles pour qu'on les agace, sous peine qu'elles ne se rouvrent.

2 novembre 1648, à Ferrières.

Il paraît que la Cour est rentrée à Paris depuis trois jours. Nous serons encore deux ou trois semaines ici, car mes affaires de Bourbilly sont bien embrouillées. Dès que l'on n'est pas sur place, ce devient un prodige de se faire payer les fermages et les tierces ; quant aux redevances en nature, les régisseurs qui se succèdent à mon service ont tous la même rage de ne pas les consigner dans les registres, considérant qu'elles leur reviennent de droit. Aussi sont-ils gras comme des moines bernardins, mais cela ne fait pas mon affaire.

12 décembre 1648 au soir, rue des Lions.

Nous sommes arrivés à Paris avant-hier soir, parce qu'Henri avait insisté, malgré le mauvais état des routes, pour y passer la Noël.

Le calme n'est nullement revenu dans la capitale. Hier, j'avais accompagné Olivier d'Ormesson au Parlement quand celui-ci fut envahi par les députés des enquêtes. Nous avons failli être séquestrés, ces messieurs parlant de se retrancher dans le palais comme dans un bastion. C'est à grand-peine qu'on a bien voulu me laisser passer pour rentrer chez moi.

A cet incident, et à bien d'autres dans les rues, où circulent les mazarinades les plus éhontées, j'ai pu mesurer le degré d'exaltation des esprits et je crains que nous n'allions vers un chamboulement.

17 décembre 1648, rue des Lions.

Ce soir, Henri avait invité le chevalier de Sévigné et le Coadjuteur à souper ici, lesquels viennent de nous quitter. Tous trois se sont fort excités à table. Hier, il paraît que Condé est allé au Parlement avec le duc d'Orléans pour empêcher les assemblées et qu'il a menacé les parlementaires. Si l'heure n'avait sonné, on en serait venu aux mains.

Le Coadjuteur s'est entretenu ensuite avec Condé, qui lui a confié son exaspération envers le Parlement. Il était plutôt contre Mazarin au début, mais maintenant, les robins l'irritent, il paraît qu'il a bien envie de déployer ses troupes autour de Paris et, dit-il, « si le pain de Gonesse leur manquait huit jours, on ramènerait tous ces bourgeois à la raison ! »

Le Coadjuteur pense avoir calmé Condé pour l'instant, mais il est maintenant convaincu qu'il faut organiser promptement la défense de Paris. Il parle de lever des troupes, sous le commandement d'un certain nombre de princes qui, assure-t-il, sont gagnés à cette cause : Beaufort, Bouillon, ainsi que la duchesse de Longueville et Armand de Conti, sœur et frère de Condé. Madame de Longueville entraîne dans son sillage le prince de Marcillac[1]*, son amant. Quant aux Chevreuse mère et fille, elles seront les égéries de cette Fronde, mademoiselle de Chevreuse ne rêvant que de devenir bientôt, en particulier, celle du Coadjuteur. Ledit Coadjuteur se fait fort d'allier, à ce parti des Princes, la majorité des parlementaires, derrière le conseiller Broussel, ainsi que d'anciens ministres chassés par le Cardinal tels que Châteauneuf et Chavigny.*

A la fin, je me fâchai contre eux :

— Henri n'a pas besoin que vous lui échauffiez la cervelle, il ne rêve déjà que d'en découdre !

Mais ce discours ne fit que les agacer. Ils avaient tous trois dans le regard cette fièvre guerrière qui rend les hommes si galants aux yeux des femmes en général, mais qui ne m'inspire, personnellement, aucune admiration. Je ne vois pas qu'un homme soit davantage un homme parce qu'il va étripailler son semblable sur un pré, ou sur un champ de bataille. Pour moi, le courage n'est pas dans la bravoure physique, mais dans la vertu morale. Savoir accorder, sa vie durant, ses paroles à ses pensées et conformer ses actes à ses paroles, voilà la virilité que j'admire. Si de tels hommes nous gouvernaient, c'en serait fini des chamailleries, des frondes et des cabales. Mais ce courage-là, s'il ne brille pas chez le Cardinal, n'apparaît pas non plus chez ceux qui le veulent chasser.

1. Plus tard duc de La Rochefoucauld, l'auteur des *Maximes*.

La chambre Saint-Louis avait décidé d'établir une Chambre de Justice, pour juger la gent financière et rétablir l'équité fiscale. J'étais d'avis d'en profiter pour proclamer la banqueroute de l'Etat, puis mettre à l'abri la famille royale. Mazarin tergiversait.

— Nous ne pouvons plus honorer nos engagements, plaidai-je, et si l'on ferme la porte au nez des rentiers quand ils viendront réclamer leurs rentes, c'est alors qu'il y aura l'émeute. Tandis que si nous proclamons la banqueroute, ce sera à la chambre de justice de remettre les comptes en ordre, après avoir jugé les coupables supposés. Et à elle de décider qui devra payer.

— Donc, à elle l'impopularité... Vous êtes habile homme, monsieur Foucquet.

Il tenta de me nommer Procureur général de cette Chambre de Justice, afin que je pusse lui rendre compte de ce qui s'y passait. Mais le Parlement, qui se méfiait de moi, me refusa.

— Vous voyez qu'il faut se résoudre à l'action militaire, dis-je. Que Condé déploie ses troupes ! Il lui suffit de tenir les magasins autour de Paris et de bloquer les routes d'accès pour priver de vivres la capitale. Alors, les Parisiens se rendront. Laissez-moi préparer le siège. Je peux constituer, en Brie, des magasins de blé pour assurer la subsistance des troupes de Condé.

Le Cardinal me nomma intendant de nouveau et, une fois notre plan de bataille mis en place, fit fuir en cachette la famille royale.

Le 6 janvier 1649, rue des Lions.

Hier au soir, 5 janvier 1649, veille de l'Epiphanie, monsieur de Sévigné et moi sommes allés tirer les rois chez Olivier d'Ormesson. Tous les Fourcy et les Coulanges y étaient réunis. Nous leur amenâmes le poète Marigny, qui tira la fève et me choisit pour reine avec un petit couplet plaisant.

Hélas, nous n'aurons pas ri longtemps. J'apprends ce matin, par un message d'Olivier d'Ormesson, que le Roy a quitté le Louvre dans la nuit et que la Reine est partie à Saint-Germain pour se soustraire à la pression du Parlement. Paris est en effervescence et en armes.

11 janvier 1649, rue des Lions.

Ce que je redoutais est advenu. Henri a décidé d'entrer dans la Fronde, aux côtés des Princes et du Coadjuteur. Il faut dire qu'hier, ce dernier nous a conviés à un spectacle remarquablement mis en scène. Décidément, ce petit homme ira peut-être loin, car j'ai pu constater qu'il donne à la foule de Paris panem et circenses.

Hier, donc, comme il était agacé d'un certain flottement dans ses rangs, il a résolu de ranimer un peu l'ardeur des frondeurs. Il est venu chercher mesdames de Longueville et de Bouillon, chez lesquelles nous nous trouvions, Henri et moi, ce qui fait que nous avons suivi le mouvement. Le Coadjuteur les a conduites en carrosse jusqu'à l'Hôtel de Ville et les a fait descendre sur le perron avec leurs enfants dans les bras, où la foule parisienne a pu les admirer.

La Grève était noire de monde jusques au-dessus des toits. Ces dames furent acclamées par le peuple en joie, dont la joie s'accrut encore lorsque le Coadjuteur, depuis les fenêtres de l'Hôtel de Ville, se mit à leur lancer une pluie de pistoles. Plusieurs centaines d'enthousiastes, armés pour la plupart, ont ensuite ramené monsieur de Gondi jusqu'au Palais.

Nous avons soupé chez lui hier soir, entre conspirateurs. Tout cela, par instants, me paraissait irréel, comme s'il s'agissait d'une pièce de théâtre.

Pourtant, la comédie finira sans doute dans de vrais bains de sang et je ne vois rien au monde de plus cruel qu'une guerre qui oppose le frère au frère, le père au fils... Gaston d'Orléans et Condé ont gardé leur soutien à la couronne. Mon cousin Bussy, qui est au service de Condé, est donc maintenant mon ennemi. Il a d'ailleurs été fort surpris par la fuite des souverains, et c'est en cachette qu'il a rejoint le camp de Saint-Denis, d'où Condé va diriger le siège contre nous autres pauvres Parisiens, en tête de quatorze mille hommes, dit-on.

Il n'y a pas que notre famille qui soit divisée. Frère et sœur ennemis de Condé, Armand de Conti et la duchesse de Longueville sont du côté des frondeurs. La plupart des gens que je connais affrontent des situations semblables dans leur maison. La seule rue des Lions se divise pour moitié entre mazarins et frondeurs. Certains amis, hier à tu et à toi, font un détour aujourd'hui pour s'éviter. Heureusement, il a neigé, de sorte que, en observant attentivement les traces de pas sur la neige, on parvient à deviner qui est encore l'ami de qui et à éviter les impairs...

12 janvier 1649, rue des Lions.

Hier, après-dînée, nouvelle scène de roman à l'Hôtel de Ville. Monsieur de Noirmoutiers, qui vient d'être fait lieutenant-général, était sorti de Paris avec cinq cents cavaliers pour pourchasser dans les faubourgs quelques mazarins qui venaient y faire le coup de pistolet. Tout auréolé de cette gloire, il revint le soir à l'Hôtel de Ville, entrant, cuirassé et botté, avec ses lieutenants dans la chambre de madame de Longueville, qui s'y tient désor-

mais presque en permanence avec une assemblée de dames — dont j'étais.

Ce fut un tourbillon d'écharpes bleues, de cuirasses, de belles dames et de poussiéreux guerriers, de violons (on nous donnait un concert) et de trompettes militaires... De longs regards s'échangeaient entre Marcillac et madame de Longueville, qui reste fort belle malgré les atteintes de petite vérole qui marquent son visage... Tout cela ressemblait à une scène de l'Astrée.

Les grands personnages qui se sont emparés de cette fronde pour lancer des pierres à la tête de Mazarin n'ont pas la moindre idée, je crois, de ce que se battre signifie. Ils font pour l'heure une guerre de salons et de tréteaux, mais c'est justement cette inconscience qui les rend dangereux.

14 janvier 1649, rue des Lions.

On a pris la Bastille. Elle n'a résisté que pour la forme, après avoir enduré cinq ou six coups de canon. Comme la journée était belle, la plupart des dames apportèrent leurs chaires dans les jardins de l'Arsenal, où se trouvait la batterie, et s'installèrent pour assister au spectacle, comme d'autres pour écouter un sermon. Des collations circulaient, d'une chaise à l'autre on s'interpellait, c'était une vraie volière. Je n'ai vu cela, pour ma part, que depuis les fenêtres de ma chambre, parce qu'il se trouve qu'elles surplombent quasi les jardins de l'Arsenal. Mais j'avais condamné ma porte en disant que j'étais souffrante, car je ne doute pas, sinon, que beaucoup de curieux, connaissant la situation de mon hôtel, ne fussent ainsi venus s'installer aux premières loges.

A l'heure du souper, Henri est revenu de la Bastille avec le chevalier de Sévigné notre oncle, le Coadjuteur et les Longueville, de sorte que l'on a improvisé chez nous une réunion de partisans. Le Coadjuteur jugeait plus prudent d'éviter l'hôtel de Longueville, autour duquel, selon lui, rôdaient les espions. Je ne sais si sa prudence était fondée, toujours est-il qu'en sortant d'ici vers la minuit, il s'est fait agresser par trois malandrins. Comme il a réussi à crier très fort, nous avons envoyé nos gens à sa rescousse avec des torches et des gourdins, ainsi que ceux des conjurés qui restaient encore en notre compagnie. Les trois malandrins ont pris le large et n'ont pu être rattrapés.

Monsieur de Gondi n'a pas une égratignure. Mais il s'est aussitôt persuadé que c'était l'abbé Basile Foucquet qui avait stipendié ces hommes pour le faire assassiner.

— Cela lui serait facile ! Son frère Nicolas, l'intendant de Paris, peut donner laissez-passer à qui bon lui semble !

Il faut savoir que le Coadjuteur a inspiré la plus vive des passions à mademoiselle de Chevreuse et que le jeune abbé Basile Foucquet prétend lui disputer les faveurs de la belle. Voilà ce que c'est que la Fronde. Les alliances et les haines ont plus à voir avec le dépit amoureux qu'avec la stratégie politique.

19 janvier 1649, rue des Lions.

Le duc de Longueville, qui est gouverneur de Normandie, a appris que le Parlement s'y était déclaré pour le Roy. Il a donc résolu d'aller dans son gouvernement lever une armée pour ramener les Normands à la raison. Il a quitté Paris à minuit, avec une escorte de cent cavaliers fidèles, dont le marquis de Sévigné. Me voilà dans le rôle de l'épouse du chevalier parti pour la croisade, guettant la route qui poudroie.

24 janvier 1649, rue des Lions.

Le duc de Longueville — mon époux caracolant à ses côtés — a pris Evreux. Puis il s'est rendu à Rouen, où la foule l'a acclamé. Il a rallié le Parlement de Normandie à sa cause. Les Cent parlent maintenant de marcher sur Saint-Germain-en-Laye avec trois mille chevaux et sept mille fantassins.

Henri a été nommé par le duc maréchal de bataille, ce qui lui a plu deux ou trois heures, jusqu'à ce qu'il découvre que n'importe lequel de ses compagnons de route s'était fait nommer maréchal de camp pour le moins.

27 janvier 1649, rue des Lions.

Tous comptes faits, les Cent n'ont recruté que la moitié des héros escomptés et se sont retirés dans Rouen, par crainte des troupes royales que commande le comte d'Harcourt. Mon sentiment est qu'après avoir bien fanfaronné, ils ont pris peur de leur ombre. Néanmoins, vu depuis les tours de Notre-Dame, leur aventure fait figure d'épopée et la geste du marquis de Sévigné parmi les Cent me donne, aux yeux de la noblesse parisienne, une auréole de frondeuse.

Par loyauté envers mon époux, je ne démens pas cette opinion, mais en vérité, je ne me sens fervente d'aucun camp. Quoi qu'on puisse reprocher à Mazarin, il faut bien que le royaume soit gouverné et je ne vois personne, parmi les frondeurs, qui ait la taille pour le remplacer. Et puis, si cette guerre me fait l'adversaire de mon cousin Bussy, avec lequel j'ai bien plus d'affinités qu'avec Henri, c'est qu'elle n'est pas juste. Les guerres, je crois, ne se doivent admettre que lorsqu'elles opposent des races, des caractères, des peuples irréconciliables, parce que menacés l'un par l'autre dans leur survie.

La duchesse de Châtillon me rappelait hier le temps où nous dansions chez monsieur le Prince :

— A présent, c'en est bien fini des joyeuses soirées en l'hôtel de Condé, voilà les amis de naguère divisés et dispersés, se désolait-elle.

— Ne vous en prenez qu'à vous, ma bonne amie, lui ai-je répondu, et c'est notre amitié ancienne qui m'autorise à vous parler ainsi que je le fais. Je trouve les femmes vaines de parader dans cette Fronde-ci comme s'il s'agissait d'un tournoi. Les héros improvisés qu'elles envoient à la bataille sans vraiment savoir pourquoi y répandront leur sang tout de bon. Ce gâchis m'attriste et m'irrite.

30 janvier 1649, rue des Lions.

Le bruit court dans Paris que le chevalier de Sévigné, notre oncle, se serait fait tuer à la bataille de Longjumeau. Il n'en est rien, il n'est que moulu et fourbu, je le sais grâce à la lettre que j'ai heureusement reçue de lui ce matin par estafette.

Pareillement, hier soir, arrivant pour souper avec moi, Marigny, la perruque en bataille, clamait que l'intendant de Paris Nicolas Foucquet avait été blessé au poumon par un coup d'épée en rentrant chez lui. Comme Marigny est une commère, je ne voulais pas qu'il connût mon souci pour monsieur Foucquet. J'ai donc attendu qu'il s'en allât pour envoyer quelqu'un prendre des nouvelles rue de Jouy.

Malheureusement, notre poète, qui me courtise avec acharnement depuis que mon époux est à la guerre, s'est éternisé devant ma cheminée bien au-delà de minuit.

Après cela, il eût fallu lui donner tous mes gens pour l'escorter chez lui. Depuis que la police n'est plus assurée dans Paris, la rue grouille, à la nuit noire, d'une engeance détestable, coupeurs de bourses et de gorges. J'ai donc dû, par politesse, convaincre Marigny qu'il valait mieux pour lui dormir rue des Lions. Le but qu'il avait recherché toute la soirée était évidemment celui-là, mais il en fut pour ses frais car je n'avais jamais eu le cœur moins disposé à son endroit. Pour le punir, je l'ai logé dans l'aile la plus éloignée de mes appartements.

J'ai passé une nuit affreuse et ce n'est qu'après le départ de mon hôte que j'ai pu dépêcher mon valet aux nouvelles. Il est rentré tout à l'heure pour m'apprendre que monsieur Foucquet n'est pas à Paris, où on ne l'a pas vu depuis plusieurs jours, mais à Charenton. Le blessé dont on parle est intendant, certes, mais intendant de l'intendant lui-même. On l'a peut-être pris pour son maître en le voyant rentrer rue de Jouy hier soir, mais comme il allait sans escorte et sans carrosse, la méprise semble peu crédible. L'imprudent sera plus probablement tombé sur les brigands dont j'ai épargné la rencontre à Marigny…

Tout va de la sorte : courent les rumeurs les plus affreuses, gonflées comme des baudruches par la vanité ou la peur des uns et des autres. Cela réussit tout de même à nous briser le cœur deux ou trois fois par jour, pour un ami ou pour un ennemi.

Ce qui est vrai, toutefois, c'est que le régiment de Corinthe, les chevau-légers équipés par le Coadjuteur et commandés par le duc de Beaufort, n'ont pas réussi à faire lever le siège à Condé. Ils ont été arrêtés à Juvisy avant-hier. Paris est toujours prisonnière.

5 février 1649, rue des Lions.

C'est mon anniversaire, j'ai vingt-quatre ans et Marigny est venu tantôt me dire, à cette occasion, un poème de sa composition. Il jugeait indispensable que quelqu'un songeât à me féliciter de vieillir, mon époux, qui guerroie en Normandie, ayant sans doute d'autres soucis que celui-là... Pourvu qu'il ne soit pas blessé ou pire, c'est tout ce que je demande au Ciel.

Le peuple anglais révolté a exécuté, le 30 janvier, son roi Charles Ier. Le peuple français a d'ores et déjà contraint le sien à l'exil hors de Paris. Nous vivons des temps étranges. En vérité, je me méfie des gens qui, pour soigner la peste, font venir le choléra. Au risque d'agacer mon entourage, je ne cesse de répéter mon antienne :

— Mazarin n'est qu'un vaurien, les impôts sont trop lourds, nous devrions être consultés sur les affaires de l'Etat : oui-da. Mais cela ne vaut pas une guerre.

7 février 1649, rue des Lions.

Bussy, de Saint-Denis, se réjouit de faire bientôt le sac de Paris à cause que je passerai ainsi par ses mains. C'est la seule perspective, dit-il, qui le retienne de déserter...

Pourquoi faut-il que tant d'hommes me désirent et que cela ne me fasse rien ? Il n'en est qu'un dont j'imagine parfois, dans mes rêves, que la main, que les lèvres m'effleurent, et ces pensées m'éveillent dans un grand trouble. Hélas, je ne sais plus rien de lui et n'ai pas même le droit de m'en affliger, puisque c'est moi qui l'ai voulu ainsi.

11 février 1649, rue des Lions.

Les Ormesson sont venu souper chez moi ce soir. Ils y ont trouvé Marigny, comme d'habitude. Il nous a raconté le détail de la bataille de Charenton, que les troupes du Roy ont repris. A présent qu'elles tiennent ce passage, il ne reste aux Parisiens que Brie-Comte-Robert. Si nous perdons aussi ce « poumon » pour respirer, nous serons tout à fait assiégés et affamés dans la capitale, car les Corinthiens du Coadjuteur sont arrêtés à Bourg-la-Reine.

Marigny, me voyant chagrine de la défaite, s'est évertué, pour le reste de la soirée, à me dire des galanteries.

Olivier aussi est contrarié de la tournure que prend la guerre. Sa femme a appris de mauvaises nouvelles, il paraît que l'armée de Condé saccage et pille sans vergogne sur son passage. Elle songe à transporter les meubles de Sucy-en-Brie à Paris par bateau... Pour moi, je juge qu'ils courraient plus grand risque à brinquebaler sur la Seine qu'à demeurer dans la maison, mais je n'ai pas réussi à convaincre ma cousine à ce propos. Pauvre maison de Sucy, où nous avons passé de si jolis étés dans notre enfance...

La première Fronde parvint presque à me faire oublier toute autre considération. Dans ces circonstances, je me découvris de la passion politique, à force de voir l'incohérence, la lâcheté, l'irresponsabilité présider aux destinées de la France. Il ne me suffisait plus de servir mon Roy et de faire prospérer mon clan, je voulais intervenir dans le cours de l'histoire et je croyais qu'il suffisait d'intelligence et de bonne volonté pour y réussir.

L'épisode breton de ma vie et la passion que vous m'aviez inspirée dans ce temps-là prenaient à mes yeux l'apparence d'un accès de fièvre adolescente dont je devais désormais guérir. Il me fallait oublier l'ultime entrevue entre nous, souvenir déroutant, délicieux mais cuisant à la fois.

Je savais que vous étiez dans Paris, parmi les assiégés. Mais je m'interdisais de songer à vous. J'avais épousé la cause d'Anne d'Autriche et de Mazarin, tandis que vous étiez du parti du Coadjuteur de Gondi, agitateur ambitieux, comploteur sans vergogne, ami de votre époux et qui vous avait mariée. Nos destins continuaient de se contrarier, ce en quoi je voulais voir un signe.

Je me répétais, lorsque votre image m'assaillait, que je ne vous aimais plus, puisque je n'avais pas le temps de vous aimer. Je me répétais que songer à l'amour était futile lorsque soufflait le vent de l'histoire... L'exaltation de la guerre m'aidait à me tromper moi-même, cette odeur de la poudre et du sang dont tant de militaires ont confessé la griserie — qui m'avait atteint comme les autres.

Le 14 février 1649, rue des Lions.

Depuis qu'elles ont pris Charenton, les troupes du Roy, commandées par le comte de Grancey, avec Nicolas Foucquet pour intendant, ont eu plusieurs escarmouches près de Brie-Comte-Robert avec les frondeurs commandés par le prince de Marcillac.

Qu'allons-nous devenir ? Il paraît qu'on a saccagé déjà des boulangeries dans la rue Saint-Paul... Les caves de ma maison sont vides et je ne puis nourrir ni mes enfants ni mes gens.

La plupart des belles frondeuses d'hier, en découvrant

leur garde-manger vide, rabattent leur caquet et songent sans vergogne à solliciter messieurs les intendants de Paris, Pierre Lenet et Nicolas Foucquet. Pour ma part, je sais bien que ce dernier m'obligerait aussitôt si je le lui demandais, mais je ne puis m'y résoudre.

Renouer commerce en de telles circonstances, quelle petitesse ! Je ne serais pas seulement mortifiée dans mon orgueil, je sens que j'altérerais ainsi, irréparablement, ce qui continue de nous lier en secret.

22 février 1649, rue des Lions.

Le Courrier français *raconte en détail les massacres affreux que les troupes de Condé, ses polonais notamment, ont commis contre les nôtres à Meudon et à Sèvres hier. On ne sait pas encore le nom des victimes, et chacune prie en secret dans son oratoire pour un mari, un frère, un fils. La guerre me semble perdue. En vérité, il n'y a pas eu une minute depuis l'Epiphanie où j'aie cru que nous puissions la gagner.*

Nous avons dîné à six d'un petit pigeon, que l'un de mes valets a réussi à tuer en s'embusquant sur le toit. Je suis fort mince, il ne me reste rien de l'embonpoint de ma grossesse...

3 mars 1649, rue des Lions.

Dieu soit loué, les négociations de paix sont ouvertes ! Mais le Roy, qui est bien décidé à affamer les Parisiens, a refusé la libre circulation des vivres pour la capitale. On n'accorde de laissez-passer que pour cent muids de blé par jour.

A la fin, comme il faut bien trouver quelque chose pour mes bouches à nourrir, j'ai résolu de contourner l'obsta-

cle en sollicitant l'ami Pierre Lenet, que la Cour a chargé de faire respecter cette clause. Outre que nous sommes bourguignons tous deux, nous avons tant de fois ri ensemble avant la Fronde qu'il aura, j'espère, une complaisance pour le passé...

5 mars 1649, rue des Lions.

Je reçois une lettre de Bussy portée par son trompette, à laquelle mon cousin joint un courrier au maréchal de La Mothe-Haudencourt, qui est des nôtres. Bussy demande la restitution des chevaux de notre oncle le Grand Prieur de France, que les frondeurs ont réquisitionnés. Il espère, en joignant au courrier pour le maréchal une lettre pour moi, que mon crédit dans ce camp-ci lui fera accorder la faveur qu'il demande.

Je renvoie au maréchal de La Mothe, aussitôt, la lettre de Bussy, en l'accompagnant d'un mot de ma main :

Monsieur,

« Vous trouverez sous ce pli la lettre de mon cousin Roger de Bussy-Rabutin, dont je me permets d'appuyer auprès de vous la supplique. Mon époux vous pourra dire combien monsieur de Bussy-Rabutin nous est affectionné et quelle reconnaissance nous vous aurions de consentir à lui rendre ses chevaux. Il est certain que nous ne sommes pas présentement du même parti, mon cousin et moi, mais il est certain aussi que la confiscation de ses bêtes ne saurait changer la face des armes.

« Par avance, je vous prie de croire à l'infinie reconnaissance de votre servante.

« Marie de Rabutin-Chantal,
marquise de Sévigné. »

A part cela, mon cousin me mande que les troupes du Roy ont pris Brie-Comte-Robert — ce que je savais ici depuis le 27 février. C'est le dernier bastion où les frondeurs avaient accumulé des vivres pour nourrir les Parisiens. Bussy dit qu'il serait bien aise de nous voir maintenant capituler pour que la guerre finisse. Il n'a pas même d'estime pour les nôtres, trouvant qu'ils ne se battent pas assez bien pour lui rendre la victoire agréable.

6 mars 1649, rue des Lions.

Une autre lettre de Bussy est venue par estafette. Il paraît que le maréchal ne lui rendra pas ses chevaux, tant pis, mon crédit n'est pas grand auprès des frondeurs.

Il n'est pas grand non plus auprès des partisans du Roy, car le bon Lenet m'a répondu fort carrément qu'il ne pouvait m'accorder la plus petite once de blé...

CHAPITRE VII

Le 5 mars 1649, mon frère Basile, qui avait disposé de nombreux espions à l'Hôtel de Ville, reçut de l'un d'eux un compte rendu extraordinaire. Un courrier de monsieur de Turenne était arrivé pour monsieur de Bouillon, son beau-frère et l'un des chefs de la Fronde, qui se trouvait dans une des salles de l'Hôtel de Ville en conférence avec le Coadjuteur. L'espion apprit, aux exclamations des destinataires, que Turenne déclarait, par ce courrier, vouloir rejoindre le parti de la Fronde avec ses troupes.

Immédiatement averti, Mazarin me demanda de l'aide.

11 mars 1649.

Coup de théâtre ! Monsieur de Turenne vient de se déclarer contre le Roy, il offre ses troupes à la Fronde ! Comme cela revient à assurer la victoire militaire à notre parti, depuis que la rumeur s'est répandue, il paraît que les négociations de paix à Rueil se sont accélérées. Mazarin devra céder à toutes les réclamations du Parlement. Je mande aussitôt la nouvelle à Henri, en Normandie. Te Deum laudamus !

La seule solution était d'acheter les troupes de Turenne. Pour cela, il fallait, très vite, réunir huit cent mille livres. A moi de les trouver.

Je frappai à toutes les portes, je fis appel à ma famille et je puisai, en désespoir de cause, dans mes propres deniers. Monsieur le prince de Condé avança une autre partie de la somme. En deux jours, avant même que la déclaration de Turenne ne fût officiellement communiquée au Parlement et à la Cour, les huit cent mille livres étaient réunies et je fus chargé, comme intendant, de les distribuer à bon escient.

Une semaine plus tard, à la conférence de Rueil, on apprit que l'armée de Turenne, achetée, avait choisi d'abandonner son général et de déserter. Cela provoqua une véritable commotion parmi les parlementaires, d'autant qu'ils s'étaient persuadés, depuis huit jours, que le soutien de ce grand guerrier leur assurait désormais la victoire. Mazarin sut très habilement battre le fer tant qu'il était chaud. Le Parlement, privé de sa combativité, signa à peu près tout ce que le Premier ministre voulut, abandonnant à leur sort les Princes et le Coadjuteur. La guerre était finie.

Mazarin, en audience privée, me remercia le plus chaleureusement du monde pour les huit cent mille livres qui avaient fait changer la fortune de camp... Cela lui épargna d'envisager avec moi les modalités pour me rembourser : de fait, il devait « oublier » de le faire jusqu'à sa mort.

Durant la période qui suivit le siège de Paris et la défaite de la première Fronde, je pensai ne pas pouvoir éviter de vous croiser. Tout le monde croisait tout le monde. Les théâtres, les salons, les ruelles des précieuses étaient devenus des lieux de débat politique, offrant aux membres des partis adverses l'occasion de se rencontrer ailleurs que sur un champ de bataille.

Ma fonction d'intendant de Paris m'ouvrait toutes les portes, surtout lorsque le Roy, en interdisant les transports de vivres, provoqua dans la capitale une pénurie de blé... J'eus à cœur d'établir de bons rapports avec le prévôt des marchands et toutes les autorités municipales, facilitant autant que je le pouvais le ravitaillement des Parisiens.

Je devins alors le meilleur ami de chacun, quel que fût son camp. Je devins aussi l'homme le plus courtisé. Je disposais du pouvoir d'affamer ou de rassasier, aussi nombre de belles se montraient-elles envers moi peu cruelles. Je n'avais pas d'illusions sur la part de calcul qui entrait dans leur reddition. Pour autant, ces liaisons brèves me convenaient, parce que j'ai toujours aimé les femmes et parce qu'elles ont toujours montré de l'indulgence à mon égard.

Cela ne m'empêchait pas de penser à vous beaucoup plus souvent que je ne l'eusse souhaité, jusques dans les moments où j'étais en compagnie d'une autre.

Nous nous revîmes, pour la première fois depuis la nuit de février 46, chez Jeanin de Castille, place Royale, le soir du 1er avril. On fêtait la signature de la paix de Rueil. La paix, pour les vainqueurs comme pour les vaincus, mérite toujours d'être fêtée, aussi trouvait-on chez Jeanin autant de frondeurs que de mazarins. Belle frondeuse, vous alliez seule dans le monde, votre époux n'étant pas encore rentré de la guerre. Il me suffit d'un seul regard pour comprendre que toutes mes braves résolutions avaient été des leurres et que mes sentiments pour vous demeuraient intacts.

Vous vous comportâtes comme une relation distante, n'échangeant avec moi que des propos de courtoisie. Le fait que nous fussions dans des camps différents justifiait cette attitude aux yeux d'autrui, mais je n'en étais pas dupe. Vous étiez troublée de me voir, et le sang qui courait sous votre peau de blonde vous trahissait, troublée de ne rien pouvoir me dire qui fût personnel, dans cette antichambre où traînaient trop d'indiscrets.

Cela grouillait autour de nous, je n'ai souvenir que de ce brouhaha. Nicolas Jeanin vous accaparait, il vous faisait déjà la cour. Tout le monde me sollicitait, mais vous vous gardâtes de le faire, en dépit de la gêne où vous étiez, et qui m'était connue. Je me permis de vous demander comment vous parveniez à faire subsister votre maisonnée.

— Fort bien, monsieur, me répondîtes-vous, nous sommes devenus d'excellents chasseurs de pigeons parisiens, mes gens et moi.

Je vous proposai de vous adresser à moi si la pénurie s'aggravait.

— C'est une attention dont je vous remercie, mais cela ne sera pas nécessaire.

— Oh, madame, vous avez de jeunes enfants et une tante de santé fragile.

— Je suis touchée que vous vous en souveniez, monsieur. Pour moi, je me serais bien accommodée d'un ordinaire qui me permet de garder ma taille, mais je vous avoue, en effet, que les cris de famine qui retentissaient dans ma maison ont vaincu ma résistance.

— En ce cas, dites-moi ce qui vous est nécessaire et je vous le ferai porter…

— J'ai d'ores et déjà demandé du blé à monsieur votre collègue Lenet, qui est du même pays que moi et compagnon d'enfance… Il n'y a donc pas lieu de vous déranger, monsieur. Je vous remercie de vos bontés.

Vous me saluâtes gracieusement et, détournant votre jolie tête, vous éloignâtes dans un crissement de soie fauve. Je n'ai oublié aucune des robes que je vous ai vues porter en vingt ans, Marie. Me les figurer en détail est un exercice qui me sauve du désespoir désormais, dans ma prison.

J'avais trouvé, le matin même, votre lettre de sollicitation à Lenet dans une liasse de cédules, signées de noms souvent plus illustres encore que le vôtre. Mon collègue me transmettait, de Corbeil où il était, tout le paquet, sous prétexte que j'étais plus habile que lui à répondre à ces divers personnages sans les froisser.

Quand même vous ne l'eussiez pas signée, quand même elle n'eût pas été de votre écriture mais dictée à quelque secrétaire, j'eusse reconnu votre lettre parmi les autres. C'était la seule qui fût si plaisamment tournée. Vous parveniez à rendre drôle la situation d'une grande dame dont l'époux a choisi le mauvais camp et qui réclame à un magasinier quelques sacs de blé pour ne pas crever de faim.

J'avais aussi trouvé, attachée à votre lettre, la copie de la réponse de Lenet, qui datait de plus de deux semaines — vous l'aviez donc forcément reçue — et qui sans embages vous disait non, ce qui prouvait qu'il savait fort bien le faire quand il le voulait : peut-être même était-il secrètement satisfait de disposer de ce pouvoir. Une petite correspondance s'ensuivait. Il vous avait récrit pour adoucir son refus, malgré tout. Vous lui répondiez le dimanche 14 mars, avec une grâce délicieuse ; puis, le samedi 20 à minuit, vous le remerciiez d'un triolet qu'il vous avait adressé ; enfin, le jeudi 25, vous répondiez à un autre mot assez galant.

J'admirai votre délicatesse. Vous vous étiez humiliée en mendiant auprès d'un homme dont vous aviez sûrement jugé l'étoffe : quoique votre « compagnon d'enfance », il n'avait été, à ce jour, que d'un piètre secours, flagorneur envers les puissants, protégeant prudemment sa propre situation, échangeant avec vous des galanteries, mais n'hésitant pas à me les transmettre comme s'il s'agissait de notes de blanchisserie, et vous nourrissant de sa poésie fade, quand il savait que vous mouriez de faim littéralement.

Vous ne vous étiez adressé à lui que pour ne pas vous adresser à moi. Quoiqu'il eût refusé de vous rendre le service demandé, vous vous gardiez de m'en parler. Vous étiez la seule dame de la capitale à ne pas me solliciter, justement parce que vous saviez que vous auriez obtenu de moi ce que vous réclamiez.

De retour chez moi, je passai une partie de la nuit à vous écrire, puis déchirai la lettre. Je me contentai, le lendemain, de vous faire adresser, avec un ordre signé du secrétaire de Lenet, quelques sacs de grain.

2 avril 1649, rue des Lions.

Hier soir, chez Jeanin de Castille, qui fêtait la paix dans son magnifique hôtel, je l'ai revu. Très élégant, écartant sur son passage, avec une grâce qui les rendait presque légers, les solliciteurs lourdauds qui bruissaient autour de lui. J'étais si troublée que cela n'a pas pu lui échapper.

Il m'a demandé si j'avais besoin d'aide et j'aurais préféré mourir que de lui avouer ma situation. Dieu, comme mon cœur battait ! Peut-on être faite ainsi que je le suis, l'émotion au bord des lèvres, toujours prête à se trahir ?

Ce matin, on m'a livré du grain. L'ordre était signé du secrétaire de Lenet, mais comme l'ami bourguignon m'avait refusé sa faveur au début du mois et ne m'a gavée depuis lors que de belles paroles, je pense bien qu'il n'a pas changé d'avis. C'est lui *qui a donné cet ordre. Cependant, il ne l'avouerait pas si je le remerciais. Nous nous ressemblons, il n'est pas besoin de mots pour nous comprendre. Me voilà son obligée, délicieusement obligée puisqu'il m'a épargné l'embarras de le solliciter.*

20 avril 1649, rue des Lions.

Longueville, escorté des Sévigné et de quelques autres de ses « maréchaux » de fortune, qui ont été amnistiés, s'en est allé aujourd'hui à Saint-Germain faire sa cour au Roy.

18 août 1649, rue des Lions.

Ce matin, le Roy est entré dans Paris sa bonne ville, où Condé avait juré de le ramener. Le peuple lui a fait un triomphe. Est-ce simplement que la foule est oublieuse lorsqu'elle a le ventre plein, ou bien l'argent du Cardinal a-t-il acheté les badauds lanceurs d'acclamations comme il avait acheté voici trois mois les troupes de monsieur de Turenne ? Impossible de le savoir.

Dans le même temps, les libelles n'ont jamais été si furieux contre Mazarin, Marigny écrit à son propos des chansons fort drôles qu'on se passe de bouche en bouche. Et la fronde est partout, sur les chapeaux, les gants, les éventails, les canons ; on fabrique des pains en forme de fronde, des bonbons en forme de fronde... Paris n'a pas le sens commun.

25 août 1649, rue des Lions.

J'ai dîné ce tantôt chez le duc de Chaulnes et j'ai vu, depuis le balcon de la duchesse, passer le cortège royal qui se rendait à l'église des Jésuites pour la Saint-Louis.

Cette année, le défilé était bien particulier. La Reine et le Cardinal voulaient en profiter pour montrer au peuple, en grande pompe, la soumission des frondeurs. L'an passé, Mazarin ne s'était certes pas risqué à se rendre à l'église sans escorte et on l'avait hué et conspué tout le long du chemin. Mais ce matin, les grands chefs de la Fronde, qui lui ont fait allégeance, lui servaient de gardes du corps, si bien que son carrosse a pu se rendre rue Saint-Antoine sans aucune suite. Pas un murmure n'a surgi de la foule qui se massait sur son passage.

Les balcons de la place Royale semblaient ornés de fleurs, car toutes les dames de qualité y étaient assises en grappes, leurs jupes étalées en corolle autour d'elles. On avait aussi dressé des échafaudages le long des rues et les familles bourgeoises s'y étaient juchées. Il faisait très chaud et les chevaux caparaçonnés écumaient, tandis que les cavaliers, eux, dégoulinaient sous leurs chapeaux. Tout de même, cela avait fière allure.

Après les cent-suisses, venaient les représentants de la noblesse de France, empanachés, les crins de leurs chevaux nattés et mêlés de rubans, puis les officiers de la couronne, les ducs et pairs, les princes des maisons étrangères. Enfin parurent, caracolant aux côtés du Roy, les frères ennemis, les princes de Condé et Conti, réconciliés. Petit Louis était accompagné de son gouverneur, monsieur de Villeroy, et des grands officiers de sa maison.

Ensuite venaient les ducs, Longueville, Mercœur, Chevreuse, Albret, Saint-Aignan, Richelieu... Toute la Fronde sanglée d'or est passée sous nos fenêtres, tandis que la foule criait « Vive le Roy ! ». Mon époux se trouvait parmi eux. Enfin, fermant la marche, et sincèrement acclamé, le carrosse de la Reine, qu'accompagnait le duc d'Anjou...

A côté du carrosse de la Régente chevauchait l'inten-

dant de Paris, Nicolas Foucquet. Il a levé les yeux en passant sous les balcons de l'hôtel de Chaulnes et nous a saluées, la duchesse et moi, d'un hochement de tête discret. Mon cœur a bondi dans ma poitrine, mais la duchesse ne l'a point remarqué, ou bien elle a pensé que c'était l'émotion d'avoir vu mon mari réconcilié avec son souverain...

16 décembre 1649, au château des Rochers.

Les Sévigné, père, mère, enfants et tante, sont aux Rochers de nouveau, jouant les hobereaux à la mode de Bretagne. Henri ayant affaire dans ses terres, j'ai choisi de l'accompagner. Nous sommes grâciés, certes, mais il est peut-être sage de nous faire oublier quelque temps.

Hélas, à peine arrivés, nous avons trouvé une lettre du Coadjuteur, qui bat le rappel de ses troupes et dont l'habile rhétorique a ranimé les ardeurs frondeuses de mon époux.

Il nous écrit que Paris est de nouveau au bord de l'insurrection. Les grands seigneurs, malgré leurs serments, n'ont pas désarmé. Quant à Condé, il n'exige rien moins, pour avoir repris la capitale, que d'être nommé chef du gouvernement. S'il n'obtient pas ce qu'il veut, il menace maintenant de diriger sa propre fronde contre le pouvoir royal. Dans le même temps, les rentiers ont suscité une émeute à l'Hôtel de Ville, mais ils réclament, eux, le Coadjuteur au pouvoir. Ledit Coadjuteur assure qu'il serait seul capable, en effet, de réconcilier tous les partis. Du coup, Condé lui en veut de lui disputer son os.

Henri s'était enfiévré à la lecture de ces nouvelles. J'ai tenté de le calmer :

— Le plus clair de tout cela, c'est que Mazarin peut soupirer de soulagement, puisque les deux ambitieux les plus acharnés à le perdre sont présentement brouillés.

— Il n'y a aucune comparaison entre Condé et Gondi ! m'a rétorqué mon mari. Le premier n'est qu'un soldat. L'autre est un homme d'Etat et c'est celui qu'il nous faut ! S'il trouve la Reine ingrate envers lui, il a raison. Après tout, c'est lui qui l'a ramenée à Paris avec le Roy.

— On croirait que vous parlez de Jeanne d'Arc !

— La Reine ne se fût pas aventurée à rentrer s'il n'était allé la voir à Compiègne pour l'assurer qu'il tenait le peuple en main et qu'il ferait acclamer le retour de son souverain.

— C'est un peu fort tout de même ! Vous oubliez que sans Gondi, ce même peuple ne se fût jamais rebellé contre le Roy en l'obligeant à fuir ! Le Coadjuteur n'a cessé, depuis un an, d'échauffer la capitale. Durant toute la guerre civile, il se délectait de susciter ces horribles mazarinades contre Anne d'Autriche, qui font s'insurger la femme en moi. Je ne sais pas si, comme dit la méchante chanson, « Mazarin la baise », mais les frondeuses ne sont pas en reste d'amants et l'on ne les traîne pas dans le ruisseau pour autant. Je conçois que la Reine et le Cardinal lui gardent rancune.

— C'est pis que cela ! Il écrit que Servien avait chargé l'abbé Foucquet de le faire exécuter lorsqu'il était à Compiègne !

— Vous savez bien qu'à l'en croire, on veut sans arrêt l'assassiner.

— Mais c'est vraisemblable ! Songez à cette émeute des rentiers ! Paris pourrait fort bien mettre Gondi à la place de Mazarin !

— Allons donc ! C'est lui qui a provoqué l'émeute, en distribuant les pistoles autant que les discours, comme d'habitude.

— D'où tenez-vous cela ?

— D'une lettre de Marigny que j'ai reçue aussi ce matin.

— Ah, votre Marigny!

— Laissons là Marigny, je vous en prie. J'ai une certaine affection pour le Coadjuteur, mais comment peut-il s'aventurer sur ce chemin-là? Cela finira par le discréditer aux yeux des parlementaires, car je crois les gens de robe, au fond d'eux-mêmes, très effarouchés par le désordre et peu désireux de recommencer la guerre. Et puis, le Cardinal laisse sans doute entretenir à ses ennemis l'illusion qu'on peut le chasser, mais il ne partira jamais. Il jouera les souffreteux et les moribonds au dernier moment, moyennant quoi il tirera des larmes à la Reine, qui tiendra tête au Parlement pour le garder.

— Ma mie, vous n'y entendez rien. Vous feriez mieux de songer que si le Coadjuteur devient Premier ministre, notre fortune sera faite...

Il n'y a pas moyen de parler politique avec Henri, qui n'y voit rien de plus que l'art de satisfaire son intérêt immédiat. Mais le Coadjuteur est différent. Ce qui l'a jeté dans l'arène est la griserie du pouvoir pour le pouvoir lui-même. Je ne vois, dans la tâche de gouverner, qu'un fardeau pesant et trouve étrange, presque inquiétant, qu'on s'exténue à ce point à le conquérir.

J'ai écrit au Coadjuteur tout à l'heure pour lui dire que je ne partage pas l'avis de mon époux, que les nouvelles de Paris m'épouvantent et que, selon moi, s'il ranime le feu, il court à sa perte.

22 janvier 1650, aux Rochers.

Nous avons passé Noël et l'Epiphanie en espérant que la paix durerait, mais la trêve est malheureusement finie.

J'apprends ce matin par Bussy que les Princes Condé, Conti et les Longueville, ont été arrêtés le 18 à Paris sur l'ordre de Mazarin.

Ce geste n'évitera pas la guerre, au contraire, car le parti des Princes et les condéens sont confondus désormais. Monsieur de Sévigné parle déjà de rassembler des hommes pour faire évader les prisonniers.

Je tente de le convaincre qu'il serait fou de compromettre le pardon que le Roy lui a accordé pour une cause qui n'est que la réunion d'orgueils ulcérés. Il ne veut rien entendre et ce sont des harangues à n'en plus finir entre nous.

6 février 1650, rue des Lions.

Henri a gagné la partie et nous sommes rentrés à Paris. J'étais avant-hier soir, dès mon arrivée, souper chez Jeanin de Castille. J'y aperçus le jeune abbé Basile Foucquet, qui ressemble à son frère aîné pour la finesse des traits, mais qui a quelque chose de veule et de fuyant dans le regard que je n'aime point. Ne le connaissant pas en personne, je me suis gardée de lui parler. Je doute qu'il sache ce qui nous lie, son frère et moi.

En tout cas, il sait que les Sévigné sont protégés du Coadjuteur. Sa haine envers lui a quelque chose de maniaque ; lorsqu'il prononce le nom de son ennemi, c'est tout juste si l'écume ne lui vient pas aux lèvres. Il a parlé haut pour que j'entendisse. J'ai appris, de la sorte, des détails que le Coadjuteur s'était bien gardé de nous révéler dans ses lettres.

Il y a un mois, on a lancé une procédure contre lui pour l'inculper d'avoir incité à l'émeute les rentiers de l'Hôtel de Ville. Il était fort menacé. Il s'est alors rapproché du pouvoir royal et il a obtenu son amnistie. Or, cela se passait le 18, c'est-à-dire le jour même de l'arrestation des Princes.

— Il a bien dû payer quelque chose pour obtenir son

pardon, persiflait l'abbé Foucquet. Pour moi, je crois qu'il a averti la Reine et le Cardinal de l'endroit où l'on pourrait cueillir le plus commodément les Condé.

Henri n'était pas venu avec moi chez Jeanin, parce qu'il a pris froid durant le retour de Bretagne et garde la chambre. Lorsque je lui ai conté cela à mon retour, il a haussé les épaules.

— Il ne faut pas être naïf, mon ami ! me suis-je impatientée. Il est probable en effet que le Coadjuteur, s'il n'a pas trahi les Princes, a du moins négocié sa paix séparée et qu'il n'a pas l'intention de faire la guerre pour eux.

— Je n'en crois rien !

— Je ne serais pas étonnée que la promesse d'obtenir le chapeau cardinalice fût le prix de la négociation.

Ce soir, comme nous fêtions mon anniversaire et que je voulais en avoir le cœur net, j'ai invité le Coadjuteur. Il est venu, fort guilleret, et en a profité pour répondre à ma lettre de décembre. Il a déclaré que j'avais eu bien raison de le gronder ; il avait réfléchi depuis lors, s'était assagi et voulait la paix ; après tout, Condé avait vraiment causé trop d'embarras à Sa Majesté... Bref, notre invité a confirmé tout ce que j'avais appris la veille du méchant petit Foucquet. Henri s'est tenu coi, tout déconfit de voir l'évêque[1] *retourner son camail.*

— Ne faites pas ce visage, mon ami, l'ai-je consolé après le départ du Coadjuteur. Pour que Gondi fasse retomber sur vous ses faveurs, il vous suffit maintenant d'attendre, sans plus avoir besoin de tirer l'épée du fourreau.

1. Paul de Gondi, coadjuteur de son oncle l'archevêque de Paris, deviendra cardinal de Retz en 1652, mais il est déjà, alors, évêque de Corinthe.

— Vous devriez vous en féliciter, c'est vous qui ne vouliez pas que je me batte.

— J'en conviens. Et je me garde de condamner le Coadjuteur car la guerre des Princes me paraît, de toute façon, un songe creux.

La seconde Fronde me fit reprendre du service pour de longs mois. Je suivis, comme intendant, l'armée qui partait combattre les frondeurs en Normandie. Nous fîmes une démonstration de troupes devant Dieppe, qui avait accueilli madame de Longueville. Cela suffit à décourager les Normands de fronder et la duchesse dut s'enfuir en Hollande. Monsieur d'Harcourt fut nommé gouverneur de Normandie à la place du duc de Longueville.

L'absence de combats véritables nous donnait beaucoup de loisirs et, comme il est rare de rencontrer parmi les soldats des gens cultivés, je recherchai la compagnie d'un officier général lié à Mazarin, monsieur du Plessis-Bellière. Entre nous naquit une amitié, que je partageai ensuite avec sa femme. De mars à mai 1650, nous participâmes ensemble à la chevauchée contre les condéens en Bourgogne et en Berry.

A cette époque, le Cardinal confia à madame du Plessis-Bellière combien il m'estimait :

— Il est capable à la fois de régler des questions juridiques ou judiciaires, de parlementer avec des foules en colère, d'assurer des fonctions d'intendant, de munitionnaire, et n'hésite pas à faire le coup de feu si nécessaire. Voilà un serviteur du Roy exceptionnel.

A la suite de quoi la marquise m'assura que ma fortune était faite.

De vous, Marie, je ne savais plus rien, sinon que votre mari était demeuré à Paris, épousant le parti du Coadjuteur — ce qui, selon mon frère Basile, était pire encore que d'être condéen. Gondi avait le cul entre deux chaises. Je gageais qu'il finirait sans doute comme ces restes, mi-chair mi-poisson, que mon cuisinier Vatel hachait menu pour en faire des quenelles...

17 février 1650, rue des Lions.

Monsieur de Sévigné est désagréable ces temps-ci lorsqu'il est visible, de sorte que je préfère lorsqu'il ne l'est pas. Il paraît que je suis une bourgeoise frileuse parce que je l'ai retenu d'aller jouer les héros en Normandie. Madame de Longueville et monsieur de Turenne ont passé un traité avec les Espagnols, grâce auxquels ils ont pris des citadelles en Picardie, et leur épopée rend Henri songeur.

Il ne le serait point tant, sans doute, s'il ne passait toutes ses soirées depuis dix jours chez madame de Donzin. Celle-ci tient des propos enflammés sur les hommes « blanchis dans les travaux guerriers ». Il est dommage qu'elle ne pousse pas la pugnacité jusqu'à combattre elle-même, comme le fait la duchesse de Longueville. Elle serait ainsi au siège de Guise plutôt qu'à Paris et n'aurait pas le loisir d'exciter au combat les maris des autres...

19 mars 1650, rue des Lions.

« Son dada tourna court à Lérida », disait-on il y a quelques années lorsque le grand Condé, le héros de Rocroi, fut vaincu en Espagne. Ce refrain se promène à nouveau dans Paris, car il semble que les condéens, sans leur chef, ne puissent gagner de batailles.

Je remercie le Ciel qu'Henri ne soit pas entré dans cette nouvelle guerre. Il suffit qu'il y en ait une déclarée entre lui et moi. Depuis la naissance de Charles, j'ai affirmé ne plus vouloir subir de grossesses, dès lors que j'avais donné aux Sévigné l'héritier que réclamait leur nom. En conséquence, je lui ai demandé de m'épargner le devoir conjugal :

— La première cause que les femmes ont de trépasser avant l'heure, c'est l'enfantement.

— C'est le risque ordinaire des femmes, comme la guerre est celui des hommes ! a-t-il protesté.

— Je ne trouve pas cela ordinaire du tout ! J'ai vu tant de belles et fraîches jeunes mariées mourir autour de moi dès leurs premières couches que j'ai pris de l'aversion pour l'insouciance avec laquelle les maris s'empressent de les engrosser tous les ans.

— Tel ne fut pas notre cas.

J'avais enfourché mes grands chevaux, je ne permettais pas qu'on m'interrompît :

— Et puis, lorsqu'un guerrier meurt, on lui fait de belles funérailles, on le pleure, on récompense les siens. Tandis que nul ne pleure ces mortes-là. Leurs veufs s'empressent de se remarier avec une autre jouvencelle, pour l'engrosser à son tour. Combien d'hommes autour de nous ont été mariés deux, trois, cinq fois ? Ils s'enrichissent des dots successives de leurs infortunées épouses, mais nul ne songe à les traiter d'assassins pour autant !

— Vous divaguez !

— Non pas. Les Romains demandaient : « A qui cela profite-t-il ? » pour trouver le coupable d'un crime et je soutiens, moi, que certains maris se débarrassent délibérément de leur riche épouse par ce moyen assuré d'impunité !

Mon époux s'est permis de rétorquer que mon argument ne valait rien, car il existait des façons de faire l'amour sans risquer d'enfants.

— Je vous entends fort bien, monsieur, ai-je répondu, mais je crois les hommes plus prompts à se retirer du siège d'une ville que du ventre d'une femme. De toute façon, je me méfie d'une pratique qui m'oblige à m'en remettre à mon époux de mon sort, car pour lui, le risque est nul s'il se montre maladroit ou distrait, tandis que pour moi, il est fort grand.

Je m'en suis donc tenue à ma décision, Henri, fâché, m'a d'abord boudée, puis, après quelques jours, m'a menacée d'aller bientôt chercher ailleurs le brouet qu'on ne lui servait plus chez lui.

— Faites, l'ai-je bravé, la maison de Ninon est à deux pas, rue des Tournelles, et vous a toujours été accueillante.

— Vous avez grand tort de me provoquer, Marie.

Il s'en est donc allé chez la Lenclos et l'affaire s'est rondement faite, puisque tout Paris jase à ce propos aujourd'hui. Hier soir, chez le Coadjuteur, une perfide enfarinée s'est permis d'y faire allusion devant moi à voix haute, pour que je l'entendisse. J'ai pris le parti d'en rire, paraphrasant la sentence stupide, à propos du dîner de la reine Didon, avec laquelle on nous apprenait, enfants, à bien articuler :

— Ninon dîna, dit-on, du dos d'un dindon dodu. Dudit dindon repue, elle donnera demain son oui-da à un autre dada. Et le dindon sera cocu.

7 juin 1650, rue des Lions.

Les choses vont mieux entre les Sévigné. Henri a pu acquérir une charge, quoique bien au-dessous de celle qu'il avait négociée il y a six ans. Il est devenu, pour soixante mille livres dont trente au comptant, le gouverneur de la ville de Fougères, en Bretagne.

Comme il avait besoin de ma caution, il a cessé de me quereller ces derniers temps. Je la lui ai donnée parce qu'il est mon mari, et non parce que je suis la dupe de ses cajoleries. Il est vrai qu'il passe un peu plus souvent ses soirées rue des Lions, mais cela vient de ce que Ninon, dit-on, lui a donné un successeur, et non pas d'un retour d'affection pour moi.

Je crois que monsieur l'intendant Nicolas Foucquet est revenu de sa campagne militaire contre les condéens. La maison de son père, rue de Jouy, où il réside lorsqu'il est à Paris, était tout illuminée hier soir et de nombreux carrosses encombraient la rue.

Mon sentiment pour lui ne pourra jamais mourir, ni même s'affadir. Le temps le patine comme un or. Ce qui advint voici quatre ans m'a exténué le cœur, me laissant longtemps incapable d'aucune autre passion. A présent, la certitude que nous sommes demeurés liés l'un à l'autre me semble devenir réconfort plus que douleur, et pouvoir laisser place à des émotions auxquelles il est étranger.

Mais le souvenir de nous ne cessera jamais de me hanter, rappelé cent fois par jour par la petite fille grave qui traverse ma chambre à pas menus, fine déjà comme un écureuil. Je ne cherche plus à l'effacer, j'ai renoncé à cette lutte vaine. Ce que je voudrais, en vérité, c'est n'être pas la seule à m'en souvenir. Ainsi, je saurais, lorsque j'y pense, qu'il y pense aussi…

8 juillet 1650, rue des Lions.

Le Roy est parti pour la Guyenne il y a trois jours, car les condéens ont soulevé Bordeaux. Je crois que monsieur Foucquet l'a suivi.

Sa Majesté faisant étape à Fontainebleau « et désirant témoigner au sieur de Sévigné la confiance qu'elle prend en sa personne et reconnaître les bons et fidèles services qu'il lui a rendus en diverses occasions et emplois où il a signalé sa valeur, expérience en la guerre, vigilance et bonne conduite, et sa fidélité et affection à son service, Sa Majesté l'a établi en la charge de maréchal de camp ».

Voilà la faveur que nous devons au Coadjuteur. Pour l'en remercier, Henri a décidé de donner une fête en l'honneur de mesdames de Chevreuse, Gondi ayant finalement accepté les faveurs de la fille, depuis le temps qu'elle se jetait à sa tête... Je ne sais pas bien ce qu'elle lui trouve, à ce laid petit homme, mais elle en est folle et c'est pitié de voir la condescendance avec laquelle il la traite.

20 juillet 1650, rue des Lions.

Nous dansions hier soir chez le prince et la princesse d'Harcourt. Toute la Fronde y était. Je n'y étais, moi, que pour la princesse, qui fut si amoureuse il y a trois ans de notre bel ami le marquis de Vardes. J'avais lié amitié avec elle en ce temps-là. Son père ne voulait pas entendre parler des noces avec Vardes et l'a fait enfermer à Montreuil, la forteresse dont il était gouverneur, pour qu'elle consentît à épouser le prince d'Harcourt. Comme elle a les poumons fragiles, elle serait morte de son séjour dans un tel caveau. Elle a donc cédé, mais en jurant qu'elle n'aimerait jamais le prince d'Harcourt.

De fait, leur mariage n'est pas heureux. Le prince est un jaloux maladif qui la surveille jusque dans son bain, s'emporte contre elle, casse de la vaisselle et la frappe. Maintes fois, depuis des mois, j'ai recommandé à la princesse de ne pas le provoquer, sans que cette tête folle voulût m'écouter. Si elle se laisse ostensiblement courtiser par qui veut bien s'y essayer, c'est moins pour irriter son mari que pour tromper son désespoir. Elle est toujours passionnément éprise de Vardes. Or, le prince d'Harcourt se fait un plaisir de lui détailler les liaisons du marquis :

— C'est à présent le tour de madame de Lesdiguières. Voyez quel objet de moquerie vous seriez si vous l'aviez épousé !

En vain ai-je tenté de convaincre la princesse qu'un homme qui en aime cent n'en aime aucune, ou cache ainsi qu'il en aime une seule... Vardes, lui aussi, doit l'aimer toujours. Mais, par désespoir, la princesse a préféré se jeter à la tête du chevalier de Tourville.

Il faisait très lourd, l'orage menaçait et, au cours du souper et du bal, on but beaucoup. Vers le matin, tous étaient un peu trop gais, j'aurais aimé partir mais Henri, qui était encore plus gai que les autres, tenait à rester. Il se fit soudain un brouhaha, une soupière vola en éclats, la robe de la princesse fut gâtée, je ne sais pas très bien comment cela avait commencé, toujours est-il que le prince faillit en venir aux mains avec monsieur de Tourville. Ce dernier, depuis le début de la fête, avait montré un peu trop ouvertement sa passion pour la princesse et, il faut l'avouer, avait reçu d'elle des gages tout aussi patents d'intérêt amoureux.

Je suis fâchée de n'avoir pas écouté mon premier sentiment et d'être demeurée là, car j'ai l'impression d'avoir payé, comme disent nos paysans de Bretagne, les pots cassés. Le prince, après que ses amis l'eurent retenu de jeter son gant au visage de monsieur de Tourville, a cherché un exutoire à sa colère. Ne pouvant s'en prendre à un homme, il s'est vengé sur les femmes. Il s'est mis en tête que les amies de son épouse, à savoir madame de Fiesque, madame de Montglas et moi-même, étions responsables de la mauvaise conduite d'icelle, notre influence la jetant dans des débordements auxquels, par elle-même, elle n'eût jamais songé !

Sur ces paroles, j'ai répondu vertement que ma

conduite n'avait jamais donné prise au moindre commentaire et que je ne resterais pas un instant de plus dans une maison où l'on supposait que je pusse faire entrer le diable ! La princesse prit ma défense, clamant tout haut que je n'y étais pour rien, elle n'avait besoin d'être entraînée par personne pour désirer une autre compagnie que celle de son époux, qui était une brute odieuse.

Mais ces paroles imprudentes rendaient ma position encore plus fâcheuse, car elles ne faisaient qu'avérer la mauvaise conduite d'Anne-Elisabeth. Or, je fus atrocement blessée que mon mari ne réagît point à l'insulte de notre hôte. Il se contenta de me raccompagner d'un air bougon quand je demandai mon carosse, comme s'il s'agissait de ma part de quelque caprice.

Mais cela ne fut pas le pire. Je m'aperçus à cet instant seulement — tant j'étais bouleversée et blessée — qu'un invité tardif venait d'arriver, qui du seuil de l'antichambre avait assisté à notre navrante scène. C'était monsieur Nicolas Foucquet. Je ne m'attendais pas à le trouver dans cette réunion frondeuse, je croyais même qu'il avait suivi le Roy en Guyenne.

J'avais le sang gelé dans les veines et je devais rester là, humiliée, attendant mon carrosse. Une dame s'étonna près de moi que l'intendant de Paris fût invité chez le prince d'Harcourt. Une autre suggéra que la bonne conduite qu'il avait eue durant le siège envers les Parisiens faisait oublier qu'il était mazarin. Le bruit de la canonnade s'entend de Bordeaux à Paris et l'on commence à trembler que Condé ne revienne nous assiéger. Les plus grandes maisons prévoient de nouveau des soucis de subsistance. Quoiqu'on ait le cœur frondeur, on n'oublie pas son estomac et l'on se ménage, à l'avance, un homme aussi précieux que monsieur Foucquet.

Comme il faisait un pas vers moi, on vint m'annoncer que la voiture m'attendait. Il me salua alors que je sortais, je ne sais plus ce que je balbutiai. Je sens encore sur ma nuque son regard qui me suivait. Oh, j'aurais voulu mourir de honte sur place.

Henri et moi nous sommes disputés violemment au retour, dans la voiture. Il eut le front de me reprocher une conduite, en effet, « un peu trop guillerette, un peu trop galante ».

— On sait que Marigny vous fait la cour et que vous riez de ses madrigaux. On sait que votre cousin Bussy vous écrit des gauloiseries... Quant au conseiller d'Etat Nicolas Jeanin, on sait qu'il a reçu votre portrait.

— On sait aussi que vous couchez avec Ninon !

— Vous êtes mal informée, ma chère !

— Oh, il est donc vrai qu'elle vous a jeté de sa ruelle pour monsieur de Rambouillet et que vous vous consolez de votre chute chez la Gondran ! Un clou chasse l'autre et vous n'êtes pas regardant, tant il est notoire que chez la Gondran non plus, vous n'êtes pas le premier !

— Vous n'avez aucun droit d'être jalouse. Je suis un homme en bonne santé et je vais chercher ailleurs ce que vous me refusez, voilà tout.

— Vos frasques m'indiffèrent, pourvu que vous soyez discret. Or vous m'offensez publiquement en vous affichant avec des femmes perdues de réputation ! Et vous avez le front, de surcroît, de me reprocher ma conduite, quand vous auriez dû au contraire me défendre ! Vous vous êtes battu naguère en duel pour une maîtresse, croyez-vous indigne de votre honneur que de vous battre pour votre femme ?

— Avec le prince d'Harcourt ? Vous rêvez, je pense !

— En effet, je rêve.

Nous sommes restés à couteaux tirés et j'ai déclaré qu'il était hors de question pour moi d'organiser la fête en l'honneur de madame de Chevreuse, ni même d'y paraître. On y verra sûrement des gourgandines trop décolle-

tées et l'on y tiendra des propos d'après boire inconsidérés, que je n'entends pas cautionner par ma présence.

Pour l'honneur et le nom du marquis, j'ai renoncé à l'homme qui avait touché mon cœur. Je suis au désespoir de penser qu'il s'est trouvé là, hier soir, qu'il m'a vue passer, humiliée, suivie de mon maussade époux qui se moquait de me défendre, qu'il a su que je l'avais sacrifié, lui, pour ce rustre-là...

26 juillet 1650, rue des Lions.

Henri a donné sa fête hier sans que j'y paraisse. Loret en parle aujourd'hui dans sa chronique comme d'une partie scandaleuse. On a renversé des tables, répandu du vin, les dames ont comparé leurs gorges comme les déesses devant Pâris, pour gagner non pas une pomme d'or mais les faveurs d'un nouvel amant.

Hélas, il ne me sert à rien de n'y avoir point paru, car la manière qu'a Loret de raconter cette fête donne à croire que j'y étais présente et c'est déjà cette rumeur-là qui court dans Paris. Si bien que j'ai pris ce matin mon parti. Je dois montrer aux yeux du monde que je réprouve la conduite de mon époux et ne suis plus solidaire de ses actes.

Il nous faut cesser d'habiter ensemble. Je m'en vais vivre en Bourgogne, sur ma terre de souche, à Bourbilly. De toute façon, je n'y perdrai rien, il n'est pas douteux que bien des portes me seront désormais closes, à cause de la mauvaise réputation qu'on est occupé à me faire. On affirme déjà que le prince d'Harcourt m'a congédiée, quand c'est moi qui ne veux plus paraître chez lui.

Il serait vain que je cherche réparation de ce tort, car on envenime une calomnie pour peu qu'on cherche à la nier. Le monde est plus prompt à croire le mensonge que la vérité dès lors qu'il s'agit de salir quelqu'un, tout simplement parce que le vice fait un meilleur sujet de conversation que la vertu. Il est plus riche en péripéties et rebondissements. Les gens vertueux n'ont pas d'histoire, ils n'ont justement que de la vertu.

Je ne vois qu'un temps d'exil bourguignon pour faire oublier aux mauvaises langues de me prendre pour cible. Au reste, j'ai besoin d'aller souffrir seule en ma tanière et j'aime mon vieux domaine. Des fenêtres de ma chambre, je contemplerai mon vallon frais, d'un vert de velours qui se poudre d'or le soir, mes prairies grasses où paissent des bœufs blancs, mes bois bleutés par la brume de l'horizon, dont les arbres prendront bientôt des couleurs d'incendie. Quand je m'endormirai et m'éveillerai, j'entendrai jaser ma petite rivière, qui coule vers le bief où se dresse mon beau moulin... Cela me guérira peut-être d'avoir perdu l'homme le plus exceptionnel, par loyauté envers un époux déloyal et médiocre.

Je pourrai visiter quelques bons amis en Bourgogne. Nicolas Jeanin à Montjeu, la marquise d'Uxelles à Chalon. L'hiver venu, j'irai embrasser notre oncle l'évêque de Chalon à Ferrières, il se plaint de ne nous avoir pas vus, Henri et moi, depuis deux ans, et que nous n'ayons pas d'enfant en route...

Surtout, je m'occuperai de mes affaires avec l'aide du Bien-Bon[1], qui pense m'accompagner. Il faudra voir meunier, fermier, sous-fermier, intendant, lire des mémoires, signer des baux sans rabaisser, rappeler aux possesseurs de mes terres, pour barons ou marquises qu'ils soient, qu'ils me doivent la tierce. Tout cela me cassera la tête et le soir, après un bon bouillon de poule, je m'endormirai comme une souche...

1. C'est ainsi que madame de Sévigné appelle son oncle, l'abbé de Livry.

CHAPITRE VIII

Les femmes étaient au centre des Frondes, inspiratrices et incitatrices, jouant à la guerre comme à un jeu, attisant les hommes les uns contre les autres. Tel n'était pas votre cas et l'on ne vous avait jamais vue parader parmi les égéries, affichant vos amants comme des trophées.

Pourtant, lorsque je vous rencontrai de nouveau en juillet 1650, ce fut à cette fête chez le prince d'Harcourt où l'on vous humilia comme la dernière courtisane. Je ne pus pas même m'en mêler pour vous défendre, j'arrivai lorsque vous partiez. Je me contentai de prendre congé aussitôt après vous, en faisant savoir que je ne reparaîtrais plus dans la maison. On ne m'y avait convié que pour obtenir mes bonnes grâces, aussi n'avais-je personne à y ménager.

Je revins chez moi la rage au cœur et ne parvins pas à m'endormir avant l'aube. Depuis sept ans, et plus encore depuis que vous aviez été mienne, en dépit des mensonges que j'avais voulu parfois me faire à moi-même, tout ce que j'avais accompli s'adressait à vous : à chaque pas gravi sur la pente des honneurs, j'espérais devenir un prétendant possible pour Marie de Rabutin-Chantal, cent fois plus digne d'elle que monsieur de Sévigné.

Ce rêve un peu puéril, ce désir de revanche du petit magistrat jadis humilié, la nuit de vos vingt ans l'avait rendu possible. Vous pouviez alors être à moi. Je savais que, si j'avais insisté, profité de l'avantage conquis, vous m'auriez suivi où je l'aurais voulu. Cependant, parce que vous entendiez ne pas faire tort à l'époux que j'avais vu, chez le prince d'Harcourt, vous laisser maltraiter, j'avais consenti à ne plus vous toucher, ne plus vous voir, ne plus même vous écrire.

Je le haïssais.

25 août 1650, rue des Lions.

Je viens de vivre un mois de tempête et de furie, dont j'ai cru qu'il me conduirait aux Petites Maisons. Mon époux prétendait que je n'allasse point chez moi, en Bourgogne, mais chez lui, en Bretagne, pour l'excellente raison que les comptes, là-bas, avaient autant besoin d'être mis au net qu'à Bourbilly et que je me devais à mon fief d'épouse devant qu'à mon héritage de fille...

J'ai d'abord répondu qu'en ce cas, il se devait, lui, d'entretenir en priorité les prairies conjugales plutôt que les friches gondranesques, mais ces plaisanteries n'ont servi de rien. A la fin, voyant que l'été avançait et que nos disputes me faisaient perdre le meilleur d'un séjour à la campagne, j'ai consenti à m'aller pétrifier de nouveau en Bretagne, plutôt que de revoir mon moulin.

10 septembre 1650, rue des Lions.

J'ai donné ce jour procuration à Christophe de Coulanges pour recevoir les arrérages des rentes qui me seraient dues.

J'ai également payé ce que je devais de mon loyer en invoquant la clause de résiliation de mon bail de la rue des Lions pour donner congé à ma propriétaire. J'ai demandé à l'abbé de Coulanges de sous-louer le logement pour le temps qui reste à courir. Demain, je pars pour les Rochers, mes malles sont faites. A dater de ce jour, les Sévigné n'ont plus de logis parisien et Henri habitera où il voudra s'il veut mener joyeuse vie dans la capitale. Ce sera son affaire.

A présent qu'il a gagné sur tous les points, il m'a l'air un peu contrit du tour violent qu'a pris cette affaire entre nous. En vérité, nos amis jasent beaucoup sur la façon qu'il a de m'envoyer en exil pour mieux s'ébaudir. Ceux qui me font l'amitié de trouver ma compagnie plaisante regrettent d'en être privés à cause des fredaines d'Henri.

Toutefois, il n'est pas sûr que le galant s'amuse tant que cela sans moi dans la capitale : il paraît que, le crédit du Coadjuteur s'étant dévalué à la Cour, sa recommandation ne vaudra finalement rien aux affaires des Sévigné. Et puis, les condéens ne désarment nullement, ils jurent qu'ils obtiendront la libération de la famille Condé et l'exil de Mazarin. Il serait question qu'Henri reprît les armes en Bretagne aux côtés de certains amis.

Dieu nous en préserve ! Il m'a déclaré ce matin, en prenant son café avec moi, ce qui n'était pas arrivé depuis des semaines, qu'il irait sûrement passer quelque temps dans son gouvernement de Fougères, qu'il jugeait séant que j'y parusse quelquefois avec lui et qu'il ne viendrait à Paris qu'en passant, pour aller à son armée... Tout ce que j'ai pu répondre, c'est que je suis lasse de lui au-delà de l'exprimable et que j'aimerais mieux que nous vivions sans aucune obligation l'un vis-à-vis de l'autre.

Dès que vous eûtes quitté votre maison de Paris, le marquis de Sévigné prit sans vergogne pension chez les

Gondran. Monsieur de Gondran s'était fort entiché d'Henri de Sévigné et voulait souper et jouer aux cartes avec lui tous les soirs. En dépit de ce que racontaient les mauvaises langues, il ne semblait pas que le malheureux fût au courant de son infortune conjugale, ce qui rendait le comportement de votre époux plus impardonnable encore.

Votre exil en Bretagne m'ôtait tout espoir de vous revoir avant longtemps. L'écœurement que cette situation m'inspirait était indescriptible. Près de quatre ans avaient passé, nous avions traversé une guerre civile. J'avais mûri et je considérais différemment désormais tout ce qui était advenu entre nous. J'ignorais si vous m'aimiez encore ainsi qu'alors, mais je savais que nous étions liés l'un à l'autre et que cela ne se pourrait rompre. Toute douleur qui vous était infligée m'atteignait. Or vous deviez souffrir, à cause de lui et peut-être à cause de moi, car vous étiez forcée par les circonstances de nous comparer tous deux. Votre mari, lorsqu'il vous bafouait, ne pouvait pas même invoquer le grand amour que lui inspirait sa maîtresse, comme vous et moi eussions pu le faire. Est-ce qu'on aimait des femmes comme madame de Gondran ?

La situation m'était tellement intolérable que je me mis à songer, à cette époque, à trouver quelque prétexte pour provoquer le marquis en duel.

14 octobre 1650, au château des Rochers.

Me voilà donc en exil. Le vent se plaint dans la toiture, les feuilles des arbres sont déjà tombées. Je doute qu'aucun de mes parents ou amis songe à s'aventurer ici de tout l'hiver. Naguère, lorsque Henri et moi séjournions aux Rochers ensemble, quelques notables des environs venaient souper chez nous avec leurs épouses. Mais ma situation de répudiée va sans doute les effrayer, je gage que je ne verrai aucun d'eux cette année. Lorsqu'un époux se conduit mal, c'est à sa femme d'aller s'ensevelir et de devenir pestiférée, voilà la morale des villes et des campagnes.

Ma seule consolation est que mes enfants sont ravis de vivre ici, où ils courent les champs comme de petits paysans.

15 octobre 1650.

Nicolas Jeanin m'a écrit une plaisante lettre que je reçois ce matin, dans laquelle il prétend qu'on se morfond place Royale depuis que je n'y viens plus.

Le bon Nicolas, qui a jolie figure et assez de fortune pour attirer à lui toutes les beautés de notre temps, ne manque pas de glisser dans sa lettre quelques galanteries. Il se désole que je veuille être fidèle à un homme qui ne l'est point. « Si jamais vous songiez à lui rendre la monnaie de sa pièce, je me mettrais au premier rang de ceux qui sont prêts à vous venger ».

Je lui réponds à l'instant :

Les Rochers, 14 octobre 1650.

Monsieur,

Je vous fais mille grâces de vos propositions vengeresses, mais je n'ai pas le cœur rancunier et préfère m'en tenir aux Pater Noster *que je récite en demandant à Dieu de me pardonner mes offenses comme je pardonne à ceux qui m'ont offensée.*

Par ailleurs, je vous trouve un plaisant mignon de dire qu'on se morfond dans votre belle maison depuis que je n'y viens plus. Sans doute est-ce pour chasser cette morosité dont je me suis rendue coupable que vous avez engagé les services de monsieur Louis de Boullongne afin de refaire le plafond de votre grande salle du premier étage ? Et sans doute aussi est-ce par déplaisir de mon absence que vous avez invité, la semaine passée, une galante compagnie de deux cents personnes à « pendre votre crémaillère » dans les dorures toutes neuves dudit appartement ? Il paraît que Boullongne y a représenté les neuf muses sous les traits des plus belles dames du royaume. Mesdames d'Olonne, de Brézé, de Castelnau et de Brancas se sont-elles disputées pour le rôle de Clio ou de Terpsychore ? Si elles n'ont pas posé en personne pour le peintre, je gage que vous avez su lui donner des miniatures de chacune.

Comment sait-elle cela, du fond de sa Bretagne, vous direz-vous ? Eh bien, c'est que monsieur d'Ormesson l'a appris chez votre voisin le président de Novion, qui a loué les services du même peintre. Lefèvre me l'a mandé par lettre. Et voilà comme vont les nouvelles chez nous autres Bretons, mon cher.

Je vous baise les mains.

Marie de Chantal.

Les condéens vaincus et la paix de Bordeaux signée, le Roy regagna Paris. La seconde Fronde était matée.

En octobre, je me vis proposer par le Cardinal la charge de Procureur général. C'était un poste où il avait besoin d'un homme-lige, par lequel contrôler le Parlement de Paris qui demeurait rebelle. J'acquis officiellement ma charge le 26 novembre par lettres patentes et fus reçu à la session de Noël de la Cour, trois jours plus tard.

Au retour, à chaque secousse de mon carosse sous la bruine parisienne, je me souviens que je songeais à votre exil en Bretagne. Je vous imaginais au coin de votre cheminée, avec le vent dans les grands arbres. A quoi rêviez-vous ? Vous souveniez-vous de moi ? On m'attendait chez moi pour fêter ma promotion, mais c'était à vous que j'aurais voulu l'offrir. A présent que la Fronde était finie, vous redeveniez ma passion, mon tourment — et mes envies d'en découdre avec le marquis ne s'apaisaient pas. Vous délivrer m'obsédait.

30 novembre 1650, aux Rochers.

Une lettre de Nicolas Jeanin m'est arrivée ce matin, qui me prie de venir chez lui fêter Noël. Il précise qu'il m'invite seule, car il est toujours fâché contre le marquis de Sévigné.

Il répond à ma lettre d'octobre que je suis méchante langue : s'il a fait refaire ses appartements, ce n'était pas pour y attirer la foule mais pour m'y attirer, moi, car « si l'amitié pour ma personne ne vous fait pas revenir bientôt à Paris, la curiosité de voir mes nouvelles décorations vous y incitera peut-être. Pour cela, je me suis permis de vous faire figurer parmi les neuf muses de mon plafond. Vous êtes en Euterpe, d'après le portrait de vous que vous m'avez donné. Chacune des huit autres dames est réellement l'une des plus belles du royaume mais vous avez grand tort de penser qu'elles furent assez bonnes pour me donner leurs miniatures. Je ne mérite pas tant d'honneur. Le peintre a dû se déplacer chez elles pour faire des esquisses d'après nature. J'eusse bien voulu être à sa place et venir vous dessiner jusqu'en votre retraite.

Cela nous ramène à nos moutons. La peste soit d'un mari qui se permet d'attrister tout Paris en vous exilant en

Bretagne ! Soyez fidèle si vous ne pouvez vous en empêcher, mais de grâce, ne soyez pas fidèle en province ! Consentez du moins à revenir ici, que vos amis ne perdent point le bonheur de votre présence. »

Je lui réponds ce jour, avec mille remerciements, que mon Noël sera breton. Je serais pourtant bien curieuse de me voir en Euterpe....

Il m'apprend aussi que son ami Nicolas Foucquet est devenu Procureur général du Parlement de Paris. Il y a dix ans, les Rabutin, imbus de leur vieille noblesse, crurent devoir me refuser cet homme pour époux. Je ne m'étais pas trompée en lui prédisant un grand destin et je sais qu'il montera plus haut encore. Dieu le garde...

Plus tard, vers une heure.

Je viens de m'éveiller d'un cauchemar. Au début, ce n'était pas un cauchemar, mais un rêve délicieux dans lequel je voyais Nicolas Foucquet, en habit d'or, me donner la main pour me conduire sur les escaliers d'un fastueux château. Une immense allée bordée de jets d'eau traversait le parc, un orchestre jouait, des carosses aux armes des plus grandes familles arrivaient en foule dans la cour, dont descendaient seigneurs et dames. Tous saluaient monsieur Foucquet comme s'il était leur hôte et que ce palais fût sa demeure. Il me la faisait d'ailleurs visiter en propriétaire. Puis, Sa Majesté le Roy en personne arrivait, l'Ecureuil allait au devant de lui et recevait ses compliments. Les paroles du jeune souverain étaient flatteuses, mais son visage trahissait la colère.

Soudain, le rêve tournait au cauchemar. Un feu d'artifice commençait, dont la pétarade et les éblouissements attiraient la foule des invités vers le parc. Le Roy, resté seul en arrière avec l'Ecureuil et moi — qui me tenais en retrait —, faisait alors un signe au capitaine de ses gardes. Vingt officiers, aussitôt, entouraient monsieur Foucquet, on l'arrêtait, on le poussait dans une voiture fermée, sans que mes cris ni les siens attirassent la moindre attention, tous les témoins étant distraits par la pyrotechnie. Je me jetais aux pieds du Roy, je l'implorais, je pleurais, en vain... Plusieurs gardes m'écartaient, pour laisser le souverain s'en aller tranquillement rejoindre les spectateurs du feu d'artifice. La voiture noire s'ébranlait et passait au grand galop les grilles dorées de la cour pavée, tel le phaéton de la Mort elle-même...

Je me suis éveillée, moite et tremblante, et suis allée seule me préparer aux cuisines une infusion de tilleul. Je ne parviens pas à chasser les images si réelles de cet affreux rêve. Tout le monde s'y ressemblait, j'ai reconnu parmi les invités la duchesse de Chevreuse et Mademoiselle, la Reine en personne, deux nièces du Cardinal... On eût dit une vision plus qu'un rêve, si ce n'était, Dieu merci, que le magnifique château, avec son parc et ses jeux d'eau, n'existe pas. Le Roy lui-même ne saurait en avoir de semblable.

L'épouvante que j'ai ressentie à le voir enlever dans cette voiture noire me broie le cœur. C'est déjà si affreux d'être en exil de lui, de ne le plus jamais voir ! Dieu, il n'y a pas eu de jour depuis notre rencontre que je n'aie, au moins fugitivement, songé à lui, évoqué son image ! Voilà la vérité de mon cœur depuis dix ans ! Me distraire de cette obsession m'a coûté des efforts qui n'ont fait que me consumer. On me croit gaie, gourmande, joviale. Certes, j'ai ri, j'ai soupé, j'ai dansé durant toutes ces années : cependant, je n'ai pas vécu réellement. Je n'étais que le singe de moi-même, forçant la note pour masquer la fêlure de ma voix.

A présent que je suis ici, ensevelie, dépouillée du travestissement mondain que je m'imposais à Paris, livrée à mes seules pensées, il n'y a plus de spectateurs pour qui feindre.

Mon frère Basile, l'abbé, était en ce temps-là très proche de moi. Nous avions tous deux la confiance du Cardinal. Mais nous pensions tous deux que cette confiance ne survivrait pas à la moindre erreur de notre part :

— Nos bonds d'écureuils dans les allées du pouvoir n'auront aucun sens si nous ne pouvons transmettre nos acquis, me dit-il un jour. Je compte devenir archevêque de Paris, mais je ne passerai pas cette dignité à mes héritiers...

— Archevêque de Paris ? Et le Coadjuteur ?

— Mazarin le déteste. Il tombera, et je suis résolu à l'y aider. Il ne s'agit pas de cela. Il s'agit de toi. Tu es veuf depuis dix ans et sans descendance mâle. Par ailleurs, ta position auprès du Cardinal exige que tu aies, à Paris, une maison digne de ce nom, où recevoir clients, solliciteurs, artistes et amis. Chaque privilège nouveau apporte des contraintes nouvelles. Il faut te remarier.

Je restai silencieux. Je songeais à vous, Marie. J'étais libre et vous pouviez le redevenir par accident...

— Ce sont d'affreuses pensées, persifla Basile comme s'il lisait dans mon esprit. Et fort vaines. Tu ne peux pas attendre la mort possible du mari, il est capable de vivre jusqu'au XVIIIe siècle...

— De qui parles-tu ? dis-je, ébranlé d'avoir été si bien deviné.

— De celle à laquelle tu penses, qui t'empêche de te remarier depuis des années mais qui, sûrement, n'est pas libre, ou alors trop haut placée pour toi..

La perspicacité de Basile m'étonna, une fois de plus.

— Prends-la pour maîtresse ! me suggéra-t-il sans vergogne.

— Ce n'est pas ce genre de femme.

— Il n'y a aucun genre de femme qui ne puisse faillir. A moins qu'elle ne t'aime pas.

— Elle m'aime. Mais elle est exilée dans ses terres.

— En ce cas, oublie-la. Ta carrière est à Paris.

— Je ne peux pas l'oublier.

— Eh bien, ne l'oublie pas, mais occupe-toi d'une autre. Raison de plus pour te remarier.

— Laisse-moi tranquille avec cela.

— Ne va pas te chercher non plus de mauvaise querelle avec le mari, sussura Basile.

— Quoi encore ?

— Je sais que tu prends des leçons d'escrime, depuis peu. Mais tu n'es qu'un robin, il ne se battra jamais avec toi. Si tu veux le faire trépasser, il te faudra l'égorger ou le faire égorger...

Je sursautai, ce qui le fit sourire :

— Tu es un esthète, une telle solution ne te ressemble pas. Il ne faut jamais opter pour des solutions qui ne nous ressemblent pas, murmura mon frère.

Basile revint à la charge des jours durant. Voyant ma répugnance, il s'occupa même de trouver la fiancée. Puis il se chargea des négociations, afin de me mettre devant le fait accompli. Ses manœuvres et ses arguments avaient au moins eu un effet, celui de me décourager de mes premiers plans : il avait raison, je ne pouvais ni provoquer le marquis de Sévigné en duel, n'étant pas noble, ni lui couper la gorge, n'étant pas truand. Anéanti par ce constat d'impuissance, j'en vins à l'écouter, de guerre lasse.

Son choix s'était porté sur une jeune fille de vingt ans, charmante et bien dotée, issue d'une famille puissante, qui nous ouvrait un champ d'alliances nouvelles. Marie-Madeleine de Castille, en effet, était la cousine de monsieur de Villeroy, gouverneur de Louis XIV, et de

Nicolas Jeanin de Castille, trésorier de l'Epargne et maintenant conseiller d'Etat...

23 janvier 1651, aux Rochers.

Une lettre de Nicolas Jeanin m'est arrivée ce matin, porteuse d'une invitation chez lui, place Royale, le 6 février prochain, au mariage du procureur Nicolas Foucquet.

Qu'espérais-je, folle que je suis ? Que pouvais-je espérer ? Cependant, c'est comme un coup de poignard qui me lacère le cœur.

Mon Dieu, la plume me tombe des mains, je ne puis pas continuer...

24 janvier 1651, aux Rochers.

D'horribles pensées m'ont tenue éveillée toute la nuit. J'arpentais ma chambre comme si j'avais la fièvre, en songeant qu'Henri pourrait se faire occire à la guerre, tomber de cheval, ou attraper une fluxion de poitrine... Je me suis confessée à l'instant de mes méchantes pensées auprès de l'abbé de la paroisse, mais j'ai peur à présent, comme une vieille paysanne superstitieuse, que mes souhaits ne se réalisent : ce matin, justement, une lettre d'Olivier d'Ormesson m'apprenait que mon mari avait faillli se battre en duel la semaine passée pour les beaux yeux de sa dame.

J'ai aussitôt écrit à Henri, afin de lui recommander de prendre garde à lui. Il peut avoir des maîtresses sans pour autant embrocher ses rivaux. Je lui fais valoir qu'il pourrait fort bien ne pas mourir et se retrouver estropié, et lui peins un terrible tableau de ce qui s'ensuivrait. Nous resterions ensevelis dans notre gouvernement de Fougères, lui en infirme, moi en garde-malade...

30 janvier 1651, aux Rochers.

Je reçois à l'instant une lettre de Nicolas Foucquet... Il me semble qu'elle ajoute encore à mon chagrin. Quelle pitié que notre histoire !

Paris, ce 24 janvier 1651.

Madame,

J'apprends ce matin, par monsieur Jeanin de Castille, qu'il vous a conviée à mes noces. Je n'avais pas songé que son admiration pour vous lui ferait choisir ce prétexte pour vous attirer à Paris. Je romps aujourd'hui la règle de silence que vous aviez imposée entre nous pour vous assurer que je ne suis pour rien dans cet impair — et pour vous répéter des sentiments que les circonstances ne sauraient altérer.

Je vous aime, mais vous n'êtes pas libre. Après dix ans de veuvage, sans héritier mâle, accédant à une position sociale qui exige un train de maison, ma famille m'adjure de me remarier. J'épouse une femme estimable, envers laquelle j'entends me conduire en homme estimable. Mon cœur vous reste acquis.

J'ai dans l'esprit l'image gravée d'une jeune fille en robe de deuil, les cheveux frisés par la pluie sous sa mante, et que j'ai portée dans mes bras jusqu'à la salle d'une auberge. Il y a dix ans de cela. Qu'ajouter qui ne soit inconvenant pour vous, pour moi, pour la personne que j'épouse ?

Croyez que je demeurerai, jusqu'à la fin des temps, votre fidèle

Nicolas Foucquet.

5 février 1651, aux Rochers.

J'ai vingt-six ans aujourd'hui. Vierge Marie, prenez-moi dans votre miséricorde ! Je n'en puis plus de ce pays, où l'hiver est grisâtre, pluvieux, triste à périr. Je me sens abandonnée, misérable, et je voudrais bien que quelqu'un me fît la cour, fût-ce le dernier des rimailleurs de province, pour m'obliger au moins à garder la figure d'une femme. Voilà trois jours que je n'ai pas quitté mon lit, sans pouvoir rien avaler, de sorte que j'ai des cernes sous les yeux et les joues amaigries. Ce tantôt, j'ai consenti à grignoter une part du gâteau d'anniversaire que mes enfants m'ont porté, mais je l'ai rendu aussitôt. Les pauvres petits anges sont tristes de me voir triste et je ne sais pas leur cacher mon chagrin.

L'homme que j'aime depuis dix ans se marie aujourd'hui. Il m'aime aussi. Il me l'a écrit avec des accents dont je ne puis douter. Pourtant, je n'ai pas répondu à sa lettre parce qu'elle n'appelait pas de réponse. Il faut que je l'oublie et qu'il m'oublie. Il y parviendra sans doute. On dit que mademoiselle de Castille est ravissante. Moi... j'essaierai.

Il semblait que le sort s'acharnait contre mon mariage. Le soir du contrat, je fus empêché de souper avec les membres des deux familles, car on m'appela d'urgence au Parlement, qui réclamait l'expulsion de Mazarin. J'y passai une partie de la nuit et ne rentrai chez moi qu'à l'aube, rompu par des heures de palabres, afin de me préparer à la cérémonie religieuse.

Peu après ma sortie de l'église Saint-Nicolas-des-Champs, à six heures du soir, je fus appelé de nouveau en toute hâte chez le garde des Sceaux, pour discuter avec lui des réclamations des frondeurs. Gaston d'Orléans, lieutenant général du royaume, bien manœuvré par le Caodjuteur, venait en effet de légitimer l'assemblée des nobles qu'il avait convoquée et qui réclamait la levée d'écrou des princes condéens.

Je passai de nouveau la nuit à mettre au point des réponses à ces demandes et, rentré chez moi rue de Jouy, je n'eus pas même le temps de me changer, car on m'y attendait, pour m'emmener au Parlement. Je m'y précipitai, toujours dans l'habit de mes noces. La délibération fut très violente, on en vint aux mains, je me fis conspuer.

Dans l'après-midi, très inquiet, j'adressai un message au Cardinal via l'un de mes espions qui se trouvait dissimulé parmi les agitateurs. Suivant mon conseil, le Cardinal se déguisa en cavalier, le feutre rabattu sur les yeux et le manteau sur le nez, et quitta Paris pour Saint-Germain.

En sortant enfin du Parlement au crépuscule, épuisé de n'avoir pas pris plus de deux heures de repos depuis trois jours, je me cognai littéralement dans madame de Gondran, qui descendait en courant de sa voiture pour venir à la rencontre de son mari, lequel avait siégé au Palais tout le jour avec les autres parlementaires.

Je marquai un temps d'arrêt pour la dévisager. Cette femme symbolisait votre humiliation et votre exil, Marie, et la croiser ravivait mon mépris, ma colère envers monsieur de Sévigné. Echevelée, les yeux battus, elle se jeta dans les bras de son mari.

— Henri vient de mourir de sa blessure ! s'écria-t-elle en éclatant en sanglots.

A ce cri, le parlementaire, effondré, se mit à pleurer

lui aussi. Le prénom prononcé m'avait fait tressaillir. Se pouvait-il… ?

Deux autres magistrats étaient sortis du Palais presque en même temps que Gondran et commentaient la situation. J'étais à portée de leurs voix et j'appris ainsi ce que tout Paris savait sans doute, mais que mes trois dernières journées de frénésie m'avaient laissé ignorer : la veille au matin, le marquis de Sévigné avait croisé le fer avec le chevalier d'Albret pour les beaux yeux de madame de Gondran, leur maîtresse commune.

Je chancelai et devins si pâle que mon valet me fit asseoir au bord d'une fontaine pour me baigner le visage. Eussé-je su, ce jour-là, qu'il avait été grièvement blessé dans le duel, me fussé-je rendu à Saint-Nicolas-des-Champs ? Je vous avoue aujourd'hui que non. J'eusse été capable de spéculer assez sur la mort de mon rival pour ne pas me marier.

Mais désormais, l'irréparable était accompli. Je dissuadai mon valet d'appeler du secours et prétextai, pour justifier ma défaillance, la fatigue des derniers jours. Puis, rassemblant péniblement mes esprits, je m'engouffrai dans ma voiture. Mais au lieu de rentrer chez moi, je donnai l'ordre de rouler au hasard.

Je ne sais combien de temps je me fis cahoter ainsi dedans Paris, prostré, anéanti par la cruauté du sort. Les yeux clos, indifférent au tumulte autour de moi, je tentais de rappeler, sur mes lèvres, la saveur perdue de votre peau… J'aurais voulu pleurer mais j'étais aride, comme brûlé de l'intérieur. Quand je vis que la nuit était noire, je donnai enfin l'ordre de regagner ma maison.

Je m'écroulai sur mon lit à peine arrivé et dormis douze heures d'affilée, d'un sommeil déchiré de cauchemars. Le lendemain matin, ma femme, inquiète de ces étranges noces, fit demander de mes nouvelles. Je prétendis être atteint d'une fièvre contagieuse et chassai tout le monde.

Ma quarantaine volontaire dura plusieurs semaines. Le travail me tenait quinze heures par jour éloigné de ma maison. Durant les quelques moments que j'y passais la nuit, je ne dormais pas, arpentant ma chambre en cognant du poing contre les cloisons. Mon désespoir des premiers instants s'était changé en haine. Je haïssais Basile de m'avoir harcelé. Je me haïssais, inexpiablement, de lui avoir cédé, au lieu d'écouter mon amour et de demeurer libre pour vous. Je haïssais les hommes avec lesquels je passais mes journées, cette troisième Fronde qui ressuscitait les querelles et les intrigues des deux premières.

J'avais cru, deux ans auparavant, qu'il s'agissait de faire l'histoire. A présent, je ne voyais plus, dans les errements de mes contemporains, que le sujet d'une pièce pour un nouveau Shakespeare. Le monde me paraissait un effroyable bûcher des vanités, déserté de la seule présence qui aurait pu lui donner sens à mes yeux.

8 février 1651, aux Rochers.

Henri est mort voilà trois jours, des suites d'un duel avec le chevalier d'Albret. Je pars à l'instant pour Paris, mais je n'y serai pas avant huit jours, de sorte qu'il sera déjà enterré lorsque j'arriverai.

J'ai peine à parler de lui. Je lui en voulais, mais mourir si jeune confère toujours une sorte d'absolution. Il n'avait que vingt-huit ans. C'était un caractère faible, mais la Fronde m'a bien fait voir que c'est le cas de la plupart des hommes — à l'exception de l'Ecureuil, peut-être... Il me trompait, mais cela aussi est une chose commune. Il reste que nous avons vécu quelques années ensemble. Je me surprends à pleurer comme si j'avais perdu un compagnon d'enfance.

En vérité, le Ciel m'a punie de mes mauvaises pensées. Comment pourrais-je oublier que je souhaitais sa mort la semaine passée? Le signe le plus sûr que c'est une punition du Ciel, c'est qu'Henri est mort un jour trop tard pour que j'en recueille le moindre fruit. Si j'eusse été veuve la veille, Nicolas eût sans doute appris l'événement et renoncé à ses noces. Le Ciel a voulu cette coïncidence pour mieux me faire souffrir. Que le Ciel soit content : je souffre...

Je ne sais comment je parvins à garder ma raison, encore moins à vous écrire une lettre conforme aux circonstances. A présent, avec le recul du temps, je crois que les vicissitudes politiques dans lesquelles je me trouvai englué à cette époque furent une miséricorde de la Providence. En me distrayant de penser à ma douleur, elles me sauvèrent.

Le 9 février, la Reine, après que j'eus rendu visite au garde des Sceaux avec Omer Talon, mon avocat-général, me reçut en audience privée au Palais Royal. Elle avait les yeux rouges d'avoir pleuré.

— Le Cardinal ne reviendra pas, dit-elle, il est en ce moment sur la route d'Allemagne, où les circonstances l'obligent à s'exiler. Il m'a dit en partant qu'il préférait devancer la sentence du Parlement. Il m'a aussi parlé de vous, monsieur Foucquet. Il affirmait que je pouvais compter sur votre fidélité.

— Vous le pouvez, madame. Je crois qu'il ne reste guère d'hommes en France pour tenir ce discours. Mais c'est justement pourquoi je n'entends point trahir le Cardinal. J'ai horreur des curées.

Sa Majesté me regarda avec douceur.

— J'espère pouvoir vous récompenser d'une telle grandeur d'âme, monsieur Foucquet. Vous êtes bien digne de votre noble mère. Hélas, quand je vois que même ceux de son sang trahissent mon fils...

D'une main pitoyable, une main de vieille femme aux veines gonflées, elle me tendit alors une enveloppe scellée.

— Il n'y a guère, je n'imaginais pas qu'on pût jamais toucher à la personne d'un roi chrétien. Depuis que les Anglais ont décapité Charles Ier, hélas, il n'est plus sûr que les rois de France ne connaissent pas le sort tragique du roi d'Angleterre...

« Je ne vois que vous à qui me fier, monsieur Foucquet. J'ai écrit cette lettre dans la nuit. Conservez-la dans l'endroit le plus secret que vous pourrez trouver et ne l'ouvrez que s'il y allait vraiment de la vie de mon fils, car le secret qu'elle contient peut la sauver. »

Ce fut ce jour-là que se scella mon destin, Marie. Mais je ne m'en doutais pas.

15 février 1651, en l'hôtel de Retz.

Je suis arrivée à Paris ce matin, où la Fronde fait rage de nouveau. Le Coadjuteur était venu me faire escorte depuis la porte de la ville. J'ai bien compris que c'était une occasion pour lui de se montrer. Les rues étaient encombrées d'une populace agitée, surtout aux alentours du Palais-Royal, où la Reine et son fils sont pris en otage, car il paraît que Mazarin a quitté la France en catimini la nuit même de la mort d'Henri. Le Coadjuteur, qui est responsable de ce climat d'insurrection, est l'idole de la foule, dont les applaudissements nous ont escortés tout le long du chemin, ce qui le contentait comme une actrice.

Il a proposé qu'on m'hébergeât chez son frère à l'hôtel

de Retz au Marais du Temple, rue des Petits Capucins, en attendant que je trouve une maison à ma convenance. Comme certains pensaient que j'irais chez les Coulanges, plusieurs lettres m'y attendaient, qu'ils m'ont fait porter ce tantôt.

Paris, 6 février 1651.

Madame,

Je viens, dans le nouveau deuil qui vous frappe, vous présenter mes pensées de condoléances. Je ne feindrai pas d'ignorer ce que chacun sait, pourtant je suis convaincu que votre chagrin est profond. D'abord, parce que vous êtes un cœur tendre et que la mort d'un proche, si jeune encore, ne peut que vous affliger. Ensuite, parce que vous êtes attachée à vos enfants et que vous devez vous inquiéter pour eux, qui se retrouvent désormais orphelins comme vous l'avez été. Enfin, parce que votre bonne âme vous fera pardonner les injures qui vous furent faites.

Je ne doute pas qu'au deuil ne s'ajoute maintenant la détresse de devoir arranger seule des affaires bien embrouillées et je vous prie de compter sur mon soutien, en tous temps et en tous lieux. Vous devez vous souvenir de l'assurance que j'ai pu vous donner à cet égard par le passé : elle vaut mieux encore à présent que j'ai quelque pouvoir.

Ce n'est pas seulement, ici, le Procureur général qui parle. J'ose espérer que vous accepterez aussi mon amitié personnelle. Vous êtes une des rares personnes, en ces temps de confusion, que j'admire et chérisse indéfectiblement. Rien ne me rendrait plus heureux que de pouvoir vous le témoigner.

Croyez, Madame, à l'assurance de mon respect profond, de ma compassion sincère et de ma fidélité sans bornes.

Nicolas Foucquet.

16 février 1651, en l'hôtel de Retz.

J'ai passé une nuit de fièvre, sans fermer l'œil. J'ai relu cent fois sa lettre.

A l'aube, dans cet état presque halluciné que provoque l'épuisement, m'est venu le courage de la révolte, celle qui naît du désespoir. Si je dois être damnée, je ne veux pas l'être pour des péchés inachevés. Le Ciel me punit, soit. Mais en me punissant, il me délivre aussi de mes chaînes. Je ne suis plus coupable envers aucune loi d'aimer qui j'aime. Je suis veuve.

J'ai écrit ma réponse, que j'ai fait porter aussitôt chez lui par un de mes valets, afin de ne pas pouvoir m'en repentir dans l'heure suivante.

Le 15 février 1651.

Monsieur,

Votre lettre, que j'ai trouvée en arrivant à Paris, me donne réconfort. Vous comprenez bien le sentiment qui me bouleverse, car la certitude d'avoir perdu un homme aimé s'accompagne du remords de l'avoir quitté fâchée. Ce souvenir m'anéantit. Je n'ignore pas que la félicité de nouvelles noces vous est accordée, aussi ne m'appesentirai-je pas sur la paix qui m'est désormais interdite.

Vous êtes infiniment bon de vous soucier de ma douleur. Je sais pourtant que l'expérience de l'amour partagé rend insensible au malheur d'autrui. Votre compassion peut effacer tous mes chagrins et me ramener à la vie. Je ne vous en estime que plus de penser à moi dans votre joie. Si quelque jour la veuve du marquis de Sévigné se trouvait dans l'embarras, elle se fierait à l'amitié que vous lui offrez. A recevoir de vous cette grâce, son bonheur serait grand. Pour l'heure, elle vous remercie de vos offres généreuses. Mais il faut laisser le Ciel décider de tout.

Croyez, Monsieur, que je demeure votre dévouée

Marie de Rabutin-Chantal.

C'est une sorte de rébus comme je lui en ai déjà adressé un par le passé, mais je doute qu'en ce temps-là, il ait su me lire en sautant les lignes. S'il passe l'épreuve, s'il trouve la clef de ma lettre, je consentirai à ce qu'il voudra.

Toutes les raisons, toutes les sagesses, tous les remords du monde n'y feront rien, mon amour pour lui ne s'éteindra qu'avec mon souffle. Si je ne puis l'extirper de mon cœur, à la fin, je préfère y céder. La seule retenue qui m'a commandé ce rébus, c'est que ma confession doit pouvoir paraître anodine si elle tombe en d'autres mains que les siennes.

J'ai trouvé aujourd'hui dans les affaires d'Henri les lettres de madame de Gondran, que je lui ai fait rapporter. En échange, je lui ai demandé si elle avait une mèche de ses cheveux à me donner. Personne, pas même moi, ne s'offusque qu'Henri soit mort pour elle. Ainsi, puisqu'il est permis aux hommes de se tuer pour une autre que leur femme sans que celle-ci doive s'en offenser, pourquoi lui *ne pourrait-il simplement m'aimer ? La vertu qui m'était imposée en tant qu'épouse ne vaut pas pour son sexe et les chaînes du mariage ne seront jamais telles pour lui qu'elles furent pour moi. Il suffit que nous n'agissions pas publiquement, que son épouse ne soit pas bafouée. Vis-à-vis d'elle, je n'ai pas d'autre souci que celui-là : respecter sa dignité comme j'eusse voulu que mon mari respectât la mienne.*

Le rébus est aussi une épreuve, cependant. S'il ne la passe pas, je ne tenterai plus jamais de lui faire signe. Ce sera la volonté de Dieu que j'ensevelisse son souvenir à jamais.

J'échouai dans cette épreuve, Marie. Mais devant les vraies ordalies de la vie, je me suis souvent montré piètre chevalier. Je sais qu'à l'heure présente, pour justifier ma chute, on glose sur l'insolente fortune que m'aurait accordé le Ciel durant des années, déversant une pluie de cadeaux immérités sur ma tête. Quelle fortune ?

Ceux qui m'accusent aujourd'hui d'insouciance et de légèreté sont bien placés pour savoir combien d'heures j'ai passées chaque jour depuis vingt ans dans mon cabinet de travail. L'orgueil de ma devise m'a nui, pourtant l'ascension fut rude. Ce dont on veut me dépouiller, je l'ai acquis en m'évertuant. Encore ai-je autant de dettes que de biens, car j'ai toujours prêté à l'Etat sans compter. En outre, à tout moment j'ai su la précarité de ma situation, qu'aucun privilège intangible n'est jamais venu consolider.

Quant à ma vie privée, elle n'a été qu'une longue séparation d'avec la seule femme que j'aie vraiment aimée, à peine entrecoupée de brefs éblouissements. Et lorsqu'un signe m'était adressé, maladroit, je ne le percevais pas. Si je regarde en arrière, je trouve que le hasard me fut cruel. J'éprouvais déjà ce sentiment avec violence, il y a dix ans.

Votre réponse à ma lettre — que je n'avais pas su

déchiffrer — me meurtrit profondément. Vous parliez de mes heureuses noces, alors que vous saviez mon désespoir. Vous restiez polie, lointaine. Aucune parole qui me laissât espérer que vous consentiriez à braver les circonstances, à m'aimer quand même. Vous acceptiez l'arrêt du destin, croyais-je.

Tel n'était pas mon cas. Durant de nombreux jours, je demeurai habité d'une rage froide, le cœur transi, incapable de rien goûter. Cela n'y paraissait pas, j'avais déjà pris l'habitude de ne pas montrer mes sentiments secrets, de ne pas me départir de ma politesse. Mais je continuais à détester la terre entière, surtout ceux qui pensaient me flatter en me parlant de mon mariage.

J'ai même failli, à cette époque, désespérer ma pauvre femme, ce dont je demande pardon à Dieu. Car si je n'ai pas aimé Marie-Madeleine d'amour, elle a mérité, depuis le jour de notre mariage, ma tendresse, mon respect, ma reconnaissance. Désormais, dans la disgrâce, je crois que vous saurez lui montrer votre grandeur d'âme, Marie, en restant son amie.

16 février 1651, en l'hôtel de Retz.

Ma pauvre petite Françoise-Marguerite ne se console pas de la disparition d'Henri, qu'elle aimait beaucoup. Ce tantôt, sa nourrice l'a surprise perchée sur une armoire, où elle s'était hissée à l'aide d'un escabeau. Elle disait qu'elle voulait aller rejoindre son papa « au Ciel ». Je me rappelle les sentiments que j'éprouvais moi-même à son âge, à me savoir orpheline. Pour un enfant, c'est une cruauté insupportable, car la notion du temps n'existe pas. Et que pourrais-je lui dire pour la consoler ? Mon intime certitude que son père véritable n'est pas mort ? Ce serait la déposséder doublement, puisque ce dernier est inaccessible.

La famille de Condé libérée a fait ce matin son entrée dans Paris sous les acclamations de la foule. Les milices parisiennes, commandées par le Coadjuteur, tiennent prisonniers, dans leur Palais-Royal, Anne d'Autriche et le pauvre petit Louis, qui me fait bien un peu pitié.

Le Coadjuteur, superbe comme un Marc-Antoine, gouverne cette troisième Fronde. C'est lui qui a réussi à rallier le Parlement avec les condéens pour réclamer le renvoi de Mazarin. Ce tantôt, l'assemblée de la noblesse se réunit pour demander sa nomination comme premier ministre, ainsi que des Etats généraux. Il avait donc raison l'an passé et j'avais tort. Je n'ai pas la tête politique, semble-t-il.

Aucune nouvelle de l'Ecureuil. Il n'a pas saisi mon signe, ou n'a pas voulu y répondre. Sans doute étais-je tout à fait folle de le lui adresser. Soit. Que s'accomplisse la volonté de Dieu.

Je resterai marquise de Sévigné, je crois, jusqu'à la fin de mes jours. Rien au monde ne pourrait me conduire à de nouvelles entraves conjugales. C'est une autre vie qui commence, que je dois à mes enfants, à mes amis. Avec le temps, je parviendrai bien à consoler mon cœur.

CHAPITRE IX

Il semblait que l'histoire tournât en rond. Mazarin avait fui, le jeune Roy et la régente étaient de nouveau gardés prisonniers au Palais-Royal. Pour moi, je n'avais plus de vie, je dînais et dormais au Parlement.

En tant que Procureur général, j'instruisais officiellement contre le Cardinal, dont on avait saisi tous les biens — quoique, secrètement, je continuasse à l'informer de tout. Entre les séances, je travaillais les parlementaires un par un, afin de les conduire à dissoudre l'assemblée des nobles convoquée par Condé et Gaston d'Orléans.

Heureusement, les deux Bourbons voulaient chacun prendre le pouvoir, non le donner au peuple. Au printemps, mes efforts furent récompensés et l'assemblée des nobles dissoute. Restait en lice le Coadjuteur. Mais le Parlement ne voulait plus entendre parler d'ecclésiastiques au pouvoir : j'encourageai fortement ce dégoût des robes noires pour la robe rouge....

Tout cela me menait jusqu'après minuit, et je me relevais à l'aube. J'avais maigri. Parfois, je croisais dans l'antichambre, en rentrant du Palais, des invités de ma femme qui me regardaient comme un étranger, ne m'ayant jamais vu chez moi. Je m'enivrais de travail, mais ce n'était que pour abrutir mon âme. Entouré d'êtres agités et flous qui tournaient casaque au moindre péril, je m'efforçais simplement de servir mon Roy sans dévier, de tenir la barre du vaisseau démâté. Du moins l'épuisement me sauvait-il : lorsque je m'effondrais, je dormais d'un sommeil sans rêves.

7 mars 1651, en l'hôtel de Retz.

Conjointement avec ma tante de La Trousse, j'ai signé ce jour un bail de six mois pour une maison sise rue du Temple, où nous emménagerons le jour de Pâques, 6 avril.

Je m'accommode un peu mieux avec Dieu, en ce moment. La culpabilité m'a quittée. Que j'aie souhaité le trépas d'Henri n'empêche pas qu'il soit mort de son propre fait. Que la tentation du péché ait dicté ma lettre à l'Ecureuil n'entraîne pas que ce péché se soit réalisé. Et puis, l'amour qu'il m'inspire, je n'ai pas choisi de le ressentir, cela m'est venu, voilà tout. J'ai échoué depuis sept ans à m'en délivrer et je ne puis espérer réussir ce miracle aujourd'hui mieux qu'hier, sous prétexte qu'un contrat le lie maintenant à une autre. C'est assez de regretter mes fautes accomplies, je ne me reprocherai pas de surcroît celles que j'ai failli commettre. D'ailleurs, ma douleur rachète la seule faiblesse que j'eus jamais, car je n'ai pas connu depuis lors un instant de bonheur.

10 avril 1651, rue du Temple.

Je suis aise de mon emménagement, l'hôtel est vaste et commode, nous y vivrons sans nous gêner, ma tante et moi ainsi que les enfants. J'ai fait meubler comme j'ai pu, en rapatriant des Rochers quelques tentures et de la vaisselle, car mes soucis d'argent sont cruels. Heureuse-

ment que le Bien-Bon m'a promis de prendre tout cela en main, car la succession d'Henri est un casse-tête où je n'entends rien.

Le Coadjuteur a donné procuration, ainsi que son frère, ainsi que Bussy et, je crois, tous les autres membres qui resteront à Paris, pour que le conseil de famille, qui se doit tenir à Rennes en mai, me nomme tutrice de mes enfants. Il est dans les meilleurs termes avec moi, il cherche ma compagnie partout où nous nous trouvons et mande mes conseils. Il est en train de se re-détacher de ses amitiés condéennes pour se re-rapprocher de la régente. On chuchote même qu'il s'en rapproche de très près. La pauvre prisonnière du Palais-Royal serait, selon la rumeur, une femme à ne pas pouvoir se passer d'homme. Aussi, désormais que Mazarin n'est plus là, Gondi cherche-t-il à le remplacer en tous domaines...

15 août 1651, rue du Temple.

Il paraît que le Coadjuteur a échappé, hier, à une tentative d'assassinat, encore une, décidément, on veut beaucoup de mal à notre pauvre ami. Il jure cette fois que le commanditaire du méfait est le prince de Marcillac. Je ne vois pas bien quel serait l'intérêt du prince à cela. Toujours est-il que Gondi s'en est persuadé, de sorte que sa rupture avec les condéens est définitivement consommée.

4 septembre 1651, rue du Temple.

Les Foucquet sont mes voisins, installés dans une maison qui appartient à madame Foucquet, assez modeste mais dont les vastes jardins s'étendent entre la rue Courteauvillain et la rue Vieille-du-Temple. J'ai croisé cette dame hier chez Nicolas Jeanin. Il paraît que le Procureur du Roy donne une fête pour la majorité de Louis XIV, qui vient le 7. Or la jeune épouse du Procureur venait emprunter chez son cousin des fauteuils de surcroît, car elle en manquera.

Jeanin avait prévu de me recevoir pour souper avec ma tante de La Trousse, dans l'intimité, à cause de mon deuil, mais surtout à cause de l'envie qu'il a de me courtiser encore plus furieusement, à présent que nous sommes veufs tous deux. La présence de mon chaperon ne l'empêche pas de me glisser des galanteries, car la chère Henriette est de plus en plus sourde.

Il ne s'attendait pas à la visite de madame Foucquet, mais il nous a présentées l'une à l'autre. Marie-Madeleine de Castille est une jolie jeune femme brune, un peu fière dans son allure. Elle s'est montrée charmante, disant qu'elle avait entendu beaucoup de bien de moi par son époux et souhaitant que je veuille honorer de ma présence, lorsque je sortirai de nouveau dans le monde, le salon qu'elle a ouvert autour des nombreux artistes, savants et poètes que parraine le Procureur. Elle a ajouté qu'elle et son époux eussent été heureux de me prier à la fête du 7, si je n'eusse été en deuil.

Pour moi, je suis bien soulagée que mon état l'ait empêchée de m'inviter à ce bal. Ce serait au-dessus de mes forces, présentement, que de rencontrer le Procureur dans des réjouissances. Mais, Dieu merci, je ne serai pas même à Paris pour l'occasion. Je pars en effet ce tantôt pour la Bretagne, où j'ai des inventaires à surveiller et de la paperasse à signer à Vitré.

A part cela, nos souverains sont toujours détenus en otage et Condé se prépare à la guerre à Bordeaux. Je ne sais si les Frondes finiront un jour, pourtant il me semble que tout le monde en est aussi las que moi.

13 octobre 1651, aux Rochers.

Je reçois ce matin la réponse de Ménage à ma lettre du 1er premier octobre, dans laquelle je lui mandais des nouvelles de monsieur de Luynes. Ce n'est pas le duc qui est mort, mais sa pauvre femme, des couches de son cinquième enfant. Je suis fort affligée de cette nouvelle. Elle me conforte dans ma prévention contre les grossesses répétées, qui fut une des raisons de ma brouille avec Henri. Ne serait-ce que pour me voir épargner ce risque, je suis aise d'être veuve.

25 octobre 1651, aux Rochers.

Quand je disais que les hommes qui tuent leur femme à la tâche d'enfanter sont enragés à se remarier !

Je reçois une lettre du Coadjuteur, que je remerciais de m'avoir recommandée au duc de La Meilleraye, gouverneur de Nantes, pour les affaires de ma terre de Buron. Il me parle du trépas de la duchesse de Luynes et de sa tristesse : ils étaient fort liés d'amitié et l'on prétend même qu'il l'avait courtisée avant son mariage. Au paragraphe suivant, toutefois, il me peint un portrait fort émouvant du jeune veuf, trente ans, beau cavalier, grand nom, de la fortune. C'est un homme qu'il estime et chérit, assure-t-il, et qu'il a entendu vingt fois, naguère, vanter la « délicieuse marquise de Sévigné, qui a de l'esprit comme cent et de la beauté comme personne ».

« D'ailleurs, il a reçu vos compliments et devant que de vous l'écrire, me charge de vous transmettre combien votre lettre l'a touché dans sa douleur. »

Je réponds sur-le-champ au Coadjuteur :

Les Rochers, 16 octobre 1651.

Monsieur,

Je vous entends à mi-mot. Comme vous m'avez mariée il y a sept ans, je ne puis douter que vous sachiez mieux que personne vanter mes qualités à un prétendant. Mais monsieur de Luynes entre dans son deuil, quand je ne suis pas moi-même sorti du mien. Je gage qu'il n'est pas d'humeur plus que moi, aujourd'hui, à songer à de nouvelles noces.

Pour ma part, je vous avoue que, si je devais me remarier, j'éviterais en premier lieu un prétendant dont la descendance mâle n'est pas assurée. En second lieu, je prendrais garde à celui dont l'épouse est morte en couches en laissant de nombreux enfants. Ces deux sortes de maris, en effet, vous font grosse dès le lendemain des noces et vous savez ce que je pense à ce propos. Mieux vaut un homme mûr, dont les fils déjà grands risquent moins les maladies du premier âge. J'y songerai lorsqu'il s'agira d'établir ma fille, car, en ce qui me concerne, j'avoue que la proposition « si je devais me remarier » est pure figure rhétorique.

Je vous suis obligée de penser à moi et c'est parce que je vois que vous me voulez du bien que je me permets de vous parler aussi franchement.

Portez-vous bien et ne rentrez pas chez vous à pied sans escorte, comme je vous l'ai vu souvent faire. Croyez que vous n'aurez jamais d'amie plus fidèle que moi.

MRC.

En décembre 1651, je fus obligé de prendre un décret du Parlement interdisant le retour du Cardinal. Toutefois, Louis XIV, devenu majeur, n'était plus prisonnier dans Paris. Il parcourait à présent ses provinces à la tête de l'armée commandée par Turenne, rallié à la couronne. Il fixa sa Cour à Poitiers et, protégé par les troupes du vieux guerrier, se permit de rappeler Mazarin auprès de lui en janvier 1652. Le Cardinal traversa la France sans se faire reconnaître et gagna Poitiers.

Le Parlement, lorsqu'il l'apprit, voulut lever des troupes contre Mazarin. Je me contentai de demander qu'on réglât la solde de ces troupes sur les deniers publics. Seul le Roy avait autorité pour allouer cet argent. Or, c'était lui qui avait rappelé le Cardinal, ce qu'il déclara hautement à la délégation du Parlement qui le vint voir à Poitiers, et s'en retourna penaude.

Sous prétexte d'être malade, je profitai des trois jours de mon absence officielle pour me rendre secrètement à Poitiers, où l'on m'avait convoqué. J'y rencontrai Leurs Majestés, ainsi que le Cardinal et Turenne.

— Où en êtes-vous avec le Parlement, monsieur Foucquet ? me demanda le Roy, dont la voix qui muait passait du grave à l'aigu.

— Votre Majesté, j'ai passé les neuf derniers mois à jouer les négociateurs, les conciliateurs, les entremetteurs...

— Mais croyez-vous que nous puissions abattre Condé par les armes ? questionna la Reine.

— Madame, vous aurez sans doute remarqué que Condé n'est grand capitaine que lorsqu'il commande les armées bien organisées, bien entraînées, bien munies de Sa Majesté. N'est-ce pas, monsieur de Turenne ?

Le grand soldat opina. Mais le Cardinal rentrait d'exil avec l'humeur moins pugnace que Louis XIV. Il resterait toujours un homme de paroles, d'attermoiements, de cautèle.

— Monsieur Foucquet, me dit-il, nous comptons sur vous pour calmer l'agitation des Parisiens et continuer, malgré votre lassitude, à tempérer le Parlement, me déclara-t-il.

Je rentrai donc à Paris prorogé dans ma mission. J'y travaillai à rétablir l'ordre, interdisant l'enceinte du Parlement à tous ceux qui n'y avaient pas effectivement à faire, requérant contre les agitateurs qui publiaient des libelles ou qui levaient des troupes sans commission du Roy. Je ne parvins malheureusement pas à sauver la bibliothèque du Cardinal, trente-cinq mille volumes rares que des philistins vendirent à l'encan... Cela achevait de déconsidérer les frondeurs à mes yeux : quiconque n'a pas le respect des livres est indigne de gouverner.

Je pensais souvent à vous, Marie. Votre deuil vous interdisait durant un an de paraître dans le monde, mais le hasard (le hasard, vraiment ?) avait voulu que vous trouviez à vous loger tout près de chez moi. Or ma jeune épouse, qui vous avait rencontrée chez son cousin Jeanin, s'était entichée de vous. Elle avait, comme tous les gens issus de la robe, une secrète admiration pour les beaux quartiers de noblesse et rêvait que vous honoriez son salon de votre présence, dès que les convenances vous permettraient de reparaître en société.

Pour préparer le terrain, elle était allée vous faire visite deux ou trois fois depuis que vous étiez rentrée de Bretagne. Lorsqu'elle revenait de ces entrevues, elle me parlait de vous, de votre esprit si vif, de vos beaux cheveux blonds et du charme particulier de votre maison, qui était comme un gynécée à l'antique, car vous y viviez sans hommes, avec votre tante et la gouvernante de vos enfants, entourée d'amies telles que mademoiselle de La Vergne[1] ou mademoiselle de Scudéry, qui passaient vous voir tous les jours avec des livres, des

1. La future madame de La Fayette.

confitures et des histoires nouvelles à vous dire… J'écoutais ma femme en silence et j'avais le cœur étreint comme un adolescent.

15 février 1652, rue du Temple.

Il y avait bal hier chez Paul de Gondi, l'ex-coadjuteur, qui fêtait son chapeau. Le voilà cardinal de Retz. Cadeau de la Reine, sans doute.

Mademoiselle de Chevreuse était la perle officielle du bal, mais je fus, sans conteste, la danseuse la plus courtisée. Mon deuil est fini, ce bal était donc l'occasion de ma première réapparition dans le monde. Depuis novembre que je suis rentrée de Bretagne, on m'avait déjà lancé trois douzaines d'invitations pour les mois à venir — madame Foucquet notamment. Et l'on dirait que les prétendants ne sont pas avisés de mes difficultés d'argent, car ils se bousculent à mes pieds. Jeanin s'est déclaré officiellement, le duc de Luynes officieusement, le second étant veuf de plus fraîche date que le premier.

Il m'a fallu les refuser. Je gage toutefois qu'ils ne m'en tiendront pas rigueur, car leurs qualités ne sont pas en cause et je le leur ai fait comprendre. Je goûte fort ma liberté. Ma maison est dirigée bien différemment désormais. Chacun y vaque à sa guise et nul ne songe à suivre une étiquette dont je serais censée donner l'exemple. Je me lève à l'heure qui me chante, je dîne ou ne dîne pas et, si je veux ne prendre qu'une collation dans ma chambre, il n'y a pas de seigneur et maître pour me dire que mes domestiques vont me regarder de travers, sous prétexte qu'une marquise de Sévigné doit prendre ses repas dans la salle à manger tous les jours à la même heure, avec sa famille au complet.

Je ne soupe plus chez des Untels ennuyeux sous

prétexte que monsieur Untel peut aider mon mari à obtenir une charge, ou que madame Untel répondra peut-être favorablement à ses avances. Je reçois mes amies dans ma chambre, j'y passe aussi des heures à écrire au lit en douillette, sans qu'un maître et seigneur entre sans frapper, lise par dessus mon épaule :

— Oh, vous écrivez encore à ce fat de Marigny ?

et m'oblige à m'interrompre pour me confier le détail de ses très importants soucis. Le matin, Françoise-Marguerite vient faire un câlin dans mon lit et nous rions comme des folles sans crainte que la gouvernante barbue choisie par son père (je l'ai congédiée) ne l'emmène prendre un bain d'eau froide parce qu'il n'est pas bon pour la santé de trop rire. Je ne suis plus obligée d'aller attraper des engelures en Bretagne l'hiver parce que la vie y est moins chère qu'à Paris. Je peux rentrer du bal à trois heures du matin si cela me sied, écouter des compliments sans risquer l'accusation d'adultère, et ne plus me soucier d'être trompée.

Les hommes ne sont fréquentables que lorsqu'ils nous désirent et ne sont pas certains de nous obtenir. Dès qu'ils sont assurés de nos personnes, ils démasquent leur vraie nature. Il ne faut donc les agréer ni comme maris ni comme amants, car les premiers possèdent nos personnes et les seconds nos cœurs.

Naguère, je n'aurais pas été capable de tenir des propos si fermes. Mais le temps est un bon maître. Il me semble que, durant cette année, j'ai fait le deuil de ma jeunesse, avec ses emportements et ses tourments.

En avril, Condé vint assiéger Paris et les troupes royales de Turenne marchèrent sur la capitale. Nous nous retrouvâmes prisonniers d'un double cercle, empêchés de communiquer avec l'extérieur.

Mon frère Basile, qui portait au Cardinal un courrier

secret de ma part, fut enlevé par les troupes de Condé sur la route de Corbeil. Le message, heureusement non signé, fut saisi, porté au Parlement, où je présidais. Ce fut aussitôt un déchaînement de haine.

— Il est de la main du Procureur ! Traître ! Traître ! scandaient mes collègues dressés autour de moi.

J'écrivis une lettre devant eux, pour prouver que le document saisi n'était pas de ma main (par précaution, je l'avais dicté à Basile). Le calme revint un peu. Néanmoins, des irréductibles insistaient pour qu'on me livrât aux troupes de Condé. Je jouai de leur peur :

— Les partisans de Condé se croient désormais tout permis dedans vos murs. Comme vous ne pouvez plus assurer correctement la police, les rues sont envahies d'une lèpre criminelle. Le cardinal de Retz s'est prudemment retranché dans l'archevêché en vous laissant vous débrouiller avec les Parisiens, et ceux-ci vous rendent responsables d'avoir entraîné la fuite du Roy, la guerre civile, le siège, la ruine et le pillage. Réfléchissez. Vous êtes seuls. Le dernier rempart qui vous protège, c'est que vous représentez encore l'ordre dans cette ville. Si vous livrez votre Procureur, c'en sera fini et vous périrez tous assassinés.

— Nous voulons la paix, se mit à scander au même moment une délégation de bourgeois devant le Palais. A bas le Parlement !

Cela me sauva. Mes collègues savaient que je continuerais à prendre les mesures nécessaires à maintenir l'ordre, ce dont eux-mêmes n'auraient pas eu l'audace. Me croyant sauf, je réglai quelques urgences et, à la nuit tombée, quittai le Palais. A peine atteignais-je le Pont-Neuf, toutefois, que je fus saisi dans mon carrosse par une troupe vociférante…

18 juin 1652, rue du Temple.

J'ai sauvé cette nuit la vie d'un grand personnage du royaume.

Rentrant de chez Marigny, qui vit maintenant au faubourg Saint-Germain, j'abordais en carrosse le Pont-Neuf, pour rentrer en mon Marais. Soudain, je vis, à l'autre extrémité du pont, de nombreux flambeaux qui entouraient une voiture.

— Madame, me demanda aussitôt mon cocher, mieux vaudrait faire demi-tour, il semble qu'il y a du grabuge là devant !

Je penchai la tête à la portière pour mieux voir. Les flambeaux dansaient dans l'obscurité et leur nombre permettait de supposer la présence d'une centaine d'hommes et de femmes vindicatifs. C'étaient des cris :

— C'est l'affameur du peuple ! Un suppôt de Mazarin ! Pendons-le ! Vive la Fronde ! A mort les valets du Cardinal !

On se mit à secouer la caisse du carrosse, quelques-uns en escaladèrent le toit, le cocher fut jeté à bas de son siège et, bientôt, au milieu des vociférations, on arracha les portières de la voiture et on en sortit l'occupant de force.

L'une des portières arrachées fut jetée au milieu du pont et il me parut, dans un sursaut d'émotion, reconnaître les armes qui y étaient peintes. Cependant, la foule qui avait saisi l'occupant de la voiture le molestait, le déchirait et voulait le traîner jusqu'à l'Hôtel de Ville, en l'ancienne place de Grève, pour le pendre à la branche maîtresse d'un arbre, faute de gibet comme au Moyen-Age.

J'ordonnai à mon cocher tremblant de s'approcher. Il me fallut me fâcher pour qu'il vînt à distance convenable. Alors, je descendis bravement et me fis reconnaître.

— Je suis la marquise de Sévigné, du parti de la Fronde. Que vous apprêtez-vous à faire ?

— Nous allons pendre cet homme ! Il travaille pour Mazarin...

— Vous ne savez rien. Il est Procureur général du Parlement, donc, il est des nôtres.

— Ce n'est pas vrai ! s'écria un homme habillé de bon drap, avec un col en dentelles de Valenciennes. Il a été placé à ce poste par Mazarin.

Bon, il semblait qu'il y eût, parmi ces agités, un homme un peu féru de politique.

— Qui vous dit que sous couvert de servir Mazarin, il n'aide pas en réalité la Fronde ? ripostai-je.

— De toute façon, nous en avons assez de la Fronde ! Nous voulons la paix ! clamèrent soudain deux ou trois autres voix venant de la droite du col de dentelle.

Allons bon ! Il semblait que, même moi, à m'être déclarée frondeuse, je ne fusse pas à l'abri d'un mauvais parti. Le col de dentelle, cependant, avait été décontenancé par cette attaque sur sa propre dextre et se tint coi un instant. Je profitai de l'avantage pour parler aux autres :

— Vous voulez la paix ? Eh bien, s'il y a un homme qui travaille depuis des mois à la restaurer, c'est justement monsieur le Procureur général ! N'allez pas pendre la seule personne capable de vous gagner ce que vous espérez !

Je ne sais par quel miracle on m'écouta, en tous cas, je pus faire monter le Procureur dans mon carrosse. Sans attendre que la foule versatile eût changé d'avis, je donnai l'ordre à mon cocher de fouetter ses chevaux. La voiture aux armes de l'Écureuil resta dans les mains des émeutiers, qui se vengèrent en achevant de la dépecer.

J'ai conduit mon protégé jusque chez moi. Ma tante, qui depuis le début de la guerre ne dort jamais tout à fait tant que je ne suis pas rentrée, s'inquiétait plus que de coutume. Elle venait d'entendre une heure sonner à Saint-Paul ; or, d'ordinaire, je ne passe pas la minuit. Evidemment, l'aventure du Pont-Neuf m'avait retardée. Dès qu'elle a entendu le carrosse rouler sur les pavés de la cour, elle s'est précipitée hors de ses appartements, en robe de chambre et bonnet de nuit. Elle a failli s'évanouir en voyant en descendre un inconnu tout sanglant. Après qu'on l'eut soigné et que je lui eus donné une chemise et un habit de mon intendant, je le fis discrètement raccompagner à pied par six de mes gens, car il craignait, s'il ne rentrait pas de la nuit, qu'on ne s'inquiétât chez lui.

Quoiqu'il fût assez mal en point, son sang-froid demeurait intact. Au moment de prendre congé de moi, il me salua en me disant :

— Madame, j'entends pouvoir vous témoigner la reconnaissance que mérite votre geste. Je vous quitte donc en vous jurant que, si j'échappe à ceux qui me veulent pendre, vous et moi aurons beaucoup de choses à nous dire désormais. Je ne vous permettrai plus de me fuir.

— Monsieur, laissons la Providence veiller sur nous comme elle l'a fait jusqu'à présent. C'est elle qui a voulu nous séparer.

— Mais c'est elle, ce soir, qui vous a mise sur mon chemin pour me sauver la vie. J'y vois le signe qu'elle a changé de dessein en ce qui nous concerne.

Est-ce vrai ? Mieux vaudrait que le destin ne se souciât plus de nous et laissât les choses dans l'état où il les a mises à ce jour. N'avons-nous pas assez souffert ? Mon Dieu... De nouveau, mon cœur est troublé, je ne sais plus ce que je désire. Je vois bien que je ne parviens à conserver ma tranquillité d'âme que dans la mesure où je ne le vois jamais. Il suffit d'un seul regard échangé avec lui pour ruiner une année d'efforts consacrés à l'oublier.

CHAPITRE X

Dès le lendemain, je fis rapporter rue du Temple les effets de votre intendant, qu'on avait nettoyés. Mais je gardai le mouchoir avec lequel vous aviez bandé mon poignet blessé. Il ne m'a plus jamais quitté. Je l'ai toujours sur moi aujourd'hui, taché de mon sang qui ressemble à de la rouille, et imprégné de votre parfum de chèvrefeuille presque évanoui.

L'aventure sur le Pont-Neuf m'avait enivré de vous à nouveau. Mais ce que j'éprouvais ne ressemblait plus à l'exaltation ancienne de notre première rencontre ou de votre nuit d'anniversaire. Je voyais, dans l'incident de cette nuit-là, le signe que ma chance avait tourné. J'allais enfin me venger du mauvais sort, apaiser la rage désespérée qui m'avait brûlé. J'étais ivre d'un appétit de conquête, de possession. Il fallait que vous fussiez à moi.

Je croyais vous aimer. Pourtant je ne me tins peut-être jamais si loin de l'amour qu'à cette époque. Je commençais à m'habituer aux facilités que confère le pouvoir. Le goût des femmes, que j'ai toujours eu et qu'avait entretenu mon long veuvage, s'exacerbait des multiples invites adressées au personnage important que j'étais devenu. Ma convoitise était sans cesse attisée et toujours aisément satisfaite : on ne me refusait rien.

Je me mis à engraisser comme un paon. La vanité est

un embonpoint de l'âme. Toute cette graisse complaisante qui m'enrobait le cœur étouffait l'acuité de mes sentiments. En vérité, en ce temps-là, je perdis la grâce. J'oubliai l'amour que vous m'aviez fait entrevoir sur la route de Moulins. Je ne voulais plus rien savoir d'autre que mon désir.

Nous vivions dans un monde où l'on hésitait à se battre en duel pour sa femme, jamais pour sa maîtresse : le marquis de Sévigné en était l'exemple et je trouvais cela indigne. Mais quant au mariage lui-même, puisqu'il était vrai la plupart du temps que l'on y engageait son nom, ses intérêts, sa position sociale, non son cœur, l'on demeurait libre d'offrir ce dernier à une autre. Je me contenterais d'établir avec Marie-Madeleine cette sorte d'affection, de loyauté mutuelles fondées sur des enfants, des joies, des soucis partagés, et de ne jamais l'insulter publiquement par ma conduite.

Toutefois, mes projets séducteurs à votre endroit furent momentanément déjoués, d'une façon que je ne prévoyais pas. Ce fut dans votre ruelle que tout advint....

18 juin 1652, rue du Temple.

J'ai sauvé hier la vie du Procureur, qui est mazarin. La Fronde est venue se poursuivre ce matin jusque dans ma chambre.

Je recevais chez moi monsieur de Tonquedec, qui venait très officiellement me demander en mariage. Il me disait cela, assis dans un fauteuil au chevet de mon lit, d'un air plus farouche et l'échine plus raide encore que par le passé : non seulement parce qu'il est encore plus amoureux de moi que jadis, prétend-il, mais aussi parce qu'il a été molesté voici trois jours par la foule de Paris, en voulant défendre le fils du premier président Bellièvre, et que la blessure qu'il a au côté l'oblige à se tenir très droit.

Madame de La Trousse, chaperon fidèle, faisait semblant de ne rien entendre en brodant une nappe dans le coin de la fenêtre. On annonça monsieur le duc de Rohan, qui goûte fort ma compagnie en ce moment. Je tremblai. Tonquedec et Rohan sont à couteaux tirés. Le premier avait naguère promis au second de lever un régiment pour lui, mais il s'est finalement rallié à la Cour. Je fis aussitôt quérir des sièges, afin d'éviter une querelle de préséance, mais mon ordre ne fut pas assez vite exécuté. Monsieur de Tonquedec se leva à demi, souleva son chapeau, grommela un salut et se rassit alors que le duc restait debout en attendant son fauteuil. Les Tonquedec sont de plus haute noblesse que les Chabot et, pour mon prétendant, il est clair qu'on ne devient duc que par filiation ou par la volonté du Roy : or Chabot n'est duc de Rohan que pour avoir épousé l'héritière du titre.

Le duc en question n'est resté chez moi que quelques instants et s'en est retourné en me faisant bien voir qu'il était furieux. J'ai voulu dicter ensuite à Tonquedec une lettre d'excuses :

— Fort bien ! Je vois que vous aimez mieux ce frondeur que moi, madame. Et que diable a-t-il fait, pour gagner son titre et vos faveurs, hormis savoir joliment danser ?

J'ai prié, cajolé, en vain, il n'a pas écrit un mot. On dit que les Bretons sont têtus, baste, c'est bien vrai !

19 juin 1652, rue du Temple.

Madame Foucquet m'a fait porter ce matin une magnifique corbeille de fruits, avec une lettre, pour me remercier d'avoir sauvé la vie de son mari. J'ai rendu au valet un billet disant que je souhaitais au molesté le meilleur rétablissement.

Le duc de Rohan est arrivé comme le valet des Foucquet partait, moins pour me voir que dans l'espoir que je lui transmettrais les regrets de Tonquedec. Je n'ai rien pu faire de mieux pour cautériser son amour-propre que de dire que notre ami breton, la veille, s'était montré bien fier. Si bien que le duc m'a quittée encore plus fâché que la veille. Quel ennui que la vanité de certains hommes !

20 juin 1652, rue du Temple.

L'affaire ne s'arrange point. Le duc de Rohan est revenu chez moi ce tantôt avec une escorte. Tonquedec s'y trouvait, ainsi que Marigny. Le duc est entré furieux dans ma chambre et a pris Tonquedec à parti :

— On m'a dit que vous vous vantiez de m'avoir nargué céans. Je viens aujourd'hui vous apprendre à me rendre ce que vous me devez.

Tonquedec a haussé les épaules :

— Monsieur, je vous rendrai toujours plus que je ne vous dois.

— Vous ne sauriez, et je vous montrerai bien ce que vous me devez ! Sortez, monsieur !

Tonquedec, alors, a tiré son épée. Ma tante et moi nous sommes interposées.

— Par égard pour vous, madame, dont je suis l'hôte, j'accepte de quitter ces lieux, mais je tirerai vengeance de l'insulte qu'on m'a faite, a dit Tonquedec.

Je n'ai pas réussi à lui faire promettre de renoncer à cette idée, même en laissant entendre que cela me rendrait mieux disposée à écouter ses galanteries.

— C'est vous qu'il a offensée, madame, en me cher-

chant querelle dans votre maison ! C'est votre honneur que je défends !

Il faut avouer que ce n'est pas tout à fait faux : le duc est entré chez moi comme dans un moulin et son salut manquait de politesse, comme s'il me faisait grief de soutenir son adversaire. Mais je ne puis prendre parti pour l'un sans offenser l'autre.

22 juin 1652, rue du Temple.

Tonquedec doit se battre demain sur le pré avec le duc de Rohan. Le chevalier de Sévigné est son témoin. Tonquedec est venu m'apprendre la nouvelle ce tantôt et me demander de condamner ma porte aux Rohan :

— Ils vous feront le plus grand tort, de toute façon, car leur cause est perdue.

Puis, aussitôt qu'il fut parti, c'est la sœur du duc, mademoiselle de Chabot, qui est venue me mander, de la part du duc et de la duchesse, que je devais promettre de ne plus jamais recevoir Tonquedec chez moi.

Je suis fort agacée qu'on veuille me dicter ma conduite et qu'on me pousse à hue et à dia. Je me suis assise à mon écritoire et j'ai fait un mot pour la duchesse, que j'ai donné à mademoiselle de Chabot.

Ma chère amie,

Si vous voulez convenir avec moi que l'on peut épouser un homme sans épouser ses querelles, nous pouvons nous entendre toutes deux pour dire que nous n'entendons rien à la querelle qui oppose votre époux et monsieur de Tonquedec. Nous pouvons surtout les prier, pour l'amour et l'amitié de nous, de renoncer à se battre ensemble. Ainsi chacun gardera-t-il son épée au fourreau, ses opinions au fond du cœur et ses amis au coin du feu.

Je compte que vous saurez montrer combien les femmes sont plus raisonnables que les hommes en apaisant ce différend par votre douce influence. Je vous en remercie par avance, ma chère amie, et vous baise les mains.

Marie de Rabutin-Chantal.

30 juin 1652, rue du Temple.

Nous avons évité le duel, la duchesse ayant calmé son époux, mais la gazette de Loret en fait des gorges chaudes aujourd'hui, en sous-entendant que l'on s'est battu chez moi pour mes beaux yeux plutôt que pour autre chose.

Du coup, voilà les garants de mon honneur obligés de s'en prendre au duc de Rohan à leur tour. Après le chevalier de Sévigné et Tonquedec, c'est au comte du Lude, au duc de Brissac et à Chavagnac de se mêler de mon honneur... Toutefois, comme chacun sait qu'eux aussi sont mes soupirants, la rumeur me transforme déjà en Messaline. J'avais oublié combien facilement la renommée des femmes sert de paravent aux querelles des hommes. La peste soit d'eux tous !

1er juillet 1652, rue du Temple.

Après mûre réflexion, j'ai décidé de quitter Paris. Il y a deux semaines, j'ai reçu la sentence du Châtelet fixant les droits de reprise que j'ai sur les biens de mon mari, en vertu de mon contrat de mariage et des sommes que je lui avais avancées. Il faut que j'aille en Bretagne recouvrer ce qui m'appartient. Malgré Rohan, je pense que les troupes de Condé me laisseront passer. Mieux vaut que je reste aux Rochers pour l'été, le temps que la querelle à mon sujet s'apaise et que mon nom soit oublié dans les gazettes.

Je connus par madame Foucquet votre exil en Bretagne, de nouveau. Sans doute valait-il mieux pour vous. Les émeutes envahissant l'enclos du Palais, mes pairs avaient suspendu les séances. La dernière autorité disparue, Paris fut livrée à tous les désordres.

Dans la nuit du 2 juillet 1652, j'appris, par un de mes espions, une nouvelle qui pouvait être décisive pour le sort de la guerre. Les portes de la ville étant fermées, je me fis descendre, le long des murailles, dans un panier suspendu au bout d'une corde. Je parvins à rejoindre les lignes royales à Argenteuil et avertis Turenne que l'armée de Condé décampait discrètement à Saint-Cloud, longeant en désordre, troupes et bagages enchevêtrés, l'enceinte de la capitale. Turenne réagit avec promptitude et fondit sur l'adversaire à la porte Saint-Antoine.

Le combat fut sanglant et indécis. Seule l'intervention du canon de Mademoiselle permit à Condé de rentrer in extremis dans Paris. Dès lors, la capitale fut livrée aux troupes du Prince, augmentées d'une canaille qui criait à la trahison. Ils se livrèrent au pillage, incendièrent et molestèrent.

D'Argenteuil, je fis parvenir au Cardinal deux mémoires sur la situation. Je conseillais de profiter du fait que le Parlement ne siégeait plus pour en constituer un nouveau. Pour l'instant, les robes étaient écœurées par les agissements des condéens. Mais en temporisant, en négociant, on permettrait à Condé de reconquérir le

Parlement par son charme et son éloquence — et de se faire nommer régent.

Si l'on établissait très vite un autre Parlement qui obtînt l'agrément du Roy, tous ceux qui avaient des grâces ou des faveurs à se ménager parmi la robe se rallieraient à ce Parlement. Mais, pour calmer le jeu, il fallait officiellement renvoyer Mazarin — il reviendrait une fois le calme rétabli.

Le Cardinal, qui veillait nuit et jour son neveu préféré, mortellement blessé lors des combats de la porte Saint-Antoine, ne voulut prendre aucune décision. Arriva donc ce que j'avais prédit. Condé enflamma par son éloquence les présidents du Parlement et, le 18 juillet, le Roy fut déclaré, à Paris, prisonnier du Cardinal — clause de style signifiant qu'Il était empêché d'exercer sa souveraineté et qu'il fallait nommer un régent. Gaston d'Orléans fut proclamé lieutenant-général du royaume, Condé commandant en chef des armées et la tête de Mazarin fut de nouveau mise à prix.

Lorsque, le 31 juillet, on adopta enfin la solution que j'avais préconisée, il était déjà trop tard. Le Roy n'osait sortir de Pontoise et les Princes se querellaient dans la capitale, tandis que les troupes de chaque bord, soudain réconciliées sur ce point, se livraient à la maraude, parcourant la région parisienne pour y semer la mort et la dévastation.

Le Conseil du Roy rendit un arrêt transférant le Parlement à Pontoise. Et Mazarin finit par céder, s'exilant en apparence.

15 août 1652, aux Rochers.

Cette année, l'été breton est une splendeur. Les paysans ont engrangé le blé à profusion et, hier soir, ils nous ont priés à leur fête des moissons. Les enfants, ravis, se sont retrouvés perchés au sommet d'une charette de grain. Ils ont pris des couleurs de brugnon et un appétit d'ogre depuis qu'ils courent ici à travers champs. Nous nous entendons à merveille tous les trois. Rien, dans Françoise-Marguerite, ne me rappelle les Sévigné, mais elle ne me ressemble pas non plus : c'est un être mystérieux, avec lequel j'ai des conversations graves et tendres qui m'étonnent.

D'après ce qu'on m'écrit de Paris, il n'y a en ce moment que deux hommes en France capables de mater la guerre civile : Foucquet, avec son Parlement de Pontoise, et Turenne, avec son armée.

Je n'ai pas revu le Procureur depuis la nuit du Pont-Neuf. Mais je n'ai cessé de penser à lui, d'entendre ses paroles d'alors. Si je me montre froide et désagréable à l'endroit de ceux qui me débitent des galanteries, m'offrent des cadeaux, soupirent en ma présence, c'est que je leur en veux de n'être pas lui. Que n'est-il là pour réaliser ce qu'il a projeté ! J'y consentirais de l'âme et du corps.

Autrefois, je m'étonnais avec quelque condescendance de voir Isabelle de Montmorency ou la princesse d'Harcourt empêtrées dans des liaisons fâcheuses. La princesse m'avait répondu un jour :

— Si votre mari n'a pas su vous éveiller, vous ne pouvez présumer qu'aucun autre homme n'y parviendra jamais. Gardez-vous donc de juger celles, plus faibles que vous, qui ne résistent pas à la chair. Vous ne savez pas ce qui peut advenir de vous !

*Qu'advienne de moi ce qu'*il *voudra... Dans cette chambre dont on a remplacé les courtines, je me souviens de m'être jadis pâmée dans ses bras. Durant les longues nuits chaudes, je crois parfois y entendre de nouveau résonner son pas.*

16 septembre 1652, rue du Temple.

De retour de Bretagne, en traversant la Seine, nous avons entendu les chansonniers sur le Pont-Neuf. C'est le moyen le plus certain de savoir les nouvelles de Paris. Au milieu d'un cercle de curieux, un grand arlequin maigre racontait qu'un cavalier empanaché s'était récemment introduit dans le cloître Saint-Honoré pour tenter de séduire la Reine. Surpris, le cavalier avait dû détaler et sauter le mur en hâte pour éviter les coups d'arquebuse, laissant derrière lui son chapeau... Le chapeau avait conduit les enquêteurs royaux jusqu'à un tailleur qui avait reconnu son ouvrage — et celui pour lequel il l'avait exécuté.

Les badauds ont alors repris en chœur le refrain de l'arlequin :

Qui s'en va, empanaché,
Au Palais-Royal chercher
Son chapeau de cardinal
Chez la femme du Cardinal ?

Dès mon arrivée, on m'a porté un mot de madame Foucquet et, comme je la savais grosse de sept mois, je n'ai pu faire moins que de l'aller voir. Durant ma visite, j'ai redouté autant qu'espéré croiser le Procureur chez lui. Mais il est sans cesse entre Paris et Saint-Germain, où il a réussi à faire revenir la Cour, et son épouse elle-même m'a assuré qu'elle ne le voyait guère.

17 septembre 1652, rue du Temple.

J'ai reçu ce matin le cardinal de Retz, qui m'a paru aussi anned'autriché que le disent les chansons, et convaincu en outre de gouverner bientôt la France.

— Prenez garde à vous quand Mazarin reviendra, lui ai-je dit.

— Mazarin ne reviendra pas. Est-ce le Procureur général qui vous a soufflé cette sottise ? On vous a vue chez lui hier.

— Je n'ai pas parlé au Procureur, mais il est aisé de comprendre que c'est lui qui a les cartes en main, en ce moment. Je crois qu'il va réussir à faire rentrer le Roy dans Paris.

— Comment s'y prendra-t-il ?

— Il ne sautera pas dans les ruelles de lit comme vous, mon cher. Il paiera. Pour que Beaufort se démette du gouvernement de Paris, pour que le jeune Broussel rende la Bastille... Vous feriez bien de devenir son ami, si vous m'en croyez.

Mais je perdais ma peine. Retz est tout le contraire du Procureur, leurs visions politiques ne sont pas du même siècle. Par affinité, par naissance, je suis plus proche du premier que du second, qui est mazarin. Cependant je sens bien que, de ces deux brillants esprits, l'un est un Cicéron, l'autre, un César.

22 octobre 1652, rue du Temple.

Madame Foucquet est accouchée hier d'un fils et je me suis rendue auprès d'elle, car son époux ne pouvait l'assister. Monsieur le Procureur chevauchait en effet aux côtés du Roy dans la marche sur Paris. Ce fut une entrée triomphale dans la ville. Les acclamations s'entendaient jusqu'au Marais de sorte que la pauvre accouchée, au milieu de ses douleurs, en a perçu l'écho.

Le Procureur a su merveilleusement manœuvrer. Ainsi que je l'avais prévu, il a acheté, sur sa propre fortune, tous les frondeurs qui voulaient bien se vendre. Puis il a proposé que le Roy, sitôt arrivé, convoquât le Parlement au Louvre. Hier, chaque parlementaire frondeur a donc reçu chez lui, individuellement, la convocation royale pour le jour même. Cela ne laissait pas aux pusillanimes le temps de la réflexion ! Des espions du Procureur, dans le même temps, colportaient que certains parlementaires n'avaient pas reçu l'ordre. Immédiatement, ceux qui l'avaient en main ont songé qu'une chasse aux sorcières commençait, que certains ne seraient pas amnistiés : eux, du moins, puisqu'ils avaient reçu la convocation, pouvaient s'estimer sauvés. Ravis de s'en tirer à si bon compte, ils n'ont fait ni une ni deux et se sont précipités au Louvre. Les voilà à cette heure royalistes à tout crin...

Mais comme le Procureur général est décidément un homme de cœur autant que d'intelligence, il a apporté à la barre, dès l'ouverture de la séance du Parlement dans la galerie d'Apollon, la déclaration d'amnistie générale publiée à Pontoise. Il a dû la défendre pied à pied contre les royalistes qui voulaient des têtes, ainsi que contre ceux qui n'acceptaient pas le retour de Mazarin.

Aujourd'hui, après le lit de justice, on a publié la liste des exilés : une demi-douzaine de personnes, les plus évidents meneurs seulement. Foucquet a félicité le Roy de sa clémence. Mais, pour l'essentiel il a fait triompher sa cause. Toutes les prétentions du Parlement à contrôler les finances et l'administration du royaume sont annulées. Condé est parti pour la Flandre, Gaston d'Orléans s'est exilé à Blois.

J'étais ce soir de nouveau près de madame Foucquet, pour lui porter une tisane qu'on m'avait préparée après mes couches et qui est d'un effet merveilleux pour retrouver sa taille rapidement. Alors que je sortais de ses appartements, j'ai croisé le Procureur, qui rentrait du Louvre. C'est lui qui m'a appris les dernières nouvelles.

— Gloire au vainqueur, lui ai-je dit en le saluant.

— Ne parlez pas ainsi, madame. Je me suis battu comme un forcené pour qu'il n'y ait pas de vaincus dans cette affaire, car une guerre civile ne s'apaise définitivement qu'à ce prix-là.

— Je le sais, c'est pourquoi mes félicitations sont sincères.

— Il faut que je vous voie, m'a-t-il dit soudain d'une voix plus grave. N'importe où, n'importe quand, aux conditions que vous voudrez. Mais je vous en prie, ne nous faites pas souffrir plus longtemps. La guerre est finie. Il est temps de songer à des choses plus sérieuses…

CHAPITRE XI

Je ne vous revis point, pourtant. Eternelle voyageuse, vous étiez pour vos affaires en province et n'en revîntes que vers la Noël. Le retour du Roy dans Paris entraîna la débandade de ses adversaires. Pour l'édit d'amnistie, j'avais usé de toute ma persuasion — point de vengeance abjecte, le pardon seul est grand. Toutefois, le grand triomphateur de cette période n'était pas le serviteur Nicolas Foucquet mais le patron, Jules Mazarin. Or, Jules Mazarin avait la rancune tenace.

30 décembre 1652, rue du Temple.

Hier, le cardinal de Retz a été arrêté en plein Louvre par monsieur de Villequier, capitaine des gardes. On dit qu'Abel Servien fut du complot, en collusion avec Basile Foucquet, le frère du Procureur. Voilà, presque au dernier jour de l'an, une triste façon de terminer la Fronde, une vengeance mesquine et fourbe où la patte de Mazarin se fait sentir au travers de ses serviteurs zélés. J'ai écrit au Procureur pour lui dire mon sentiment.

Rue du Temple, 30 décembre 1652.

Monsieur,

J'apprends aujourd'hui l'arrestation du cardinal de Retz. Vous savez que je suis fidèle en amitié, je ne chercherai donc pas à cacher que le cardinal est de mes amis. Il m'a mariée il y a huit ans, il fut le protecteur de mon époux et j'ai été, contre votre parti, du même bord que lui durant la Fronde.

Je me souviens d'une conversation, il y a deux mois, au cours de laquelle vous prétendiez que la seule manière d'en finir avec une guerre civile était de pardonner à tout le monde, sans faire de vaincus. Le complot qui a entraîné l'arrestation du cardinal de Retz ressemble pourtant à un règlement de comptes. On dit que votre frère y participa. Je ne suis pas de ceux qui vous confondent avec lui, néanmoins, je ne saurais oublier que vous êtes proche du pouvoir et qu'une parole de vous, si vous consentez à la prononcer, peut sans doute sauver une vie. Dois-je croire que cette parole, vous ne l'avez pas dite ?

Si nous avons jamais, vous et moi, des choses sérieuses à discuter ensemble, sachez qu'il n'est rien de plus sérieux pour moi que le sort injuste d'un ami qu'on a jeté en prison.

Vôtre

MDRC.

Mais naturellement, un malheur n'arrivant jamais seul, j'avais reçu hier une lettre de mon intendant en Bretagne, qui m'annonce de graves dégâts aux Rochers et dans les fermes avoisinantes à la suite d'une tempête. Plusieurs fermiers et leurs familles sont sans abri, les couvreurs ne monteront pas sur les toits pour les réparer par ce mauvais temps, bref, il ne sait que faire et mande ma présence d'urgence. J'ai fait préparer mes bagages en hâte et repars là-bas ce tantôt.

Pour le salut du cardinal de Retz, il eût été préférable, évidemment, que je demeurasse à Paris afin de m'assurer que ma lettre au Procureur sera suivie d'effet, ou afin de solliciter quelques autres ministres. Monsieur Servien me fait la cour — tout le monde me fait la cour. J'aimerais que cela servît à sortir un ami de prison, par exemple.

Marie ! Comme cette lettre vous ressemblait ! Désormais que je suis moi-même l'ami jeté en prison, vous me défendez avec le même acharnement, et je me rappelle avec émotion ce temps-là, quand la veuve d'un frondeur osait reprocher, à celui qui serait quelques semaines plus tard le grand argentier du royaume, de n'avoir pas protégé un vaincu. Je répondis sur-le-champ.

Paris, le 30 décembre 1652.

Madame,

Je suis blessé que vous puissiez me soupçonner, par action ou par omission, d'avoir la moindre part dans l'événement qui touche votre ami et vous touche en retour.

Croyez, à moins que vous n'ayez perdu toute estime pour moi, que j'ai fait mon possible pour l'empêcher. J'en suis venu jusqu'à la brouille avec mon frère, sans parvenir pour autant à le raisonner. Quant à la personne qui a pris la décision de l'arrestation, elle nourrissait contre le prisonnier une inimitié personnelle. Vous devez le savoir, car les chansonniers ne se sont pas privés de s'en faire l'écho.

Vous avez trop promptement douté de moi. C'était d'ailleurs me prêter bien plus de pouvoir que je n'en ai, quand je ne possède pas même celui de vous faire venir à moi, alors que vous occupez toutes mes pensées. Ne me rétorquez pas que je passe seize heures par jour à travailler, vous savez fort bien que l'on peut consacrer son esprit à une chose et son cœur à une autre. Et puis, si vous étiez près de moi, il n'y aurait urgence qui tienne, je ne me soucierais que de vous.

Nicolas F.

Ce même jour, à l'instant de partir, je reçois de lui la déclaration la plus franche que l'on puisse concevoir. Je lui fais porter un billet.

Paris, 30 décembre 1652.

Je reçois votre lettre à l'instant. Mon carosse attend dans la cour, mes malles sont bouclées, impossible de rien différer, je dois aller dans mes terres bretonnes qui ont souffert de la tempête et ne serai pas de retour avant un mois. Merci de ne pas oublier mon pauvre prisonnier. A vous.

Marie.

2 février 1653, aux Rochers.

J'apprends par Olivier d'Ormesson la mort subite de monsieur de La Vieuville, Surintendant des Finances. Sic transit gloria mundi... *Il faut lui trouver d'urgence un successeur et tout Paris ne bruit que d'un seul nom : celui du Procureur général qui a su venir à bout de la guerre civile, Nicolas Foucquet.*

12 février 1653, aux Rochers.

Tonquedec, qui vient d'arriver en Bretagne, dès lors que j'y suis, me mande les nouvelles de Paris.

Mazarin a nommé deux Surintendants des Finances, Abel Servien, qui reçoit ainsi la juste récompense d'avoir fait tomber le cardinal de Retz, et Nicolas Foucquet, qui a refusé à ce jour toutes les intrigues, même celles de son propre frère.

Je lui ai envoyé ce matin, ainsi qu'à madame Foucquet, une lettre de compliments... Elle n'a pas le même sens pour l'un et pour l'autre, mais saura-t-il le deviner ?

Château des Rochers, 12 février 1653.

Madame,
Monsieur,

Croyez que je suis heureuse de la faveur qui vous échoit. Je n'ai plus qu'un seul désir, désormais, celui de me donner à Paris le bonheur de vous revoir tous deux. Je songe souvent à vous. Il n'est pas dit que nous ne trouverons pas l'occasion de sceller notre amitié, la libération de mon pauvre prisonnier peut rendre cela possible. Je compte les jours. Je vous l'avoue, ma pensée est que Retz qui avait tout donné pour avoir son chapeau brûle à présent de se rapprocher de vous.

Fidèlement,

Marie de Rabutin-Chantal.

Je serai dans deux mois à Paris. Je ne songe qu'à cela. Aucune de mes bonnes résolutions d'autrefois ne vaut plus, je suis résolue à l'aimer.

Voilà deux ans que je suis veuve et que mes journées fuient, entre le soin de mes enfants, le souci de mon héritage, sans que je m'accorde jamais de penser à moi-même. On me courtise, mais cela m'afflige et m'irrite, je ne puis trouver plaisir à être aimée par d'autres que lui. S'il me donne du bonheur, l'ôtera-t-il à quelqu'un pour autant ? N'ai-je pas droit, enfin, à ce qui fait la félicité de toutes les femmes ?

12 février 1653.

Madame,

On me porte à l'instant votre lettre de compliments, la seule qui me touche au milieu de l'avalanche des autres.

Le temps m'est de plus en plus compté, la somme de mes tâches est écrasante. Mais s'il est une personne pour laquelle je suspendrai toujours toute autre nécessité, c'est vous, madame. Dites quand il vous plaira, je suis à vos ordres.

Fidèlement, ardemment,

Nicolas.

CHAPITRE XII

Vous ne revîntes de Bretagne qu'en mai. Je vous attendais avec impatience, car vos lettres m'avaient laissé penser que vous ne me seriez plus cruelle. On vous vit fréquenter le salon de ma femme, qui était parvenue à ses fins et, grâce à votre présence, attira chez nous beaucoup des esprits les plus brillants de Paris. En outre, nous nous croisions presque chaque jour chez des relations communes. La fin de la Fronde, comme il en va souvent des fins de guerre civile, jetait dans les bras les uns des autres les ennemis d'hier. On ne s'était jamais si souvent frotté, au bal, au concert, au théâtre, on ne s'était jamais tant embrassé, tant aimé, tant complimenté, d'un bord à l'autre...

En ce temps-là commença votre règne dans le monde. Vous étiez mieux que belle. Un éclat presque diabolique, une flamme sensuelle dans votre regard, sur votre peau de pêche, suscitaient la fascination unanime des hommes qui vous croisaient. Mais, en dépit de l'invite qui semblait émaner de vous, vous haussiez vos sublimes épaules et votre rire en cascade traversait les salons, les jardins...

Vos conquêtes étaient légion. Le duc de Noirmoutiers, Ménage, Scarron, que vous fréquentiez chez sa sœur, rue des Douze-Portes, le comte du Lude, monsieur de Tonquedec, Turenne... Et rien moins que les deux Surintendants des Finances en même temps, Abel Servien et moi-même ! Ce duo de ministres amoureux fit beaucoup sourire... Je vous faisais une cour pressante. Lettres, cadeaux, invitations. Je m'arrangeais pour multiplier encore les occasions, déjà naturellement nombreuses, que nous avions de nous rencontrer. Mais vous restiez aussi insaisissable pour moi que pour les autres, irritant mon désir. Constater qu'une foule de prétendants étaient logés à même enseigne que moi m'humiliait, m'enrageait ou m'attristait selon le moment : aviez-vous oublié ce que j'étais pour vous ? Du moins, à ce jour, je n'avais jamais cru avoir un successeur. Alliez-vous me torturer de cette angoisse nouvelle ?

10 mai 1653, rue du Temple.

Je suis très souvent chez madame Foucquet, qui mande mes conseils sur le choix de ses lectures, de ses robes, des précepteurs de ses enfants. Son salon bénéficie de tous les pensionnés du Surintendant. Notre bonne Sapho[1] *l'a déjà rebaptisée Artémire et ne jure plus que par elle.*

Monsieur le Surintendant est jugé, par toutes les dames, l'homme le plus séduisant du monde. A la vérité, il a gagné, par-delà son charme naturel, une maturité, une assurance qui font tourner les yeux vers lui lorsqu'il entre dans une pièce. Il ne semble pourtant se soucier que de moi et j'ai surpris, dans les miroirs, qu'il m'observe sans cesse à la dérobée. D'autres aussi s'en sont aperçus.

Je voudrais que mon comportement manifestât envers lui la même indifférence qu'envers tous mes prétendants. Mais il me semble que chacun peut deviner le vertige que j'éprouve à me trouver en sa présence.

1. Mademoiselle de Scudéry.

25 mai 1653, rue du Temple.

Je n'en puis plus. Chaque jour il invente une circonstance inattendue, émouvante, drôle, délicieuse, pour me redire, en personne et de vive voix, des sentiments qui existent entre lui et moi, déclarés, depuis dix ans maintenant. Pourquoi donc, alors que j'étais résolue à l'aimer avant de revenir à Paris, me dérobé-je devant ces invites ? Je lui réponds que le temps écoulé a transformé l'amour dans mon cœur. Que je préfère nouer avec lui une longue et solide amitié. J'invente des prétextes pour le fuir, mes enfants, mes terres, mes dettes... Je prétends que le monde déchirerait à belles dents la veuve inaccessible en cas de faux pas. On raille déjà ma coquetterie, faute d'avoir rien de plus tangible à me reprocher.

Tout cela est mensonge. Je sais bien que je l'aime. La pensée de lui m'obsède à chaque instant et fait courir dans mon sang une tentation irrésistible, douloureuse... Et ce n'est pas la crainte de l'opinion publique qui me retient. Pourtant, je résiste, je me raccroche, dans ma lente glissade, au moindre brin d'herbe, à la moindre aspérité de la paroi. Je ne m'explique pas à moi-même ce qui m'arrive.

On parlait de votre goût d'allumer des feux sans jamais les éteindre, sous le prétexte que le plaisir d'amour vous aurait laissée froide. Je ne pouvais être aveugle à l'instar des autres. Je savais, moi, quelle amante j'avais connue, l'espace d'une nuit. Mais en ce temps-là, je vous crus coquette, moins soucieuse de m'aimer que de vous laisser librement convoiter, je devins jaloux de tous ceux qui vous regardaient, vous invitaient à danser, vous emmenaient en promenade. Je ne comprenais pas que, plus je vous courtisais comme tout le monde, plus j'aggravais votre désarroi, car vous vouliez m'aimer comme personne. Ma galanterie vous rebutait, elle n'était pas à la hauteur des sentiments qui vous inondaient le cœur.

Je ne voyais pas que votre séduction naissait de l'amour exigeant, intense, que vous éprouviez pour moi. Vous déversiez vos sourires, votre lumière, votre âme sur les hommes alentour, mais c'était sans le vouloir, sans le savoir, parce que cela débordait de vous. Si je n'avais rien fait, vous eussiez été à moi. Or j'en faisais trop. Je voulais vous conquérir, je voulais, surtout, l'emporter sur les autres. Et je crois, en vérité, qu'il ne m'aurait pas déplu que ma victoire se sût.

J'étais vain, j'étais fat, je vous en demande encore pardon, tant d'annés plus tard.

4 juin 1653, rue du Temple.

En vérité, le seul obstacle qui demeure entre lui et moi, c'est... lui-même. Je devine l'envie qu'il a de séduire la marquise pour se donner la gloire de l'avoir séduite. On parle de beaucoup d'autres dames qui n'ont pas voulu lui résister. Son désir, qui a eu mille objets différents jusqu'à ce jour et s'est satisfait sans entraves, ne peut être aussi absolu que le mien.

Il a changé, depuis la nuit de février 46. Je le sais lucide sur la fragilité du pouvoir, car nous en avons parlé, lui et moi. Pourtant, les centaines de courtisans qui le flattent chaque jour l'ont un peu gâté. Comment éviter cela ? Il me veut parce que je lui résiste. Si j'étais à lui, il faudrait peu de jours pour qu'il se lassât. Alors, que deviendrais-je ?

J'ai sous les yeux l'exemple d'Isabelle de Montmorency, veuve depuis quatre ans du duc de Châtillon, qui l'avait enlevée l'année de mon mariage. Ses amours pendant la Fronde ont défrayé la chronique. Son amant, monsieur de Nemours, fut tué l'an passé à cause d'elle. Elle est maintenant éprise de l'abbé Foucquet. Peut-on vivre ainsi, en passant de main en main comme de la monnaie ?

Et puis, le mauvais sort, de nouveau, me frappa...

Le partage de ma fonction avec Servien n'allait pas sans heurts. Il était vieux et me détestait d'avoir atteint, si jeune, les sommets qu'il ne verrait pas. Son caractère d'ours le fâchait avec ses collaborateurs et ses clients, alors qu'on vantait à longueur de temps mes manières souriantes. Il se mit à grommeler auprès de Mazarin que j'étais incapable, insouciant, qu'il ne pouvait rien faire que je ne défisse aussitôt.

Il est probable que le Cardinal, qui appréciait Servien, en parla à la Reine, laquelle me tenait en estime particulière, je l'ai dit. Elle dut protester que j'étais, au contraire, l'un de ses amis les plus sûrs. Elle avoua sans doute l'affaire de la lettre scellée qu'elle m'avait confiée en janvier 51, au moment de l'exil de Mazarin. Je suppose que les choses se passèrent ainsi, car je n'en fus évidemment pas le témoin.

Tout ce que je sais, c'est qu'un matin de juin 53, le Cardinal me réclama la lettre d'Anne d'Autriche. Abasourdi, je me défendis en disant que c'était la Reine qui me l'avait confiée et que c'était à elle que je la devais rendre. Cette réponse irrita vivement le Cardinal, je le connaissais assez pour m'en apercevoir. Il devint alors comminatoire, me demanda, avec le fort accent italien qui lui revenait quand il était en colère, s'il fallait que nous allions ensemble chez la Reine afin que j'obtinsse d'elle la confirmation qu'il était bien son ministre et disposait de toute sa confiance. De la sorte, évidemment, ajouta-t-il, une bonne douzaine de courtisans et d'espions sauraient qu'elle m'avait confié une lettre secrète — ce que d'ailleurs elle n'aurait jamais dû faire, et s'il ne se fût pas trouvé en exil, il l'en eût empêchée.

Je protestai qu'il n'était pas utile de déranger Sa Majesté et je promis au Cardinal, ainsi qu'il me le demandait, que je lui apporterais la lettre en personne le lendemain. Rentré chez moi, je m'abandonnai au désespoir, croyant ma perte consommée. Il me semblait évident que la Reine n'avait pas été informée de la démarche de Mazarin et qu'elle continuait à croire que je conservais sa lettre par-devers moi. Que voulait en faire le Cardinal ?

Il allait peut-être se servir du moment où je porterais la lettre pour me la faire voler par un de ses sicaires. Puis il prétendrait qu'on l'avait trouvée sur moi afin de faire accroire à la Reine que je voulais la vendre à des ennemis, par exemple.

Convaincu d'être bientôt arrêté et embastillé, je me figurai que le seul recours capable de me sauver était de prendre connaissance du contenu de l'enveloppe. Jamais sans doute je n'eusse conçu ce dessein si, au cours de l'entrevue que m'avait accordée Mazarin au Palais-Royal, je n'avais senti son regard m'infliger une sentence de mort.

C'était le 6 juin 1653. Mon épouse était partie se reposer à la campagne, des suites d'une fausse couche. Je congédiai toute ma maisonnée, que j'envoyai la rejoindre. Je ne voulais pas de témoins à ce que j'avais projeté de faire. Durant plusieurs heures, ce fut un hourvari, dans la cour, de voitures, de bagages, de chevaux. J'avais annoncé que je rejoindrais madame Foucquet le lendemain en faisant cavalier seul, car j'avais des affaires à régler.

Enfin, vers le soir, le tumulte s'apaisa, l'hôtel se vida

et un étrange, pesant silence fit suite à l'excitation précédente. Je m'enfermai dans mon cabinet, sortis d'un compartiment secret la sacoche de cuir dans laquelle j'avais enfermé la lettre.

Lorsque j'eus décacheté le document, je demeurai pétrifié durant un long moment. Je n'avais pas imaginé une révélation si formidable et j'eus un accès de colère contre moi-même. Pourquoi fallait-il que je me crusse en danger au point d'avoir décacheté ce pli ! Cent fois le Cardinal changeait d'humeur, il détestait un jour celui qu'il adorait le lendemain. Je m'étais peut-être trop vite alarmé. Le secret ne me servirait peut-être jamais à rien. Or il était si lourd qu'il empoisonnerait désormais mon existence.

Mais, à cause de son énormité, il était en même temps mon dernier recours, mon ultime protection pour le cas où ma vie serait effectivement menacée. Je n'avais pas d'autre choix que de mettre à exécution mon projet. Je passai plusieurs heures à réaliser une copie parfaitement imitée du document, je la lui substituai dans l'enveloppe, dont je reconstituai le sceau brisé, et je la replaçai dans le sac de cuir, que je porterais moi-même, le lendemain matin, au Palais-Royal, avec une escorte de mousquetaires que m'enverrait le Cardinal — c'était la procédure dont nous étions convenus lui et moi.

Puis je dissimulai l'original dans un coffret arabe en métal épais, au chiffre complexe, si ingénieux qu'il était réellement inviolable. Ce coffret restait toujours en évidence sur une crédence, dans ma salle à manger, au milieu d'autres objets d'artisanat oriental. Personne n'imaginerait jamais d'aller chercher là, sous les yeux de chacun, un secret d'Etat. L'objet n'avait pas, en soi, de valeur suffisante pour être volé. D'ailleurs, à supposer qu'il le fût, on n'en forcerait pas le mécanisme.

S'il devait advenir qu'on ne me laissât pas repartir du Palais-Royal, j'avertirais alors le Cardinal qu'il ne détenait qu'une copie de la lettre et que j'avais confié l'original à des mains sûres. Un examen approfondi du texte permettrait d'y déceler une infime différence que j'y avais délibérément glissée, et que la Reine reconnaîtrait sûrement dès lors qu'on la lui signalerait.

La nuit était tombée. Un orage violent creva soudain au-dessus du Marais. A cet instant, on heurta l'huis du grand portail et je frissonnai, comme si c'était le coup du destin. Je rappelle ce détail pour que vous jugiez dans quel état de nerfs j'étais.

C'était le destin, en effet, qui frappait à ma porte. Mais le visage heureux, tendre, favorable du destin. Par je ne sais quelle intuition merveilleuse, vous fîtes le choix de me rendre visite ce soir-là. Ce fut moi qui ouvris la porte, un chandelier à la main, puisqu'il n'y avait plus un domestique dans ma demeure. Je vis bien que vous sursautiez et vous troubliez de me trouver devant vous.

— Pardon, je ne savais pas que vous étiez là, dites-vous avec volubilité. Je vous croyais à la campagne avec madame Foucquet et, lorsque j'ai vu de la lumière à vos fenêtres, j'ai pensé qu'il n'y avait que le gardien. J'ai cassé mon essieu devant chez vous en rentrant de visiter mademoiselle de La Vergne et j'espérais qu'on pourrait me prêter une de vos voitures, car il pleut à verse. Mais je constate que tout le monde a quitté votre maison, sauf vous, et que je vous dérange dans votre travail. Je vous en demande pardon.

Je restais à vous contempler, muet.

— Allez-vous me laisser prendre froid sous la pluie ?

— C'est que j'ai peine à imaginer qu'il s'agit bien de vous. Vous êtes la personne au monde dont j'eusse désiré la présence entre toutes si j'eusse osé l'imaginer, mais je n'en avais pas eu l'audace, même dans mes rêves les plus fous. Entrez...

— Si vos gens ne sont pas ici, on ne pourra pas aider mon cocher à réparer.

— Je vais le renvoyer. Nous verrons cela demain.

Je vous entraînai dans mon cabinet, vous fis asseoir, puis descendis parler à votre cocher, qui attendait en bas avec son essieu cassé. Je lui conseillai de regagner la rue du Temple clopin-clopant. Qu'il prévînt chez vous que je vous ramènerais moi-même tout à l'heure.

Lorsque je fus revenu près de vous, je vous regardai un long moment, assise au coin de mon feu, telle une apparition. J'étais éperdu de bonheur, et dans un tel désarroi en même temps que je ne pouvais pas vous le cacher. Tout de go, je vous avouai ma peur d'être embastillé ou pire.

Vous n'eûtes pas d'exclamations inutiles, vous saviez ces choses-là possibles, puisque le cardinal de Retz avait été arrêté en plein Louvre.

— On ne peut rien contre vous si tous vos amis sont avertis. De quoi s'agit-il ? implorâtes-vous de savoir.

— D'un terrible secret. C'est parce que j'en suis dépositaire que je suis menacé. Je ne puis pas le partager.

— Mais vous pouvez le protéger et faire savoir, si nécessaire, qu'il est en lieu sûr.

— Oui, c'est ce que j'ai résolu de faire.

— Mon pauvre ami !

Vous aviez repoussé les avances du Surintendant parce qu'il était Surintendant. Mais dès lors qu'il traversait un moment de doute et de danger, votre cœur fut touché de me découvrir fragile. C'est vous qui me prîtes entre vos bras dans un élan, caressant mon front, prononçant des paroles apaisantes. Je respirai vos cheveux. Je retrouvai la courbe de votre menton, de votre épaule.

— Marie, oublions tout cela. Vous êtes près de moi, c'est tout ce qui m'importe.

Je pris votre visage entre mes mains. Vous n'esquissiez pas la moindre tentative de résistance. Vous n'en aviez plus la force.

— Je n'aurais jamais frappé si j'avais soupçonné que vous étiez là, dites-vous. Mais puisque le sort l'a voulu, c'est une fois de trop. Je me rends...

Ce fut le même enchantement que la première fois et puis un miracle nouveau. Je retrouvai les chemins de votre plaisir, mais vous étiez infiniment plus présente, plus déterminée, plus offerte qu'alors. Vous étiez venue à moi après une longue lutte contre vous-même et vous choisissiez de vous abandonner enfin cette nuit-là. Vous n'aviez aucune des fausses pudeurs effarouchées que les femmes croient devoir affecter, surtout lorsqu'elles font de l'adultère un usage. Vous étiez innocente et droite, vous m'aimiez en me regardant dans les yeux, vous laissiez votre corps pleurer et gémir, votre cœur dire qu'il m'appartenait.

Au milieu de nos transports, je remarquai que la cicatrice de votre brûlure à la cuisse avait presque disparu.

— Votre onguent avait un pouvoir merveilleux, dites-vous en souriant. Contenait-il aussi quelque drogue aphrodisiaque ?

— J'ai trop d'orgueil pour me soucier de conquérir par la ruse.

— C'est vrai, vous n'avez aucune ruse. Je crois cela, Nicolas, et je le croirai toujours de vous.

Plus tard, le sommeil vous prit et je ne voulus pas le rompre, trop heureux de vous contempler endormie. Mais soudain vous vous éveillâtes et je cessai de sourire, troublé par le cri étranglé qui vous échappa. Atterrée, blessée, vous vous étiez roulée dans le drap et jetée loin de moi, presque dans la ruelle. Vos yeux s'agrandirent, me fixant avec égarement, puis ils s'emplirent de larmes et, prenant votre tête entre vos mains, vous eûtes un accès de sanglots douloureux, répétant d'une voix égarée :

— Encore cette voiture noire qui vous emmène...

Je voulus vous serrer dans mes bras. Après un premier sursaut de résistance, vous acceptâtes l'étreinte. Je vous berçai, comme une enfant. Enfin, vous vous reprîtes. Mes questions, alors, vous harcelèrent et je vous fis raconter votre rêve du 30 mars 1650.

Chaque mot que vous prononciez m'enfonçait un poignard dans le cœur, car il éveillait en moi comme la prémonition de l'abîme qui m'attendait, quelques heures plus tard. Mais je ne vous le montrai pas. Je m'enivrai de vous de nouveau et vous enivrai de moi. Je ne pouvais non plus résister au désir de rappeler le passé. Tant de temps je vous avais attendue !

— Pourquoi alors, Marie, et plus jamais ensuite ? Nous aurions été si heureux et le monde n'en aurait jamais rien su...

— J'étais mariée et, en ce temps-là je croyais mon mari capable envers moi de la loyauté que je lui voulais accorder.

— Mais c'est moi qui suis marié aujourd'hui.

— L'adultère n'a pas la même signification pour les hommes et les femmes. A cela, les précieuses ne changeront rien.

— Curieux discours dans votre bouche !

— C'est à cause de l'enfantement. La faute des femmes, fût-ce une seule fois, un seul instant, peut laisser trace pour des générations.

Je rêvai, un instant, contre votre épaule :

— Comme j'ai regretté, moi, de n'être pas, à un mois près, le père de votre fille ! Un enfant de vous, Marie, il me semble que cela m'eût consolé, même si je ne l'avais jamais pu voir.

— Françoise-Marguerite est votre fille, Nicolas. Elle est née avant terme. Chaque jour qui passe, elle vous ressemble plus…

J'étais abasourdi.

— Depuis sept ans vous savez et vous ne me l'avez jamais dit !

— Comment eussé-je pu vous le dire ?

— Cela n'avait plus de sens de nous condamner à ne pas nous revoir. Selon vos propres lois, le plus grand mal de l'adultère était accompli !

— Justement, j'y voyais le signe que notre histoire était achevée, fermée comme un lac d'amour. Vous m'aviez en une nuit faite femme et mère, je ne voulais pas que ce miracle devînt une aventure. Notre amour devait rester parfait, unique.

— Quelle étrange femme vous êtes, Marie ! Pourquoi alors ce revirement, ces lettres, ces sourires depuis quelques mois ?

— Parce que je suis devenue libre…

— Mais ce n'était que coquetterie, vous ne me cherchiez que pour vous dérober.

— Je vous désirais mais j'avais peur que vous ne m'aimiez pas assez pour m'aimer au-delà des retrouvailles.

— Pourtant, cette nuit…

— Cette nuit, c'est pour vous que j'ai eu peur, peur de vous perdre, peur qu'on vous tue. Alors, je n'ai plus songé à rien d'autre.

— Marie, je vous aime depuis dix ans et si je suis encore vivant demain, je continuerai de vous aimer… Mais je ne vous laisserai plus jamais vous refuser.

— Pourtant, il me faut partir à présent.

— Je vous en conjure, ne m'abandonnez pas maintenant. Je veux vous garder, garder votre corps dans mes bras, ma bouche dans votre cou, vous avoir à moi au moins jusqu'à demain, à l'heure de ma disgrâce ou de ma mort.

Les larmes inondèrent de nouveau votre visage, des larmes silencieuses à présent.

— Oh non, dites-vous, je ne veux pas que vous mourriez !

Puis aussitôt après :

— Mais je ne peux pas rester... On sait chez moi que je suis ici.

— Vous êtes une habituée de ma maison, nul ne s'étonnera que vous tardiez. Les soirées chez moi se prolongent souvent si avant dans la nuit que je pars à mes audiences sans m'être couché, tandis que vous rentrez pour matines. Accordez-moi jusqu'au lever du jour. Des mousquetaires viendront me chercher pour m'emmener à l'aube chez le Cardinal. La voiture vous déposera chez vous.

— On s'étonnera que j'arrive avec une escorte militaire.

— J'ai presque toujours une escorte militaire. Cela aussi, tout le monde le sait.

Je vous gardai. A l'aube, lorsque vous me quittâtes au fond de ma voiture, meurtrie de baisers, les yeux las, je vous fis promettre de me revoir.

— Mais si vous êtes arrêté ?

— Je ne le serai pas. Plus maintenant. Vous allez me porter chance.

Je fixai le prochain rendez-vous dans la soirée du même jour, à mon ancienne maison de la rue de Jouy, désertée à cette période.

7 juin 1653, rue du Temple.

Terrible nuit, fatale et délicieuse. Confusion dans mon âme, certitude aussi que jamais plus ma vie ne sera ce qu'elle fut.

J'avais cassé un essieu en rentrant de chez Marie-Blanche. Je vis de la lumière au coin de la rue Courtauvillain et, sachant les Foucquet absents, je me dis que leur portier me prêterait une voiture. Il n'y avait ni voiture ni portier, il n'y avait que lui.

Son état de nerfs était misérable. Il craignait que le Cardinal n'eût résolu sa perte en raison de sa fidélité même, qui lui fait détenir des secrets trop dangereux. S'il n'eût pas été si désemparé, je serais partie. Mais je l'ai vu abattu comme un condamné qui sait son exécution proche et cela m'a bouleversée. Je sais qu'il n'est pas courageux de naissance, avec l'inconscience des lions ou des ours dont c'est la nature, mais courageux par conquête de soi. Lors de l'échauffourée du Pont-Neuf, j'avais constaté combien sa force physique en imposait peu, seul son calme parvenait à retenir ses agresseurs de le lapider.

Je n'ai pas pu l'abandonner dans cet état, je suis restée près de lui, il m'a confié ses angoisses sans vouloir m'en donner le motif, il m'a surtout redit et montré son amour. Il y a deux mois encore, je prétendais ne pas lui céder. Mais il m'a émue jusqu'aux larmes et j'ai pris dans mes bras un enfant meurtri. Je n'ai plus résisté.

Des regrets ? Grands Dieux, non. Des remords ? S'il ne se fût agi que de cet abandon de moi, je le dis honnêtement et que le Ciel me pardonne, je n'en éprouverais aucun, j'oserais même être heureuse. J'ai retrouvé ce dont le souvenir ébloui m'avait poursuivie durant bien des nuits et par le miracle de quoi ma vie, pour toujours, fut changée. Je ne puis concevoir qu'une telle félicité, si Dieu a permis qu'elle existe, soit un péché.

A présent, je puis enfin sans remords aimer Françoise-Marguerite comme la fille de Nicolas. Je suis bouleversée de ce qu'il m'a dit, du désir qu'il avait eu d'un enfant de moi, croyant à tort qu'elle était née d'Henri... Si souvent, à la regarder, à la toucher, mon corps me rassurait sur la vérité des choses, je me rappelais que tant d'amour, après tout, avait donné cette petite vie miraculeuse...

Mais à présent, je ne sais plus rien d'autre que ma peur pour lui. Je redoute l'entrevue qu'il a ce matin avec le Cardinal, à l'issue de laquelle il risque d'être arrêté ou pire. Je voudrais prier le Ciel de le sauver et je n'ose pas, de crainte que ma prière de pécheresse ne précipite, au contraire, sa punition... Oh, pouvoir courir jusqu'à lui et qu'il me prenne en ses bras !

Je fus exact au rendez-vous rue de Jouy, car vous m'aviez porté chance. La nuit de nos retrouvailles m'avait changé. Le Cardinal, homme perspicace, lut sans doute dans mon attitude ce changement. Toute peur m'avait quitté. J'étais tranquille. J'avais protégé le secret de la Reine parce qu'elle me l'avait demandé, je rendais la lettre à son ministre parce qu'il me le demandait, voilà tout. Il dut songer que je n'aurais pu me comporter avec autant d'insouciance si j'avais pris connaissance du secret. Aussi ne me posa-t-il pas même la question. Il prit la sacoche de cuir, la rangea dans son coffre, me remercia de mon zèle, puis évoqua avec moi quelques questions pendantes sans gravité.

— Pour ce qui est des intérêts de mes prêts à la Couronne, que je vous ai réclamés hier, dit-il, je comprends bien, mon cher Foucquet, que l'état du Trésor ne vous permet pas toujours de me payer rubis sur l'ongle. Les nécessités de la guerre sont prioritaires. Disons que j'aimerais être à jour à la fin de l'année, et n'en parlons plus.

C'était, de sa part, une amende honorable, car le différend qu'avait exploité Servien était né, ces derniers jours, d'une irritation du Cardinal quant aux difficultés de trésorerie que nous lui opposions pour ne pas lui payer ses intérêts tout de suite. Je le remerciai de faire passer le service de la France avant tout et il me laissa repartir.

On ne chercha pas à m'arrêter dans le Palais-Royal ni au-delà. Ce fut au contraire, sur mon passage, l'habituelle haie des quémandeurs à la moustache frisée, à l'échine arrondie. Je rentrai chez moi. A sept heures, m'étant assuré que je n'étais pas suivi, je me rendis rue de Jouy. Et vous vîntes m'y retrouver, ce qui acheva d'abolir toutes mes craintes.

8 juin 1653, rue du Temple.

Il est sauf. Dieu, il est sauf !

J'ai marché jusqu'à la rue de Jouy, comme si j'avais une épée enfoncée dans les reins. Dans vingt pas, dans dix pas, je saurais s'il était vivant et libre ! Il m'attendait. Il m'a baisée le visage et les mains comme une madone, disant que c'était grâce à moi, grâce au bonheur que je lui avais mis dans le cœur, qu'il avait affronté ce matin le Cardinal avec tous les courages et sauvé sa vie...

Dieu, damne-moi si telle est Ta volonté, mais sois remercié de l'avoir épargné et épargne-le toujours !

Je suis folle, je le sais. Mais j'aime. Et mon amour est accompli, il existe enfin ailleurs que dans mes rêves, j'en garde la trace dans mon corps. Je ne savais pas ce que cela signifiait que de pouvoir exprimer un tel sentiment en paroles, en actes, en caresses, et de l'éprouver partagé.

Oh, bonheur de ne plus se taire, ne plus se déguiser, ne plus s'étouffer !

Je suis heureuse, oui. Je ne parviens à éprouver qu'un scandaleux bonheur.

CHAPITRE XIII

Durant l'été 53, pour l'amour de vous, j'annulai ma décision de séjour à la campagne, arguant des affaires quasi quotidiennes à régler au Palais-Royal — qui m'eussent effectivement contraint à de fréquentes chevauchées. Pour ne pas toucher au train de maison de madame Foucquet, qui préférait demeurer loin de la canicule parisienne et réclamait tout son monde à la campagne, je déclarai que je vivrais rue de Jouy en célibataire, à la charge des deux ou trois vieux domestiques de mon père, qui y vivaient au titre de gardiens. Vous aviez pareillement décidé de rester à Paris pour y installer votre maison, où vous n'aviez pas passé un mois dans l'année écoulée. Votre tante de La Trousse et vos enfants séjournaient à Sucy-en-Brie, chez les Coulanges.

Nous pensions nous accorder des tête-à-tête tranquilles : en raison de la chaleur estivale particulièrement lourde cette année-là et parce que la guerre était enfin finie, les Parisiens s'étaient égaillés en villégiature. Les hôtels du Marais étaient désertés, ce qui aurait dû limiter nos relations mondaines. Néanmoins, le bruit se répandit assez vite que j'étais en ville, car mon visage était à présent fort connu. Des solliciteurs vinrent frapper à ma porte. Quant à vous, lorsqu'ils surent que vous étiez rue du Temple et sans votre chaperon de surcroît, tous ceux de vos soupirants qui n'avaient pas déserté se précipitèrent chez vous.

Nous faisions la première expérience d'une impossible liberté, dans un microcosme dont nous étions tous deux les phares. Nous serions toujours contraints à la clandestinité.

Je louai donc, sous une fausse identité, une maison au faubourg Saint-Germain, dont seuls vous et moi possédions la clef. Nous nous y rendions le jour, pour ne pas faire jaser nos domestiques sur nos absences nocturnes. Bien entendu, il n'y avait pas même là-bas un valet mais cela vous amusait d'y venir habillée en bourgeoise, de faire des courses dans le quartier, puis de rentrer déballer votre panier pour un pique-nique improvisé, d'allumer le feu, de chauffer de l'eau pour votre bain...

— C'est un peu comme s'il y avait deux autres nous qui ne soient pas tout à fait nous, disiez-vous. Des jumeaux dont les routes auraient bifurqué. Ce Nicolas-ci est, imaginons, notaire ou marchand. Il rentre manger le dîner que sa femme Marie, fille de drapier ou d'apothicaire, lui a préparé. Le Roy, la Reine, le Cardinal ne les connaissent point, Loret ne parle pas d'eux dans sa gazette. Ils s'aiment librement car personne ne se soucie d'eux.

— Comme ils sont heureux !

Je vous vis au faubourg Saint-Germain tous les jours cet été-là, pourtant, je vous écrivais en outre, et passais chez vous plusieurs fois par semaine rue du Temple, pour des visites de courtoisie. Je vous voulais à portée de regard, à portée de lettre, à portée de voix aussi souvent que je le désirais désormais, c'est-à-dire sans cesse. Jamais une femme ne m'avait inspiré d'obsession si constante. Mon désir de vous, quoique comblé, ne cessait pas de me tourmenter, il grandissait chaque jour.

De toutes les autres belles, je m'étais tôt rassasié. La

clandestinité, qui s'imposait également avec la plupart d'entre elles, avait été une épice vite éventée. Or, s'agissant de vous, elle devenait une contrainte insupportable. Je voulais vous voir librement et je souffrais que cela me fût interdit. Ne pas vivre en votre compagnie me déchirait, chaque absence était un abîme à franchir et lorsque je vous faisais venir, échevelée, tremblante, à un rendez-vous secret, vous étouffant de baisers dès le seuil franchi et vous dévêtant avec tant d'impatience que je rompais vos lacets, ce n'était pas une affectation : vous m'aviez atrocement manqué depuis la veille.

Vous, Marie, ma douce, m'apparaissiez parfois moins frénétique, et j'avais la sottise d'en prendre de l'ombrage. Je ne comprenais pas que cette tranquillité venait d'une certitude : vous m'aviez d'ores et déjà donné votre vie dans la nuit du 6 juin, lors de nos retrouvailles.

Mon exigence de vous était une attitude d'enfant égoïste. Vous n'étiez qu'à moi seul et je ne me demandais pas ce que je vous offrais en échange. Or, j'avais une vie sociale et mondaine, une famille, en dehors de vous. Ma frénésie n'était pas encore de l'amour. Je vous désirais, je vous admirais. Mais je n'avais pas reçu la flèche au cœur.

L'amour est une blessure, une brèche ouverte dans l'intégrité de soi, par laquelle sourd la tendresse qu'on peut éprouver pour les vulnérabilités de l'autre. Alors on l'aime, non plus pour ce qu'il a d'aimable, mais pour la totalité de ce qu'il est, jusques à ses défauts et ses faiblesses. J'étais indemne encore. Je croyais l'être. Je tirais gloire de vous posséder, je vous regardais m'aimer et cela me plaisait. Je n'aurais pas pu, cependant, souffrir pour vous, me perdre pour vous.

Vous étiez blessée d'amour. Le cœur ouvert, offert. Je

n'en pouvais douter. Mille signes le trahissaient. Vous vous abandonniez dans mes bras sans réserve, jusqu'au ravissement, jusqu'à l'évanouissement, consentant à tous mes désirs d'abord, puis à tous les vôtres, qui s'éveillaient sous mes yeux. Vous ne cherchiez pas à me cacher votre innocence antérieure ni combien le plaisir révélé me donnait pouvoir sur vous.

Au mois d'août, j'eus un accès de ces fièvres qui me reviennent périodiquement. Durant trois jours, vous me soignâtes avec une tendresse bouleversante, restant à mon chevet rue de Jouy dans la position officielle de l'amie, sans vous cacher cette fois. Je m'inquiétai des ragots possibles, malgré tout. Vous secouâtes vos cheveux telle une alezane ombrageuse :

— Et quand on saurait que je vous aime ? La belle affaire ! Je ne peux pas imaginer qu'on veuille me faire honte de ce sentiment.

Mais vos yeux devinrent pensifs.

— Si je ne me soucie pas de ma réputation, je dois au moins songer à celle de votre femme et à la vôtre.

Ainsi notre liaison secrète se poursuivit-elle sans faiblir d'intensité jusqu'à la fin de l'été...

2 septembre 1654, rue du Temple.

L'éblouissement s'achève. Paris est de nouveau plein de regards indiscrets. Il nous faut montrer encore plus de prudence, composer nos visages, brûler les lettres, éviter les parfums tenaces. Parfois, il faut même ajourner un rendez-vous si l'on craint qu'une oreille indiscrète en ait eu connaissance. Ces contraintes nous torturent, nous voudrions être sans cesse ensemble.

J'ai toutefois dans ces instants-là une consolation

merveilleuse, dont N. ne dispose pas : je m'occupe de sa fille. Cette petite princesse grave, dont l'intelligence m'avait éblouie dès le premier mot qu'elle avait prononcé, m'est chaque jour plus chère parce qu'elle est née de lui. Je la regarde, je perçois dans son profil, son sourire, sa façon de hocher la nuque, des ressemblances qui m'étreignent le cœur. Elle est devenue plus encore qu'auparavant chair de ma chair.

J'aime mon petit lutin de Charles avec presque de l'appétit. Je le mange de baisers. Mais il est à mes yeux une personne distincte, tandis que Françoise-Marguerite me semble faire partie de moi, de sorte que je l'embrasse peut-être moins, parce qu'on ne saurait s'embrasser soi-même.

L'année 54 fut une année de faveur mazarine pour les Foucquet, Basile et Nicolas.

Le cardinal de Retz, désormais archevêque de Paris, encombrait le Premier ministre. Il ne pouvait le garder au donjon de Vincennes, le pape seul étant habilité à juger un cardinal. Basile eut donc l'idée de transférer le prisonnier à Nantes, dans une résidence délibérément mal gardée. Ce qu'il avait prévu arriva : des complices de Retz le firent évader le 8 août 1654, après quoi il gagna l'Italie. Basile l'y suivit, se chargeant de le brouiller avec le pape. C'était le genre de mission dans lequel mon frère excellait.

Pour ma part, je devins le « magicien » de mon ministre, assoiffé d'argent pour le salut du royaume. Cette année-là, je dus financer les commencements de la guerre d'Espagne, qui durerait quatre ans : campagne des Flandres contre Condé passé au service de l'ennemi, qu'acheva le succès de Turenne devant Arras assiégé, campagne du Roussillon, campagne de Lombardie, qui laissa aux Franco-Piémontais l'avantage, campagne d'Italie, où le duc de Guise tentait de nouveau sa chance auprès du royaume de Naples...

Mazarin, je le crois sincèrement, fut un grand ministre pour la France, que jamais il n'eût trahie, même au temps de son exil. Toutefois, il était avide, aussi, de s'enrichir. Or Servien, qu'il m'avait pourtant préféré au début, lassait sa patience en bougonnant sans cesse et en refusant de trouver les fonds réclamés. Pour ma part, grâce au réseau de mes relations et à la confiance que je suscitais en garantissant tous les emprunts sur mes biens personnels, je constituai rapidement un réseau de bailleurs.

Mazarin fut si enchanté de moi qu'il me suggéra, dès l'été 1654, de prendre la charge de tout en laissant à Servien une autorité purement nominale. Je me méfiais, cependant, d'un arrangement « de la main à la main » avec le Cardinal. Je fis le sourd et prétendis que mieux valait, par un règlement officiel, déterminer les attributions de chacun, ce qui fut fait le 24 décembre, veille de la Noël 54. Servien conservait l'ordonnancement — c'était la fonction nominale — et j'étais en charge de la trésorerie — c'était la fonction réelle.

Vous étiez très attentive à mes confidences. Vous ne souteniez pas la discussion avec moi sur les questions touchant à ma charge, cherchant plutôt, apparemment, à m'en distraire, mais je remarquais que vous gardiez le souvenir aigu de mes moindres paroles. Vous prétendiez ne rien entendre à la stratégie, mais vous aviez un jugement fin sur les hommes. Vous ne vous trompiez pas sur mes amis et me mettiez souvent en garde contre les médisants, me protégeant ainsi de leurs tentatives malveillantes.

Vous m'aidiez à trouver des bailleurs de fonds, en parlant de moi comme du financier le plus sûr que vous connaissiez. Et comme votre influence était grande, la bonne opinion que vous aviez de moi augmentait en effet mon crédit. Je crois que si je vous avais demandé de me donner votre vie, j'aurais mis le comble à votre félicité, en vous permettant de me prouver ainsi votre amour.

En retour, vous consentiez à me solliciter, notamment pour débrouiller la succession de votre époux, bien compliquée. Il n'avait pas payé le tiers de sa charge de Fougères, qu'il vous fallait donc vendre. Je négociai l'affaire au mieux. Mais tout cela, à la place où j'étais, ne me coûtait pas grand'peine.

Je cherchais à acquérir une terre non loin du château de Vincennes, où Mazarin se trouvait souvent, car c'était une forteresse sûre qui lui servait de banque. J'acquis un domaine à Saint-Mandé, où je fis rapidement édifier une belle maison. J'aimais beaucoup ce séjour et y vécus de plus en plus souvent. Non loin de là, dans le village même de Saint-Mandé, je louai une autre maison à une femme dont je m'assurai désormais les services d'espionne, la Loy. Je fis de cette maison notre lieu de rendez-vous.

12 mai 1654, à Saint-Mandé.

Nous nous voyons désormais de façon plus sûre à Saint-Mandé, dans la maison que Nicolas a acquise pour lui et moi, et qui regarde un joli vallon verdoyant. Quant à l'autre demeure, la résidence officielle du Surintendant, les travaux n'en sont pas achevés, mais elle promet de devenir un séjour enchanteur. D'ores et déjà, le cercle des Foucquet, dont je suis la présidente d'honneur, y vient faire des pique-niques. On se promène dans le parc, on canote sur l'eau, on se baigne, on tire des feux d'artifice, on joue à colin-maillard et l'on fait salon dans la verdure.

Monsieur le Surintendant tient conciliabule avec les architectes, les jardiniers, les peintres. J'ai rarement vu chez un homme un goût si profond et si sûr de la beauté. Il ne s'est pas trompé en achetant cette terre, imaginant le parti qu'en pourraient tirer les maîtres d'œuvre, et je vois bien que ces derniers sont enchantés de travailler pour lui, car ils se sentent compris et appréciés.

Je me suis donné des obligations charitables dans la région pour y justifier mes séjours prolongés. Mais, de toute façon, ma famille et mon entourage commencent à s'accoutumer à l'idée que je suis une vagabonde, ce que l'on constate sans m'en faire reproche. Il est au contraire jugé normal qu'une veuve aille dans ses terres et maisons pour s'occuper de ses affaires, qu'elle visite des couvents, qu'elle soit marraine ici, tutrice là... Ce statut, qui évoque une femme d'un certain âge, revenue des tentations de la jeunesse, rassure le monde et permet réellement des libertés que n'ont pas les épouses.

J'ai vingt-neuf ans et je ne me sens ni vieille ni revenue d'aucune tentation, au contraire. Je croyais être froide parce que le seul homme qui m'eût approchée, mon mari, m'avait dit que je l'étais. Je n'éprouvais aucune volupté à ses caresses, or il m'assurait que les autres femmes les trouvaient agréables. Il se vantait sans doute mais, je le reconnais, ce que j'ai lu des lettres de madame de Gondran avant de les lui rendre semblait lui permettre cette vanité. Si j'avais eu plus d'expérience, j'aurais pu lui répondre qu'il est, dans ce domaine comme dans bien d'autres touchant à la sensualité, des goûts et des couleurs. Je n'étais pas plus froide qu'il n'était bon amant. J'étais froide avec lui, il était bon amant avec d'autres.

Je suis une gourmande et une lente. Il faut qu'on me

donne l'appétit des choses par petites bouchées, avec patience. J'ai la peau fragile, le frottement d'une joue mal rasée la brûle. J'aime les caresses douces et non les empoignades. La hâte rabelaisienne dont on faisait preuve avec moi naguère — et qui semblait aussi la manière de faire des autres hommes, à en juger par leurs plaisanteries — ne me laissait pas le temps de rien goûter, aussi croyais-je manquer de chaleur. Mais il y a des délicatesses qui m'emportent au-delà du ravissement, qui me font crier malgré moi. Je ne suis pas froide et ne pourrai plus jamais l'être.

Au début, nous n'osions pas nous écrire. Lorsque nous le faisions, nous prenions prétexte de circonstances qui nous le permettaient sans équivoque. C'étaient souvent des circonstances solennelles ou douloureuses. Par exemple, la mort de votre tante d'Ormesson, l'épouse de Philippe de Coulanges :

5 juillet 1654.

Madame,

J'apprends à l'instant la mort de celle qui vous servit de mère et l'idée du chagrin que vous éprouvez me bouleverse. Sachez que votre peine est partagée par ceux qui vous aiment.

Je me doute que vous devez rester près des vôtres et que l'on ne vous verra pas avant les funérailles, auxquelles j'assisterai. Mais si vous voulez venir, même un moment, vous réfugier ici, croyez que je suis votre fidèle ami et que je ferai tout pour vous distraire de votre douleur.

Nicolas Foucquet.

Ce fut, encore, la perte d'une amie, quelques mois plus tard :

7 octobre 1654, rue du Temple.

Monsieur,

Je prenais la plume pour vous remercier de vos bons offices, lorsqu'on m'a conté une triste nouvelle, dont je vous fais part aussitôt.

La princesse d'Harcourt est morte de la petite vérole à Amiens, le 3. C'était là qu'elle s'était retirée, sur le chemin de Montreuil où son mari voulait l'enfermer, après que son père, déjà, l'y eût séquestrée en 47, pour l'empêcher d'épouser Vardes. Le prince ne voulait la ramener à Montreuil que pour l'y faire mourir, car l'air y est humide et les poumons de la malheureuse n'y eussent pas résisté. Il a réussi cette mauvaise action et va jouir maintenant de la considérable fortune de la défunte.

Pauvre princesse ! Quel destin ! Nous étions jumelles à quelques jours près et la voilà disparue à trente ans... Veuve d'un mari qu'elle n'avait pas choisi, empêchée d'épouser celui qu'elle voulait, remariée de force à ce fou de prince qui la frappait dans ses crises de jalousie, elle n'aura connu de bonheur que le temps de sa liaison avec Vardes. Il a cessé de l'aimer, on dit qu'il fait le siège de madame de Roquelaure à présent. Mais du moins l'a-t-il rendue heureuse. Je me souviens qu'elle me contait cela :

— J'ai eu tant de plaisir dans ses bras que je peux bien aller en Enfer si je meurs, car j'ai connu déjà le Paradis.

Je la trouvais exaltée, en ce temps-là. A présent, je crois mieux comprendre ce qu'elle voulait dire.

J'ai beau jeu de citer son exemple, en tous cas, à ceux qui me veulent remarier, ainsi qu'aux prétendus bons conseilleurs — mon cousin Bussy, par exemple — qui me reprochent ma coquetterie ou, plutôt, qui me reprochent de ne pas la concrétiser…

Je suis votre obligée pour le soin que vous avez pris de mes affaires et vous prie de ne jamais douter de mon indéfectible amitié.

MRC.

Les deuils nous faisaient éprouver, de la façon la plus aiguë, que notre amour était interdit. Alors que nous aurions eu besoin du soutien l'un de l'autre, c'étaient les moments où nous étions contraints, par les convenances, de cesser de nous fréquenter même au nom de la simple amitié. La mort de mon fils, en 1656, me causa beaucoup de chagrin et j'aurais voulu plus que tout au monde m'en consoler dans vos bras. Mais il était normal que j'offrisse réconfort à mon épouse, que ce deuil avait éprouvée tout autant que moi. Aussi l'accompagnai-je dans nos terres de Bretagne.

Très vite, cette censure nous pesa trop fort. Ne pas nous voir à loisir, c'était déjà la pire torture : alors, ne pas nous écrire ! Notre correspondance se libéra : ce furent des centaines de billets brefs, qui n'ont plus de date dans ma mémoire car il nous arrivait d'en échanger trois dans un seul jour. Toute leur valeur tenait à ce que, sachant que nous devions les détruire, nous y disions des choses folles, qui se murmurent parfois dans les alcôves mais s'écrivent rarement. Aussi ne les brûlions-nous qu'après les avoir lus cent fois, pour être sûrs au moins de conserver le souvenir délicieux de leur audace.

Je ne souffre pas l'idée de ton départ. Il faut au moins que tu passes par S.M. cette nuit, j'y serai, je t'y attendrai, je veux te voir, te toucher, respirer ton parfum, laisser des frissons sur ta peau.

N.

*

Je dépéris comme si j'étais déracinée, pourtant il n'y a que trois jours que nous nous sommes quittés. Le parfum que tu utilises, bergamote et bois de cèdre, celui que je t'ai vu fabriquer dans tes étranges cornues, était resté sur ma chemise. Je n'en ai pas changé depuis lors, pour garder ce souvenir de toi. Plus mon voyage m'éloigne, plus je me rends compte que c'est folie que cette séparation. Lorsque je pense à toi, l'envie de ta présence, le désir de te toucher est si violent que j'en ai comme un élancement de douleur au ventre. S'il m'advient de m'endormir, je rêve que tu dors avec moi et je m'éveille comme on tombe d'une falaise, dépossédée, meurtrie. Je ne croyais pas qu'un être pût autant me manquer, me manquer physiquement, jusques à la souffrance. C'est comme si je mourais de faim. Tu laisses un vertige au fond de moi et ce n'est que lorsque je t'appartiens que je me sens entière.

Je ne me reconnais pas lorsque je me relis, pourtant, j'ai besoin de te dire ces choses. Je voudrais que tu sois là, nous sommes deux pièces faites pour s'emboîter et la plénitude n'existe plus que dans les moments où nous reconstituons ensemble la figure complète.

M.

*

Ce matin, tu dormais si tendrement, comme un chat, que je n'ai pas voulu t'éveiller. Il est rare que j'emporte cette image de toi, parce qu'il est rare que nous puissions passer ensemble une nuit entière. Pourtant, ce n'est qu'auprès de toi que je dors heureux, apaisé, sans cauchemars. La chaleur de ton corps est un paradis.

N.

*

Je sais que tu seras à S.M. cette nuit, et je crèverai autant de chevaux qu'il faudra pour y être rendu moi aussi avant l'aube. Je voudrais que tu dormes dans tes cheveux, sans bonnet, sans ruban, parce que je les aime en fleuve épanoui. Je voudrais que tu dormes dans ta beauté nue, parce qu'ainsi les draps seront imprégnés de toi. Je suis impatient de te prendre tout de suite, chaude comme un pain sortant du four.

N.

*

Pourquoi étais-tu si froid tout à l'heure, lorsque je t'ai croisé chez S. ? Si tu ne pouvais me parler, que ne m'as-tu fait le signe qui l'explique ? Je tremble de t'avoir fâché. Je tremble plus encore de n'y être pour rien et que ce soit quelque contrariété plus grave liée à ta fonction.

Je t'attends à S.M. Je ne boirai qu'un peu de vin pour m'étourdir doucement et je me coucherai. Si je dors, aime-moi dans mon sommeil, pour que ce soit le plaisir de toi qui m'éveille.

M.

*

Notre audace peut sembler folle. Mais en vérité, le risque d'interception, qui rendait cette correspondance érotique encore plus délicieuse, n'était pas très grand. Nos billets, s'ils eussent été saisis, ne pouvaient nous compromettre, ils n'étaient ni signés ni datés, ne nommaient personne. Ils parlaient uniquement d'amour et c'est un commerce épistolaire si courant qu'on pouvait l'attribuer à cent autres signataires que vous et moi.

Nous avions aussi, pour communiquer en société, des signes secrets. Porter son mouchoir à son nez et le respirer signifiait : « Ne nous parlons pas, nous sommes observés ». Cligner deux fois des yeux signifiait : « J'ai quelque chose d'important ou d'urgent à vous communiquer, cherchons un endroit tranquille pour converser »...

En revanche, notre intimité était trop grande pour que nos échanges n'eussent pas, aussi, d'autres motifs que l'amour. Je m'occupais de vos affaires, j'aidais qui vous vouliez bien me recommander, vous m'avertissiez de votre côté de ce que vous entendiez dans les salons et qui pouvait concerner ma fonction. Nous parlions, vous et moi, de la Reine, du Cardinal, des grands du royaume. Il nous fallait chiffrer cette correspondance, car nous ne pouvions courir le risque que celle-là fût interceptée.

Nous convînmes de remplacer tous les noms propres et certains mots clefs par des noms de métiers, de plantes, d'animaux. Nous apprîmes tous deux le code par cœur. Il nous était si familier que nous le déchiffrions sans peine, mais pour un témoin non averti, si jamais les lettres eussent été saisies, elle eussent paru simplement futiles et décousues :

Le minotier (Mazarin) réclame à cor et à cri cent balles de blé (cent mille livres) que je lui dois pour l'affaire des citrons (de la guerre) d'Espagne, mais il faut d'abord que le passementier (mon beau-père) recupère les rubans (l'argent) qu'il m'avait donnés pour l'habit bleu (l'armée) du bedeau (Turenne). Je vais aller souper à l'auberge (solliciter mon entourage)...

J'ai fort bien soupé moi-même à une auberge que je vous recommande, où j'étais avec mes amis, le comte jaune (de La Fayette) et le duc vert (de Luynes). (J'ai sollicité, favorablement, le comte et le duc, qui pourraient vous prêter des fonds).

Le duc me fait une cour pressante, il dit que nous sommes des veufs faits pour s'accorder. Je réponds à tous ceux qui me pressent d'y consentir que je ne veux pas me remarier...

Je puis dater cette lettre, que je restitue de mémoire, de 1655, parce que votre amie mademoiselle de La Vergne était devenue en février 1655 comtesse de La Fayette. Le duc de Luynes, veuf depuis septembre 1651, ne s'est remarié qu'il y a six mois avec Anne de Rohan, à force de désespérer d'obtenir votre consentement. Il l'avait attendu dix ans, ce qui en fait mon égal pour la constance... J'ai souvent craint, je l'avoue, que vous ne succombiez à sa cour.

La période de 1653 à 1657 fut la plus heureuse de notre histoire — peut-être de nos vies. Je ne me rappelle pas d'événements douloureux pour nous durant ce temps béni, à l'exception des deuils.

J'ai conscience qu'il peut sembler étrange que je décrive les quatre années de 1653 à 1657 comme des années de félicité seulement interrompues par les deuils, car elles furent cruelles pour la France. Par contrecoup, elles le furent pour moi aussi, ma fonction consistant à prendre en charge les difficultés. Pour restaurer le Trésor, je n'aurai, en effet, jamais tant travaillé qu'en ce temps-là. La guerre avec l'Espagne avait repris en 55, il avait fallu acheter d'urgence monsieur d'Hocquincourt au prix de 200 000 écus pour l'empêcher de céder Ham et Péronne à Condé, financer la marche victorieuse de Turenne dans le Hainaut, subvenir aux dépenses des Lorrains entrés au service de la France, approvisionner les troupes de Conti et la flotte de Vendôme en Catalogne… A-t-on idée de ce que cela coûtait, et des jongleries comptables auxquelles j'étais contraint pour fournir les coffres d'écus ?

Mais j'étais heureux parce que la plus merveilleuse femme du monde m'aimait et que, dans son regard, tout ce que j'accomplissais faisait de moi un héros. D'ailleurs, cette admiration, j'avais parfois le sentiment de la mériter un peu : consumer ses jours et ses nuits à sauver son pays d'un désastre après l'autre et, chaque fois, réussir l'exploit de l'alchimiste, produire des coffres d'or en quelques jours, cela me donnait une volupté du devoir accompli que, je suppose, connaissent seuls les grands soldats au soir de la victoire…

Mon réseau d'influence représentait plusieurs milliers de personnes, sans compter les centaines de bailleurs qui me prêtaient des fonds pour le Roy : ceux à qui j'obtenais des charges, des pensions, des faveurs, les représentants et intendants qui achetaient des terres, des offices, des bateaux pour moi, mes salariés, secrétaires, comptables, domestiques, sicaires, espions, courriers, les fournisseurs de mes activités maritimes ou de mes projets bâtisseurs, les artistes et artisans que je pensionnais…

Je n'aimais pas le pouvoir, j'aimais *pouvoir*. Chaque fois qu'une parole de moi créait un magistrat nouveau, rétablissait un paysan dans son droit, permettait à une manufacture de se créer, à un artiste d'écrire ou de peindre, j'étais heureux, naïvement heureux.

— Vous avez quelque chose d'un enfant, me disiez-vous parfois, car vous faites toutes ces choses pour qu'on vous aime.

— Est-ce un tort ?

— Non, c'est émouvant. Mais je crains que beaucoup de ceux que vous aidez avec autant de spontanéité ne vous aiment point, justement, car ils croient voir dans votre générosité la volonté de les obliger envers vous.

— C'est avoir l'esprit pervers.

— Les hommes sont ainsi faits.

— Pourvu que vous, vous m'aimiez, Marie, je serai consolé du reste...

Et vous m'aimiez.

Vous continuiez d'aller dans le monde, chez le duc de Chaulnes, chez Mademoiselle, chez Jeanin de Castille. Vous étiez fidèle de l'hôtel de Rambouillet, rue Saint-Thomas-du-Louvre, où vous fréquentiez madame de Montausier. Chapelain y était assidu, ainsi que tous ceux qui voulaient vous courtiser en paix et qui, conscients de mon intérêt pour vous, n'osaient pas le faire chez moi. Armand de Conti vous y contait encore fleurette après son mariage, en février 54, avec une nièce de Mazarin. Abel Servien aussi, ce qui perpétuait la rumeur que vous étiez « l'amour des deux Surintendants ». Bussy aussi : votre cher cousin ne désespérait pas de consoler votre veuvage.

20 juillet 1655, rue du Temple.

J'ai reçu une lettre de Bussy, du camp de Landrecies, en date du 3. Il se plaint que je ne lui écrive pas, évidemment : ses lettres antérieures ont dû s'égarer.

J'ai appris ce matin des nouvelles plus fraîches que celles qu'il me mandait voici près de trois semaines. La

Gazette *de Renaudot raconte la victoire sur Condé, ainsi que l'attaque finale devant Landrecies qui eut lieu le 13 et durant laquelle Bussy se distingua.*

Depuis des mois, Nicolas a travaillé comme un forcené, engageant sa signature et celle de ses amis pour obtenir les fonds que réclamait la campagne militaire. Il n'y paraît pourtant pas. C'est miracle que l'énergie qu'il déploie, sans jamais donner dans le laborieux, comme ce Colbert que je n'aime pas du tout.

Bussy me raconte sa passion pour madame de Monglas et me demande où en est « l'amour du Surintendant »... Je croyais que mon veuvage me donnait quelque chose comme dix ans de plus et le respect qui sied à la maturité. Mais il paraît qu'une veuve est aussi une future remariée. Lorsqu'elle a de la naissance, de l'aisance et encore des appas, ses affections intéressent le petit monde parisien. On connaît tous mes prétendants et les paris sont ouverts depuis trois ans quant au nom de l'élu.

Je réponds à Bussy que mes préventions envers le Surintendant n'ont pas diminué et que je ne compte pas lui céder. Il le croira probablement, car il me suppose coquette avec tous mais ne m'attachant à aucun, par le motif que je suis froide et indifférente aux choses de l'amour.

J'ai parfois été fâchée de cette réputation, qu'il m'a faite à partir des confidences de mon mari. A présent, j'en suis aise. Je n'ai pas de goût pour le mensonge et je serais malheureuse de devoir affabuler pour protéger mon amour : il m'est déjà bien assez difficile de devoir le taire, alors qu'il emplit ma vie.

Heureusement, il y a bien longtemps que mes familiers se trompent sur mon véritable caractère, et ce n'est pas parce que je me suis évertuée à les leurrer. Tout au plus ai-je la pudeur de mes chagrins et de mes emportements. La délicatesse de mon époux défunt est venu rajouter, sur ce fond, des commentaires désobligeants. Les hommes sont toujours prêts à prétendre les femmes froides plutôt que de soupçonner qu'ils sont des amants maladroits.

Comme ceux qui affirment nous aimer se contentent le plus souvent de conserver l'opinion qu'ils se sont faite de nous au premier abord, sans se donner la peine d'en changer pour peu qu'elle les arrange, tout le monde s'en est tenu là. Il est commode de voir en moi une âme guillerette et sans passions, cela dispense, depuis que je suis enfant, de me plaindre quand il m'arrive malheur. Si je me mêlais de livrer le fond de mon cœur, il n'est pas sûr, après tout, qu'on me croirait :

— Elle, éprouver des passions ? Allons donc, je la connais, c'est un caractère placide.

Parfois, j'entends ma tante de La Trousse s'ulcérer pareillement, avec le haussement d'épaules des gens vertueux, des chansons des rues qu'on braille sous nos fenêtres contre la Reine :

— Allons donc, entourée, guettée, espionnée comme elle est, comment pourrait-elle avoir un amant sans que toute la France le sache ?

Or, il en va de même pour moi, dans mon petit cercle : je suis une veuve très observée. Cependant, on a des amants lorsqu'on en veut avoir. Il ne se passe pas de jour que je ne voie Nicolas ou, du moins, ne corresponde avec lui. En dépit de la malveillance naturelle du cœur humain, toujours prêt à soupçonner le pire, la preuve est faite que l'on peut, sous le regard de tous, avoir des secrets, dès lors qu'ils ne ressemblent pas à l'idée que notre entourage se fait de nous.

On me rétorquera que pour la Reine, c'est plutôt l'inverse. Ils sont fort peu nombreux ceux qui, comme ma tante, la présument innocente. La plupart des autres cherchent au contraire la preuve qui la confondrait. Mais qu'est-ce qu'une preuve ?

Nous nous voyons sans témoins, Nicolas et moi. La correspondance échangée, nous la brûlons à mesure. Si la Reine et Mazarin se rencontraient et s'écrivaient, ils prendraient les mêmes précautions. Pour surveillé qu'on soit, des moments de privauté, des escapades se peuvent toujours ménager.

L'on a la bonté, dans le cercle de mes relations, de trouver mes lettres bien tournées : aussi les garde-t-on, les recopie-t-on, en fait-on lire des passages à ses amis en société. La « correspondance de madame de Sévigné » restera peut-être dans quelques tiroirs. A supposer qu'un biographe s'intéressât un jour à moi, il pourrait la dépouiller après ma mort et en conclure que je fus une honnête petite veuve un peu coquette, qui écrivit des milliers de lettres à tout le monde, pour raconter les cancans de la société parisienne. Or, j'écris à Nicolas plus qu'à quiconque et ce que je lui confie ne ressemble à rien de ce que j'écris par ailleurs.

Ce que nous appelons l'histoire n'est que l'écume que les morts ont bien voulu nous laisser. Dès les premiers temps, nos ancêtres n'ont pas dû se comporter autrement que nous : lorsque le message qu'ils avaient gravé dans la paroi de leur caverne était intime et personnel, ils le martelaient et le défiguraient sans doute, après que le destinataire en avait eu connaissance, pour le cacher à la curiosité des autres. On pourrait en conclure que les seules traces qui nous parviennent du passé sont justement les plus anodines, celles qu'on n'a pas pris la peine de dissimuler à la postérité. Ainsi, tout ce que nous croyons savoir d'Antoine et Cléopâtre, de Tite et Bérénice, d'Abélard et Héloïse, est peut-être faux...

5 février 1656, rue du Temple.

J'ai trente et un ans ce jour. Nous avons fêté l'anniversaire du Surintendant la semaine dernière avec faste, à Saint-Mandé. Une fête dont le thème était « La cour de Soliman le Magnifique. » J'avais sur la tête un turban large comme une citrouille, dont on disait qu'il m'allait à ravir.

Mais la vraie fête, ce fut plus tard dans la nuit, quand tout le monde partit dormir. Nicolas dit qu'il rentrait à Paris, ayant à voir son frère pour affaires. En vérité, nous nous sommes retrouvés tous deux à la petite maison de Saint-Mandé. C'est miracle que cet amour dont la ferveur ne s'est pas émoussée depuis trois ans, que cette impatience d'affamés qui nous jette l'un contre l'autre dès que nous nous trouvons seuls.

Je n'écris plus guère dans ce journal, j'ai moins de raisons de m'y épancher, car tout ce que j'ai de plus secret dans le cœur, c'est à Nicolas que je le murmure ou que je l'écris, désormais. Je l'aime plus que ma vie, il est tout ce que je désire, tout ce que j'admire, tout ce que je chéris, si j'excepte mes enfants. Les autres affections, je l'avoue, viennent loin derrière, elles ne m'engagent pas ainsi, de toute ma personne, avec les frissons du corps. Mes enfants sont ma chair et j'ai bien conscience que je les aime dans ma chair. Seul Nicolas m'inspire la même émotion.

La guerre se poursuivit en 1656, avec la défaite de Turenne devant Condé à Valenciennes. Pour empêcher une déroute fatale des armées royales, il fallait d'urgence lever des troupes fraîches, réapprovisionner, faire venir le canon…

25 juillet 1656, à Saint-Mandé.

Quatre jours et quatre nuits, durant lesquels N. n'a pas dormi plus de trois heures en tout, lui ont suffi pour racler les fonds de tiroir de l'Epargne, mobiliser ses disponibilités propres, engager les biens de ses proches et de ses amis, se porter garant pour Sa Majesté : moyennant quoi, il a pu expédier dans le Nord 900 000 livres en écus sonnants pour continuer la guerre.

Comment a-t-il fait, alors que le crédit du Roy n'a jamais été plus contesté, le peuple de France plus irrité par les expédients fiscaux auxquels recourt l'Etat pour subvenir à ses besoins ? Il faut qu'il ait un talent de financier exceptionnel, un talent de séducteur aussi. Il est vrai qu'on ne peut pas n'être pas touché, lorsqu'il gage sa propre maison, la dot de sa fille, pour garantir la parole du Roy. Je ne croyais pas que des serviteurs de l'Etat d'une telle trempe existassent ailleurs que dans les versions latines de mon enfance...

J'aime cet homme de toute mon âme.

10 octobre 1656, aux Rochers.

La Bretagne n'a jamais été si lugubre et mes affaires n'avancent point, je crains de devoir passer l'hiver ici, loin de Nicolas.

Françoise-Marguerite a dix ans aujourd'hui. Je lui ai offert un exemplaire du Dante, car elle lit fort bien l'italien. Elle m'a remerciée sans chaleur. Je ne sais ce qu'elle a depuis quelques jours, je ne la reconnais pas, on dirait qu'elle est fâchée contre moi, mais elle ne veut rien me dire...

Je chéris Charles ainsi qu'une mère chérit son fils, sans

m'interroger. Lorsqu'il vient me câliner, je le dévore de baisers, et lorsqu'il a fait quelque bêtise, je ne réfléchis pas deux fois avant de le fesser. En ma fille, c'est autre chose que j'aime, quelque chose de mystérieux qui m'intimide et me retient de lui montrer la sévérité qu'il lui arrive de mériter. Il y a dans ses grands yeux sombres, dans son profil fin, la grâce d'un écureuil. Elle lui ressemble de plus en plus. Parce qu'elle est sa fille, je me sens beaucoup moins à l'aise lorsqu'il s'agit de la punir. C'est comme si je le punissais lui, à travers elle.

Elle est donc fâchée, et j'ai renoncé à savoir pourquoi.

12 octobre 1656, aux Rochers.

Françoise-Marguerite a entendu ce matin, par la porte de mon cabinet de toilette, ma tante Henriette parler avec moi de ce « triste sire d'Henri, du temps de sa madame de Gondran ». Elle est alors entrée chez moi et m'a reproché de laisser parler ainsi de son père. J'ai commencé par lui reprocher, à elle, d'écouter aux portes. Elle s'est mise dans une sombre colère et m'a demandé de choisir entre la tante Henriette et elle ! Si je voulais garder ma tante près de moi, elle, elle n'y resterait pas et préférait le couvent !

Aux grands maux les grands remèdes. La colère m'a prise. Je lui ai ordonné de s'asseoir et, fouillant dans mon cabinet florentin, j'en ai sorti deux lettres que madame de Gondran avait écrites à son père au temps de leur liaison, pour lui prouver que la bonne tante n'avait nullement médit du marquis de Sévigné. Ce sont deux lettres que je n'ai retrouvées qu'il y a deux ans et conservées faute de savoir à qui les renvoyer, la destinataire étant morte entretemps. Elles n'ont rien de choquant, mais elles prouvent assez que le marquis aimait madame de Gondran.

— Cela se comprend, a dit Françoise-Marguerite, puisque vous, vous n'aimiez pas mon père.

— C'est une calomnie très injuste, tu devrais m'en demander pardon.

Elle l'a fait avec un air d'insolence qui gâchait ses paroles. Je lui ai demandé si c'était cette idée, qu'elle s'était mise en tête, qui la renfrognait depuis quelques jours. Mais elle m'a assuré que je me trompais, qu'elle n'était pas renfrognée…

Je suis chagrine de cette attitude. Ma tante me suggère de la mettre au couvent, ce à quoi je ne saurais me résoudre. Peut-être devrais-je ne pas me soucier des humeurs de ma fille en attendant qu'elles passent. Mais je reconnais qu'il existe en moi, malgré les apparences rieuses, une certaine intolérance. Je voudrais toujours que l'on ressentît les choses comme je les ressens. Je le voudrais plus encore de la part de cette enfant que de quiconque.

La Bretagne m'est devenue odieuse, simplement parce qu'elle est à deux ou trois semaines de Paris. Le château est une glacière malgré les bûches qu'on consume : tout le petit bois de l'ouest y a déjà passé. Quant au vent, il hurle dans mes cheminées, en écho à mon humeur. Je ne vois plus qu'un remède, certains soirs, quand l'absence de Nicolas me torture trop : je mâche des grains de pavot et je dors. Dieu, comme mon cœur souffre d'être éloigné de lui ! Il y a quelque chose dans le chagrin d'amour qui demeurera toujours au-delà de ce qu'on en peut dire. La violence de cette douleur-là fait mesurer combien l'esprit et la matière, en nous, sont mêlés. Mon âme retentit dans mon corps, qui se sent moulu, transi, perclus…

CHAPITRE XIV

Jusqu'à notre installation en l'hôtel de Narbonne, mon épouse ne tint pas le rôle mondain qu'on lui connut à partir de 1657-1658. En fait, les années précédentes tournèrent autour de vous, Marie. C'était vous, la reine du salon des Foucquet, l'arbitre, le phare. Ce rôle vous était dévolu en toute conscience, les artistes et les écrivains que je patronnais ne se privaient pas de vous dédier leurs œuvres. Une soirée, une fête, ne pouvait être réussie que si vous y assistiez. Ma femme ne semblait pas en prendre ombrage, elle vous admirait avec une politesse un peu distante, comme une fille peut admirer sa mère en sachant qu'elle va, très bientôt, l'éclipser.

L'évidence avec laquelle vous jouiez ce rôle dans ma maison nous protégeait des ragots mieux que toutes les précautions que nous prenions. Vous étiez ouvertement la reine de ma cour et la reine de mon cœur — car je ne cachais pas mon admiration pour vous. Les esprits malveillants se disaient que, si nous eussions été amants, nous eussions pris toutes les précautions du monde pour paraître indifférents l'un à l'autre. Ils se disaient aussi que, si je vous courtisais, c'était que je n'avais pas encore obtenu vos faveurs.

La cour que je vous faisais n'était pas ruse de ma part. J'avais besoin de vous re-séduire sans cesse. Des soupirants nombreux vous entouraient et, vous sachant libre, vous demandaient en mariage — ce qui ne m'était pas permis. Toutes les preuves d'amour qu'ils étaient autorisés à vous donner, je devais me les interdire. Je ne pouvais vous faire de cadeau, de faveur, que par personne interposée.

L'obligation de la clandestinité nous empêchait de nous prodiguer à loisir les preuves de notre attachement. Nous l'avions constaté lors des deuils. Quand j'avais de nouveaux accès de fièvre, c'était ma femme qui m'assistait, non plus vous : l'occasion de l'été 53 avait été exceptionnelle. Hormis quelques services rendus, s'échangeaient surtout entre nous des paroles, des lettres, des serments, du verbe...

Bien sûr, notre union était une réalité dont l'intensité ne s'altérait point depuis quatre ans. Mais vous étiez si belle, si ouvertement désirée ! Lorsque j'étais devenu votre amant, vous ne saviez rien du plaisir. Désormais, vous aviez pris le goût de l'amour, le savoir-faire aussi : si l'un de ceux qui vous convoitaient parvenait à vous faire chanceler, vous sauriez le rendre fou comme je l'étais...

J'avais peur de vous perdre. J'offrais, en ce temps-là, l'apparence de la légèreté, de la gloire, du faste, mais j'étais inquiet. Dès mon accession au pouvoir, je vécus dans le doute permanent, dans la crainte d'être trahi. Mes relations avec Mazarin n'étaient pas simples, cet homme avait un esprit pervers et, surtout, une frénésie d'argent qui m'empêchait de faire passer l'intérêt du pays avant le sien, sous peine qu'il y vît une trahison.

Cette peur permanente de perdre ce que j'avais gagné et que tous les autres m'enviaient, je la ressentais à votre endroit aussi. Je n'étais pas encore au-delà du désir de possession en ce qui vous concernait. Je voulais la marquise comme je voulais la gloire. Et je n'étais pas sûr que ni l'une ni l'autre me fussent définitivement acquises.

A présent, Marie, j'ai une consolation merveilleuse dans mon malheur, car l'épreuve m'a d'ores et déjà donné la certitude de votre amour, je suis délivré des tourments de la jalousie, assuré de n'avoir plus à vous conquérir. Il me reste à vous mériter, ce qui peut occuper le reste de ma vie. Mais en ce temps-là...

Un soir que vous étiez l'invitée d'une de mes fêtes à Saint-Mandé, vous prenant à part dans une charmille, je vous reprochai un peu brutalement votre badinage avec Armand de Conti et vous demandai si vous m'aimiez. Vous me répondîtes :

— Ne le savez-vous pas bien ?

— Non, je ne le saurai jamais assez.

— Alors, je vous l'écrirai demain.

Le lendemain, en effet, je reçus de vous une lettre qui devait inaugurer, entre nous, un nouveau jeu d'une audace extrême.

Paris, le 3 mai 1657.

Monsieur,

Je dois vous avouer que la pensée de vous
devoir le bonheur de m'exercer à l'art épistolaire
fait bouillonner mon imagination et me met en
belle humeur. Je ne crains pas de l'affirmer avec
chaleur. L'impatience où je suis de manifester mon
immense gratitude envers vous est si grande que ce
désir m'entraîne à répandre un flot
de louanges sur vous partout où je vais. C'est un gage
que j'aimerais vous offrir avec mon con-
tentement d'être encouragée par un homme tel que vous.

Il faut que vous consentiez, Monsieur, à prendre mon bavardage débridé comme une preuve d'amitié sans calcul, car il n'y a que vous au monde qui me fassiez le plaisir d'aimer mon écriture, qui prétendiez en jouir et qui m'inspiriez le désir de taquiner la plume, comme souvent, naguère, chacun le vit. Quand vous voudrez me rendre visite, je serai aise de vous montrer ce que ma prose est devenue, espérant que vous consentirez à me seconder pour choisir le ton que j'y dois mettre, car je meurs d'envie que cela vienne de vous. Même si vous ne lisez qu'une ligne sur deux de ce mot, Vous pouvez croire que je suis bien à vous.

M.

3 mai au soir.

Madame,

Croyez que je viendrai chez vous sans faute dès que mes responsabilités me le permettront, goûter les charmes de votre délicieux talent, puisque nous en avions conçu le dessein. Il me faudra, si vous le voulez, et pour affiner notre art littéraire, pénétrer dans l'intimité de votre style. Je dois à présent partir pour Mâcon. C'est seulement à mon retour que je vous verrai. Mais sachez que le temps nécessaire, je le prendrai enfin. De cette fête, je suis impatient.

N.

Dans le même esprit, vous répondiez à mon rival Servien, l'autre Surintendant. Nous le détestions car il s'acharnait à poursuivre de sa vindicte, parmi vos amis et les miens, de supposés concussionnaires et prévaricateurs. En outre, le vieux bossu tentait, avec une gluante préciosité, de vous pousser jusqu'à son lit.

12 mai 1657.

Monsieur,

Votre lettre m'a fait comprendre que
je m'étais trompée sur la situation où
vous vouliez me mettre. Je serais franche
noiseuse et responsable d'une injuste dis-
pute si je n'y faisais pas obstacle, car vous êtes une
personne de bien, durement éprouvée par une
ruine dont on ne peut souffrir la vue.
Croyez-le, cher Monsieur, c'est très souvent que
je pense avec des frissons à votre
terrible tâche et au conseil dont vous êtes
membre, lequel doit très violemment
agir, car le peuple ne cesse de vous cons-
puer, la pire gangrène s'y étant installée.

16 mai 1657.

Monsieur,

Croyez que j'ai pour vous le plus extrême
respect, que je n'entends jamais vos détracteurs sans
dégoût et que j'aimerais mieux mourir que de laisser
les calomnies qu'ils tentent de colporter sur
votre personne s'insinuer en moi.
Vous m'accusez de vous en préférer un autre.
Sachez que, pour ce qui est de votre collègue F.,

tout le monde sait qu'il se rend odieux à mes yeux. Je souhaite furieusement, et je le lui ai dit, qu'il cesse de m'importuner. Par fatuité, il s'enfonce là où vous ne vous égarerez jamais, dans le plus grand des ridicules. Croyez que je désire de tout mon cœur sa chute. C'est sa disgrâce dont la pensée m'habite et non la vôtre.

M.

Malicieuse, vous m'avouâtes, dès que nous eûmes inauguré ce petit jeu, qu'il n'était pas nouveau entre nous.

— Que voulez-vous dire ?

— Je n'ai pas résisté à vous en envoyer de semblables autrefois…

— Mais quand ?

— Vous prétendez vous rappeler tout ce que je vous ai écrit… Cherchez dans votre mémoire.

J'y passai des jours. Et je reconstituai mentalement, en effet, quelques lettres de vous qui, plusieurs années après leur envoi, prenaient un tout autre sens. Cela me troubla beaucoup. Il me fallait réviser notre histoire et m'en prendre à moi-même de certains malentendus. Depuis le premier jour, vous m'aviez aimé avec audace, sans restriction. Et vous auriez été à moi bien plus tôt, si j'avais su vous deviner…

Je me consolai pourtant du bonheur que je n'avais pas su saisir dans le passé, puisque j'étais heureux dans le présent. Cependant, l'année 1657 fut pour moi, entre toutes, une année d'épreuves.

A peine espérais-je souffler, après un effort de guerre continu sur trois ans, que le Cardinal me réclama le remboursement immédiat de ses avances au Trésor.

Comme j'essayais de différer les paiements, il laissa entendre que mes finances étaient mal gérées. Colbert, qui convoitait ma place, lui apportait quotidiennement mes comptes qu'il avait refaits : ils n'étaient effectivement pas tous exacts au jour le jour, à cause des acrobaties financières auxquelles je me livrais, mais que je savais remettre en ordre à la fin de l'année : mon rival profitait de cette situation, à laquelle j'étais obligé, pour suggérer que j'avais commis des escroqueries, détourné de l'argent. Mazarin me menaça de demander au Roy ma disgrâce.

Ulcéré, je lui déclarai, dans un accès de découragement, que je lui donnais ma démission. Craignant toutefois qu'il ne s'en contentât point, car je n'oubliais pas la fameuse lettre de la Reine, je rédigeai, au cours d'un accès de fièvre, la première mouture d'un plan de défense pour le cas où l'on m'arrêterait, visant à protéger ma vie, mes biens et mes amis.

Après réflexion, le Cardinal refusa ma démission et me donna, en apparence, une promotion. C'était une nouvelle manière de m'empêtrer dans des obligations et je ne m'y trompais pas. Je vivais dans un sentiment de menace permanente. Pour mieux affirmer son pouvoir sur moi, Mazarin exigea d'ailleurs que je me rapprochasse de sa maison, trouvant ma situation au Marais malcommode. Ce fut pourquoi j'achetai en 58 l'hôtel de Narbonne, que je fis aménager en grande hâte.

Cette année-là fut celle, aussi, d'une crise domestique. Mon épouse, jeune femme tranquillement sûre de sa beauté et de sa jeunesse, d'une âme droite mais d'un tempérament fier, peu susceptible d'exaltation, n'avait jamais imaginé qu'on pût lui disputer sa place.

Sa position sociale élevée lui donnait le sentiment de surpasser le commun des mortels, parce qu'elle avait conduit beaucoup de gens, depuis son enfance, à la flatter. N'ayant pas eu, comme moi, à faire le chemin du bas de l'échelle à son sommet, elle n'avait pas vu, autour d'elle, le comportement des gens se modifier à mesure qu'elle grimpait et passer du mépris à la politesse, de la politesse à l'obséquiosité. Elle n'avait aucune notion de la bassesse humaine. Ayant toujours été encensée, elle croyait tout de bon mériter l'encens.

En fait, si j'ai dit qu'elle ne prenait pas ombrage de votre règne chez moi, c'est tout simplement qu'elle n'en avait pas mesuré l'importance. On l'eût fort étonnée si on lui eût dit que ce n'était pas pour elle que Scarron, La Fontaine, Ménage, venaient rue Vieille-du-Temple et que c'était une veuve presque pauvre qui donnait valeur à son salon. Elle avait bien quelque notion que je vous admirais, mais elle avait considéré jusqu'alors mon amour pour vous comme un amour littéraire, une galanterie dans la manière de mademoiselle de Scudéry, notre Sapho. Elle parlait de cet amour avec une indulgence amusée, même avec moi. Elle ne voyait pas ce qu'elle ne voulait pas voir.

Or, elle fut avertie de notre sentiment partagé par mon frère, dont je ne comprendrai jamais le dessein qu'il poursuivait alors en se tournant contre moi : elle en reçut des preuves suffisantes pour comprendre qu'il s'agissait d'un lien fort, durable. Il lui apprit en effet que mon amour pour vous durait depuis quinze ans, que j'étais resté veuf dix ans à cause de vous et que, à un jour près, si monsieur de Sévigné fût mort le 4 et non le 5 février 52, je ne me fusse pas marié avec elle, mais avec vous... Il lui fit voir que vous étiez la muse, l'inspiratrice, l'égérie de mes actions, que ceux qui me voulaient plaire étaient forcés de vous faire la cour à vous, et non pas à elle.

Madame Foucquet me demanda compte de ces révélations. Je ne pouvais nier, les preuves que mon frère avait données de mon affection pour vous étaient de celles qui emportent la conviction. J'avouai donc que je vous avais toujours aimée, en effet, mais que le destin avait toujours voulu nous séparer l'un de l'autre, aussi mon épouse n'avait-elle pas motif à s'en offenser.

Pas plus que quiconque autour de nous — ni même mon espion de frère — elle ne soupçonna un instant que nous étions amants. D'ailleurs, ce ne furent pas ses sentiments qui souffrirent, car elle m'estimait mais n'était point amoureuse de moi. En revanche, son orgueil fut terriblement meurtri par la découverte que vous usurpiez sa place mondaine. Toute la noblesse de robe s'ulcérait à travers elle. Elle me fit entendre que désormais, c'était elle qui régnerait chez elle. Elle ne souffrirait plus qu'aucune rivale l'éclipsât, ni dans notre maison ni à la Cour.

Je ne pouvais lui refuser ce privilège, qui eut pour conséquence votre effacement. On vous invita moins souvent à l'hôtel de Narbonne, on y vanta moins vos qualités. Mes courtisans le comprirent, qui se mirent dans un concert unanime à tourner leurs éloges et leurs dédicaces vers madame Foucquet et non plus vers vous.

Pour ne rien arranger, ce fut à cette époque que Bussy soupçonna notre liaison. Il vous fit un peu de chantage, espérant que vous lui obtiendriez auprès de moi l'argent qui lui faisait défaut, et il vous en voulut beaucoup de ne me l'avoir pas demandé. Vous aviez accepté vous-même de le lui prêter, en gageant l'un de vos biens, mais on vous imposa des délais dont l'impatience de votre cousin ne sut pas s'accommoder. Il préféra croire que vous lui refusiez votre aide et, vexé, publia votre portrait dans *l'Histoire amoureuse des Gaules* pour se venger. *L'Histoire* circula en copies dès 1658 dans les cercles parisiens. Bussy vous y faisait passer pour une coquette, inconstante et sans profondeur. Certes, il gardait notre secret.

Néanmoins, il tenait au-dessus de nos têtes une épée de Damoclès qui justifiait de notre part un surcroît de prudence.

Vous vous crûtes moins aimée, Marie, en ce temps-là. Je reçus de vous des lettres bouleversantes.

12 mai 1658.

Mon cœur,

J'espérais être invitée à Cythère (Saint-Mandé) pour la fête des Muses. Je suis demeurée tout le jour dans ma chambre à pleurer ma disgrâce, et mon malheur s'aggrave de ce que je n'arrive pas à retrouver quelle faute j'ai commise. Je t'en conjure, si j'ai encouru ta colère ou si j'ai provoqué ta lassitude, au moins, ne me laisse pas en ignorer le motif. La souffrance que j'éprouve, dans la crainte où je suis d'avoir perdu ton amour, est pire que celle que pourraient provoquer les paroles les plus cruelles que tu me dirais, si tu avais des griefs envers moi.

Je suis avertie de tes tracas et de tes travaux bien plus que tu ne l'imagines. Je connais le nom de tous les ennemis, les jaloux, les envieux autour de toi, les chausse-trapes qu'ils dressent sous tes pas. Je devine l'âme retorse du minotier. Je me tourmente souvent à ton sujet. J'essaie de m'enquérir auprès de mes amis à la Cour ou auprès d'Aréthuse (madame du Plessis-Bellière), qui a ta confiance en affaires, pour savoir si tu es menacé, et qui peut te faire tort. Et c'est parce que je connais le poids de ton fardeau que je t'en parle peu, justement : je m'ingénie à t'en divertir, à t'en délivrer.

Préférerais-tu que je t'incite à te confier plus ? J'ai toujours craint qu'à ressasser tes inquiétudes auprès de moi, tu ne les nourrisses et ne les envenimes, car je ne suis pas forcément de bon conseil, je m'effraie d'un rien. J'ai redouté, au lieu de t'apaiser, de t'enfermer dans tes tourments. Mais j'ai pu me tromper. Il y a sans doute bien de la vanité à me croire capable de te faire oublier par mes mignardises les soucis d'un Etat.

Pardonne-moi ma légèreté. Je serai celle que tu voudras, pourvu que tu me veuilles garder de l'amitié.

M.

18 mai 1658.

Marie,

Ne crois pas avoir encouru quelque disgrâce que ce soit, une telle chose ne peut pas advenir entre nous. Tu *es* la grâce.

Simplement, une négociation domestique m'a contraint de rendre à la femme de César ce qui lui revient. Ce n'est pas moi qui ai organisé la fête des Muses, on a donc choisi de ne pas t'y convier. Et puis, il y a eu des transactions terribles avec le minotier ces derniers jours, qui m'ont tenu éloigné de chez moi. Je n'ai jamais vu chez un être humain tant de rapacité, à ce point, c'est une forme de folie. Quiconque ne l'a pas vu compter les pièces d'or d'une de ses innombrables cassettes ne peut comprendre ce que je veux dire. Je t'expliquerai tout cela, si tu le veux.

Viens, je t'en prie, mon amour, ma vie, au pavillon de Cythère (Saint-Mandé), après dix heures ce soir. Il y a trois nuits que je n'ai pas reposé dans tes bras et tu me manques à un point que je ne saurais exprimer.

N.F.

Mais la vérité, Marie, vous l'aviez devinée. A cette époque-là, ce ne furent pas seulement les empêchements provoqués par ma femme ni la crainte de Bussy qui m'éloignèrent de vous. Je crus, en effet, que je vous désirais moins. Mais comme je continuais de vous estimer fort, je ne pouvais pour autant me passer de votre intelligence, de vos conseils, de votre tendresse.

Il y a toujours eu des amitiés féminines autour de moi. Je chéris les femmes, j'aime leur façon de voir les choses, leur esprit pratique, leur courage indomptable dans l'épreuve, bien supérieur à celui des hommes. Dès l'époque de la campagne de Picardie, je m'étais lié d'amitié avec monsieur Du Plessis-Bellière et sa famille. Lorsqu'il mourut au combat, je m'occupai des intérêts de sa veuve, ce qui me donna l'occasion d'éprouver son intelligence en affaires. Elle devint ma conseillère, ma confidente, mon associée la plus sûre. J'ai, avec madame d'Asserac, une relation d'amitié de même nature, quoique moins intime. Je sais qu'on a prétendu que ces dames étaient plus que mes amies, mais c'est une calomnie, vous le savez.

En dehors de ces associations quasi fraternelles, j'ai entretenu aussi, depuis mon accession à la Surintendance, des amitiés plus mondaines avec des dames dont la position pouvait m'être utile dans mes affaires. Ces dames bien en Cour, possédant des salons très prisés, m'offraient un vivier de prêteurs possibles et me rapportaient les informations qu'elles entendaient ici et là. Madame d'Huxelles fut une amie à cette mode-là, madame Scarron aussi, quoique avec bien des réticences, car c'est une femme difficile à comprendre. L'opinion vous a sûrement placée vous-même dans cette catégorie d'amitié, en échange de laquelle je rendais des services à ces dames et à leurs amis ou parents.

Toutefois, il me faut reconnaître que je n'ai pas eu seulement de chastes amitiés avec les femmes. A partir de 1657, les jalousies et les complots qui se développèrent contre moi me conduisirent à me défendre. Il me fallait savoir à tout instant les intrigues ourdies par mon frère à la Cour, celles menées auprès de Mazarin par Colbert, mais aussi par Séguier, Servien ou Le Tellier. Je devais m'assurer que mon crédit auprès de la Reine, la seule qui me défendît ferme, ne fût pas ébranlé par des calomnies. Cela supposait la mise en place d'un réseau d'espionnage.

Par l'entremetteuse qui m'avait depuis plusieurs années servi à cet office, la Loy, qui habitait au Palais-Royal et m'avait trouvé la maison de Saint-Mandé pour nos rendez-vous, je pris contact avec plusieurs des filles d'honneur d'Anne d'Autriche. Ces demoiselles étaient idéalement placées pour me renseigner. Je les payais grassement et nous laissions entendre, dans nos correspondances, qu'il s'agissait entre nous d'affaires galantes. Mais certaines, plus rusées, moins farouches, n'hésitèrent pas à transformer la comédie en réalité.

Elles n'agissaient ainsi que par intérêt, rejoignant la cohorte des solliciteuses qui, depuis des années, briguaient mes faveurs. Mais elles ne reculaient devant rien et me désarçonnaient souvent : plusieurs parvinrent à me conduire jusqu'à leur lit, ou à se glisser dans le mien. Je ne cherche pas à m'excuser en disant cela ni à les accabler. Les femmes ont appris à se servir des armes qu'on veut bien leur laisser, et parfois c'était pour défendre un père, un frère injustement traités, que telle ou telle malheureuse croyait devoir s'offrir à moi.

Il n'empêche : je n'avais pas la force de résister sans cesse à ces propositions galantes. Même si je les savais peu sincères, je l'ai dit, la grâce féminine m'a toujours touché. Avec les années, je crois que je m'habituai de plus en plus à ces victoires faciles. C'était devenu l'un des privilèges associés à ma charge et je ne le mettais plus en question. Je dévorais les jolis fruits qu'on m'offrait.

Je me laissai d'autant mieux entraîner sur cette pente que les angoisses quotidiennes liées à ma fonction s'amplifiaient, que les tracas, les haines, les mensonges, me harcelaient. Quelle distraction qu'un beau corps de femme, surtout lorsque je pouvais, le lendemain, avoir tout oublié de celle qui m'avait permis d'en jouir ! Vous étiez trop proche de moi, vous étiez partie de moi, je ne pouvais me servir de vous de la sorte. C'est pourquoi, toujours, vous aviez été ma confidente merveilleuse autant que mon amante.

Mais désormais, je ne voulais plus vous aimer, je préférais m'étourdir. Vous l'aviez perçu et cela vous affligeait. Le fardeau était devenu si lourd qu'en parler, pensais-je, n'eût fait que le rendre plus pesant. J'étais soulagé de pouvoir le déposer auprès d'indifférentes qui me croyaient heureux et ne se doutaient de rien. Vous, Marie, je n'aurais pas pu vous abuser. Oh, je sais bien qu'il n'est de douleur dont votre force d'âme ne me guérisse, de crainte dont votre grâce ne parvienne à me délivrer. Mais en ce temps-là, j'avais perdu foi en vous.

Pour dissimuler votre disgrâce, vous fîtes des voyages, en Bretagne, en Bourgogne, mais aussi à Fontainebleau, pour voir la reine Christine de Suède, qui publia ensuite combien elle était charmée de votre esprit, ou dans divers séjours de Mademoiselle, qui vous aimait fort. En vérité, tout le monde aimait Clarinte : Sapho vous avait peinte sous ce pseudonyme dans son roman, *Clélie*. Tout le monde l'aimait, et moi, je la faisais souffrir.

Je ne mérite aucune excuse. Je tente simplement, ici, de m'expliquer à moi-même autant qu'à vous comment j'ai failli perdre mon âme — et comment l'iniquité qui me frappe aujourd'hui sera peut-être le moyen de la sauver. C'est ce que ma mère a dit, paraît-il, en apprenant mon arrestation :

— Mon Dieu, voilà des années que je vous demandais son salut, à présent je Vous remercie, vous venez de lui en accorder le moyen.

Je comprends le sens de ces paroles terribles, je les ai méritées.

5 juin 1658, rue du Temple.

Depuis deux ans, ma relation avec Françoise-Marguerite s'était altérée sans qu'aucune de mes tentatives d'amitié ou de raisonnement pût restaurer la complicité antérieure. J'avais refusé de l'envoyer au couvent, préférant me persuader qu'elle s'amenderait. Je ne voulais pas imaginer qu'un différend fût possible avec ma fille. Ces derniers temps, Ariane abandonnée aux rivages de Naxos, j'ai recouvré ma lucidité. J'en suis venue à penser que Françoise-Marguerite avait eu connaissance, d'une manière ou d'une autre, de mes amours et que c'était la cause de sa désaffection pour moi. La confirmation est venu ce matin, brutale.

J'étais en train d'écrire à ma table devant la fenêtre de ma chambre lorsqu'elle est entrée pour me rapporter un ruban.

— Ecrivez-vous à votre écureuil ? m'a-t-elle demandé d'une voix tendue.

— Que veux-tu dire ?

Tout a déferlé. Un brouillon de lettre qu'elle avait trouvé froissé dans ma corbeille il y a deux ans, peu avant l'anniversaire de ses dix ans, l'avait convaincue que j'étais l'amante d'un certain « écureuil ». Elle m'en avait gardé rancune comme d'une trahison. En vain lui avais-je démontré que monsieur de Sévigné n'avait pas été un mari exemplaire et que c'était trop que d'exiger que je lui fusse fidèle par-delà la mort. Elle n'avait pas pu me pardonner cette liaison.

— Pourquoi as-tu attendu deux ans pour m'en parler ?

— J'ai pensé qu'un jour, votre amant cesserait de vous aimer et qu'alors, vous retrouveriez votre sens de l'honneur.

Cette froideur d'adulte m'a tellement bouleversée que j'ai failli lui avouer qui était son véritable père. Mais ç'eût été la blesser cruellement, et je l'aime trop pour cela. J'ai seulement répondu qu'il était vrai que j'aimais, que l'on ne m'aimait plus et que j'en souffrais affreusement.

Alors, quand elle a vu les larmes dans mes yeux, elle a chaviré, s'est jetée dans mes bras, et nous avons pleuré longtemps ensemble, cheveux mêlés, comme autrefois.

— Est-ce donc un méchant homme, pour vous faire tant de mal ? m'a-t-elle demandé.

— Non, c'est un homme admirable. Mais le destin des femmes est souvent d'aimer plus longtemps que les hommes, ainsi sont-ils faits.

— En ce cas, je n'en aimerai jamais aucun ! s'est-elle écriée.

— Ne dis pas cela. Je chercherai dans tout le royaume et je finirai par trouver celui qui t'aimera ta vie entière...

Elle m'a regardée avec sérieux, ne doutant pas que je m'acquitterais de ma promesse. En vérité, je me donne pour mission de marier si bien ma fille qu'elle aime son mari, soit aimée de lui et s'éloigne de moi pour se consacrer à son mariage. Je la perdrai. Mais pourvu qu'elle soit heureuse...

10 juin 1658, rue du Temple.

Il va falloir partir pour la Bretagne, il ne sert à rien de rester ici, à attendre un rendez-vous qu'on ne me donnera pas. La dernière fois que j'ai vu Nicolas, c'était il y a douze jours maintenant, après souper, chez Sapho.

Je suis en souffrance, une caravelle démâtée qu'on a mise au radoub dans le coin d'un port, une carcasse vide. Il m'a pris la main ce soir-là, caressée de son regard, de son sourire, il m'a parlé, mais c'était pire que s'il m'avait ignorée. Depuis combien de semaines à présent ne m'a-t-il pas fait l'amour ? Il ne m'aime plus, je le sais, je le vois et j'en meurs. Je n'étais pas préparée à cette souffrance jamais éprouvée, qui me fauche à trente-deux ans, sans défense aucune. J'ai mal comme je n'imaginais pas que la douleur fût possible, je voudrais crier, et parfois je crie, la nuit, dans mes oreillers, je me mords les lèvres au sang, je suffoque de sanglots.

Il ne m'aime plus. Je l'écris, et cependant je ne le puis concevoir, puisque moi, je l'aime et le désire de tout mon être ainsi qu'au premier jour. Qu'ai-je fait pour mériter cet abandon ? Hélas, j'en cherche en vain le motif. Comme je voudrais avoir commis quelque faute, que je puisse au moins l'expier ! Le pire est qu'il ne me reproche rien, il sourit comme autrefois et dit de moi, dans le monde, que je suis une admirable femme : il m'évite, simplement. Son regard me frôle et passe sur moi : et je me rappelle le temps où ce regard me prenait au milieu de la foule.

16 juin 1658, à Saint-Mandé.

J'ai envoyé mes enfants et ma tante devant, au château des Rochers, en promettant de les rejoindre bientôt, car je voulais me rendre d'abord au couvent des visitandines de Saint-Maur. Bien sûr, ce détour était un prétexte pour rencontrer Nicolas, auquel je n'ai pas parlé depuis trois semaines. Je suis donc passée aujourd'hui par Saint-

Mandé, qui est sur mon chemin pour aller chez les visitandines.

Ie l'ai vu. Il m'a paru très pâle, amaigri, et dans cet état de volubilité nerveuse qui est signe, chez lui, d'une immense fatigue. Il semblait heureux de ma venue, cependant. Il n'y avait là que ses secrétaires, Gourville, Bartet, et madame Foucquet avec monsieur de La Fontaine et quelques intimes. Elle me reçut poliment mais sans chaleur. Nicolas, lui, m'entraîna pour faire le tour du parc.

Il venait d'apprendre ce matin la victoire de Turenne aux Dunes. Il me raconta ses tourments des dernières semaines, pour excuser sa négligence envers moi. Il paraît qu'à Orléans et dans le Berry, les paysans, poussés à bout par les pillages et les violences de la cavalerie lorraine et française, ont lancé une jacquerie. Armés de haches et de gaffes ferrées, ils pillent les greniers à sel et exécutent les collecteurs d'impôts. Dix mille d'entre eux ont assiégé le bailli de Chartres dans Sully et les mariniers de la Seine, inquiets des rumeurs sur la baisse du liard, menacent de s'insurger aussi et de couper les vivres aux Parisiens... Nicolas a réclamé des régiments de cavalerie pour mater la sédition. Mazarin l'a renvoyé au problème habituel : pour lever des troupes, il faut de l'argent. Si bien que le Surintendant n'a cessé ces derniers jours de courir d'un bailleur à l'autre pour trouver des fonds en urgence.

Me parler l'avait soulagé de ses angoisses, a-t-il dit :

— Il n'y a que toi qui me comprenne vraiment, Marie.

C'était délicieux, et c'était horrible : je ne veux pas être son amie ni sa mère, je le veux pour amant, encore, toujours...

Il m'a pris le bras pour revenir dans sa bibliothèque.

— Je vais écrire au Cardinal qu'on expédie un courrier à Orléans et dans le Berry pour annoncer la victoire, ce qui calmera les émeutes.

Mais le pauvre cœur s'est trop peu ménagé ces dernières semaines. Comme il s'asseyait dans son cabinet, la plume lui est tombée des mains, soudain. Il est devenu livide, a chancelé, la sueur lui perlant aux tempes. Une fièvre accompagnée de violents maux de tête s'est emparée de lui, il a fallu l'aliter. Naguère, madame Foucquet m'aurait priée de rester, au lieu de quoi, d'un air froid, elle a demandé à tous ceux qui se trouvaient là de se retirer. Le moyen de protester ? Je saurai, par la Loy, des nouvelles de lui à la petite maison, où je me suis résolue à rester en attendant qu'il aille mieux... Dieu le garde !

17 juin 1658, à Saint-Mandé.

Seigneur, est-ce maintenant que j'expie d'avoir aimé celui que je ne devais pas aimer ? J'ai envoyé mon espionne pour avoir de ses nouvelles. Elle me rapporte qu'il n'a plus sa conscience depuis douze heures et ne peut recevoir aucune visite...

S'il meurt, je n'aurai pas même la consolation d'être auprès de lui, de lui serrer la main dans les derniers instants. Je suis confinée dans cette maison de Saint-Mandé, où il ne m'a plus donné rendez-vous depuis des mois et où je sais qu'il recevait d'autres belles, ces derniers temps.

Pourtant, Mon Dieu, je consens à tout : qu'il me haïsse même si Vous le voulez, pourvu qu'il vive ! Protégez-le, sauvez-le...

Je viens de découvrir, en lisant votre journal, dans quel désespoir ma maladie vous jeta, car vous n'aviez pas motif à venir à mon chevet. Pourtant, vous étiez presque la seule à le désirer. Lorsqu'on crut que j'allais mourir, les solliciteurs désertèrent soudain ma maison. L'antichambre de Colbert, en revanche, ne désemplissait plus.

19 juin 1658, à Saint-Mandé.

Je n'ai pas pu fermer l'œil depuis deux jours, j'envoyais toutes les deux heures cette femme Loy, payée à prix d'or, pour qu'elle demandât discrètement de ses nouvelles à sa porte.

Il est au plus mal. Il a résolu de mettre de l'ordre dans ses affaires mais, selon Bartet, l'un de ses hommes de confiance, s'il meurt maintenant, il laissera sa famille dans la gêne, car il s'est ruiné pour le soin de l'Etat, en prêtant au Trésor tout ce qu'il possède, y compris l'héritage de sa première femme et la dot de la seconde... Voilà donc où en est l'homme qu'on accuse de prévariquer !

Il paraît qu'il a repris conscience ce matin et bu un bouillon, mais la fièvre est revenue ensuite et depuis ce tantôt, il délire. Le prêtre est venu lui porter les derniers sacrements.

Dieu de miséricorde, faites qu'il vive !

20 juin 1658, à Saint-Mandé.

Rien de nouveau. Il délire, la fièvre le consume. Je ne puis rien faire d'autre qu'envoyer mon espionne interroger ses gens et me cacher dans cette maison où j'ai connu jadis tant de bonheur...

21 juin 1658, après minuit, à Saint-Mandé.

C'est pitié que la panique qui s'est emparée des créanciers et des gens d'affaires depuis qu'on sait Nicolas malade. A ce signe, hélas, il est aisé de voir que les finances du royaume tiennent désormais tout entières dans les mains du Surintendant Foucquet, et que s'il disparaissait, ce serait le déluge après lui, car il n'y a de confiance qu'en lui... Il a réussi ce prodige par son travail, par son charme, mais aussi parce qu'il y a gagé sa fortune personnelle.

En dépit de la froideur de madame Foucquet, je n'ai pas pu résister, je la suis allée visiter ce matin. Elle avait les yeux rouges et, lorsqu'elle m'a vue dans le même état, quelque chose en elle a chaviré, elle m'a serré la main en me disant :

— Ma bonne amie, je le crois perdu.

J'ai éclaté en sanglots sans pouvoir me retenir.

— Mais s'il l'est, a-t-elle ajouté, ce sont des centaines de nos amis qui le seront aussi, et pour moi, je serai ruinée.

On l'a saigné au pied vers le soir et cela semble l'avoir apaisé, il a pu dormir. Il m'a fallu repartir, car on ne m'avait pas priée à souper. Je ne saurais trouver le repos, je me tourne dans mon lit comme une démente. Je viens d'envoyer aux nouvelles chez lui. Je sais que je risque à la fin de me dévoiler en agissant ainsi, mais tant pis. Si l'homme que j'aime meurt, plus rien n'aura d'importance au monde.

22 juin 1658, au matin.

Il a recouvré ses esprits. A son réveil, il a trouvé son frère Basile à son chevet. L'abbé ne se réconcilierait sans doute pas avec lui s'il ne le croyait à l'article de la mort. Quoi qu'il en soit, le premier souci de Nicolas fut de lui confier une grosse somme d'argent :

— Il faut le faire porter au trésorier de la Guerre, pour les étapes du Cardinal. Tu lui diras que je ne suis pas en état de tenir les comptes à jour, mais que cet argent vient de moi personnellement, je l'ai pris sur le produit de la vente de Belle-Assise, qui appartenait à ma femme.

J'ai les larmes aux yeux quand je pense aux calomnies qui courent sur le compte de cet homme. Je voudrais l'avoir mieux aimé que je ne l'ai fait jusqu'à présent, car moi aussi, souvent, j'ai dû le croire plus léger, plus insouciant qu'il n'était. Je le découvre grand, cela me bouleverse. Oh, qu'il vive ! Il n'a que quarante-trois ans, tant de jeunesse encore éclate dans son sourire ! Je l'ai entrevu, après la saignée, alors qu'il s'était endormi. J'aurais voulu prendre sa belle main fine et la baiser, mais on a refermé la porte sur moi et j'ai dû m'en aller comme une importune...

23 juin 1658, à Saint-Mandé.

Hier, il allait mieux, il a voulu s'occuper de l'arrêt qui réduira la valeur des liards à deux deniers. Cet effort l'a brisé, le soir, la fièvre l'a repris, il a perdu conscience. Il est en agonie, plus personne n'espère le sauver.

Ce sont des allées et venues de courriers au galop sous mes fenêtres, entre Vincennes, où se trouve le Cardinal, et Saint-Mandé. Les pavés retentissent du passage de carrosses emportant des hommes d'affaires livides, pressés d'arracher au mourant le papier qui leur permettra de récupérer les biens qu'ils ont prêtés au Trésor, acharnés à lui extorquer une dernière signature avant de fuir... Charognards dépeçant un cadavre.

29 juin 1658, à Saint-Mandé.

J'ai tant prié depuis une semaine que je veux croire que, dans le mieux d'à présent, je suis pour une petite part. Hier, après une semaine sans qu'il eût repris conscience, il s'est éveillé dispos, l'esprit vif. Il s'est même voulu lever, il a fallu l'aider parce qu'il n'avait rien avalé depuis des jours, mais, après un léger repas, il s'est remis au travail. Ce matin, il s'est fait transporter à Vincennes chez le Cardinal. C'est un miracle, disent les médecins, qu'il se soit si vite rétabli.

Je lui ai écrit de se ménager, parce que nous l'aimons et voulons le garder très longtemps. J'ai dit dans le mot, à lui remettre en mains propres, que j'étais à la petite maison de Saint-Mandé jusqu'à demain.

Je vais devoir partir pour la Bretagne, on m'y attend depuis trop longtemps déjà. Oh, s'il pouvait au moins me répondre, que j'emporte une parole de lui... Je sais bien qu'il ne m'aime plus comme autrefois, mais pourvu qu'il m'aime encore un peu, je m'en contenterai...

29 juin 1658.

Ma belle amie,

Je sais tout le soin que vous avez pris de moi durant ma maladie. J'en suis touché plus que je ne saurais dire. Vous devez me croire, Marie, s'il est un être au monde que je chérirai toujours, c'est vous. Cela, les vicissitudes de la vie ne pourront l'entamer. Gardez-moi dans votre cœur, qui est tellement plus grand que le mien.

A vous.

Nicolas.

Après que j'eus écrit ce mot, me ravisant, je décidai de vous aller voir et partis à cheval, en dépit des objurgations des médecins. Vous ne m'espériez pas et, une heure plus tard, je vous eusse manquée car votre voiture vous attendait dans la cour, chargée de vos bagages. Je vous trouvai dans votre chambre, enveloppée d'une mante de voyage, et je fus atterré par votre métamorphose. Vous aviez dû maigrir autant que moi durant ces deux semaines car votre corselet flottait autour de votre taille ; vous aviez les yeux battus, une expression de tristesse inconnue flottait sur vos lèvres pâles.

Je sus que j'étais cause de ce chagrin et, dans l'émotion qui me souleva, le parfum du passé resurgit entre nous, j'eus le désir de vous caresser, de vous reprendre, de vous rassurer. Je passai près de vous quelques heures magiques, qui me rappelèrent que jamais une femme ne m'avait ébloui mieux que vous. Je me traitai de fol en vous quittant, me jurant que tout allait changer : je reviendrais à vous comme à un paradis perdu...

La certitude de mourir où j'avais été plongé durant plusieurs jours m'avait changé. J'avais regretté, dans mes instants de délire, que vous ne fussiez pas près de moi et je ne pouvais oublier désormais ce regret. J'avais pleinement pris conscience, aussi, de la fragilité de l'humaine condition. Combien vains se révélaient les échafaudages d'hypothèses, les plans de bataille et les précautions stratégiques, dès lors qu'une fièvre pouvait me terrasser en quelques heures !

Dès ce jour, je résolus de ne plus m'inquiéter des menaces, de ne plus soupçonner un traître derrière chaque visage souriant, de ne plus chercher à me protéger de rien. Le Cardinal, certes, me voulait autant de mal que de bien, mais ce n'était qu'un étranger parvenu à la charge de ministre. La France lui survivrait et, surtout, à la grâce de Dieu, Louis le Quatorzième lui survivrait.

Mazarin se méfiait de moi parce que je disposais peut-être d'un secret d'Etat. Mais ce secret, justement, protégeait ma vie et le confort des miens. Même s'il advenait que l'on dût me congédier pour des raisons de politique exotérique, on me ménagerait une retraite honorable. La Reine me défendrait toujours auprès de son fils, ne serait-ce que pour justifier le pouvoir qu'elle m'avait donné sur lui, un certain jour de 1651.

Je m'en remettrais donc à l'équité de mes souverains, qui ne pouvaient faillir puisqu'ils étaient mes souverains. J'irais au bout de ma tâche le plus bravement possible, le plus brillamment aussi. S'il fallait que je tombe, ce serait de face, poitrine offerte, et ma chute serait spectaculaire, éclatante.

J'étais sincère et j'eusse sans doute accompli mon dessein vous concernant, si les événements, une fois de plus, n'eussent contrarié mes plans. Quelques jours après moi, en effet, en juillet 1658, le Roy tomba gravement malade. Toute la France crut qu'il allait mourir et l'on se mit à courtiser Monsieur, son oncle, avec une promptitude écœurante.

La donne des cartes se trouvait de nouveau changée pour moi. Si Monsieur montait sur le trône, ce personnage influençable, qui n'avait été frondeur que par haine de Mazarin, serait poussé par son entourage à congédier le ministre italien. Ledit ministre allait donc tenter de faire nommer prince héritier Philippe, frère du Roy, avec Anne d'Autriche pour régente. S'il y parvenait, il lui faudrait ensevelir, avec le défunt Louis XIV, le secret de sa mère — c'est-à-dire la lettre de 1651 qu'il m'avait reprise. S'il n'y parvenait pas, il utiliserait peut-être comme moyen de chantage, en menaçant de le vendre à tage, en menaçant de le vendre à l'étranger pour discréditer les Bourbons et provoquer une révolution. En tous les cas, il ne pourrait laisser en vie quelqu'un qui connût l'existence de ce secret — quelqu'un, en outre, qui fût au fait de ses jongleries d'argent et de son enrichissement personnel. Ma mort deviendrait nécessaire.

Je repris le plan de défense que j'avais échafaudé l'année précédente dans la fièvre. Je venais d'acheter Belle-Isle et j'avais commencé à la fortifier. C'était un bastion où, dans le cas où nous eussions tous été menacés de mort, mes amis pouvaient se réfugier pour lutter. J'étais prêt à fuir, un cheval tout sellé dans mon écurie m'attendant en permanence.

Quelques jours plus tard, toutefois, le Roy se rétablit miraculeusement. Mazarin fit alors volte-face à mon sujet, prétendant de nouveau ne pas vouloir se passer de mes lumières. Mais je savais désormais que la logique de sa stratégie consistait à me sacrifier et je ne pouvais m'en remettre à la loyauté de mon souverain que dans la mesure où mon souverain n'était pas abusé. Or le Cardinal avait besoin de me perdre dans l'esprit du Roy, pour que ce dernier ne vînt jamais voir de trop près à quelle source son ministre s'était enrichi pendant que la France s'appauvrissait. Colbert, qui voulait prendre ma place, lui suggéra le moyen de me discréditer.

Le Cardinal, sur son conseil, manœuvra mon frère, lequel était déjà en froid avec moi, pour le convaincre que, s'il n'était pas archevêque de Paris, c'était à cause de moi. Basile est un caractère étrange, qui s'est souvent cru, depuis l'enfance, persécuté. Il se persuada que je lui refusais l'archevêché et me considéra dès lors comme son pire ennemi.

La brouille devint publique, colportée jusque dans l'antichambre du Roy, afin de lui donner de moi l'image la plus fâcheuse. Parallèlement, des espions envoyés à Belle-Isle en rapportaient des rapports fallacieux, commandités par Colbert, selon lesquels je fortifiais l'île pour en faire la citadelle d'une rébellion et que j'y armais des vaisseaux de guerre. Petit à petit, de la sorte, de calomnie en insinuation, de rumeur en chuchotement, on sema dans l'esprit inquiet du jeune Louis XIV le venin du doute.

Le 16 février 1659, la mort de Servien me laissa seul aux Finances. En apparence, j'étais le maître à bord du vaisseau, après Mazarin. La Reine m'aimait beaucoup, le jeune Roy invitait ma femme à danser au bal des Saisons... On ne m'avait jamais tant adulé.

En réalité, ma tâche n'avait jamais été si difficile, la crise financière étant la pire que le royaume eût traversée depuis Henri IV. Et le climat de suspicion qui m'environnait dans ma fonction entravait presque toute ma liberté d'action. Je dépensais des efforts de plus en plus gigantesques pour parvenir à des résultats de plus en plus dérisoires, parce qu'on donnait des contre-ordres à mes ordres, qu'on détruisait mon crédit, qu'on rompait ma parole derrière mon dos, qu'on détricotait tout ce que je tricotais...

Par nature, j'aime être aimé et j'aime croire que le bon l'emportera sur le mauvais. Je me consolais, par tous les témoignages de popularité que je recevais, de la haine que je suscitais dans l'entourage du Cardinal. Je me persuadais que j'avais quand même, parmi tous les flagorneurs, quelques amis vrais qui me défendraient si l'on me calomniait.

Néanmoins, la tension permanente à laquelle j'étais soumis m'épuisait. Je tombai de nouveau malade au printemps 59. Je me rétablis grâce aux soins de ma mère, dont les talents d'apothicaire avaient guéri plusieurs fois la Reine, mais cela confirma mon sentiment sur la fragilité de la vie. Je fus pris d'une frénésie d'achever, vite, ce que j'avais entrepris en ce monde.

J'avais acheté quelques années plus tôt une terre à Vaux et j'y lançai la construction du plus beau des châteaux, que je voulais un chef-d'œuvre. Je donnai, à Saint-Mandé, des fêtes somptueuses. Je distribuai ma fortune en pensions.

Colbert continuait son travail de termite, mais j'en étais informé à mesure. Le 1er octobre 1659, il rédigea contre moi un fielleux mémoire à l'adresse du Cardinal. Il y prétendait que je ne tenais plus les registres, que je me faisais payer comptant d'anciennes créances devenues sans valeur, que j'achetais tout le monde avec l'argent que je volais à l'Etat, que j'écrasais le peuple d'impôts...

Il s'était arrangé pour faire parvenir ce mémoire à Saint-Jean-de-Luz, où le Cardinal était parti négocier le mariage de Louis XIV avec l'infante d'Espagne Marie-Thérèse. Mais il se trouva que monsieur de Nouveau, le Surintendant des Postes, qui me devait sa charge et m'était fidèle, intercepta le courrier à Bordeaux, le recopia à la hâte et le transmit à mon secrétaire Gourville.

Lorsque j'arrivai moi-même à Saint-Jean-de-Luz le 15, j'avais donc eu le temps de préparer point par point ma réponse à ce mémoire. Je demandai une audience à Mazarin, que je pris à brûle-pourpoint. Le mémoire de Colbert était étalé sur son bureau. Il m'écouta en silence. Je démontai sans peine les accusations mensongères portées par mon ennemi. Je proposai, à la fin de mon argument, de donner ma démission. J'avais déjà fait porter à la Reine une lettre pleine de désenchantement et de lassitude, dans laquelle je la priais de me laisser prendre ma retraite, pour aller lire à Saint-Mandé les vingt-cinq mille livres de ma bibliothèque...

A la fin, je suggérai à Mazarin de confier mon poste à monsieur Colbert, qui n'avait agi contre moi que par le désir furieux qu'il avait de bien servir les finances du royaume. Ce trait parvint à arracher un sourire au Cardinal :

— Non, non, monsieur Foucquet, nous avons besoin de vous, Sa Majesté et moi.

Vous, Marie, que représentiez-vous dans ma vie, durant ce temps ? Notre liaison se poursuivait, croyais-je, si l'on peut dire ainsi d'une relation que je n'avais pas formellement rompue, mais qui consistait à vous voir presque uniquement dans des circonstances mondaines, et peut-être cinq fois dans une année vous tenir dans mes bras, comme confidente plus que comme maîtresse. Faux-semblant d'amour, trompe-l'œil que j'imposais entre nous.

6 novembre 1659, rue du Temple.

Il est parti à Saint-Jean-de-Luz, où le Cardinal mène les tractations de la paix avec l'Espagne et le projet de mariage royal avec l'infante Marie-Thérèse.

Je ne l'ai pas même revu avant son départ, j'ai juste reçu un mot de lui disant qu'il pense à moi et qu'il espère que je pense à lui. Cruauté dont il n'a pas conscience, sans doute… Si je pense à lui ? Oh, combien je voudrais y penser moins, avoir, chaque jour, quelques heures de répit durant lesquelles mon esprit puisse l'oublier !

Il ne sert à rien de me dire que cet amour était impossible, qu'il n'aurait jamais pu devenir une vie commune — car, au fond, qu'ai-je jamais rêvé d'autre, sinon de pouvoir vivre à chaque instant près de lui ? Cette pensée, apparemment raisonnable, ne peut m'aider, car mon cœur sait qu'il n'y a raison au monde qui vaille quand l'amour est assez fort pour passer outre. Mon cœur sait que, chaque jour, des amants bravent l'impossible pour se rejoindre, mon cœur sait qu'on peut s'aimer par-delà les lois, par-delà la volonté des rois, par-delà l'espace des prisons, par-delà le temps de l'exil...

Je souffre atrocement d'avoir perdu l'amour de Nicolas. A présent il ne m'importe plus de mourir et d'aller en Enfer.

Je me rappelle le temps où nous étions séparés mais sûrs de nous aimer. Alors, je croyais avoir atteint les abysses de la douleur. Je me trompais. S'aimer, voilà ce qui compte. S'aimer change tout. Mais être abandonnée, être trahie par la main qui tenait ma main et se dérobe à présent, avoir cru qu'il m'aimerait toujours et découvrir qu'il ne me regarde plus, voilà une torture qui n'a pas d'égale.

Je suis d'une lucidité totale sur ce qui se passe et qu'il prétend me cacher, ce qui ne fait qu'accroître ma misère, car cela signifie qu'il a perdu en outre l'estime de moi, qu'il me juge sotte et vaine et n'a pas scrupule à me mentir...

Et puis, il faut faire bonne figure. D'abord, c'est un devoir auprès de ceux qui souffrent. Je suis une femme en cour et l'on me sollicite. Je reçois chaque jour des lettres, des visites, et je ne saurais refuser mon aide lorsque je suppose qu'elle peut être de quelque utilité. J'y use mes journées et m'oblige à sourire : comment ne pas réconforter ceux qui sont dans la détresse ?

En outre, on m'a toujours supposée gaie. Ma tante, mes enfants, mes gens, seraient déroutés d'un changement de ton, je suis celle qui les rassure depuis toujours, dans cette maison où fait défaut la présence d'un homme. Quant au monde, qu'imaginerait-il si je ne jouais à « la marquise de Sévigné, cette veuve qui a tant d'esprit que les autres, auprès d'elle, n'osent pas être bêtes » ?

Lorsque j'ai fini de tenir ma maison, de recevoir les visiteurs, d'aller promener mon sourire dans le monde, d'écrire toutes mes lettres, de régler toutes mes affaires, d'écouter ma tante qui prend de l'âge et des douleurs, je m'aperçois qu'il est passé minuit et que le sommeil me fuit. Alors, dans mes oreillers, je pleure. Je pleure ainsi chaque nuit, de sorte qu'au matin j'ai les yeux battus et le teint couperosé. Quand je me regarde dans les miroirs, je donne raison à celui qui ne m'aime plus, car je vois que j'ai trente-cinq ans et que les autres sont tellement plus belles que moi...

Pourtant, Marie, vous étiez ma seule certitude en ce monde, ma seule douceur. Mais je ne le savais plus. Quoique je fusse, après ma maladie mortelle, un peu revenu des vanités du monde, la corruption suscitée par des succès faciles avait fait en moi des ravages. Elle trouva son aboutissement logique — mais impardonnable — quand, au printemps de 1660, je crus tomber amoureux d'une des filles d'Anne d'Autriche, mademoiselle de Menneville, que j'avais d'abord achetée comme informatrice et dont je fis ensuite ma maîtresse.

Je sais maintenant que le fait ne vous échappa pas. Toutefois, vous eûtes l'élégance de me cacher votre peine et, après cette période terrible pour vous, cette disgrâce inavouée de deux longues années, lorsque je revins vers vous, je supposai que vous n'en aviez jamais eu conscience et, donc, jamais souffert.

Croyez-le, pourtant, j'étais humilié et dégoûté de moi-même, lorsque je payais comme un barbon cette femme, dont je savais la sottise et la vénalité. J'avais parfaitement conscience de mon ridicule et des moqueries que je suscitais en achetant aussi ostensiblement ses faveurs. Mais j'avais d'elle une faim irrépressible.

Un dernier incident pitoyable, qui atteste des conditions dans lesquelles je continuais de travailler, se produisit dans l'antichambre du Conseil royal, le 24 janvier 1661, alors que l'on attendait chaque jour l'annonce de la mort de Mazarin. J'y croisai mon frère Basile, qui vint vers moi en me traitant de voleur et d'escroc et cita, devant tous les courtisans qui se trouvaient là, le nom de la « putain que j'entretenais ». Il était aisé de deviner qui avait payé ou monté mon frère contre moi, mais dans l'état de fatigue et d'irritation où je me trouvais, je ne pus retenir ma colère et lui jetai à mon tour des insultes à la tête, lui reprochant, notamment, sa liaison scandaleuse avec madame de Châtillon. Je trouve aujourd'hui que nous étions deux faquins, aussi pitoyables l'un que l'autre, deux pantins dont d'autres tiraient les ficelles, car ce spectacle n'avait été mis en scène, évidemment, que pour l'édification du Roy...

Mais nous approchons maintenant du dénouement — car je ne puis m'empêcher, du fond de ma cellule, de voir ma vie comme une pièce de théâtre. Le dernier acte commença le 8 mars 1661. Mazarin, mourant, ne voulait pas rendre son âme à Dieu sans lancer la flèche que j'attendais de lui. Dans la journée, au cours de son dernier entretien avec son souverain, il conseilla au jeune Roy de me surveiller de près, s'il se voyait obligé de me garder aux finances, et de me préférer plutôt l'intègre Colbert...

Cette doucereuse recommandation me fut aussitôt rapportée. Devinant qu'on allait me convoquer sous peu, je rédigeai donc fièvreusement le rapport de mes activités depuis huit ans. De fait, une heure plus tard, on venait me chercher pour me conduire auprès de Louis XIV à Vincennes. Le Roy me reçut fraîchement et me fit comprendre que j'aurais des comptes à rendre sur ma gestion. Colbert était passé par là, mais il n'aurait pas pu grand-chose contre moi si Mazarin lui-même ne lui eût préparé le terrain.

Je jouai mon va-tout, c'est-à-dire que je dis la vérité. Les comptes que j'allais avoir à rendre ne seraient pas les miens, mais ceux du défunt. C'était le défunt lui-même qui avait mis en place le dispositif destiné à me faire porter la responsabilité de ses abus, je le savais. Or, je pouvais prouver, par maintes lettres échangées entre lui et moi, que j'avais toujours agi sur son ordre et que c'était à lui que j'avais rendu tout l'argent que je recevais.

Nous nous comprîmes fort bien à mi-mot, Sa Majesté et moi. Hélas, mon erreur fut de croire que cette connivence pouvait asseoir une politique commune, un travail conjoint. Entre un Roy de droit divin et un fils de magistrat, il ne saurait exister de mesure. Or, par l'ampleur de ce que je savais, je me rendais indispensable au jeune monarque, l'empêchant ainsi de régner seul. Il ne pouvait me le pardonner.

Toutefois, il ne montra rien de sa secrète blessure. A l'issue de l'entretien, au contraire, il me déclara qu'il avait donné quitus à Mazarin de sa gestion — donc à moi-même — et que l'on n'en reparlerait plus. Il avait besoin de moi et de la confiance publique que j'avais su gagner : son Trésor était vide, les recettes dévorées d'avance jusqu'en mars 63, l'argent rare et les emprunts difficiles.

Le 9 mars au matin, le fils du ministre Brienne vint m'avertir que le Cardinal avait rendu l'âme et que Louis XIV réunissait un conseil à Vincennes, où j'étais attendu. Louis XIV y annonça son intention de gouverner en personne. Il confirma, pour les ministres présents, que lui et moi nous étions parlé la veille mais sans répéter le détail de notre entretien. Il annonça mon maintien à la Surintendance. Enfin, il nomma Colbert

Intendant des Finances en me priant de « me servir de lui, sur la recommandation du Cardinal ».

Mon crédit semblait donc affermi puisque, comme Procureur général, je me trouvais désormais admis également aux discussions des affaires étrangères. La Reine doutait si peu de ma faveur qu'elle me reçut aussitôt après le conseil en entretien privé pour me féliciter. Elle me demanda, à cette occasion, de l'aider à rétablir l'influence qu'elle avait autrefois dans le gouvernement :

— Voyez-vous, monsieur Foucquet, Louis s'est mis en tête de faire le capable, mais l'idée de gouverner ne l'amusera pas plus de trois mois. Ensuite, il faudra que vous et moi reprenions les rênes comme par le passé. Soyons donc prêts.

Après un instant de réflexion, elle ajouta :

— Si nous pouvions lui trouver une amoureuse... Je ne parle pas de Cateau la Borgnesse, mais d'une vraie jeune fille. Vous qui avez tâté des demoiselles de ma suite, conseillez-m'en une...

— Votre Majesté me fait trop d'honneur. Il en est une que je n'ai pas réussi à approcher, par exemple, une timide, une farouche qui rougit dès qu'on lui parle...

— Ah oui ? Laquelle ?

— Mademoiselle de La Baume Le Blanc.

— Je vous remercie du conseil, monsieur Foucquet...

Au mois d'avril dernier, le Roy, qui détestait le Louvre, décida d'emmener la Cour à Fontainebleau. Je me proposais de beaucoup travailler cet été-là et les maçons aménageaient la maison que je comptais habiter à Paris en lieu et place de l'hôtel de Narbonne. Aussi fis-je le choix de m'installer à Fontainebleau. Je transportai tous mes papiers de finance dans les combles du pavillon de la Cour des Cuisines, où je me logeai. J'avais aussi emporté un certain nombre de documents privés et, notamment, ceux que je gardais dans ma cassette peinte. Pellisson, mon secrétaire, installa son bureau en ville, à l'hôtel, où il conservait toute ma correspondance de l'année.

Puisque le Roy voulait vraiment régner, songeais-je, pourquoi ne pas profiter de ses dispositions pour lancer une vraie grande réforme du système fiscal ? Je m'engageai à corps perdu dans cette tâche. Pendant que j'étais ainsi occupé à sauver les finances du royaume, j'appris bientôt par mes informatrices chez la Reine, par mademoiselle de Menneville notamment, le complot qu'ourdissait contre moi la duchesse de Chevreuse, ulcérée que j'eusse refusé à son ultime époux la charge qu'il m'avait réclamée. Le couple avait réussi à attirer la Reine à Dampierre. Là, renouant une ancienne amitié que trop d'intrigues avaient rompue, la vieille duchesse avait averti Anne d'Autriche que je la desservais auprès du Roy...

Parallèlement, Basile, mon frère, avait acheté le confesseur de la Reine pour qu'il parlât à la souveraine de mes dilapidations. Je fus d'autant plus furieux de cette trahison que j'avais quasi réussi à acheter le cardinal de Retz pour qu'il démissionnât de l'archevêché de Paris en faveur de mon frère, justement ! Je crus pouvoir parler directement à la Reine. Mais, lorsque je lui dénonçai son confesseur, son orgueil lui fit refuser d'admettre qu'un homme si proche d'elle pût la tromper et elle préféra se fâcher contre moi. Désormais, elle offrait une oreille trop crédule aux calomnies de la Chevreuse.

Colbert, pour sa part, continuait à refaire tous mes comptes derrière mon dos, afin de les remettre au Roy pour prouver que j'étais indélicat. Le réseau d'intrigues dans lequel j'étais pris me donnait le tournis.

Mes amis, madame d'Huxelles, Pellisson, s'inquiétaient de plus en plus pour moi et m'avertissaient de me méfier, mais leur sort était trop lié au mien pour qu'ils fussent impartiaux, si bien que je ne savais plus qui croire. Vous n'étiez pas à Fontainebleau et je me rendis compte combien vous me manquiez. J'avais besoin de votre jugement sûr et désintéressé. Je vous écrivis pour vous prier de venir me rejoindre.

Or il advint que, dans la journée même où je vous adressais cet appel, mademoiselle de Menneville, dont j'étais toujours épris, fit une chose sans grande importance en soi, mais qui me révéla sa nature et me dégoûta de moi-même plus que d'elle.

Quoiqu'elle prétendît se contenter d'être reléguée dans l'ombre pour le bonheur de m'aimer, je savais par les indiscrétions de la Loy qu'elle désirait en réalité s'établir. Cependant, comme je jugeais ce vœu normal pour une fille et que je ne pouvais pas le satisfaire, je ne lui en tenais pas rigueur. J'avais même trouvé un prétendant de bonne famille qui consentait à l'épouser contre la dot que je voulais bien lui payer. Estimant devoir au moins cette élégance à ma protégée, j'avais veillé à ce qu'elle ne sût rien de mon intercession et crût mériter la proposition de mariage par ses seuls charmes. Elle l'agréa, toujours sans m'en parler et en continuant d'affirmer ne vouloir que moi.

Mais elle écrivit à son fiancé une lettre assez ridicule et pleine de fautes, dans laquelle elle l'assurait que je la courtisais (c'était de notoriété publique !) mais qu'elle n'avait jamais fait aucun cas de moi, car elle me méprisait. C'était lui qu'elle aimait, de toute son âme, et pour lui qu'elle s'était gardée pure, malgré les embûches de la Cour, où les filles de la Reine étaient des proies convoitées. Elle espérait par cette prose persuader son fiancé de sa vertu.

Le prétendant me montra la lettre. Assez habilement,

il joua les dégoûtés, feignant de trouver la duplicité de sa future femme indigne de son nom (illustre jadis, mais au blason dédoré). Si bien que, pour le convaincre d'épouser quand même, je dus rajouter quelques écus au montant de la dot... Détestant tout autant les procédés de l'un et l'autre des futurs mariés, je fis savoir, avec humeur, ce que je pensais d'elle à mademoiselle de Menneville.

Elle s'opiniâtra dans la mauvaise foi, prétendant qu'elle ne pensait évidemment pas un mot de ce qu'elle avait écrit, c'était moi qu'elle aimait, elle n'acceptait cet homme que par la crainte où elle était que je cessâsse un jour de la désirer, il lui fallait assurer son avenir, voilà tout.

— Cela ne vous obligeait point à médire de moi.

— Mon fiancé sait que vous me courtisez. Il est très amoureux et très jaloux...

J'étais bien placé pour savoir qu'il n'était jaloux que de sa dot. Je la regardai, et ce fut comme si mes yeux se dessillaient. Jamais, jusqu'à cet instant, je n'avais pleinement mesuré la petitesse de cette âme. J'avais voulu croire qu'elle m'aimait tout de même un peu. Je compris qu'elle n'aimerait jamais que l'argent.

Je la quittai ce soir-là, résolu à ne jamais la revoir, honteux, humilié. Dieu, comme j'étais heureux de vous avoir justement écrit le matin et de vous espérer ! J'avais besoin de vous voir, de retrouver une image de moi estimable, à laquelle je savais que je ne ressemblais plus que dans vos seuls yeux.

28 mai 1661, rue du Temple.

Hier, un billet de N. réclamait que je vinsse d'urgence à la Cour, où il voulait me voir, sur sa vie. Or, j'étais alitée, avec une forte fièvre et, ne trouvant pas même la force de lui écrire, je fis dire simplement au messager que cela ne se pouvait.

La nuit même, il s'introduisait chez moi par les combles. Il est venu se jeter à mes pieds et me raconter ce que je savais déjà — l'amour de moi qui l'avait fui, sa passion pour la Menneville... Il pleurait, semblait dans un repentir affreux et sincère.

Je n'ai pas pu lui refuser mon pardon. Puis il a voulu davantage et je n'ai pas pu le lui refuser non plus. Faiblesse, sans doute. Que m'importe! Pourvu que je retrouve ses bras, j'abdique toute dignité.

Du jour au lendemain, je fus délivré de mon engouement pour cette fille, me demandant comment j'avais bien pu jamais y céder. Toutefois, comme il arrive souvent dans le commerce amoureux, ce fut du jour que je fus guéri d'elle qu'elle se prit de passion pour moi. La malheureuse ne voulait plus entendre parler de son mari et l'acharnement qu'elle mit alors à me poursuivre devint pitoyable. Dieu, comme j'ai honte de cette histoire !

Je vous avais retrouvée, Marie, égale à vous-même. Vous ne me laissiez pas deviner que, n'ayant rien ignoré de mes égarements, vous aviez traversé des abîmes. Votre sourire rendait couleur à mon âme et je ne voyais pas les blessures que j'avais creusées dans la vôtre. Vos conseils rejoignaient ceux de mes quelques amis sûrs. Vous pensiez que je devais agir directement auprès du Roy pour rétablir mon crédit.

Je n'envisageai jamais un seul instant de me servir, auprès de lui, de la lettre que je possédais. C'était une arme que j'eusse pu me résoudre à utiliser, pour me défendre, contre un ministre retors. Mais dès lors que le ministre était mort, m'en servir contre mon souverain signifiait attenter au principe même qu'il représentait : un crime de lèse-majesté.

La tentative que je fis pour me sauver aux yeux de Louis XIV passait par mademoiselle de La Baume Le Blanc de La Vallière. Hélas, moi qu'on a prétendu doué pour la séduction, je m'y pris si maladroitement que ma démarche se retourna contre moi.

Sur mon conseil, la Reine avait décidé de donner à son fils cette jeune fille pour le détourner de liaisons malvenues, Marie Mancini ou, pire, Madame, sa belle-sœur. En fait, tout le monde voulait se servir de Louise de La Vallière comme paravent, à cause de ce qu'on la croyait timide et quelque peu sotte. Madame elle-même en avait encouragé l'idée au début, pour divertir les soupçons de Monsieur son mari. Mais il advint une chose imprévisible, à savoir que la donzelle s'éprit du Roy, ce qui toucha ce dernier, qui en devint amoureux en retour.

Menneville, qui m'avait appris la passion du Roy, n'avait pas su m'informer des délicats sentiments qui s'y mêlaient, car de tels sentiments échappaient à sa perspicacité comme à sa sensibilité. Je n'étais donc pas averti de la personnalité véritable de La Vallière. Je crus, parce que le Roy s'était épris de cette fille, qu'elle pouvait être convaincue d'intercéder auprès de lui en ma faveur. Je ne songeai pas à lui parler un autre langage qu'à Fouilloux, Montalais ou Menneville.

Il se trouve que La Vallière manquait en vérité de jugement. Elle crut que je la voulais séduire et rapporta cette opinion au Roy, qui en conçut envers moi une violente rancune. Quoi ? Je prétendais donc aussi rivaliser avec lui en amour ?

Comme il est d'âme dissimulée, il ne me fit jamais tant de grâces qu'à ce moment-là. Je ne suis pas si naïf et je soupçonnais ses véritables sentiments. Mais, je l'ai dit, j'avais acquis un nouveau détachement par rapport à la vie, à la mort. Si mon Roy avait dessein de me trahir, s'il me faisait bon visage alors qu'il avait résolu ma perte, c'est que le monde dans lequel je vivais n'avait plus ni foi ni loi. Un tel monde, à mes yeux, n'avait pas assez de valeur ni de sens pour me conserver le goût de lutter. Ou bien je croyais au principe de la monarchie, qui faisait de Louis XIV l'oint du seigneur, le garant de l'équité. Ou bien je cessais d'y croire, et mon salut ne m'importait plus.

15 juillet 1661, rue du Temple.

Il a veillé à ce que personne ne vît Vaux avant l'inauguration, qui aura lieu dans deux semaines. Mais pour moi, il a fait hier une exception et m'y a conduite.

Je suis bouleversée, car en arrivant aux grilles, j'ai reconnu le lieu que j'avais vu en rêve il y a quelques années. A mesure que j'avançais dans le parc, la réminiscence était de plus en plus frappante.

Je n'ai pas pu lui cacher mon trouble. Il l'a pris à la légère, quoiqu'il ait été ébranlé lorsque je lui ai décrit, avant d'y avoir jamais pénétré et sans que personne ait pu m'en informer, l'exacte disposition des pièces du château, leur ameublement, le sujet des tapisseries...

— Si le lieu que j'ai vu dans mon rêve était une réalité à venir, alors, les événements qui s'y déroulaient vont peut-être également se réaliser. Vous devez prendre garde, Nicolas.

Mais il n'a pas voulu se soucier de mes alarmes. Mon Dieu, jusqu'au 17 août, je ne vais plus vivre.

18 août 1661, rue du Temple.

La fête de Vaux fut un éblouissement. Un triomphe, dit la rumeur. Je ne décrirai pas les merveilles du château, du parc, de la collation, du feu d'artifice : les gazettes en seront pleines demain, Mademoiselle jure qu'elle va écrire à ce propos à la reine Christine et Sapho en fera la description dans son prochain roman.

Pour ma part, je n'ai rien vu, rien goûté. J'avais le cœur étreint d'angoisse, m'attendant à chaque instant à ce qu'il fût arrêté. Ce ne fut pas le cas, mais je sais pourquoi : j'ai surpris, entre la Reine mère et le Roy, une conversation qui m'a fait froid dans le dos. Le Surintendant avait prévu que ses invités royaux demeureraient pour la nuit, mais, vers les onze heures, le Roy, maussade, déclara vouloir s'en retourner dormir à Saint-Germain. Comme il abrégeait ainsi la fête, tout le monde voulut soudain l'imiter et repartir, ce qui n'était pas prévu : les voitures n'étaient pas prêtes et cela créa une confusion d'attelages dans la cour.

La Reine avait eu trop chaud et, pour qu'elle ne demeurât pas à faire la sentinelle, son fils la fit monter avec elle. J'attendais moi-même la voiture des Chaulnes, qui m'avait amenée à Vaux, et je me tenais à cet instant à deux pas du carrosse royal. Ce fut à travers les rideaux tirés, vitres baissées, que j'entendis la conversation suivante :

— Comme vous êtes pâle, Louis, êtes-vous souffrant vous aussi ?

— Non pas, mais cet insolent bandit, en me narguant, a signé sa perte.

— Il vous voulait seulement faire honneur, mon fils.

— En payant tout ce faste avec l'argent qu'il a volé dans mon Trésor !

— Cela ne se peut, vous savez bien que le Trésor a toujours été vide.

— Je le fais arrêter. Ce soir, il couchera à la Bastille.

La Reine eut un léger cri d'effroi.

— Mon fils, vous oubliez-vous ? Il est votre hôte ! Cela est sacré, vous ne pouvez en profiter pour le faire arrêter chez lui.

Comme le Roy ne répondait pas :

— Je vous en conjure, mon fils, différez votre dessein. Pour l'amour de moi.

— Pour l'amour de vous, ma mère, soupira finalement le souverain.

Le carrosse s'ébranla, me laissant médusée sur le pavé de la cour. J'avais froid dans tous les membres.

J'ai couru partout pour retrouver Nicolas et lui rapporter ce que j'avais entendu. Il m'a écoutée, mais il a souri d'un air insouciant, disant que le Roy était sujet à des accès de jalousie mais que cela ne lui durait jamais. D'ailleurs, la Reine avait défendu le Surintendant, je l'avais bien entendue. J'ai protesté :

— Elle a seulement obtenu que le Roy différât l'exécution de son dessein. Demain, la chose sera peut-être faite. Sauvez-vous, il est temps encore !

Il a tenté de me calmer, m'assurant que mes alarmes étaient vaines, que le Roy avait trop besoin de lui pour lui nuire.

— En me quittant, ne m'a-t-il pas appelé « son ami » devant mille personnes ?

Je suis au désespoir. Je sais maintenant que mon rêve était prémonitoire. La perte de Nicolas est résolue, j'en suis sûre. Mais pourquoi, lui si intelligent, si perspicace d'ordinaire, adopte-t-il cette attitude d'aveuglement ? Je ne comprends pas. Oh, mon Dieu, l'angoisse m'emplit le cœur !

En réalité, je peux vous avouer maintenant que vos alarmes m'alarmèrent et que je pensai, comme vous, mon heure venue. Mais pour toutes les raisons que j'ai exposées plus haut, j'avais décidé de continuer à croire dans l'équité et la noblesse du Roy de France. Je revendis ma charge de Procureur lorsqu'il me le suggéra — sachant fort bien que je levais ainsi mon immunité parlementaire.

J'aimais l'idée de m'en remettre à mon suzerain comme un chevalier du Moyen-Age. L'adoubement que la robe ne pouvait remplacer, j'entendais me le donner quand même, en rendant au mot de « servir » la valeur que personne, pas même les nobles d'épée, ne lui accordait plus de nos jours. C'était de l'orgueil, Marie, j'en conviens, le même orgueil qui m'avait fait, quinze ans plus tôt, vous désirer pour épouse.

J'allai en Bretagne avec Louis XIV sous le prétexte de nous rendre au Parlement de Nantes, sachant qu'on pouvait m'y arrêter bien plus facilement qu'à Paris, car j'y serais loin de mes amis, mais le laissant libre de se montrer magnanime ou médiocre. Vous étiez partie aux Rochers, comme presque chaque été, et je me consolais à la pensée que, si les événements tournaient favorablement, je pourrais vous y rendre visite.

Madame Foucquet tint à m'accompagner — devinait-elle nos retrouvailles ? A peine arrivés à Nantes, en l'hôtel de Rougé qui appartenait aux Plessis-Bellière, je fus terrassé par un nouvel accès de ma fièvre. Le Roy fit alors si assidûment mander de mes nouvelles que j'eus un doute affreux. N'étais-je pas devenu fou ? Ne souffrais-je pas d'une manie de persécution ? Soudain converti, je priai Dieu de me pardonner les mauvais soupçons que j'avais nourris.

CHAPITRE XV

5 septembre 1661, sur la route de Nantes.

Un des domestiques de l'hôtel de Rougé m'est arrivé tout à l'heure, hors d'haleine, après avoir chevauché quatre heures, pour me porter un message de madame Foucquet. Nicolas a été arrêté ce matin en sortant du château de Nantes, où il était venu rendre visite au Roy.

J'ai fait atteler et j'ai pris la route de Nantes sur-le-champ. C'est au gré des cahots, dans la voiture qui m'emporte, que j'écris. Un pressentiment m'a conseillé d'emporter ce journal. Sait-on jamais ? Tout cela a l'air d'avoir été si bien organisé qu'on pourrait avoir envoyé de la soldatesque perquisitionner chez les amis de Nicolas.

Le ciel est bas, au-dessus de ma tête. L'orage menace. Mon cœur aussi est près d'éclater.

6 septembre 1661, à Nantes.

J'ai voyagé toute la nuit et j'ai pu voir madame Foucquet ce matin à l'hôtel de Rougé. Deux heures plus tard, je l'eusse manquée. Elle partait en effet pour Limoges, où on l'assigne à résidence. Il y avait des mousquetaires partout dans la maison, on avait saisi tous les papiers de son mari et on l'obligeait de s'en aller entre des gardes, sans lui permettre de faire ses bagages, en lui interdisant même d'emmener ses enfants, dont un nourrisson qui est dans les langes, et qui sont restés à Vaux. Il a fallu que Gourville prêtât deux mille pistoles à madame Foucquet pour ses frais de voyage, car on ne lui laissait pas le temps de se prémunir.

Nicolas est déjà en chemin pour le château d'Angers, la prison qu'on a préparée pour lui depuis plusieurs semaines, et dont la garnison a été renforcée. Le piège qu'on lui a tendu fut donc savamment mûri. Plusieurs de ses amis s'en doutaient et avaient tenté de l'en avertir. Ils avaient su, par exemple, que dès son arrivée à Nantes, Louis XIV avait mandé monsieur d'Artagnan pour une mission secrète. Comme ce capitaine, fort malade, tardait à venir, Sa Majesté s'était impatientée — et la chose fut entendue par une oreille indiscrète — de devoir ajourner « l'arrestation » jusqu'à son rétablissement. Il semble évident maintenant que le Roy et Colbert avaient résolu la perte de Nicolas et combiné de l'éloigner de Paris pour s'emparer de lui plus commodément. Que n'a-t-il écouté les avertissements qu'on lui donnait ?

Hier matin, monsieur d'Artagnan a intercepté la chaise de Nicolas dès qu'il eut passé la dernière sentinelle du château et lui a montré son ordre signé du Roy. Nicolas, priant alors le mousquetaire que l'affaire ne fît point d'éclat, est entré avec lui dans la maison voisine, qui se trouve appartenir au grand archidiacre Fourché, oncle de feue Louise Fourché, la première épouse de Nicolas. Comme il franchissait le seuil de cette maison, le Surintendant a croisé un homme à lui, Codur, auquel il a murmuré, en passant :

— Madame du Plessis, Saint-Mandé.

Cela voulait dire qu'il fallait prévenir madame du

Plessis à Saint-Mandé et que cette dernière devait détruire les papiers personnels du Surintendant qui s'y trouvaient, mesure dont ils étaient convenus ensemble depuis longtemps, en cas d'arrestation. Comme il semblait à Codur que monsieur d'Artagnan avait entendu ce que murmurait Nicolas, il a craint d'être suivi et a préféré passer la consigne à La Forêt, un valet de chambre fidèle au Surintendant.

Madame Foucquet, néanmoins, a reçu le message de Codur et exécuté les ordres de son mari. Elle a tout de suite envoyé un extraordinaire à Saint-Mandé par la route d'Ancenis ; mais il risque d'être intercepté. Heureusement La Forêt, sans prendre d'ordres de personne, était déjà sorti de Nantes à pied. Il a rejoint le premier des relais organisés par le Surintendant, à deux lieues de la ville. Ensuite, au troisième relais, il peut continuer par coche d'eau en remontant la Loire jusqu'à Angers, ce que certains paysans savent faire en maniant à la gaffe des esquifs plats. A cette heure, il est possible qu'il soit à Saint-Mandé, où il aura pris de vitesse les sbires de Colbert : s'il avait été arrêté, on l'eût sans doute ramené en ville et nous le saurions.

Dans le quart d'heure qui suivait l'irruption de Codur à l'hôtel de Rougé et se doutant qu'on allait venir perquisitionner et la saisir elle-même, madame Foucquet, avec l'aide de Lauzun qui se trouve être ici son invité, a réussi à envoyer plusieurs messagers là où elle savait que son époux avait des amis, à Belle-Isle, dans ses terres de Bretagne et, notamment, chez moi, aux Rochers. C'est ainsi que j'ai su la nouvelle en moins de cinq heures.

Pellisson, qui habitait une maison dans Nantes, a été arrêté hier dès qu'il y est revenu chercher ses papiers et enfermé au château de Nantes, où il semble qu'on va le laisser. Nicolas est au secret, monsieur d'Artagnan empêche qu'on communique avec lui. Toutefois, on a consenti à ce que son médecin Pecquet et son valet de chambre La Vallée le rejoignent plus tard à Angers. Madame Foucquet espère, grâce à eux, que nous pourrons échanger des informations avec lui. D'ores et déjà, cette nuit, à Oudon où le prisonnier faisait étape, un autre valet fidèle, Loison, l'attendait pour lui faire passer un message l'assurant qu'on se chargeait de ses papiers.

— Lui, a-t-il pu vous faire tenir quelque information ? ai-je demandé.

— Je l'ignore, Loison n'est pas encore de retour. Mais si vous pouvez rester ici et l'attendre... Il est convenu qu'il n'entre pas à l'hôtel de Rougé, où nous nous doutions qu'il y aurait perquisition, mais dans la maison d'en face.

A cet instant, les gardes chargés d'emmener madame Foucquet sont venus la chercher dans la chambre et nous n'avons pas pu poursuivre. J'avais admiré depuis le premier instant la fermeté d'âme qu'elle montrait mais, à cet instant, j'ai vu les larmes lui monter aux yeux. Je l'ai prise dans mes bras d'un élan en jurant que je ferais tout ce qu'elle me demanderait et tout ce que je pourrais pour le Surintendant.

Elle m'a serré les mains en disant qu'elle m'en savait gré et regrettait la froideur qu'elle m'avait pu montrer naguère. J'ai dit que tout était oublié. C'est une réconciliation dont j'ai le cœur bouleversé, car notre brouille m'avait désolée. Elle a su faire fi de son amour-propre et comprendre que l'intérêt de celui qui nous est cher s'accommodait de tous les soutiens.

Je me suis donc installée dans la maison qui fait face à l'hôtel de Rougé.

Quatre heures de la nuit.

Je ne dormais pas et j'ai intercepté Loison dès son arrivée, ayant entendu son cheval trébucher sur les pavés. Le pauvre est gris de poussière. Il m'apprend qu'il a dû couper à travers bois, abandonner son cheval et poursuivre à pied sur une lieue, avant de trouver une autre monture. Le messager que madame Foucquet envoyait à Saint-Mandé a été intercepté deux heures plus tard, sur la route d'Ancenis, par un barrage de mousquetaires, qui retenait tous courriers autre que ceux de Sa Majesté. D'Artagnan avait donc entendu le murmure de Foucquet. Mais La Forêt aura sans doute pu passer, car on n'en a pas de nouvelles.

A Oudon, Loison a payé une servante chargée de porter sa nourriture au prisonnier. Il lui a fait tenir un message et en a reçu deux en retour : l'un pour Gourville, l'autre pour moi. J'ai décacheté le pli d'une main tremblante.

Marie,

Je suis perdu, on vient de m'arrêter, et il faut désormais que tu n'aies plus rien de commun avec moi. Si jamais tu n'avais pas brûlé toutes mes lettres, fais-le. Fais disparaître toute trace qui me concerne, je t'en conjure. En raison de mes sentiments, je te demande de m'oublier et de ne pas chercher à communiquer avec moi, afin que je ne puisse t'entraîner dans ma chute.

Nicolas.

— Je suppose que vous savez en substance le contenu de cette lettre ? ai-je demandé à Loison.

Celui-ci a hoché la tête.

— Ne peut-on craindre que ceux qui nous permettent de l'atteindre ne livrent, en retour, à plus offrant, une correspondance qu'on lui adresserait ? ai-je ajouté.

— Il a recommandé que vous ne cherchiez pas à le joindre. Si vous redoutez d'être compromise…

— Je redoute seulement de lui nuire, d'entraîner la colère du Roy... Qu'on se serve de mon nom, de mes amitiés frondeuses bien connues, par exemple, pour prétendre qu'il fut traître à travers moi. Par exemple, ne l'accusait-on pas, dès avant son arrestation, d'avoir fait fortifier Belle-Isle pour en faire le bastion d'une révolution ?

— Il a écrit hier, depuis Oudon — mais cela fut fait ouvertement devant monsieur d'Artagnan — au commandant de Belle-Isle pour que ce dernier livrât la place au Roy ou à son mandataire.

— Mais c'est de la folie ! Tant qu'il tenait Belle-Isle, il pouvait se défendre, NOUS pouvions le défendre !

— Je ne comprends pas, madame, je l'avoue, a soupiré l'intendant. Depuis quelques mois, c'était comme si mon maître pressentait ce qui le menaçait et, loin de s'en protéger, allait au-devant du danger...

— J'ai eu le même sentiment, sans pouvoir me l'expliquer mieux.

— En tout cas, ce qu'on lui peut causer de tort est déjà fait. Quoi que vous décidiez, vous n'ajouterez pas à son malheur.

Je n'ai aucun secours, aucun recours à lui offrir. Mais nul ne m'empêchera de lui témoigner ma fidélité. Comment peut-il croire que je vais l'abandonner ? Le conseil qu'il me donne, c'est comme un coup de poignard dans le cœur.

Je devais me rendre au Mont-Saint-Michel et dans plusieurs endroits de Bretagne. Je ne changerai pas mes plans mais je me chargerai d'avertir, partout où je passerai, les amis et les obligés du clan Foucquet, qui sont nombreux dans la région. Je leur dirai qu'ils doivent prendre leurs dispositions pour brûler les papiers compromettants et mettre leurs biens et leurs familles à l'abri, car la disgrâce de Nicolas va retomber sur eux. Voilà tout ce que je puis faire : c'est si peu que j'en suis au désespoir.

— Peut-on encore communiquer avec lui ? ai-je demandé à Loison.

— Il devrait être à Angers cette nuit. C'est ce château qu'on lui a fait préparer comme prison depuis plusieurs semaines. Mais j'ai pu savoir, par quelqu'un de sûr qui travaille dans la place et qui lui est redevable, quelle chambre lui a été réservée. Cette personne servira aussi d'intermédiaire entre lui et nous. Voulez-vous lui faire tenir un message ?

Je n'ai eu que quelques heures pour prendre mon parti, car ce fidèle serviteur repartait de Nantes. En prenant lui aussi un coche d'eau sur la Loire, il regagnerait Angers.

Je lui ai demandé le temps d'écrire ces deux dernières pages. Je vais maintenant lui confier le journal tout entier. Que Nicolas apprenne sans fard, sans masque, l'amour qu'il m'inspire depuis dix ans et qu'il sache que je porterai la tête haute si jamais ce cahier est saisi et notre liaison publiée.

Ici s'achève le journal de Marie de Rabutin-Chantal, marquise de Sévigné, entre l'an 1641 et l'an 1661.

Voilà. J'ai reçu votre cahier rouge entre mes mains le 9 de septembre. Je l'ai lu en une nuit et je vous le rends ici, accompagné des mémoires de prison que j'ai rédigés en une semaine de fiévreuse patience.

Vous avez voulu me donner un gage d'amour et je le prends pour tel. Ce geste, et tout ce que la lecture de vos pensées intimes m'a fait connaître de votre âme, m'assurent d'un amour si grand, si désintéressé, que je suis désormais sauvé du désespoir, quoi qu'il m'advienne.

J'espère que ma longue confession pourra vous apaiser en retour. Vos souffrances et vos doutes me sont apparus dans leur nudité, Marie, j'ai mesuré combien je m'étais mal conduit envers vous.

Le procès qui m'attend, la flétrissure de mon nom, ma ruine et celle de mes proches, mon ensevelissement dans une geôle et ma séparation d'avec vous, seront peut-être, aux yeux de Dieu, la punition de mes erreurs, car il est vrai que j'en ai commises.

On dit que, pour n'avoir pas offensé la gloire du Seigneur, j'ai offensé celle du Roy, et qu'il désire m'en punir. On dit qu'il a conçu de me perdre lorsqu'il a vu les splendeurs de Vaux, dont il est devenu jaloux. L'histoire retiendra peut-être cette version romanesque des faits. Elle a l'avantage de ressembler aux *Contes de ma Mère l'Oye,* m'identifiant à quelque Chat botté, et de conforter ainsi les âmes simples dans l'idée qu'elles se font du pouvoir.

Mais vous, qui savez l'envers des choses, avez claire conscience que ma perte était consommée bien avant que la première pierre de Vaux ne fût posée. Je crois, en vérité, n'avoir offensé que vous en ce monde, et vous en demande pardon.

Voilà, Marie, j'en ai fini, tout est dit. Puissiez-vous ne m'oublier jamais et puisse la Providence permette que je vous revoie bientôt. Je vous aime de toute mon âme.

Nicolas.

CHAPITRE XVI

5 octobre 1661, aux Rochers.

Je viens d'arriver ce matin chez moi. Ai-je vécu ? Il me semble que, depuis un mois, je ne suis qu'un automate. Du jour de votre arrestation, je n'ai fait qu'arpenter la Bretagne en votre faveur, poursuivie partout et bientôt rattrapée par une rumeur qui s'enflait à Paris : à savoir qu'on aurait trouvé des lettres intimes de ma main dans votre cassette peinte, lors d'une perquisition chez vous à Saint-Mandé.

Cela n'a pas de sens, vous avez brûlé toutes mes missives, j'en suis sûre. Pourtant je suis préoccupée de ce bruit, car je n'ai aucune nouvelle de vous. Ce qu'on prétend — une correspondance amoureuse — me laisse à craindre qu'on ait pu saisir le journal que je vous avais fait remettre par Loison il y a près d'un mois. Vous est-il parvenu ? L'avez-vous détruit après l'avoir lu ? Comme votre bon ami a été arrêté, je ne puis plus passer par lui pour vous adresser cette lettre-ci. J'ai donné de l'or à mon messager qui tentera d'approcher, à Angers, celui de vos gardes que Loison avait acheté. On dit que Pellisson vous a rejoint et que monsieur d'Artagnan vous permet de communiquer tous les quatre, Pecquet, Pellisson, La Vallée et vous.

Oh, je n'en dors plus. J'ai écrit des douzaines de lettres à Paris — à Ménage, à madame de La Fayette, à Pomponne, à Chapelain, à madame de Montausier, qui vient d'être nommée gouvernante des enfants de France et possède la confiance de la Reine —, pour leur demander d'essayer de savoir le fin mot de cette histoire de cassette. Je pense à vous sans répit. Vous savez comment mon cœur est pour vous.

Marie.

10 octobre 1661, au château d'Angers.

Marie,

Je ne sais si vous avez eu mon mémoire ni quand ce billet vous parviendra, mais je dois vous alerter. J'ai ouï parler du bruit que l'on fait autour de ma cassette et je vous conjure, ma chère, ma belle, de ne point vous alarmer.

Dans cette cassette, qui fut dérobée chez moi, à Saint-Mandé, au moment de mon arrestation à Nantes, on prétend avoir trouvé des lettres de votre main. Elle n'a jamais contenu que les billets de divers solliciteurs et entremetteuses qui, en échange de mes faveurs, argent ou charge, se renseignaient pour mon compte. Car on devine bien qu'il est impossible d'administrer les finances d'un pays perpétuellement en guerre contre plusieurs de ses voisins, sans disposer d'un réseau d'information occulte.

Ces courriers, chiffrés, eussent passé pour des correspondances galantes s'ils eussent été interceptés. Lorsque Colbert mit la main sur cette cassette, il devina, je pense, ce qu'elle contenait. Mais n'étant pas parvenu à déchiffrer les lettres, il aura résolu de s'en servir en l'état.

En outre, comme il a confisqué la cassette sans que l'inventaire en eût été établi, il aura fait impunément forger, pour les mêler aux vrais, des billets au contenu licencieux, dont il attribue maintenant l'écriture à trois ou quatre grandes dames, afin qu'elles soient compromises et que le scandale achève de me faire perdre tout crédit auprès des amis puissants qui me restent.

Colbert a fait procéder chez moi à diverses perquisitions — quoique, n'étant pas magistrat, il n'ait eu aucun droit de les ordonner. Ses sbires ont pu trouver, dans des archives qui n'avaient rien de secret, quelques lettres de vous. Je les y avais classées justement parce qu'elles ne présentaient aucun caractère compromettant. J'avais brûlé vos lettres intimes, mais je jugeais qu'il eût été maladroit de détruire toute trace de correspondance entre nous, le monde sachant fort bien que vous fréquentiez ma maison. Celles de votre main que j'ai conservées protègent, en fait, notre secret. Il ne s'agit que de recommandations pour plusieurs de vos parents. Quiconque les a parcourures se convaincra, à cause de leur banalité, de l'innocence de nos liens.

Colbert, qui est probablement persuadé de cette innocence, veut cependant se servir de vous pour me perdre. Sa ruse est d'avoir glissé vos lettres de recommandation dans la cassette, avec les lettres fabriquées, afin qu'elles soient, en quelques sorte, contaminées, et que l'opinion publique puisse s'exclamer : « Si les lettres de madame de Sévigné se trouvent parmi celles de femmes compromises, c'est qu'elle entretenait avec le Surintendant des relations également compromettantes. »

Voilà ce qu'il en est. Soyez donc tranquille, ne répondez pas aux calomnies, elles s'éteindront d'elles-mêmes. Pour le reste, ma douce, je vous aime et vous aimerai toujours. Ne m'oubliez pas.

Nicolas.

18 octobre 1661, à Fontainebleau.

Nicolas,

Je suis arrivée d'hier à Fontainebleau, où je me suis résolue à tenter de voir la Reine. C'est là qu'un messager ami de Loison est venu me porter votre lettre du 10. Je comprends, à son ton, qu'elle a croisé la mienne datée du 5. Entre-temps, j'ai reçu, qui m'avait rejointe ici depuis Les Rochers après un long périple, le cahier de vos mémoires, ainsi que mon journal, que vous m'aviez renvoyé par Loison. Comme on l'a arrêté depuis lors, tandis que moi, je ne cessais d'aller et venir, je fus malcommode à rattraper...

J'ai lu vos mémoires d'une traite et pleuré toute la nuit. Je ne sais ce qui l'emporte en moi, de la douleur ou de l'apaisement, de l'espoir ou de l'invective contre le sort. Je suis percée de trop de blessures.

Sachez que, lorsque je vous écrivis cette lettre du 5 octobre, il m'importait peu qu'on connût nos amours. Mes amis sont de braves gens. Ils croient me rassurer, eux aussi, en me parlant de mon irréprochable vertu, mais ce n'est pas de cela qu'il s'agit... Croyez-vous que je me soucie de ma réputation maintenant ? Lorsqu'on a parlé de cassette, j'ai pensé que cette « correspondance de ma main » pouvait être mon journal. Alors, j'ignorais s'il vous était parvenu. Or il comportait bien des détails dont j'ai pris conscience, en y re-songeant, qu'ils risquaient de vous nuire si jamais il était saisi. A présent que vous me l'avez rendu, ce souci-là, du moins, m'est ôté.

Hier, j'ai vu le Roy, ou plutôt le Roy m'a vue, à votre propos. Le poids de l'émotion me terrasse aujourd'hui. Je ne puis quitter ma chambre, j'ai la fièvre et mon écriture est si tremblée que vous aurez peut-être peine à la déchiffrer.

Je n'étais pas encore levée, lorsque Le Roy m'a envoyée quérir par deux mousquetaires aux petites heures, pour me conduire jusqu'à Vincennes. On ne discute pas les ordres du Roy, on n'ose pas même en demander l'explication à son capitaine des gardes. Ledit capitaine s'est montré fort courtois, d'ailleurs, avec son accent gascon, et je suis bien heureuse de savoir que monsieur d'Artagnan, qui fut chargé de vous arrêter, est de la même compagnie : je suis sûre qu'il a accompli sa tâche sans méchanceté ni bassesse.

Je me suis enfournée dans mon carrosse le plus discrètement que j'ai pu, car mes voisins se soucient fort de mes allées et venues. Je me sentais bien un peu dans la condition d'une inculpée et, durant tout le trajet jusqu'au château, où loge en ce moment Sa Majesté, je ne songeai qu'à vous.

Le Roy en était à son premier déjeuner et buvait une tasse de chocolat. Il m'a dit, de l'air le plus galant du monde, qu'il estimait la petite-fille d'une sainte femme et ne voulait pas la voir parmi les malheureuses victimes d'un procès infamant. Il avait en sa possession des lettres de ma main trouvées dans la cassette du « traître Foucquet » — ce sont les termes qu'il a employés.

En entendant ce mot, je n'ai pas pu m'empêcher de m'insurger.

— Traître, Majesté ?

— Il est convaincu de prévarication, concussion, lèse-majesté... Quel nom cela mérite-t-il ?

— Si l'on a forgé contre lui de telles vilenies, c'est que l'on veut sa mort.

— Ce n'est pas à ce propos que je vous ai mandée, madame, s'est impatienté Louis XIV. Il s'agit de vos lettres.

Cette fois, je me suis tue prudemment et le Roy a poursuivi :

— Ces lettres n'ont rien de compromettant, ce sont des missives de sollicitation, pour votre cousin monsieur de La Trousse ainsi que pour votre autre cousin Bussy-Rabutin.

Le Roy m'a fait alors compliment de mon style, qui l'a fort diverti, paraît-il, notamment dans la lettre où je vous demandais d'intercéder auprès de lui pour mon pauvre Bourguignon, avec lequel je m'étais dé-fâchée et re-rabutinée…

— Vous n'avez qu'un seul tort envers moi, madame, a déclaré Louis, c'est de mal choisir vos amis, puisqu'ils agissent tous de manière à encourir ma disgrâce.

— Majesté, répondis-je, pour ce qui est de monsieur de Bussy, ce n'est pas mon ami, mais mon parent, et l'on ne peut choisir les siens, on se doit seulement de les soutenir dans l'adversité.

— Je vous concède cela, marquise.

— Au reste, il avait encouru ma disgrâce au moins autant que la vôtre, car j'étais méchamment éreintée dans les portraits qu'il fait courir sous le manteau.

— Il est vrai qu'il ne vous y faisait pas justice, car je vous trouve beaucoup plus belle qu'il ne le prétendait.

— J'en rends grâces à votre Majesté. Néanmoins, j'ai pardonné à mon cousin. Quand une femme pardonne à un homme qui a médit de sa beauté, un Roy peut se montrer encore plus magnanime.

— Nous verrons ce chapitre. Pour ma part, je n'ai aucune raison, pour l'heure, de me re-rabutiner avec votre cousin. Qu'il continue de méditer en sa Bourgogne.

— Pour l'autre amitié que vous me reprochez, Majesté,

osai-je poursuivre, monsieur Foucquet s'est montré généreux toutes les fois que je l'ai sollicité, sans pour autant jamais m'accorder de faveurs indues. Tant que son procès n'est pas instruit, permettez-moi, en toute fidélité, de continuer à le croire innocent.

Sa Majesté eut un mouvement d'humeur et jeta sa serviette brodée sur la table.

— Ah, madame, prenez garde ! Vous allez me fâcher.

— J'en serais au désespoir, Majesté. Mais je ne suis pas ainsi faite que je puisse hurler avec les loups.

— Qu'a donc cet homme pour que tant de femmes le veuillent défendre ?

— Hélas, Majesté, il ne semble pas que nous soyons assez nombreuses ni assez convaincantes...

— Et vous, madame, que me direz-vous ? Que dois-je faire de vos lettres ?

— Je suis veuve, j'ai deux enfants à établir, je porte un nom illustre. Je ne veux pas me perdre. Mais je ne veux pas non plus, pour me sauver, perdre monsieur le Surintendant.

Le Roy me regarda assez longuement, puis finit par sourire.

— Vous êtes une femme admirable, madame de Sévigné. Tenez, je vous rends vos lettres et vous assure qu'il ne sera plus question de vous dans cette affaire.

— Que Dieu vous ait en sa garde, Majesté, et vous aide à toujours bien juger.

Voilà donc ce qu'il en est de la cassette. Je gage donc que vous avez raison, elle contient sans doute des faux parmi quelques vrais anonymes et anodins qu'on a cherché à utiliser pour me compromettre.

Je ne sais si je dois me bercer de quelque espoir à la suite de mon entrevue avec le Roy. Il ne me paraît pas possible qu'un homme au jugement si sain vous condamne sans vous entendre. De toute façon, je ne quitterai pas Fontainebleau que je n'y aie vu la Reine également. Madame de Montausier m'a promis de m'obtenir une entrevue auprès d'elle. Je suis logée dans une auberge fort malcommode, et mes gens ne s'occupent plus, exclusivement, que de porter mes courriers, entre Les Rochers, Angers, Fontainebleau et Paris.

Nicolas, je vous aime de toute mon âme et je ne peux pas croire que cet amour ne parvienne pas à vous sauver.

Marie.

29 novembre 1661, au château d'Angers.

Marie,

Je n'ai plus rien reçu de vous depuis votre lettre de Fontainebleau où vous racontiez votre entrevue avec le Roy. Puisse ce message vous parvenir à temps ! On nous transfère après-demain au château d'Amboise (nous, c'est Pellisson, Pecquet, La Vallée et moi), sous la bonne garde de monsieur d'Artagnan. S'il vous était possible de suivre la même route que nous, nous pourrions peut-être trouver moyen de communiquer ensemble aux étapes. Je pourrais même vous voir...

Nicolas.

1er décembre 1661, au relais de Beaufort.

Marie,

Nous sommes partis depuis ce matin pour le château d'Amboise. Ne sachant si mon message d'avant-hier vous était parvenu, je vous ai espérée tout le long du chemin.

Cette observation m'a permis de constater combien le peuple est ulcéré contre tout ce qui représente l'autorité royale, et par conséquent contre moi. Les carrosses armoriés qui nous transportent sont nués au passage, on leur jette des pierres. A trois lieues au sortir d'Angers, les paysans, ayant appris qui j'étais et où l'on me menait, nous ont arrêtés, voulant me faire un mauvais parti. Notre escorte a dû tirer l'épée pour les éloigner.

Durant mon exercice aux finances, j'ai mis à l'amende bien des collecteurs indélicats. J'ai toujours veillé, aussi, à ce que n'importe quel contribuable pût me parler et je ne refusais jamais des accommodements aux plus démunis. Aussi n'eussé-je pas cru que mon nom, prononcé parmi la foule, y déchaînât la colère, si je ne l'eusse vu de mes yeux. On aura travaillé, depuis longtemps sans doute, à faire croire aux pauvres gens que je suis responsable de leurs maux. Ces faits me conduisent à penser qu'il sera facile d'instruire mon procès.

On n'a pourtant pas réussi à me rendre haïssable de tous les habitants du royaume et c'est grâce à quoi je puis vous faire acheminer cette lettre.

Nous avons fait halte au relais de Beaufort, où il se trouve que l'aubergiste m'a reconnu. Cet homme-là avait obtenu de moi un dégrèvement d'impôts il y a six ans. Quelle consolation, en l'état d'abattement où m'avaient réduit les invectives de la populace, de constater qu'une personne, au moins, se souvenait que je l'avais aidée ! Il a murmuré, en me servant un pichet de vin, qu'il porterait le message que je voudrais à qui je voudrais... Quelques instants plus tard, quand il est revenu avec le rôt, il a fait semblant de renverser de la sauce sur ma manchette et, en l'épongeant, il en a profité pour y glisser une feuille de papier pliée. Je trouverai bien moyen, demain matin, de lui rendre cette lettre écrite au charbon de bois. Je l'avertirai de votre passage probable par son relais.

N.

8 décembre 1661, à Amboise.

Nicolas,

J'ai vu la Reine mère à Fontainebleau le 28 novembre et, quoiqu'elle ne m'ait rien promis, car « mon fils, sachez-le, ne m'écoute plus comme auparavant », disait-elle, j'ai constaté néanmoins qu'elle était touchée jusqu'aux larmes de mon intervention pour vous.

Il se trouve que votre mère, qu'elle a toujours estimée, l'était déjà venue voir la veille, en réclamant la grâce qu'on lui rendît ses petits-enfants. Brancas les avait recueillis lorsque la soldatesque a investi Vaux, pour leur éviter le même sort qu'à vos domestiques, qui ont été chassés sans un sou de toutes vos maisons ou bien jetés dans des cachots. Quant à vos meubles, livres et objets d'art, ils ont été aussitôt emportés, trumeaux et tapisseries compris. La cruauté dont on fait preuve envers vos proches, notamment vos enfants, a fait grande impression auprès de Sa Majesté, qui a promis de les rendre à votre mère. Elle me l'a redit et m'a assurée qu'elle vous gardait son estime, en dépit de tout ce qu'on lui avait rapporté contre vous dernièrement (il faut entendre, là, madame de Chevreuse).

Je suis rentrée à Paris, car j'attendais dans les affres la première séance de la Chambre de Justice, qui s'est tenue le 3 décembre, dans la salle du Conseil du Palais, sous la présidence de Lamoignon et du conseiller Séguier, vos deux ennemis les plus farouches. Le Procureur général est Denis Talon, qui a l'écume aux lèvres lorsqu'il prononce votre nom. La Chambre a été composée de conseillers pris dans les Parlements de Paris et de province ainsi qu'à la Cour des Comptes et qui sont systématiquement les obligés et les parents de Colbert, notamment Pussort, son oncle. Le parti pris est si criant que la foule, excitée à l'idée de ce procès qui ne peut pas en être un, est venue en masse, comme au théâtre, à la première séance du 3. Il y avait là tout ce que la Cour et la Ville comptent de beaux esprits, les dames caquetaient haut, les seigneurs empestaient le musc...

Denis Talon requit. Il parla des heures, avec autant de grandiloquence que de haine, contre les traitants et les gens d'affaires. Puis on s'ajourna au samedi suivant. Mais, à l'étonnement général, votre nom ne fut pas une seule fois prononcé. J'ose espérer qu'il s'agit là de l'influence de la Reine et que mon entretien avec elle y fut pour quelque chose.

Je suis repartie vers Angers le soir même pour tenter de vous porter ces dernières nouvelles. Le malheur a voulu que j'y arrivasse après qu'on vous eut fait partir pour Amboise. Le garde du château qui nous était fidèle avait acheminé votre message du 29 novembre à l'auberge de Fontainebleau où je logeais dernièrement, de sorte que je ne l'ai pas eu en main. Toutefois il m'en a transmis la teneur à mon arrivée. J'ai donc pris la route d'Amboise. En arrivant au relais de Beaufort, j'ai trouvé l'aubergiste, qui m'a reconnue à la description que vous lui aviez faite de moi et m'a donné votre dernière lettre.

Je me suis dépêchée vers Amboise, où je suis arrivée ce matin. J'ai réussi à louer une chambre qui regarde vers le château et vers la fenêtre bouchée de votre cellule. Je n'ai pas moyen de vous apercevoir, mais je gage que vous, vous pourrez me voir à travers les fentes des planches, lorsque vous aurez reçu cette lettre par l'un des gardes d'Amboise, qui est le frère de ma logeuse. Sachez que je resterai dans la maison en face de vous, derrière la seconde fenêtre de l'étage, jour et nuit, jusqu'à ce qu'on vous emmène d'Amboise.

Nous sommes nombreux à travailler pour votre cause et, croyez-le, l'affaire n'ira pas sans peine. Votre épouse se comporte avec une force d'âme admirable. Je vous aime, je pense à vous, je me soucie de vous et je vous sauverai, avec l'aide de Dieu et de vos amis.

A vous,

Marie.

8 décembre 1661, en ma prison d'Amboise.

Je suis transporté de bonheur, je vous ai vue.

Le garde m'a remis votre lettre en m'apportant mon dîner, fourrée dans le pain. Oh, Marie, Marie, comme tout devient différent dès lors que je suis dans votre lumière ! Vous êtes là, de l'autre côté de mes grilles, j'ai aperçu l'or du soir sur votre chevelure, votre main écartant le rideau, vous êtes à quelques mètres de moi, vous me regardez et vous priez pour moi ! Je crois que je suis presque heureux...

Je travaille comme un furieux à mes défenses, car d'Artagnan, qui consent à me parler, m'a fait entendre que j'allais être prochainement remmené à Paris et cité à comparaître devant le tribunal d'exception qu'évoque votre lettre. Je ne sais qui a raison, de lui ou de vous. Il se peut qu'après toutes leurs perquisitions, les sbires de Colbert n'aient rien trouvé de suffisant pour obtenir ma tête. Il se peut que la Reine ait calmé la colère de son fils. Mais il se peut aussi que mes ennemis fourbissent simplement leurs armes, pour mieux me transpercer le moment venu.

Par précaution, j'ai décidé qu'il fallait parvenir à publier ces défenses à l'extérieur, pour que le monde entier sache l'ignominie de ce qui m'advient. Ce n'est pas seulement le ministre, c'est l'homme qui est atteint. Vous ne sauriez imaginer, Marie, combien la haine générale dont je suis l'objet, et que je suis sûr de n'avoir pas méritée, me meurtrit le cœur.

Après que je vous eus écrit de Beaufort, sur le chemin de ma prison, nous arrivâmes le lendemain à Tours, où le bruit transpira que c'était le Surintendant des Finances qu'on emmenait à Amboise. Le même incident se produisit sur la route d'Angers. Le peuple en colère déclara que, par une justice plus expéditive, il m'allait pendre tout de suite. Nous n'échappâmes aux malheureux paysans qui me voulaient faire ce mauvais sort qu'en sortant du château par un souterrain et en repartant au cœur de la nuit.

On a arrêté tous ceux qui m'étaient liés. Pellisson ne reste pas ici, d'Artagnan s'en va le remettre au gouverneur de la Bastille. On veut bien me laisser Pecquet et La Vallée pour l'instant. En revanche, on a interdit à ma famille de me rendre visite. Madame Du Plessis-Bellière est en prison à Montbrison, et son gendre a dû se démettre de sa charge.

Mon fidèle La Forêt avait réussi à la prévenir à temps à Saint-Mandé. Hélas, se conformant au plan que nous avions établi et qui prévoyait qu'elle consultât mon frère Basile, elle n'a pas osé prendre l'initiative d'agir autrement. L'abbé m'a trahi, je n'en puis plus douter. Lorsqu'il arriva avec elle à Saint-Mandé, il suggéra de faire brûler la maison, pour détruire ainsi tout ce qu'elle contenait. Madame Du Plessis-Bellière s'y opposa, disant que c'était le moyen assuré de me faire passer pour coupable, alors que je n'avais rien à me reprocher. Mais l'abbé n'en démordit pas. De la sorte, les douze d'avance qu'avait La Forêt sur le courrier royal furent perdues en palabres et le lieutenant civil d'Aubray trouva chez moi toutes choses en l'état où je les avais laissées…

On a aussi arrêté Catelan, Monnerot, et même Jeanin. Pour mes enfants, c'est vous qui m'apprenez que ma mère a obtenu qu'on les lui rendît. Mes frères sont tous en disgrâce, l'évêque à Agde, l'archevêque de Narbonne à Alençon, Gilles Foucquet à Ancenis, et Basile lui-même a dû quitter la Cour en hâte. Gourville, démis de sa charge, s'est réfugié à Dijon où on le surveille étroitement. Saint-Evremond a pu fuir en Angleterre, Bruant en Hollande, La Fontaine se terre en Limousin. On parle aussi d'exiler Guénégaud et Pomponne, mes secrétaires d'Etat. En fait, il serait plus aisé de dénombrer ceux qui échappent à l'orage que ceux qui le subissent.

Pensez à moi. Il n'est pas un instant de mes jours et de mes nuits sans votre image. Revenez à la fenêtre. Montrez-vous à moi.

N.

CHAPITRE XVII

Au donjon de Vincennes, le 4 janvier 1662.

Marie,

Désespoir de ne plus vous savoir derrière la fenêtre d'en face. J'ai passé des heures chaque jour, m'usant les yeux jusqu'aux larmes, le nez collé aux planches qui fermaient mon cachot, pour apercevoir l'ombre de vous à travers les fentes. Comme cette ombre m'a aidé à vivre durant trois semaines ! Vous étiez, vous êtes belle. Vos signaux me disaient que vous ne saviez rien de nouveau, mais que vous m'aimiez : cela me consolait de tout le reste.

Depuis un mois, c'est la nuit de nouveau, je suis seul, malade, il faut tenir et ne pas perdre courage. Vous aurez peut-être appris ce qui m'est arrivé. Le 24 décembre, triste veille de Noël, je suis reparti d'Amboise sous la garde de monsieur d'Artagnan, pour être emmené à Vincennes avec mon médecin et mon valet. La décision de me transférer à Paris confirmait, à mon sens, que je serais cité devant la Chambre de Justice. La route fut difficile, jalonnée d'émeutes, encore.

A Vincennes, on me maintient au secret, mais la

communication occulte est remarquablement organisée dans cette vieille forteresse. En attachant ce pli à un fil que j'ai tiré de mon habit, je peux le faire pendre jusqu'à la fenêtre de la cellule d'en dessous. Le gentilhomme qui l'occupe n'est pas au secret et consent à nous aider : lui et moi parlons à notre gré en latin, sous prétexte de chanter des prières, et quoique nous ne nous soyons jamais vus, j'ai foi en lui, je sais qu'il vous fera parvenir mes lettres. Hélas, la solidarité des ensevelis n'est pas toujours faite pour réchauffer le cœur : j'ai appris hier, par la chanson d'un autre prisonnier qui criait à tue-tête depuis sa fenêtre, une nouvelle qui vaut pour moi un coup du sort.

Vous vous souvenez de ce plan que j'avais élaboré en 57 pour me défendre au cas où j'aurais été arrêté ? Je le modifiai lorsque j'eus acquis Belle-Isle et le révisai une dernière fois à Saint-Mandé, en 1660. Gourville, qui était présent ce jour-là, me fit valoir qu'il fallait en conserver les termes dans ma mémoire, mais le brûler.

— Il ne s'agit que de précautions si je devais être menacé par l'arbitraire du Cardinal, dis-je. Quelques mesures pour protéger mes amis et mes biens.

— Mais quand vos amis sont les plus grands financiers du royaume et que vos biens sont des places fortes où vous pouvez vous retrancher avec dix mille hommes, convenez que ce plan de défense prend des allures de sédition pure et simple !

Je me rendis aux raisons de Gourville. Nous étions dans mon bureau où je pouvais être dérangé à tout instant. J'appelai un valet et lui ordonnai d'apporter une bougie allumée dans mon cabinet secret pour y pouvoir brûler le dossier, épais d'une vingtaine de feuillets. Ce cabinet était un lieu de rencontres secret avec Mazarin, auquel conduisait par un souterrain débouchant dans le parc de Vincennes. Or, je m'engageais dans le souterrain, les feuillets à la main, lorsque je vis justement arriver l'un des espions du Cardinal du côté de Vincennes. Je rebroussai chemin en hâte et rangeai la liasse au hasard dans mon bureau. Puis je reçus l'espion.

La nuit même, j'eus un accès de la fièvre dont j'ai failli mourir il y a deux ans et qui m'a poursuivi depuis mon arrestation. Je délirai durant des heures. A l'aube, ayant repris mes esprits, je fus incapable de me rappeler où j'avais serré le document. Je fouillai le cabinet de fond en comble, en vain. Toutefois, comme je vis qu'il y avait des cendres dans la cheminée du cabinet secret, je pensai avoir eu la présence d'esprit de le brûler.

Colbert prétend que ce texte a été trouvé lors d'une perquisition ces jours-ci, derrière un miroir de ce cabinet secret. Il ment, c'est une machination.

Peut-être Gourville l'avait-il pris à l'époque ? C'est un homme qui ne reculerait pas devant la négociation, à prix d'or, de papiers compromettants. Ou peut-être un des espions du Cardinal ou de Colbert, arrivant par le souterrain de Vincennes, avait-il fouillé le cabinet durant ma nuit de fièvre ? Colbert peut très bien avoir détenu la liasse dès avant mon arrestation et l'avoir gardée par-devers lui afin de l'utiliser contre moi le moment venu. Il l'aura fait remettre en place derrière ce miroir juste avant une perquisition dont il aura donné l'ordre en personne, et il va tenter maintenant de le faire passer pour le plan d'un coup d'Etat.

Je n'ai conçu et remanié le plan de Saint-Mandé que dans des moments où le danger de mort le plus précis planait sur moi. En outre, ce qui est beaucoup plus important, je ne l'ai jamais exécuté.

Cependant, je me doute que Mazarin a dû, dans ses derniers moments, passer à Colbert un « dossier Foucquet » déjà soigneusement instruit. En vérité, j'étais son bouc émissaire. Il m'avait fait accéder au sommet, m'avait lié indissolublement à toutes ses affaires. De la sorte, s'il devait un jour rendre des comptes pour ses concussions, ses détournements, ses voleries, il se prétendrait la victime abusée de celui qui était le plus proche de lui, le plus intime, et partageait tous ses secrets.

Mazarin m'avait choisi parce que j'avais du talent en matière de finances (de ce talent, il ne pouvait se passer et j'affirme sans fausse modestie qu'il a été utile à l'Etat). Mais paradoxalement, il m'avait aussi choisi parce que, tout en étant compétent, je n'avais pas l'air de l'être.

Je ne jouais pas au besogneux, comme Colbert, qui faisait en sorte d'être vu par des témoins lorsqu'il venait à l'aube à Vincennes, qui charriait ostensiblement jusque chez lui des quintaux de dossiers, qui s'habillait mal pour paraître modeste : commedia, commedia, commedia. Colbert, depuis des années, a fait accroire qu'il se tuait au service de l'Etat, alors qu'il a travaillé à peine autant que moi et s'est enrichi infiniment plus.

Il fallait à Mazarin, pour jouer le rôle du traître le jour venu, un homme qu'on eût toujours connu fastueux, dispendieux, léger et insouciant, afin que les accusations lancées contre lui parussent plausibles. Colbert n'eût pas convenu. Imaginez-le un instant à ma place : à l'heure qu'il est, la foule se déchaînerait sans doute pour faire sortir le pauvre innocent de sa geôle !

Moi, je me suis évertué toute ma vie à la légèreté : donner sans avoir l'air d'obliger autrui, souffrir sans imposer le spectacle de mon chagrin. Le comble de la civilisation, à mes yeux, tient dans cette courtoisie-là. Je puis vous en parler, Marie, car je sais que vous me ressemblez, nous en avons pris conscience dès notre première rencontre.

Pourtant, cette qualité passe pour un défaut aux yeux

de nombre de gens. Vous êtes un écrivain mais, parce que vous avez l'exquise élégance de sourire en disant : « Ce ne sont que de petites lettres que j'adresse à mes amis, au primesaut », il faudra des siècles, si votre correspondance est conservée, pour qu'on vous rende justice. En ce qui me concerne, désormais, la partie est perdue. Même si je sors vivant de ce procès, un doute subsistera, qui permettra qu'on ne reconnaisse jamais ce que j'ai accompli pour le royaume de France.

Il est terrible de tomber victime de ses défauts, mais plus terrible encore de devoir sa chute à ses qualités. Je continue de penser que la confiance en l'homme est une qualité. J'avoue qu'il y eut, dans mon attitude des derniers mois précédant mon arrestation, une bravade. Je préférais tomber victime d'une trahison, plutôt que d'accepter de vivre dans un monde où j'aurais soupçonné chacun de mes proches d'être capable de me trahir.

Mazarin est mort en précipitant ma chute, mais reste Sa Majesté le Roy, dans lequel j'ai toujours espéré, ce pour quoi j'ai refusé de fuir quand il était temps. Je veux garder foi dans sa clairvoyance et sa clémence. L'avenir dira si j'ai eu tort.

Il est une âme au moins sur cette terre dont je ne douterai jamais, c'est la vôtre. Quand il n'y aurait que vous, Marie, cela suffirait à me récompenser de ma fidélité. Je ne regrette donc rien. Je me battrai pour vous revoir, pour être libre de vous aimer. Mais ma vie fut bien assez belle de toute façon, puisqu'elle m'a permis de vous connaître.

Nicolas.

24 février 1662.

Cher amour,

Votre longue lettre a fini par me parvenir après bien des détours, votre compatissant voisin ayant été changé de prison lui aussi. Mais il est parvenu à la faire acheminer, cela seul importe.

Je ne puis douter de votre sagacité. Lorsque vous exposez les choses ainsi que vous le faites, il semble évident, en effet, que Mazarin vous avait sacrifié de longtemps. Mais Mazarin est mort, et Paris n'est pas prête à oublier ses griefs contre lui. Il n'est pas certain que l'on puisse l'abuser en lui livrant un coupable à la place d'un autre. Gardez courage, préparez vos défenses.

Nous vous aimons.

M.

4 mars 1662, en la Bastille.

On m'a transféré à la Bastille. Je suis sans nouvelles de vous ni de quiconque, Marie, et je vis dans le noir comme un rat. Ne sachant quand je pourrai vous faire parvenir une lettre, j'ai résolu de vous écrire chaque jour le compte rendu de mes pensées et de mes malheurs sur une sorte de rouleau que j'ai fait avec le tissu d'une chemise empesée. Ce mémoire finira bien par vous parvenir.

Aujourd'hui 4 mars, on a commencé de m'interroger. Ce fut un soulagement pour moi que de voir des visages nouveaux, même si ce sont ceux d'ennemis. Poncet, maître des requêtes, et Renard, conseiller au Parlement de Paris, sont venus dans ma cellule, escortés de gardes qui sont restés à la porte.

Ils m'ont requis de prêter serment. J'ai déclaré que rien ne m'avait été notifié, si j'étais inculpé de quoi que ce fût, que tout contact avec l'extérieur m'était coupé depuis six mois, que l'on m'obligeait à vivre dans l'obscurité, au secret, sans papier, ni encre, ni médecin, ni confesseur. Mes cheveux en ont blanchi. J'ai invoqué mon privilège d'ancien parlementaire pour réclamer un entretien seul à seul avec Sa Majesté, à laquelle j'ai beaucoup de choses secrètes à dire.

6, 7, 8 mars 1662.

Nouveaux interrogatoires. Comme je n'ai pas eu encore la réponse du Roy, j'ai refusé de répondre le premier jour. Pour m'obliger à parler, la Chambre m'a fait entendre qu'on me refuserait un confesseur tant que je garderais le silence. J'ai cédé. Ils ont donc commencé à m'interroger sur mes acquisitions pendant mon mandat, mes prêts et dettes, mon argent. Ils ont trouvé huit millions de dettes et à peine six cent mille francs de revenus qui me sont propres. En outre, dans mes dépenses, qui atteignent douze millions, il y a beaucoup de celles du Roy. Quant à Vaux, de nombreux témoins m'ont entendu dire mon intention de le céder au Roy, comme je l'ai fait de Belle-Isle.

9 et 10 mars 1662.

J'ai dû m'expliquer sur mes relations avec les traitants et sur les intérêts que j'aurais pu retirer des privilèges que j'ai concédés, sur les prêts que j'ai consentis, les bénéfices que j'ai touchés dans les adjudications.

14 mars 1662.

On m'a interrogé sur l'emploi de l'argent provenant de la charge de Procureur, sur la part que j'avais eue dans le règlement de certaines charges achetées par moi pour des hommes qui m'étaient dévoués, tels que le gendre de madame Du Plessis-Bellière, qui était général des galères, ou monsieur de Neuchèze, amiral commandant la flotte océane. On m'a demandé compte des pensions que j'avais versées à des notabilités. J'ai répondu, pour tout cela, que c'étaient des réciprocités : il m'avait fallu, chaque année, trouver vingt à vingt-cinq millions pour Mazarin et l'usage qu'il en avait fait, pour la guerre et pour lui-même, on le trouverait consigné dans ses livres à lui...

20 mars 1662.

Le commissaire Poncet, démasquant ses batteries, m'a interrogé aujourd'hui sur le plan de Saint-Mandé. Je m'attendais à cela depuis deux mois, ayant été averti de sa découverte. J'ai répondu que l'on ne pouvait me faire procès de mes intentions, or ce projet n'avait jamais été exécuté. Quant à la place forte incriminée, Belle-Isle, je l'avais depuis longtemps donnée au Roy... Au reste, ai-je ajouté, je croyais avoir brûlé le document, rédigé dans un moment d'angoisse, parce que l'humeur du Cardinal me faisait craindre pour ma vie.

— Le Cardinal, encore le Cardinal ! n'a pu s'empêcher de murmurer Poncet, exaspéré.

Oh, Marie, quand ces nouvelles vous atteindront-elles ? Je pense à vous cent fois par jour.

Rappelez-vous l'aveu que vous me fîtes voici cinq ans.

J'avais retrouvé, alors, celles de vos lettres antérieures qui prenaient un autre sens lorsqu'on les lisait une ligne sur deux. Quoique la reconstitution mentale fût difficile, je crois que j'y étais parvenu. Outre les billets que nous avions échangés le 3 mai 1655 et les deux que vous aviez adressés à Servien le 12 et le 16 mai de la même année, j'ai souvenir de deux lettres, celle du 16 décembre 1641, la première que vous m'écrivîtes jamais, et celle du 15 février 1651, juste après mon mariage. Je me les redis mentalement désormais, pour faire passer le temps dans ma cellule.

30 mars 1662.

Je me suis montré fort imprudent depuis trois semaines, car je n'ai pas demandé qu'on me communiquât les procès-verbaux des interrogatoires. Je les ai demandés aujourd'hui pour pouvoir préparer ma défense et j'ai, de nouveau, réclamé un entretien avec le Roy.

2 avril 1662.

Aucune nouvelle de Sa Majesté, qui doit être encerclée par les obligés de Colbert, maintenue dans l'ignorance de l'iniquité qui se commet en son nom.

Toutefois, ma prison est un nouveau progrès par rapport à la précédente, progrès dont je doute que mes persécuteurs soient informés, car ils me tenaient bien mieux à leur merci dans l'*in pace* d'Angers ou d'Amboise qu'ici, au cœur de Paris... En effet, une encore plus longue tradition qu'à Vincennes a établi, parmi les prisonniers de la Bastille, un code qui permet de se communiquer les uns aux autres toutes les informations nécessaires.

J'ai appris de la sorte que madame Foucquet avait réussi à se poster sur le chemin de Louis XIV pour lui remettre une supplique réclamant la faveur de partager mon sort. Pauvre douce ! Elle n'a même pas obtenu de réponse. Dans l'autre sens, on a fait savoir, à l'extérieur de la Bastille, que je me défendais fort bien et cela crée de l'affolement chez mes bourreaux.

L'avocat Gomont, que l'on a chargé de l'étude juridique du dossier mais qui n'est avocat que de nom, puisque je ne l'ai même jamais vu, a signalé à mes juges qu'ils devaient se hâter car l'opinion, d'abord très prévenue contre moi par les soins de Colbert, commençait à se retourner en ma faveur.

Malheureusement, si je communique aisément à l'intérieur de la Bastille, je n'ai pas encore trouvé de moyen sûr de faire passer des messages. Oh, Marie, je voudrais tant vous lire !

3 juin 1662.

Enfin, j'ai pu recevoir des nouvelles de vous, tout le rouleau du mois de mars qui rendait compte de vos interrogatoires, et je suis assurée en retour que cette lettre vous parviendra. J'ai réussi à amadouer un geôlier par mes oboles... Vous aviez tort de désespérer, la Bastille est finalement plus poreuse que les murs de mon vieux donjon breton. Figurez-vous que Pellisson, votre ami dévoué, a réussi à faire sortir de ladite prison, où il est au cachot comme vous, un « Discours au Roy par un de ses fidèles sujets sur le procès de monsieur Foucquet » que nous avons aussitôt répandu dans la capitale.

C'est un brûlôt remarquable d'intelligence et de fidélité

à votre cause. On a aussitôt convoqué le bon homme devant les juges, mais il a nié leur compétence et refusé de répondre. Ces détails émeuvent les Parisiens. Ce qui les attendrit le plus, toutefois, c'est une histoire que font courir les geôliers de la Bastille, selon laquelle, pour tromper sa peine, au fond de son cachot, Pellisson a apprivoisé une araignée, qu'il nomme Marguerite. Elle répond à son appel et se laisse nourrir par lui des miettes de son pain…

On sait, par ailleurs, que vous avez adressé à vos juges une protestation, très digne, quant au fait qu'on ait osé faire circuler des lettres de femmes vous appartenant. Le chancelier a été obligé de déclarer qu'il n'en lirait aucune, le Roy s'étant opposé à ce que l'on compromît la réputation de quelques dames de qualité. Tout cela a fait basculer l'opinion publique à votre endroit.

Je recommence à espérer, après un long hiver de cauchemar.

Hier, entrant dans ma chambre, Françoise-Marguerite me vit lire vos lettres en pleurant.

— Est-ce monsieur Foucquet, l'homme que vous aimez ? m'a-t-elle demandé doucement.

J'ai hoché la tête en silence.

— Est-il coupable de ce qu'on lui reproche ?

— Il n'est coupable que d'avoir trop bien réussi. Contrairement à ce qu'on dit de lui, la gloire ne lui est pas venue facilement. J'affirme qu'il l'a amplement méritée, ce que les générations futures reconnaîtront. Elle a exigé de lui des études, de la réflexion, de la persévérance, de l'équanimité devant la disgrâce, de la sûreté de jugement sur les talents divers qu'il a patronnés, et puis un labeur acharné douze à quinze heures chaque jour, l'engagement de sa propre fortune, de celle de ses parents et amis, ainsi que de sa parole d'honneur auprès des bailleurs de fonds qu'il a amenés à la couronne.

« Tout cela eût été déjà cher payé s'il était demeuré Surintendant des Finances. Mais songez que, pour récompense de sa loyauté, on l'embastille, on l'insulte, on le condamne au secret.

Mes larmes redoublaient.

— Pauvre maman, m'a-t-elle dit.

Nous nous sommes serrées dans les bras l'une de l'autre, et j'avais ainsi un peu de vous contre mon cœur. Oh, mon cher amour, puisse Dieu vous venir en aide pour supporter les rigueurs dont on vous afflige.

Marie.

P.S. : Pour ce qui est des lettres chiffrées, vous aviez bien deviné, mais il y en eut encore une autre, dont vous ne faites pas mention. Je ne vous dirai pas laquelle, parce que je sais que l'effort que vous ferez pour la reconstituer vous gardera l'esprit en éveil et vous préservera du désespoir.

12 juin 1662.

Ma douce,

Un accès de fièvre m'a empêché d'écrire toute la semaine, mais je vais mieux.

Françoise-Marguerite a souvent été présente au détour de vos phrases, pourtant, vous devez vous souvenir que je vous écoutais alors en silence, sans répondre. Il me semble que vous me connaissez assez pour avoir toujours su que ce n'était pas indifférence de ma part, mais respect pour vous. Je ne me suis jamais cru aucun droit de deviser avec vous sur l'avenir de cette enfant, puisque je ne pouvais m'occuper de son sort tel un père, en en assumant les devoirs. La décision de lui révéler la vérité de sa naissance ne pouvait appartenir qu'à vous. Sachez toutefois que si vous prenez ce parti, j'en serai touché et fier.

Votre affection pour votre fille m'a toujours ému et il m'est doux que vous osiez m'en parler désormais. Je suis sûr qu'elle est aussi belle, aussi intelligente, aussi courageuse que vous. Je me fie à vous pour lui donner le meilleur destin possible mais, si le Ciel veut que je recouvre ma liberté, j'aimerais qu'il me fût permis d'agir en sa faveur ouvertement.

On débat toujours pour décider si j'ai droit ou non à des avocats. Si le plan de Saint-Mandé est considéré comme crime d'Etat, cela entraînera la suppression du droit de défense, car il y aura secret du Roy. La Cour ne s'accorde pas sur ce point, les uns — Talon — disant que la fortification de Belle-Isle constitue un crime de lèse-majesté, les autres — Lamoignon, qui me déteste mais qui est intègre — disant que non.

P.S. : J'ai retrouvé la troisième lettre chiffrée dans ma mémoire. C'était celle du 12 février 53, n'est-ce pas ?

14 juin 1662.

Finalement, l'affaire est déclarée mixte, à la fois civile et criminelle. On m'a interrogé de nouveau, j'ai refusé de répondre. Denis Talon a fait alors prendre un arrêt ordonnant que je fusse jugé comme muet et que l'on questionnât et répondît par écrit. J'ai persévéré, par écrit, à ne pas vouloir répondre.

12 juillet 1662.

J'ai eu vos derniers rouleaux sans peine et je vous renvoie ce courrier par le même chemin. Toutes les complicités nous sont désormais acquises à la Bastille, car vous en êtes le héros : il n'est même plus question que je paie, on veut nous servir de poste pour la beauté du geste ! Soyez heureux, cela vient de ce que votre procès ne va pas du tout comme le Roy voudrait et que l'iniquité de cette affaire est maintenant connue. On dit partout dans Paris que vous êtes si bon juriste et vous défendez si admirablement que vos persécuteurs ne viennent pas à bout de vous... En même temps, deux nouveaux mémoires de Pellisson ont réussi à circuler en ville, toujours grâce au réseau de communication de la Bastille. Il y conteste l'autorité de la juridiction d'exception à laquelle on vous a déféré et dénonce le fait qu'on vous prive de tout droit de défense. Le Roy a aussitôt décidé, en conseil, que seule la Chambre de Justice connaîtra de votre cause, mais le Parlement ne se presse pas de s'incliner devant le bon plaisir du Roy.

Verra-t-on, pour l'amour de vous, naître une nouvelle Fronde ? Aujourd'hui, Lamoignon, accompagné des présidents des Chambres et d'une délégation de conseillers, se rend à Saint-Germain pour solliciter auprès du Roy l'autorisation de délibérer sur le déclinatoire de la défense. Lamoignon, votre ennemi, affrontant le Roy pour votre salut, auriez-vous imaginé cela il y a seulement quelques mois, quand vous étiez si malheureux de susciter la haine publique ?

Croyez-le, Paris est une catin, mais jusques à ce point : elle a toujours pris et prendra toujours le parti de ceux que l'autorité royale persécute. Je vous aime. Je souffre de savoir que votre fièvre vous tourmente sans répit, je rêve de vous chaque nuit et, si j'ai un pardon à demander à Dieu, c'est celui de toutes les caresses que je ne vous ai pas données.

Je suis émue aux larmes de ce que vous m'écrivez sur Françoise-Marguerite. Nous sommes très proches l'une de l'autre désormais. Son caractère s'est adouci, mûri, et, à l'âge où d'ordinaire les filles sont difficiles à supporter, elle se révèle pour moi un réconfort inestimable. Je n'ai point encore décidé de ce que je lui dirai, mais c'est parce que j'ai peur, pour l'instant, de ne lui donner que du chagrin à partager avec moi...

15 juillet 1662.

Eh bien, ce n'est donc pas un Marc-Aurèle, mais un Néron qui règne en France. Sa Majesté a clairement dit aux magistrats qu'Elle les investissait d'un pouvoir d'exception et qu'Elle entendait que Sa volonté fût exécutée.

Je ne doute pas que vous continuerez inlassablement de protester contre l'arbitraire subi et qu'en faisant traîner les choses sans jamais rien céder, vous userez à la fin la vindicte du Roy, ne serait-ce qu'en soulevant la révolte de ses sujets. Mais combien de votre vie cela va-t-il vous voler? Oh, Nicolas, je voudrais avoir plus de courage, pour vous en donner.

16 septembre 1662.

Enfin, j'ai obtenu le droit aujourd'hui d'avoir des avocats qui parleront pour ma défense. Ils se nomment Auzanet et Lhoste et viennent, en acceptant ma cause, de briser leur carrière. J'ai fait valoir que l'arrêt, qui m'est signifié avec neuf jours de retard car il date du 7, reste inopérant si l'on ne me rend pas mes papiers et si l'on ne me permet pas de consulter ma comptabilité, en particulier les registres de l'Epargne.

25 septembre 1662.

Nouvel arrêt, qui m'est cette fois notifié le jour même. On autorise que me soient remises les copies des inventaires des documents saisis chez moi, ainsi que des procès-verbaux d'apposition des scellés.

26 septembre 1662.

Je réclame à présent communication intégrale des pièces produites par l'accusation et de tous les documents dont mes défenseurs et moi estimerons avoir besoin. Faute de quoi l'assistance judiciaire que l'on vient de m'accorder ne serait qu'un simulacre.

29 septembre 1662.

L'affaire est revenue entière devant la Chambre. Talon, maintenant l'accusation de crime d'Etat, voudrait que je ne puisse m'entretenir avec mes avocats qu'en présence de Foucault, le greffier. Or cet homme n'est pas plus greffier que moi, c'est un sombre coquin vendu à Colbert. Si cette accusation est retenue, cela revient à m'interdire de défense.

30 septembre 1662.

Neuf juges se sont prononcés pour le crime d'Etat, huit contre... Tout était suspendu à la voix du président Lamoignon. Que Dieu l'ait en Sa sainte garde ! Cet homme, qui naguère me détestait, a choisi de braver

Colbert en m'accordant la liberté entière de me concerter avec mes conseils hors de la présence de tiers.

Marie, j'ai gagné cette première bataille juridique et j'entends gagner la seconde, celle de l'instruction. Vous m'y avez aidé, comme les quelques fidèles qui me restent (surtout des femmes, madame d'Assérac, madame Du Plessis-Bellière, ma mère, mon épouse, mes sœurs...), en publiant partout ce que vous saviez de mon affaire.

Vous allez beaucoup dans le monde et pouvez donc continuer, de la sorte, à servir ma cause. Toutefois, je ne vous le demande pas. En agissant ainsi, vous perdriez le peu de crédit qui vous reste en Cour, après avoir toujours si mal choisi vos amis. Eloignez-vous des rumeurs, songez à l'établissement de vos enfants, et aimez-moi en secret, je vous en conjure.

Nicolas.

30 septembre 1662.

Votre rouleau contenait beaucoup de nouvelles importantes qui m'ont réjoui le cœur, mais finissait sur une cruauté que je n'ai pas comprise.

Dieu du Ciel, en sommes-nous encore là? Dois-je encore vous convaincre de ma loyauté? Il me semble pourtant avoir montré que je n'ai pas moins de courage que les admirables femmes que vous me citez. Aussi n'ai-je pas moins besoin qu'elles de votre estime. C'est me la retirer que de penser que je pourrais vous abandonner et supporter quand même de vivre, d'aller dans le monde, de me soucier de mes rentes. Ne doutez plus jamais de moi, Nicolas, ou j'en mourrai. Je vous aime et ni vous, ni le Roy, ni Dieu n'avez pouvoir de m'ôter ce sentiment.

Marie.

1er octobre 1662.

Pardon, Marie.

Celles qui se prétendaient amoureuses ont toutes fui au premier instant de ma disgrâce. La plupart de mes amis m'ont tourné le dos, la foule m'a conspué et voulu pendre. J'avais toujours su que j'étais convoité pour ma position et ma fortune, mais je pensais tout de même devoir quelques affections à mon mérite. A présent, je ne crois plus rien mériter du tout, même si Paris s'émeut de mon sort, et je m'émerveille que tu veuilles me garder ta loyauté et ton amour.

Qu'en serait-il si tu voyais ce que cette année de prison a fait de moi, maigri, blanchi, rongé par les fièvres ? Je me figure parfois que si nous nous retrouvions, tu ne pourrais plus m'aimer. Or j'ai besoin de ton amour autant que du reste, Marie. Je crois que je préférerais ton oubli à ta pitié. Voilà, c'est dit, et tu ne peux me rassurer puisque tu ne sais pas ce que je suis devenu.

Nicolas.

CHAPITRE XVIII

6 octobre 1662.

Je sais — mais n'ai pas reçu notification — que Talon a déclaré hier l'instruction préparatoire close et que chacune des parties est maintenant requise de produire ses pièces. Il va falloir désigner les rapporteurs du procès, et j'ai le droit de récuser ceux des juges qui me paraissent partiaux. Mais je suis empêché d'exercer ce droit, puisque mes avocats n'ont pas encore été autorisés à me visiter.

8 octobre 1662.

Ma mère et ma femme ont décidé de récuser votre parent d'Ormesson et le président du Parlement de Normandie, car ils sont tous deux liés à Colbert. Ormesson m'avait jadis fait l'effet d'un magistrat intègre, mais la rumeur qui circule ici dans la Bastille prétend qu'il m'est hostile. Puisqu'il est votre parent, dites-moi sincèrement votre opinion.

10 octobre 1662.

Cette lettre n'a pas encore réussi à quitter la Bastille qu'elle ne sert déjà plus de rien : le Roy, en effet, a refusé d'écouter Lamoignon, qui le venait voir pour proposer d'autres rapporteurs en lieu et place de ceux que ma famille a récusés. Sa Majesté a confirmé que sa volonté ne saurait changer. J'en conclus que les deux juges nommés sont à ses ordres. Je ne conçois pas que le Roy veuille ma perte avec autant d'acharnement et je dois parvenir à lui dévoiler les machinations de Colbert...

20 octobre 1662, rue du Temple.

J'ai reçu vos lettres des 6 et 8 octobre. Ne soyez pas inquiet de ce qu'on ait nommé mon oncle d'Ormesson rapporteur de votre procès et, je vous en conjure, demandez à madame Foucquet, qui l'avait récusé, de se rassurer. Sachez au contraire que c'est la meilleure chose qui vous soit advenue depuis un an.

Olivier d'Ormesson n'est pas seulement mon parent, mais un intime qui, depuis des années, accorde beaucoup d'importance à mes avis. Ne croyez pas que je prétende, par là, pouvoir l'abuser et le gouverner à ma guise. Mon oncle est beaucoup mieux que cela, à savoir, un magistrat intègre, qu'aucune pression m'intimide. Ce qui existe pour votre défense, il en fera autant de cas que ce qui existe pour votre accusation. Quoique vous puissiez vous douter que je lui parlerai sans cesse en votre faveur, son impartialité aura bien plus d'effet que tout ce que je pourrais arguer pour le convaincre : en effet, comme vous êtes innocent, dès lors que mon oncle en cherchera les preuves, il les trouvera.

J'ai confiance en vous et j'ai confiance en lui.

M.

25 octobre 1662.

Talon, constatant que je n'ai rien déposé, m'a mis en demeure de le faire. J'ai protesté que je venais à peine de prendre contact avec mes avocats et que, de toute façon, il ne m'avait pas été notifié de déposer mes pièces.

28 octobre 1662.

La Chambre, saisie de mes protestations, est maintenant divisée en deux parties égales. Le président Lamoignon me surprend chaque jour par sa probité, car il a tout fait pour qu'apparaissent les irrégularités accumulées depuis le début de la procédure.

J'apprends d'autre part qu'un certain nombre des calculs de Colbert se retournent contre lui. Par exemple, il a imaginé de jeter dans les bras de Talon la maréchale de L'Hôpital, veuve après avoir été pute, afin qu'elle l'informe au jour le jour des décisions du bonhomme. Ledit bonhomme en est tombé si fou amoureux qu'il perd la tête et sème, dans un procès déjà confus, une confusion plus grande encore.

Marie, c'est miracle que mon amour pour vous ait l'effet inverse et me rende chaque jour plus lucide et plus fort.

30 octobre 1662.

On dit dans Paris, en effet, que le pauvre Talon est fou coiffé de sa Mignotte[1] *et accumule les distractions, les négligences, les sottises. Mon oncle d'Ormesson assure qu'il est toujours de l'avis du dernier qui a parlé et qu'on ne peut compter sur lui pour rien.*

Depuis qu'il a reçu cette mission, nous discutons passionnément de vous, tous deux. S'il m'écoute, dit-il, c'est justement parce qu'il sait que je suis de vos amis :

— J'ai besoin d'entendre, sur l'inculpé, un autre son de cloche. Vous êtes assez honnête femme, Marie, pour ne pas me mentir, même si je sais où votre amitié vous incline. Cette honnêteté, les adversaires de monsieur Foucquet ne l'ont pas. Tous ceux qui m'ont parlé de ce dossier veulent que j'instruise à charge, ils aimeraient que Foucquet fût condamné avant que d'avoir été jugé. Or, j'ai à peine commencé de jeter les yeux sur les pièces que j'ai déjà constaté des irrégularités inacceptables. J'ai l'intention de juger vraiment, quoi qu'il m'en coûte.

Après avoir entendu ce discours, que vouliez-vous que je fisse, sinon le serrer sur mon cœur avec des larmes dans les yeux ?

Moi aussi, je crois que je vais devenir forte grâce à vous. Je vous aime.

1er novembre 1662.

J'ai reçu enfin les premières copies des pièces de l'accusation. Auzanet et Lhoste ont constaté avec moi

1. La maréchale de L'Hôpital était née Françoise Mignot.

que l'on a falsifié, maquillé, forgé et subtilisé nombre d'éléments du dossier.

J'ai rédigé, toujours sur des rouleaux de tissu, avec de l'encre faite de suie et d'eau, des *Apostilles sur les inventaires* que madame Foucquet fera imprimer sur les presses de la rue de Jouy. J'y accuse formellement Colbert d'avoir, à l'abri de fonctions judiciaires qu'il a usurpées, puisqu'il n'a jamais été magistrat, soustrait des papiers importants, autorisé la falsification des inventaires par son sbire Foucault, toléré la production de pièces supposées...

Mes yeux sont fort douloureux, car c'est un travail de bénédictin que cette rédaction dans de mauvaises conditions, mais je n'ai jamais eu l'esprit si clair. Faute des livres religieux qu'on m'a interdits, je me ressouviens des prières de mon enfance. Je me récite aussi, tout bas, des lettres de vous...

Oh, Marie, Marie, si je suis exilé, me suivrez-vous dans mon exil ? Consentirez-vous à ce sacrifice ? Je n'imagine plus de vivre sans vous, en me cachant pour vous aimer...

2 novembre 1662.

Où qu'on vous oblige à vous exiler, vous savez bien que je vous suivrai.

Parfois, Nicolas, je suis au désespoir. Plus d'un an déjà que vous êtes enseveli, intouchable. Je voudrais vous voir. Vous embrasser. C'est une torture comme de marcher avec un couteau fiché dans le cœur. La vie m'exaspère, je déteste ces imbéciles heureux d'amants qui se promènent ensemble dans les allées des parcs, qui se peuvent serrer la main, toucher le bras, et n'en profitent pas.

Parfois, aussi, j'ai presque de la gratitude envers Dieu pour les malheurs qui nous sont échus, puisqu'ils m'ont permis de recouvrer votre amour. Oui, je songe que vous m'aimez et j'oublie le reste. Mais c'est ne pas faire cas de vous, mon pauvre prisonnier, pardonnez-moi.

Il va falloir que j'aille en Bretagne et je n'aurai plus moyen de communiquer avec vous. Mais sachez que je pense à vous chaque heure de chaque jour.

24 décembre 1662.

Près de deux mois sans nouvelles de vous, pourtant, cette veille de Noël est bien moins cruelle que les deux précédentes. Colbert a fait saisir les presses de la rue de Jouy sur lesquelles on avait imprimé mes *Apostilles*, mais ma femme en a installé d'autres dans notre maison de Montreuil-sous-Bois et elle est maintenant occupée à y imprimer les *Défenses* dont je vous avais parlé et qui sortent d'ici, lambeaux par lambeaux, depuis plusieurs mois. Dieu, que j'en suis venu à aimer la Bastille ! C'est une vraie rouelle de fromage que cette prison !

Colbert a fait remplacer Lamoignon par Séguier à la présidence de la Chambre, mais il n'a pas pu empêcher pour autant que cette dernière ne m'accordât ce que j'avais demandé. L'examen des procès-verbaux est accablant. Il y a tant de pièces douteuses ou falsifiées par Foucault et Berryer que le Procureur général Talon a été obligé, sur trente-trois procès-verbaux, d'en abandonner vingt-quatre.

J'espère que vous êtes à Paris et me répondrez bientôt.

1er janvier 1663, rue du Temple.

Oui, je suis près de vous et j'ai foi dans cette année qui s'ouvre. Sachez que monsieur de La Fontaine m'a fait porter ce matin, en cadeau du Nouvel An, le texte d'une Ode qu'il adresse à Sa Majesté, dans laquelle il plaide à nouveau pour vous avec des accents si sincères qu'il me tire des larmes. J'en ai déjà fait vingt copies, que j'envoie à tous ceux dont je sens, ces dernières semaines, l'opinion basculer à votre endroit.

Croyez-moi, cher amour, vous n'avez plus d'ennemis ailleurs que chez Colbert, et Paris vous est entièrement acquise. Moi, je le suis depuis le premier instant où je vous ai vu, il y a vingt-deux ans.

20 janvier 1663.

Votre mère et votre femme, dès la rentrée de la Chambre, se sont présentées à la porte de la salle des séances en demandant à être entendues. Econduites sur les ordres du chancelier, elles ont remis à mon oncle d'Ormesson plusieurs requêtes : l'une pour réclamer communication de l'acte d'accusation ainsi que des pièces produites et des papiers saisis ; les autres pour récuser Foucault, cet escroc, Talon, ce fou, Pussort, oncle de Colbert, Voisin, qui vous en veut d'avoir échoué à la Prévôté des Marchands... On y reconnaît votre style, malgré la hâte avec laquelle vous avez sans doute rédigé ces textes.

Après d'orageuses discussions, la Chambre a adopté les conclusions de mon oncle et a arrêté que vos avocats continueront à remplir librement leur office et qu'on recherchera tous les documents dont vous réclamerez communication. C'est une victoire dont j'ai pleuré durant deux heures ce matin.

Hier soir, j'étais au Bal des Arts à la Cour, où ma fille a dansé. Je n'y allais que dans l'espoir de pouvoir parler au Roy en votre faveur. Sa Majesté m'a saluée, mais j'étais bien sotte d'espérer, car Elle a dit très haut à une autre dame devant moi qu'Elle était heureuse d'être enfin dans un lieu où l'on ne songeait qu'à s'amuser et non à lui parler du procès Foucquet.

27 janvier 1663.

C'est mon tour de n'avoir plus de lettres de vous depuis un mois, mais je sais que vos Défenses *ont occupé tout votre temps. Aujourd'hui est votre jour anniversaire et elles ont commencé à circuler. On sait qu'un brave ramoneur les a fait sortir de la Bastille, après que vous les eûtes écrites sur des rouleaux de tissu, et l'on s'émeut de votre courage. Je crois qu'à l'heure qu'il est, Colbert a déjà envoyé saisir les presses à Montreuil, mais plusieurs centaines d'exemplaires se sont répandues dans Paris, que l'on recopie furieusement, de sorte qu'aucune autorité royale ne pourra plus empêcher qu'on ne sache la vérité sur l'affaire Foucquet.*

Vous parvenez à retourner contre Colbert ses propres arguments en montrant qu'il a non seulement commis des irrégularités et des falsifications dans votre procès, mais qu'il a depuis bien longtemps détourné des fonds dans le cadre de son administration. Vous démontrez qu'on ne peut pas vous accuser de lèse-majesté, à moins de vous appliquer la justice qui permit d'exécuter un pauvre gentilhomme sous François Ier, coupable simplement d'avoir, la nuit, attenté en songe à la vie du Roy...

Je ne doute pas un instant de la vérité de vos accusa-

tions sur Mazarin, je vous l'ai déjà dit. On voit bien, même lorsqu'on est une bête comme moi en arithmétique, qu'un homme qui était ruiné en 1651 ne peut pas, dix ans plus tard, être mort le plus riche de France sans qu'il lui ait fallu, pour cela, détourner le bien public. Comment donc ? Il aurait amassé trente-trois millions de livres quand il en manquait quatre ou cinq par an à la France pour achever ses guerres ? Cette affirmation emporte seule la conviction.

Mais le Cardinal fut le ministre d'Anne d'Autriche et de son fils. Paris suivra votre mazarinade, mais le Roy ne peut accepter d'accuser sa mère d'aveuglement, de légèreté, voire de complicité avec un ministre malhonnête. Il peut encore moins s'accuser lui-même d'avoir été un faible jouet dans les mains de son tuteur. En outre, Anne d'Autriche est encore bien disposée à votre endroit et je crains que ces soupçons ne la fâchent contre vous...

Pardon, mon cœur, je suis sans doute pusillanime. Tout ce qui importe, c'est que la diffusion de vos Défenses *dans Paris fait un bruit considérable. Pendant que je vous écris, j'entends les carosses rouler dans ma cour et mon antichambre se remplir de tous ceux qui viennent aux nouvelles, amis d'autrefois ou convertis de fraîche date en votre faveur.*

Votre Marie.

25 mars 1663.

Gourville a été condamné à mort, mais on a dû se contenter de le pendre en effigie, car il était depuis longtemps averti de la menace et réfugié en lieu sûr. Des amis lui ont fait parvenir le mannequin qu'on avait exécuté à sa place et il s'est écrié qu'il n'était pas ressemblant. Allons, j'aurai méjugé cet homme, un traître ne saurait avoir autant d'esprit !

Ces derniers temps, j'ai dû me servir de ma chiche liberté pour m'occuper de mon procès plutôt que de communiquer avec vous. Mais, même si je ne puis vous répondre toujours, je vous en prie, donnez-moi des nouvelles de vous, Marie, à votre façon inimitable. Je veux imaginer les robes que vous portez, le temps qu'il fait, les gens que vous voyez. Par vous, je puis garder une conscience précise du monde dont je suis exclu et cela contribuera à me sauver.

11 avril 1663.

Ce matin, Olivier d'Ormesson a commencé le rapport de l'affaire. Il va lui falloir au moins un mois, estime-t-il, pour achever l'examen de la très longue et très confuse production du Procureur général Talon. Il m'a dit son sentiment à ce propos : les accusations sont mal exposées, dans une langue ampoulée, elles sont mal articulées et tout cela ne tient guère debout. Il est furieux et triste :

— Je ne pensais pas vivre dans un pays où de tels abus sont possibles et j'en ai le cœur navré.

Cher amour, vous réclamez de mes nouvelles. Je reconnais que je manque singulièrement de verve et ne sais plus vous amuser d'anecdotes comme autrefois. Je vous promets de m'y évertuer. Mais c'est que le souci de vous occupe toutes mes pensées, tout mon temps. Je ne m'accorde de voir que ceux qui vous peuvent être utiles. Ma vie est devenue, sans vous, comme un songe creux. Le temps file, les saisons peignent des couleurs différentes sur les arbres et le ciel, mais tout cela ressemble à un décor de théâtre dans lequel je bouge avec précaution, de peur d'en agiter les toiles et qu'on ne découvre, ainsi, qu'il s'agit d'un trompe-l'œil.

10 mai 1663.

Point de nouvelles de vous depuis un mois, mais je sais par un prisonnier qui vient de quitter la Bastille, un certain Lomet, que vous êtes en bonne santé.

On est toujours dans les laborieuses séances au cours desquelles mon oncle d'Ormesson essaie d'établir le rapport de l'affaire. Talon, qui prétend continuer son information, a fait venir de Belle-Isle une bande de pêcheurs et de paysans conduits par le lieutenant-criminel d'Angers et qui sont censés témoigner qu'on édifiait dans la place des fortifications d'une importance anormale. Les pauvres gens ont ânonné leur texte de telle manière que la subornation de témoins paraissait évidente et que tout cela a desservi l'accusation.

10 juin 1663.

Point de nouvelles depuis deux mois désormais. Je gage pourtant que mes lettres vous sont parvenues, car si notre mode de communication était percé à jour, on me l'aurait fait savoir. Dieu, que vous me manquez ! J'ai besoin des signes que vous avez tracés pour moi sur le papier, j'ai besoin que quelque chose de réel, même si ce n'est que votre écriture, me rattache à vous.

J'ai dû aller en Bourgogne mais j'en suis revenue le plus vite que j'ai pu, pour apprendre que le Roy avait décidé de transférer la Chambre à l'Arsenal. Je serai donc à deux pas de votre procès désormais.

Pauvre prisonnier, fermez les yeux un instant et imaginez. Je porte aujourd'hui la robe bleue que je m'étais fait faire dans cette perse que vous m'avez offerte. C'est comme si vous étiez avec moi. Le carrosse est attelé dans la cour et les chevaux font sonner les pavés, impatientés par l'orage qui menace. Nous sortons. J'emmène mes enfants voir les comédiens italiens. Après le théâtre, nous sommes attendus pour manger des sorbets chez le duc de Chaulnes. Paris est tout poudreux déjà et les feuilles des arbres ont perdu la transparence du printemps. Dimanche, nous irons à Sucy chez mon oncle, mais le malheureux ne nous suivra pas. Il sait qu'il ne verra pas sa maison de tout l'été, car le rapport de l'affaire Foucquet va lui prendre des mois. Talon, pour activer le procès, a réduit le nombre de ses griefs. J'y vois un aveu bien réconfortant...

18 juin 1663.

Notre passseur de messages était malade, Marie, voilà pourquoi vous n'aviez plus de mes nouvelles. J'ai reçu plusieurs de vos lettres à la fois, lorsqu'il a repris son poste.

Oui, vous avez raison, l'attitude de Talon est un aveu. Aussi ne désarmerai-je point. Un nouveau volume de mes *Défenses* va paraître : dès lors que l'on reconnaît que tant de preuves étaient fallacieuses, au nom de quoi accepterais-je d'être jugé par les coquins qui les ont produites ? La vérité est qu'il n'y a plus rien de neuf à révéler dans ce procès, ni pour mon accusation — car on sera désormais empêché d'inventer, de maquiller, de tricher — ni pour ma défense — car on a eu loisir de détruire ce qui me pouvait servir.

Mais je puis me battre désormais sur le véritable terrain de cette affaire : à savoir que toutes les manœuvres, les abus, les irrégularités qui sont maintenant apparus aux yeux du public trahissent une volonté de me détruire. Il faudra bien un jour se demander pourquoi tant d'acharnement.

Je vous aime, Marie, et dans votre robe de perse bleue, sachez que vous avez passé plusieurs nuits avec moi ici, ces derniers jours. Je vous entendais respirer près de mon cœur et, plus d'un matin, je me suis éveillé avec le parfum de votre chevelure contre mon cou.

7 juillet 1663.

Ormesson en a fini avec la production de Talon, il va maintenant aborder celle de l'accusé. Il a décidé d'agir sans hâte, enfermé dans l'étouffoir de son bureau parisien, levé dès quatre heures du matin, ignorant la polémique qui fuse autour de lui, Talon qui réplique à vos libelles et vous qui réussissez, au nez et à la barbe de vos geôliers, à répliquer à ses répliques, ignorant aussi le chancelier, les commissaires, le greffier qui viennent chez lui chaque jour tenter d'entraver la marche du procès…

L'été est glorieux. Ses parfums et ses rumeurs parviennent sans doute à vos fenêtres, et je sais qu'on vous permet parfois d'aller respirer dans la cour. Mais, Dieu, qu'il est cruel d'enfermer un écureuil en cage ! Plus qu'aucun autre, vous avez besoin de la liberté de vos gestes. Parce que vous me demandez les détails de ma vie, je suis partagée entre l'envie de vous raconter nos baignades à Sucy, nos déjeuners sur l'herbe, la pièce que Charles et Françoise-Marguerite ont jouée dans le théâtre de verdure, et le remords de susciter en vous, de la sorte, la nostalgie de ce qui vous est interdit.

14 juillet 1663.

Raconte, Marie, raconte tout, puisque tout m'est dérobé. Tu m'aides à recréer ce que je n'ai plus. Si tu savais ! Mes songeries sont précises jusqu'à la douleur. Je connais mieux ton corps aujourd'hui que je ne l'ai jamais connu, à force de le parcourir en imagination. Je crois qu'il m'est donné de m'échapper d'ici sur les ailes de la nuit, parfois. Oh, tu dois bien le ressentir et je suis sûr que, certains matins, quand tu t'éveilles tremblante et moite, tu sais que c'est parce que je suis venu te retrouver dans ton sommeil.

18 juillet 1663.

Oui, je le sais. Et je m'abandonne à tout ce que vous voulez. Mais cette nuit, c'est moi qui viendrai à vous. Vous dormirez. Dehors, un rossignol chantera et je vous éveillerai en posant ma main sur votre front. Je serai parfumée de chèvrefeuille et je porterai la robe de la première fois. Vous me laisserez la délacer seule parce que c'est celui qui vient en visite qui agit, celui qui rêve ne doit pas bouger. Je baiserai le creux entre votre cou et votre épaule, cet endroit de votre corps si fragile, si émouvant. J'oserai ce que je n'ai jamais osé, en regardant le plaisir venir dans vos yeux. Le lendemain matin, vous vous en souviendrez plus fort que de toutes nos autres nuits, ce sera devenu plus vrai que ce que nous avons vécu.

20 juillet 1663.

Notre ami geôlier a été mis à la retraite, il ne pourra donc plus nous servir de courrier. Il va me falloir quelque temps pour apprivoiser le nouveau venu, ne t'étonne donc pas si tu n'as pas de mes nouvelles.

Heureusement, tu as tenu parole. Tu es venue l'autre nuit. Désormais, quoi qu'il advienne, rien ni personne n'aura plus pouvoir de nous séparer. Garde ce secret, Marie, qui nous rend maîtres du temps et de l'espace...

13 octobre 1663.

Enfin ! Je me suis assurée que la mère de votre nouveau voisin, qui va visiter son fils à la Bastille chaque semaine, lui donnera ce message pour vous et fera de son mieux désormais pour permettre nos échanges. Elle dit qu'on la fouille à l'entrée et à la sortie, mais personne ne se méfie de son crucifix, qui est creux...

Sachez que c'est un vrai grand homme que mon oncle d'Ormesson, j'ai pris pour lui une estime extraordinaire. Vous ne pourrez jamais imaginer tout ce qu'on a inventé comme atermoiements, tous les improbables témoins à charge que ce fou de Talon, excité par sa maréchale de L'Hôpital, a mis sans arrêt dans les jambes d'Olivier pour ralentir la procédure. Mais il m'a annoncé ce matin, avec des cernes plombés sous les yeux, qu'il en avait fini d'examiner votre production.

20 octobre 1663.

Sur la bonne nouvelle que j'ai reçue de vous, j'ai demandé immédiatement communication des documents nécessaires à ma défense, notamment les registres de l'Epargne, de la Chambre des Comptes, du Conseil du Roy.

La Chambre a suivi votre Ormesson, dont vous avez

bien raison d'admirer l'intégrité. En outre, j'ai obtenu que tous les procès-verbaux soient vérifiés en présence de mes avocats.

C'est une grande étape pour moi. Si l'on vérifie les comptes, toute l'accusation de péculat et de malversation va s'écrouler. Le fruit de deux ans de procédure sera perdu pour mes ennemis.

Je reprends espoir. Et je vois un signe dans ce crucifix qui sert à porter nos lettres. Dieu est avec nous, Marie.

24 décembre 1663.

Triste veille de Noël. Talon, qui avait le tort d'être devenu tout à fait fou, donc incontrôlable, a été remplacé par Chamillart, qui n'est que le pantin de Colbert. Ormesson ayant refusé d'entériner cette décision, le Roy a dû en faire une manifestation de son bon plaisir. Mais dans les salons comme dans les gazettes, et jusque dans les ambassades étrangères, on n'a pas de mots assez vifs pour stigmatiser cet arbitraire. Turenne disait chez moi, il y a deux jours, que Séguier se conduit comme un homme sans honneur et prostitué.

Il me faut, à la fin, vous avouer mon sentiment profond. Colbert ne saurait continuer à vous poursuivre avec autant d'acharnement sans l'aval du Roy. Il était possible d'espérer, il y a deux ans, qu'on abusait notre souverain. Mais la somme des iniquités qui a jalonné ce procès s'étale aujourd'hui aux yeux de tous. Le Roy ne peut plus être aveuglé, à moins qu'il ne veuille l'être. C'est ce que je crois.

Hélas, en cette nuit de la naissance du Christ, je n'ai que de l'amour à vous donner. Je voudrais vous porter de l'espérance, mais ce serait vous tromper.

3 mars 1664.

Comme vous devez le savoir, la dame au crucifix s'est vu interdire les visites pour plusieurs semaines, et je suis resté deux mois sans nouvelles de vous. J'ai été bien malade, mais à présent, on a autorisé cette personne à revoir son fils et l'espoir de vous lire me rend mes forces. Ecrivez-moi, Marie, je vous en prie.

4 mars 1664.

Dès réception de votre mot, je vous envoie brièvement le résumé des derniers événements vous concernant. Je vous épargne le récit de mes inquiétudes à votre propos, car moi qui ai droit à la liberté, je n'ai pas celui de me plaindre.

Sachez qu'Ormesson ne peut plus souffrir Chamillart, qui lui fait des remontrances comme à un collégien. Il dit qu'il n'admet pas qu'on lui donne le fouet tous les matins. Heureusement, il a fini d'examiner toutes les productions. On en est à vérifier les procès-verbaux de l'Epargne, qui font apparaître clairement Foucault et Berryer comme des faussaires. Vous serez bientôt jugé et cela n'ira pas tout seul, car il n'y a rien contre vous. Le Roy, s'il veut votre perte, sera obligé de le montrer trop clairement — ce qui peut le faire hésiter. Je vous aime.

M.

10 mars 1664.

Ma douce,

Colbert me fait conduire aujourd'hui au donjon de Moret sous la garde de monsieur d'Artagnan et la

Chambre est transférée à Fontainebleau près de la Cour, sans doute pour m'empêcher de conférer avec mes avocats. Je ne sais si je parviendrai à communiquer aussi bien que depuis la Bastille…

15 mars 1664, à Moret.

Mes deux conseils, des hommes de plus de soixante-dix ans, n'ont la permission de me voir que deux jours par semaine. Courageusement, ils font le voyage aussi souvent que possible mais, chaque fois qu'ils se présentent, on leur signifie que ce n'est pas le bon jour, avant de les mettre à la porte. Ils reviennent, je les aperçois parfois dans la cour et cela me serre le cœur de penser qu'ils prennent leur rôle avec autant de sérieux. Malgré tout, nous avons réussi à nous rencontrer deux fois, et, d'une manière ou d'une autre, ils feront passer mes messages.

15 mai 1664.

Vos avocats sont de braves gens en effet, qui m'ont remis vos deux lettres de Moret et vous donneront celle-ci. Colbert s'est rendu hier auprès de monsieur d'Ormesson, mon grand-oncle, pour lui signaler les mécontentements que causent les retards apportés, du fait de son fils, au règlement de votre affaire. Sa Majesté s'étonne, paraît-il, que le Roy le plus puissant de toute l'Europe ne puisse obtenir qu'on achève le procès d'un de ses sujets.

— Je suis bien fâché, a dit ce sage vieillard, que le Roy ne soit pas satisfait de la conduite de mon fils. Mais je sais qu'il n'a que de bonnes intentions. Je lui ai toujours

recommandé de craindre Dieu, de servir le Roy et la justice, sans exception de personne.

Colbert a insisté, faisant passer la menace dans ses propos. Le vieux monsieur, alors, a arguë de sa santé chancelante pour congédier le ministre.

— On a ôté à mon fils l'intendance de Soissons. Il ne s'en plaindra pas. Il n'en rendra pas moins bonne justice. Nous avons peu de biens, mais ces biens nous viennent de nos pères.

Oh, je les aime, je suis heureuse et fière que de telles âmes fassent partie de ma famille.

18 mai 1664.

Cette fois, il n'est que trop évident que j'avais raison, que l'affaire Foucquet est devenue une affaire personnelle pour Louis XIV. On a déféré devant la Chambre, en appel, l'affaire d'un malheureux receveur des tailles nommé Dumont, condamné à mort pour péculat. Séguier, après une parodie d'interrogatoire, sans que le pauvre homme eût droit au moindre avocat, a trouvé treize juges, treize traîtres pour répondre à son appel. Dumont a été condamné à la potence et exécuté le soir même au carrefour de la Bastille. Sans doute en connaissez-vous déjà la rumeur, le but était de vous glacer le cœur par cet exemple infâme.

Je passe tous les jours chez vos avocats. Ils me disent espérer vous voir demain et pouvoir ainsi vous remettre ce mot. Je leur ai fait porter aussi des vivres pour vous, parce qu'ils se sont affligés de votre maigreur lors de leur dernière entrevue avec vous. Je vous aime.

20 juin 1664.

Point de nouvelles de vous par lettre, mais vos avocats me parlent de vous. Ils n'ont pu vous voir, mais ont réussi à vous faire passer un mémoire et ma lettre du 18 mai. De temps en temps, votre brave mousquetaire d'Artagnan décide de ne rien voir...

Madame Foucquet avait réussi à remettre votre supplique à Ormesson, selon laquelle depuis que vous étiez à Moret, vous étiez empêché de voir vos conseils. Le Roy a déclaré que c'était lui qui avait donné ses ordres à monsieur d'Artagnan. La Chambre n'a d'abord pas suivi Ormesson et a cédé à la volonté du Roy.

Mais, en cinq jours, Ormesson a rallié la Chambre à son avis. Votre demande d'information contre Colbert est maintenant acceptée ! J'en suis si bouleversée que je n'ai pas dormi de la nuit. L'accusateur est accusé ! Le Roy a riposté aussitôt en ramenant la Cour à Paris, et donc la Chambre. Mais c'est tant mieux, car cela aura sans doute pour conséquence votre retour à la Bastille. Oh, si je pouvais me trouver sur votre route !

4 juillet 1664, en la Bastille.

On m'a ramené à la Bastille. Sur le chemin, à Charenton, monsieur d'Artagnan a fait ralentir le convoi. J'ai pu serrer dans mes bras ma femme et mes enfants qui m'attendaient là, groupés au bord de la route comme des mendiants.

Deux heures plus tard, un peu plus loin, c'était vous, Marie, qui m'attendiez...

Mon amour, ma belle, comme vous êtes belle, plus encore que je ne m'en souvenais ! Je crois que vous demeurerez toujours ainsi, fidèle à ce que nous avons été l'un pour l'autre et j'en suis consolé de ma décrépitude, car je sais que le malheur me ravage.

4 juillet 1664.

Je n'arrive pas à croire que je vous ai vu, que je vous ai serré dans mes bras. Comme je vous ai trouvé maigre, je sentais vos os au travers de vos vêtements ! Mais c'était vous, droit, fier, inaltérable. Je n'ai jamais cru que vos bourreaux parviendraient à vous briser, néanmoins c'était un bonheur sans pareil que de le constater. Oh, c'est vous qui êtes fort et qui allez l'emporter !

8 juillet 1664.

Ormesson, saisi de votre demande en récusation de Voisin et Pussort, « coupables de faux », a commencé d'examiner les procès-verbaux. Hier, il a renvoyé chez lui le ministre Le Tellier qui voulait le presser de conclure dans le sens qui plaît au Roy. Ce jour, samedi, à la Chambre, il a donné son avis : selon lui, ces documents puent la fraude. Mais il n'a pu conduire la Chambre à conclure et les débats se poursuivront lundi, à la demande de Séguier.

14 juillet 1664.

Séguier a bien joué. Profitant du dimanche, il est allé voir les juges et les a circonvenus. Vous êtes débouté de votre demande contre Colbert et ses faussaires.

Mon oncle est dans un découragement extrême. Il

affirme ouvertement maintenant que votre procès ne sera qu'une parodie de justice.

Françoise-Marguerite, qui a suivi toute votre affaire depuis votre arrestation avec une attention aiguë et qui m'en parle souvent, m'a surprise en train de pleurer après la visite d'Olivier.

— Vous pleurez encore pour monsieur Foucquet, maman.

J'ai hoché la tête. Elle a poursuivi :

— Je suis en âge de savoir. Dites-moi si j'ai quelque titre à le pleurer moi aussi.

— Qui t'a mis cette pensée dans l'esprit ?

Elle a souri :

— Je me suis regardée dans un miroir. Et j'ai comparé ce que je voyais avec les portraits du prisonnier que l'on fait circuler dans Paris.

Il est vrai qu'en grandissant, elle est devenue aussi belle que vous et que la ressemblance de vos traits s'est accentuée. Pourtant, c'est une ressemblance subtile et qui n'est pas, Dieu merci, de nature à aveugler les regards.

— Oui, Françoise, ai-je dit, monsieur Foucquet est ton père.

— Je m'en doutais depuis longtemps.

Je n'osais rien répondre, m'attendant à sa colère, à son mépris. Mais elle a continué d'une voix tranquille :

— Ne craignez rien, j'ai changé. Ce que je sais de lui depuis son arrestation me fait comprendre que vous ayez pu le préférer au marquis de Sévigné.

Et nous avons pleuré ensemble, comme lorsqu'elle était si petite et que rien au monde, imaginais-je, ne pouvait nous séparer…

J'ai de nouveau gagné un complice pour communiquer avec vous et vous fais passer, dans un seul envoi, toutes mes lettres de juillet. Il est bien certain que vos changements continuels de prison visent à détruire vos réseaux de communication, mais on ne réussit ainsi qu'à nous retarder de quelques jours, car un grand nombre de gens, à tous les étages de la machination ourdie par vos ennemis, ont pitié de vous et sont prêts à vous aider.

CHAPITRE XIX

4 septembre 1664.

Le Roy était pressé de renvoyer la Chambre à l'Arsenal pour y ouvrir les débats, mais Olivier d'Ormesson a voulu achever l'examen des procès-verbaux. Après trois mois de ce travail, il apparaît que l'adversaire a perdu presque tous ses chefs d'accusation. Il se cramponne au crime d'Etat parce que, sur ce chef au moins, il y a le « plan de Saint-Mandé », document incontestable. L'atmosphère dans laquelle délibère la Chambre est devenue orageuse, mon oncle dit qu'on en est quasi aux insultes.

Plusieurs juges, écrasés par l'énormité de ce qui leur est découvert, hésitent maintenant en votre faveur. Ce serait le moment, si vous le pouviez, de frapper leurs esprits par quelque révélation.

8 septembre 1664.

Bravo ! La communication que vous avez faite aux juges des lettres que Mazarin vous avait adressées après la déroute de Valenciennes les a profondément troublés. Ils savent tous maintenant qu'on leur demande de voter la mort, sur de simples présomptions, d'un homme qui, lorsque l'ennemi était aux portes, a sauvé le Roy, la dynastie et l'Etat. Encore ne connaissent-ils pas toute l'étendue de votre dévouement.

Un autre coup de théâtre favorable vient de se produire. Chatelain, ce partisan dont on avait obtenu, dans l'affaire de pension des gabelles, des dépositions contre vous, vient de se rétracter et de rétablir les faits à votre décharge.

Cette lettre est la dernière qui vous parviendra par notre messager usuel, car il va être transféré dans une autre prison. Après cela, je ne sais comment nous pourrons encore nous écrire. Mais où que vous soyez, si étroitement qu'on vous surveille, je trouverai toujours un moyen.

14 novembre 1664.

Sachant que vous étiez cité à comparaître aujourd'hui pour la première fois, j'ai réussi à louer, sous un faux nom et à prix d'or, une maison qui regarde droit dans l'Arsenal, d'où je peux vous apercevoir quand on vous amène de la Bastille et que l'on vous y reconduit.

J'y étais ce matin. Vous êtes arrivé avec une escorte de cinquante mousquetaires, mais ils marchaient derrière vous à trente pas et vous alliez tranquille, monsieur d'Artagnan restant à votre côté. J'ai cru m'évanouir. Je ne vous ai pas trouvé changé depuis quatre mois, hormis les cheveux, mais cela vous donne un air de dignité extraordinaire, qui contraste avec la jeunesse qu'a gardée votre visage.

Je vous ai mangé des yeux, bu, respiré. Vous aviez l'air si heureux de humer l'air, de dégourdir vos membres ! Mon pauvre amour, je souffre dans mon corps des douleurs qui doivent affliger le vôtre, vous qui aimiez tant galoper, nager, tailler vos roses à Saint-Mandé... J'ai fait des signes pour attirer votre regard, mais vous n'avez pas levé la tête. Oh, j'en suis au désespoir !

Il vous serait utile dans votre défense de lire le compte rendu quotidien de vos comparutions devant la Chambre, afin de savoir quelles réactions vos paroles suscitent parmi vos juges et dans le public. J'ai résolu d'écrire ce compte rendu mais je ne sais encore comment vous le faire parvenir, car mes efforts depuis deux mois pour acheter tel ou tel garde du tribunal ont échoué. Le Roy leur fait payer des primes bien supérieures aux sommes que je puis moi-même offrir. Toutefois, il y aura peut-être moyen de vous lancer quelque chose dans les jardins de l'Arsenal, depuis les fenêtres de cette maison que j'ai louée. J'ai du temps jusqu'à lundi pour y réfléchir.

Quoi qu'il en soit, Olivier d'Ormesson est convenu de me rapporter chaque jour ce qui se passe à l'Arsenal et j'ai décidé d'en transmettre aussitôt la teneur à notre ami Pomponne, qui est en exil, car je suis assurée qu'il fera ensuite circuler mes lettres. Il faut que l'iniquité dont vous êtes victime soit publiée.

Voici ce que je sais d'aujourd'hui : vous avez bien agi ce matin en refusant de prêter serment et en déniant la compétence de la Chambre à vous juger. On vous a interrogé sur la pension des gabelles, le premier chef d'accusation retenu contre vous. Mon oncle dit que vous avez adroitement répondu : il y avait eu, en effet, 120 000 livres par an de commissions promises par des fermiers des gabelles, mais ces sommes étaient pour Mazarin. Le nom du bénéficiaire était resté en blanc sur la pièce incriminée que l'on a saisie chez vous.

Hélas ! Vous ne comparaîtrez plus avant trois jours, car nous sommes vendredi. Dieu veuille que je vous aperçoive lundi matin !

Lundi 17 novembre 1664.

Vous avez levé la tête. M'avez-vous reconnue sous mon masque ? En tous cas, j'étais sûre que vous n'auriez pas oublié notre code d'il y a dix ans. Vous avez compris à mes signes que j'étais Marie, que je vous aimais de toute mon âme et que je cherchais le moyen de vous faire parvenir des nouvelles. Le sourire qui est venu sur votre visage m'a tiré des sanglots.

Ce compte quotidien que je veux vous rendre, il faut absolument que je trouve un moyen de vous le faire tenir lors de vos passages par les jardins de l'Arsenal. Je vois bien que monsieur d'Artagnan est un brave homme, car c'est exprès qu'il prend un pas de promenade pour vous escorter, afin que vous puissiez respirer l'air. C'est lui qui m'a vue le premier ce matin : il vous a donné un coup de coude discret pour que vous leviez la tête. Néanmoins, je le sais intègre et ne me hasarderai pas à tenter de l'acheter, car alors, on viendrait sûrement me déloger de la maison louée.

Mon oncle dit que vous avez très bien répondu aujourd'hui, toujours sur le même chef d'accusation, et qu'il ne pourra pas être retenu contre vous.

Je ne sais parler que de vous et je fuis la compagnie de ceux qui me voudraient entretenir d'autre chose. Dieu merci, la Cour et la Ville n'ont souci que de votre procès et même la défaite de Gigeri a moins d'intérêt aux yeux du public.

18 novembre 1664.

Troisième comparution, sur le second chef d'accusation : les pensions prélevées par vous ou vos commis sur la ferme des aides, le convoi de Bordeaux, les gabelles du Dauphiné. Vous vous défendez admirablement en démontrant que votre part dans ces sommes n'a jamais pu être prouvée. O. dit que ce chef-là non plus ne pourra guère être retenu contre vous.

Il pleuvait ce matin, ce qui a conduit les mousquetaires à vous faire presser le pas. Nous n'avons échangé qu'un regard et votre signe m'a fait comprendre que vous attendiez mes lettres avec impatience, mais je n'ai toujours pas de solution pour vous les faire parvenir.

Ce souci me tourmente tant que je n'en ai pas dormi de la nuit. Je m'astreins à écrire à Pomponne quotidiennement, et je répète tout ce que je sais également en paroles, plus de dix fois par jour, à des visiteurs qui se soucient de vous, ou bien dans les maisons où je suis reçue. Ma vie mondaine est intense, mais croyez que je ne me distrais pas un instant dans les fêtes où je parais. Je n'y vais que pour servir.

Dieu merci, je peux me fier au récit d'Olivier d'Ormesson, qui garde toujours un calme imperturbable et un jugement sûr quant à ce qui se passe. Le bruit court, sans doute à l'initiative de Colbert, qu'il agit entièrement sous mon influence, mais cela n'est pas vrai. Il s'est simplement convaincu, sous le poids des faits, que vous étiez innocent.

19 novembre 1664.

Je ne vous verrai pas aujourd'hui. Il n'y a pas séance à la Chambre, à cause de la maladie de la Reine, qui est au plus mal. Elle reçut hier soir les derniers sacrements, que le Roy, accompagné de toute la Cour, était allé quérir avec des cierges et des flambeaux. Lorsque la pauvre femme vit arriver toutes ces lumières, elle fit un effort pour se soulever et reçut le viatique avec une dévotion qui fit fondre en larmes tout le monde.

20 novembre 1664.

J'ai trouvé le moyen de vous faire parvenir mes lettres ! Le paquet, lesté de pièces d'or, atterrira aux pieds d'un brave homme, qui devrait tout à l'heure vous le remettre lorsque vous sortirez pour regagner la Bastille, après votre interrogatoire… Si, bien sûr, vous avez compris mes signes.

Je termine cette lettre-ci, que je vais joindre au rouleau des précédentes, car j'ai des nouvelles à vous mander. Ce matin, votre mère est venue porter à la Reine-mère un certain emplâtre qu'elle fabrique et qui fait merveille pour les retours de couches. Anne d'Autriche l'a donné aussitôt à la Reine, qui a évacué deux gros caillots. Sa fièvre l'a quittée, elle a dormi deux heures paisiblement et on la croit sauvée. Le bruit qu'on en fait à la Cour est que madame Foucquet est une sainte capable de miracles. On espère qu'elle aura pu demander votre grâce à la Reine.

21 novembre 1664.

Après minuit, de retour chez moi, après avoir soupé chez les Ormesson.

J'ai vu que l'ouvrier vous remettait le rouleau lorsque vous êtes venu près de lui dans l'allée et votre signe à mon adresse était clair. Avec quelle impatience j'attends maintenant votre réponse !

Aujourd'hui, on vous a interrogé sur le troisième chef, le marc d'or. O. dit que vous avez été d'une éloquence et d'une pertinence remarquables. Votre discours sur la déroute du pays au lendemain du désastre de Valenciennes, l'urgence de remplir le Trésor qui vous faisait recourir à tous les expédients, en a ému plus d'un. Surtout, vous avez ferré le poisson Séguier, en révélant que lorsque lui-même avait fait des avances à l'Etat, il n'avait pas respecté plus que vous ces formalités dont l'inobservation vous est imputée à crime aujourd'hui...

Votre mère et votre femme se sont jetées à genoux sur le passage du Roy, espérant que la guérison de son épouse le disposerait mieux envers elles. Mais il n'a même pas voulu les regarder et il est passé comme si elles ne se trouvaient pas là. J'en ai le cœur meurtri de chagrin.

Vous aurez ce mot tout à l'heure et moi, sans doute, j'aurai une lettre de vous. Je vous aime.

21 novembre 1664.

Marie,

Oui, j'ai compris, à vos signes, que vous m'envoyiez vers ce bassin de fontaine que sont en train de construire des ouvriers. Oui, j'ai compris que celui qui porte la futaine noire est notre messager.

Je me suis approché pour lui parler, on ne s'est pas étonné que je m'intéresse à un travail d'architecture, connaissant mon goût pour les bâtiments, c'est même un sujet dont j'ai ri ensuite avec monsieur d'Artagnan. L'ouvrier a donc pu me remettre vos lettres et je pourrai, demain, lui donner cette réponse. Il semble que les travaux vont durer plusieurs semaines, mais bien sûr, le mauvais temps risque de les suspendre de temps en temps.

Mon amie, je vous en conjure, quand viendra le verdict, faites en sorte de vous placer à la fenêtre de cette maison donnant sur l'Arsenal, que je puisse vous voir même un instant. Par le même code que ces jours-ci — je me souviens qu'il y a dix ans nous l'utilisions pour nous parler d'amour et la nostalgie de ce temps m'étreint le cœur — vous me ferez connaître si je suis condamné à mort ou non. Pourvu que j'aie quelques minutes afin de préparer mon âme au pire, je pourrai ainsi ne pas donner à mes juges la satisfaction de me voir perdre contenance au moment où ils prononceront leur sentence devant moi.

Vous voir tous les jours m'est un bonheur immense, qui me donne la force de me défendre. Or, tout ce que vous me mandez me prouve que je me défends, en effet, assez bien pour parvenir à laver mon honneur à l'issue de ce procès. Je ne me bats que pour cela, car je suis de votre avis, désormais : le Roy ne veut pas me sauver.

Je vous aime. Vous aurez cette lettre, que j'ai écrite comme je l'ai pu sur un rabat de col, dès demain, par l'ouvrier du bassin...

22 novembre 1664.

Cher amour,

J'ai eu ce jour votre lettre du 21, en échange de celle que j'écrivis hier après minuit. J'accéderai à votre requête, mais relire ce passage me tire des sanglots. Dieu, que j'aimerais être ainsi la messagère de votre salut, vous faire le signe de la liberté, savoir que nous allons bientôt nous retrouver !

J'ai vu votre mère, qui m'a conté comment elle avait fait donner son emplâtre à la Reine par madame de Charost, et comment il avait guéri Sa Majesté en moins d'une heure. La Reine mère en fut persuadée et le dit au Roy, qui ne voulut pas l'écouter. C'est le même jour qu'il passa devant votre femme et votre mère sans les regarder.

28 novembre 1664.

On m'a reconnue aujourd'hui alors que je sortais de la petite maison. Aussi ai-je pris le parti de dire un mensonge qui ressemble à la vérité. J'écris à Pomponne que ce sont des dames de mes amies (j'espère qu'il ne me demandera pas lesquelles !) qui m'ont proposé aujourd'hui d'aller avec elles dans une maison qu'elles ont louée, en face de l'Arsenal, depuis les fenêtres de laquelle on peut vous voir passer lorsqu'on vous conduit aux séances.

Comme vous étiez plongé dans de sombres pensées, la tête basse, vous ne m'avez point vue tout de suite. Alors, monsieur d'Artagnan vous a poussé du coude, ce qui prouve qu'il tolère notre manège. Vous avez levé la tête et m'avez souri.

Je rêve qu'il soit possible un jour, de nouveau, de ne parler que d'amour, d'oublier ce procès. Je rêve de choses toutes simples qui me reviennent du passé et que je voudrais revivre : le souffle de votre rire sur ma joue, un abricot partagé ensemble dont le jus coule sur votre menton, un air de harpe joué dans le jardin de Saint-Mandé.

Adieu. Je ne saurai jamais exprimer tout ce que je ressens pour vous.

28 novembre 1664.

Ma belle amie,

Je ne reviendrai à l'Arsenal que lundi, je crois que l'on cherche à faire traîner le procès. On ne me fait plus venir qu'après que les juges ont déjà délibéré entre eux et l'on me laisse parler sans m'interrompre, car Colbert trouve que, dans les échanges, je l'emporte trop facilement.

Je songe à vous, j'ai tant d'impatience, moi aussi, de vous revoir, de vous toucher, d'abolir le temps dans vos bras…

CHAPITRE XX

31 décembre 1664.

Vous m'avez vue à l'Arsenal et vous savez donc que c'est la vie qui l'emporte, mais je veux vous dire autre chose encore. Il y a fête dans Paris ce soir, et ce n'est pas pour le Jour de l'An, c'est pour vous ! On a appris les conclusions de votre procès, alors on chante et tire des feux d'artifice, parce que les gens savent que mon bon, mon noble, mon brave oncle s'est opposé au tribunal pour sauver votre tête et qu'ils en sont heureux. On vous aime, si vous saviez comme on vous aime, vous qui avez cherché cela toute votre vie avec des maladresses d'enfant, parfois !

Soyez rassuré. Bientôt, nous serons de nouveau ensemble et peu m'importe en quel désert on nous bannira.

4 janvier 1665.

Marie,

A l'heure présente, vous savez la décision du Roy, qui a commué mon exil en détention à vie, aggravant la décision des juges au mépris de son rôle d'arbitre souverain. Tant de haine, Mon Dieu, n'alertera donc personne ?

On m'emmène à la forteresse de Pignerol, avec un luxe de précautions et une escorte qui ne se sont vus pour aucun prisonnier. On dit que je serai là-bas au fond de l'enfer. Monsieur de Saint-Mars, qui me gardera, n'est pas de même trempe que monsieur d'Artagnan, grâce à qui je suis assuré, au titre d'ultime service, que vous lirez ces lignes.

Marie, vous devez être courageuse. Il est clair que le Roy veut m'empêcher de communiquer avec quiconque. Il est clair aussi que le meilleur moyen de parvenir à cette fin est de me faire mourir. Cela ne peut s'accomplir aujourd'hui à Paris sous peine de soulever des émeutes en ma faveur. Mais quelque temps après mon ensevelissement à Pignerol, quand nul ne pourra plus rien connaître de mon sort, on apprendra que j'ai succombé à mes fièvres ou à quelque mauvaise chute. Vous devez vous préparer à cela, Marie, je suis un mort en sursis et vous ne me reverrez jamais.

Si le Roy s'acharne à me perdre, c'est qu'il sait que je détiens son secret — que Mazarin dut lui transmettre sur son lit de mort. Ce secret, durant les quatre ans de mon procès, jamais je n'y ai fait la moindre allusion, ni auprès des juges ni auprès de Roy lui-même, supputant que mon silence l'assurerait de ma loyauté et qu'à la fin il me gracierait. Mais, tout comme Mazarin dont il suit l'enseignement, il préfère me sacrifier.

Cependant, c'est la Reine qui m'avait confié sa confession et la Reine ne me l'a jamais reprise. J'en suis certain, Mazarin me la réclama en 53 à l'insu de sa souveraine : si j'avais été plus roué, je l'en eusse d'ailleurs informée. J'en suis également certain, elle ne voulait pas que son fils connût le secret et elle ignore présentement que Mazarin le lui a révélé. Je sais par mes fidèles et par vous qu'elle a plaidé en ma faveur depuis quatre ans sans comprendre l'acharnement du Roy contre moi ni la froideur qu'il lui témoigne à présent. Mais, connaissant le caractère de Louis, je m'explique cette attitude : il ne pardonne pas à sa mère de n'être que ce qu'il est.

La cassette qui contient l'original de la lettre est en lieu sûr et la personne qui l'a sauvée mourra plutôt que de me trahir. Au reste, elle ne connaît même pas le chiffre du coffre arabe. Mais si cette personne disparaissait après moi pour avoir été de mes amis, le secret serait perdu. Qui sait ? Des temps peuvent venir qui rendront une vérité, aujourd'hui si dangereuse que je dois mourir plutôt que de la laisser se publier, qui la rendront, dis-je, nécessaire au salut de notre peuple.

J'ai conscience du poids qu'elle pèse et de la terrible responsabilité que je vous transmets, Marie, mais il n'est que vous au monde à qui je puisse me fier désormais. Soyez donc, en me pardonnant, la dépositaire d'une confession que je reçus il y a quatorze ans, et que je restitue ici, de mémoire :

Ce 8 février 1651, à deux heures de la nuit.

Moi, Anne, régente de France, déclare et confesse ce qui suit.

J'ai rencontré pour la première fois Jules Mazarin à Paris en mai 1632, alors qu'il était légat du pape auprès du Roy de France, mon époux. Il me fit forte impression, et c'est avec plaisir que je le vis revenir à Paris trois ans plus tard. Lorsqu'il quitta la capitale en janvier 1636, nous étions devenus proches, car il était le seul dans mon entourage à parler couramment le castillan. Cette amitié, ni le Roy ni le Cardinal de Richelieu ne la contrarièrent jamais, ce qui me fit supposer que Mazarin était l'espion de Richelieu, chargé de sonder mes opinions et de surveiller mes fréquentations. Mais, au-delà de sa mission, il advint qu'il s'attacha sincèrement à moi. Lorsqu'il fut en Avignon jusqu'au milieu de 1636, il m'écrivit des lettres passionnées. Il ne devait pas reparaître officiellement à la Cour avant 1639, mais il vint plusieurs fois clandestinement de Rome à Fontainebleau et à Paris pour me voir.

Durant le terrible hiver 1637-1638, je touchai le fond du désespoir. J'étais isolée, décriée et menacée de répudiation. Il traversa la frontière en secret et me rejoignit. Il se soucia de me consoler, m'assurant qu'il ne me ferait jamais défaut, ce qui s'est vérifié depuis lors, car il a été pour moi le meilleur des ministres. Je ne résistai pas à sa tendresse, quand j'avais su ne pas céder à sa passion. Je connus aussitôt que je pouvais être grosse. Alors que mon amant était déjà reparti pour Rome, je fis en sorte que le Roy restât une certaine nuit chez moi. Dieu voulut bien m'épargner en permettant que ce dessein s'accomplît, et Louis naquit un peu moins de neuf mois plus tard.

J'étais fort surveillée, mais j'avais la complicité de l'une de mes dames, mademoiselle de Marsan, qui a pris le voile chez les ursulines de Tours sous le nom de mère Saint-Joseph, et qui fut témoin de tout. Elle a reçu l'ordre de révéler ce qu'elle sait sur cette phrase : « Parlez, Saint-Joseph, au nom de la miséricorde du Christ et pour le salut d'Anne de France. »

Le véritable héritier du trône n'est pas Louis, mais Philippe, qui, lui, est né du Roy. Cependant, je continue de croire que les voies de Dieu sont impénétrables et que mon péché, s'il n'appartient qu'à moi de l'expier, sera utile au sort du royaume, car Louis s'est révélé très tôt mieux doué pour régner que son frère.

Hélas, en ces temps troublés où l'on voit la tête du souverain anglais rouler dans la poussière, où la guerre civile fait rage en France, où je suis assiégée dans mon palais tandis que mon Premier ministre vient d'être contraint de fuir pour échapper à la potence, je crains pour la vie de mon fils. Peut-être, s'il était saisi et menacé de régicide, la révélation de sa naissance pourrait-elle le sauver. Ce n'est que dans cette seule circonstance, si la vie du Roy était en péril, que je demande au destinataire de cette confession, après avoir assuré par tous les moyens la sécurité de Philippe, fils de Louis XIII, d'en publier le contenu. Je n'ignore pas la honte pour moi et l'ébranlement pour la couronne de France qui en résulteraient. C'est pourquoi cette révélation ne pourrait être que l'ultime recours pour sauver la tête de Louis. Je confie ce soin à l'homme le plus intelligent que je connaisse outre Jules Mazarin, le plus dévoué aussi, monsieur Nicolas Foucquet. Je m'en remets à sa sagacité et à sa loyauté, en ces jours de colère et de terreur. Puisse Dieu venir en aide au royaume de France et donner long règne à Louis XIV, mon fils.

Anne, régente de France.

Marie, je vais mourir. La détention a ruiné ma santé, gâté mes dents et blanchi mes cheveux. Il n'importe. Je sais que si le Ciel nous accordait de nous revoir une dernière fois, nous continuerions, en dépit des outrages du temps, à nous aimer comme homme et femme. Pas un jour ne s'est écoulé depuis quatre ans sans que je vous ressuscite dans ces moments d'abandon miraculeux que vous m'avez accordés jadis. Le parfum de votre peau continue de m'entêter, la nacre de votre cou m'éblouit les yeux... Vous n'êtes pas un fantôme, sachez-le, vous avez toujours été de chair et j'ai aussi vécu de ces souvenirs-là.

Je me rappelle le premier rendez-vous de Saint-Mandé, quand vous vîntes à la petite maison. Vous aviez couru, le sang avait coloré votre peau et de petits cheveux, frisottés par la chaleur, s'échappaient de votre coiffure en auréole. Ce jour-là, je vous ai désirée plus qu'aucune autre avant vous, parce que vous aviez couru, justement, parce que vous n'aviez pas pris le temps de rajuster votre mise, parce que vous étiez sincère, sincèrement amoureuse, et qu'aux cimes où j'étais précairement juché, outre l'angoisse de retomber, j'éprouvais la certitude désenchantée de ne rencontrer que des sourires intéressés, des faveurs calculées.

Mon amour d'alors n'était pas digne de vous. Il y entrait infiniment de vanité, la sotte vanité du robin qui a séduit la marquise. Ce n'est que plus tard que je vous ai découverte en entier, aimée à votre aune. Du moins mon désir ne s'est-il jamais trompé à votre endroit. Mon corps a su d'emblée que vous m'étiez destinée. Nulle autre avant ni après vous n'aura signifié pour moi, aussi absolument, aussi évidemment, le plaisir des sens. Ces choses-là se peuvent dire, d'abord parce qu'elles me sont interdites depuis longtemps, et puis parce qu'elles sont, comme tout le reste de notre destinée humaine, voulues par Dieu. Mon corps fut, dès la première nuit, plus intelligent que mon cœur, que mon esprit. Il ne vous a jamais menti, il ne vous a jamais méconnue. Ces souvenirs-là demeureront vivaces dans ma mémoire jusqu'à mon dernier souffle.

Marie, ma très chère Marie, continuez de prier, avec ferveur, avec foi, que la Providence nous accorde, un jour, de nous revoir au Ciel. Il n'y a pas de plus grand bonheur que je puisse souhaiter.

Je suis à vous.

Nicolas.

ÉPILOGUE

14 avril 1696, à Grignan.

Françoise-Marguerite a été gravement malade. J'ai veillé à son chevet durant des nuits, en priant le Ciel de l'épargner. Hélas, si seulement j'étais assurée de son rétablissement ! Mais maintenant, c'est moi qui ne tiens plus debout, vieille bête inutile. La fièvre ne me quitte pas depuis dix jours, je n'ai plus de forces et c'est avec peine que je tiens la plume. Il faut pourtant que j'écrive, que j'ordonne avec des mots l'orage qui secoue ma pauvre tête en feu.

Un docteur Maubry a demandé à me voir aujourd'hui. On ne voulait pas le laisser m'approcher parce que le médecin qui soigne ma fille est déjà auprès de moi. Mais il insistait, disant qu'il avait fait un long voyage pour me rencontrer et qu'il avait des choses graves à me dire. Alors, j'ai mis un peu de fard sur mes joues, un joli bonnet, et je l'ai reçu dans ma chambre.

Il ne venait pas pour me proposer sa science. Il a soigné, il y a quelques semaines, un prisonnier dans l'île Sainte-Marguerite avec lequel il a pu communiquer en latin, sous prétexte de parler médecine. Cet homme a prétendu être le Surintendant Nicolas Foucquet et lui a confié un message à me transmettre.

J'ai écouté, durant deux heures, le récit d'un cauchemar. Le reclus de Sainte-Marguerite est pire que mort. Depuis seize ans, ses ennemis ont avéré le bruit de son trépas sans soulever la moindre suspicion. Depuis seize ans, aux yeux du monde, il est défunt : nul ne s'est inquiété de son décès à la sauvette, nul n'a réclamé de voir sa dépouille de ses yeux — pas même sa pauvre femme, ébranlée par trop de chagrins.

Sous la garde de monsieur de Saint-Mars, il est condamné au secret absolu. Le docteur Maubry dit que seul monsieur de Saint-Mars connaît son visage, car on l'oblige, devant le moindre garde — et même devant lui, le médecin —, à porter un masque qui couvre toute la tête. Les gens des villages côtiers parlent en se signant du « masque de fer » qu'ils ont aperçu parfois, fugitivement, derrière les barreaux de sa cellule, lorsqu'ils sont venus porter des vivres au château ou réparer quelque mur effrité. Mais ils ignorent son identité.

On a d'abord tenté de l'assassiner, durant les premières années de sa détention. Il a alors révélé à ses tortionnaires que le secret pour lequel ils voulaient le faire mourir n'était plus entre ses seules mains, que deux autres personnes le partageaient. Il a sauvé sa vie de la sorte. Mais quelle vie ! On n'a plus cessé de lui infliger les pires tortures, pour le briser, afin qu'il avouât le nom de ses deux complices.

Il n'a jamais cédé. Avec le temps, son esprit s'est assez détaché de son corps pour qu'aucun sévice ne l'atteignît plus. Le seul tourment qui le fait encore souffrir est de m'imaginer pleurant sa mort, alors qu'il ne cesse de penser à moi. Il ne sait plus rien de moi depuis trente ans, mais il me croit vivante, sinon son cœur le lui aurait dit. En me racontant cela, le docteur Maubry pleurait.

Le prisonnier a parlé aussi de son secret, disant qu'il savait que ses amis l'avaient gardé bien après qu'ils l'avaient cru mort. Car, s'ils l'avaient révélé, on l'eût tué, au lieu de vouloir le faire avouer. Il juge que ce secret doit demeurer enseveli désormais, car il a coûté tant de souffrances qu'il ne faut pas que ces souffrances aient été vaines.

Après le départ du médecin, j'ai demandé qu'on ne me dérangeât sous aucun prétexte. J'ai rassemblé mes forces pour me lever et je suis allée ouvrir ma malle de voyage en cuir. J'ai peiné sur le fermoir du compartiment secret, parce que mes doigts sont déformés par les rhumatismes et parce que je ne l'avais pas fait jouer depuis trente ans.

La cache contient le mémoire de Nicolas Foucquet, ainsi que le cahier rouge qui, jusqu'en 1661, me servait de journal. Durant les quatre ans du procès, je n'y ai plus écrit que le brouillon des lettres que j'adressais à Nicolas, en y serrant celles que je recevais de lui. J'avais juré de ne jamais retourner à ces souvenirs. Mais, si Nicolas m'a envoyé un émissaire, c'est qu'il attend de moi quelque chose.

Je relis sa dernière lettre, en date du 4 janvier 1665, la lettre qui me léguait son secret terrible. Je l'ai gardé trente ans. Veut-il vraiment qu'il soit effacé, que nul n'en sache jamais rien ? Une autre personne le connaît, celle qui détient le coffre arabe et dont j'ignore l'identité. J'ai demandé au docteur Maubry s'il devait voir une autre personne que moi. Il m'a dit que non. Il doit juste faire publier un certain message dans les gazettes, et le destinataire inconnu comprendra. Il est vrai que tant d'années ont passé… Voilà trente-cinq ans que Louis XIV règne. La confession de sa mère, à présent défunte et hors d'état de la réfuter, peut-elle changer le destin du royaume ? Nicolas a sans doute raison, le secret n'importe plus guère à présent, mais pour garder ce secret, il a brisé sa vie. Le divulguer, ce serait l'avoir brisée pour rien.

Mon Dieu ! Combien d'années n'ai-je pas continué

d'espérer pouvoir lui rendre cette lettre, parce qu'il serait enfin libre ! Je ne croyais pas qu'on parviendrait à le tuer ni à le vaincre. Je revois le terrible hiver 1665 — la Seine était gelée jusqu'à Rouen —, le premier hiver qu'il passa à Pignerol. A peine y était-il arrivé qu'on murmurait à la Cour qu'il était gravement malade. Je crois que j'ameutai le monde entier, Renaudot, et Loret afin qu'ils le publiassent dans leurs gazettes, la reine Christine et Mademoiselle afin qu'elles le répandissent à travers l'Europe. La rumeur d'empoisonnement traîna bientôt dans les rues de Paris, suscitant l'indignation.

Quelques semaines plus tard, second attentat : le donjon de Pignerol s'était écroulé, prétendûment frappé par la foudre. Mais, malchance pour les assassins, le prisonnier avait été miraculeusement épargné. Ce fut la liesse dans Paris quand on l'apprit. L'opinion publique prétendait que la main divine s'était étendue sur l'innocent injustement accusé. L'élan populaire calma les ardeurs de Colbert, qui ne voulait pas risquer une Fronde en faisant disparaître son rival trop tôt.

Mais, avec le temps, on oublierait Foucquet : ses ennemis pourraient alors le frapper. Il fallait le soustraire à leur pouvoir. Je mis deux années à trouver des alliés. J'avais vu la colère royale balayer mes amis et les fidèles de Nicolas avaient tous subi le contrecoup de sa disgrâce. Enfin, un plan d'évasion fut mis au point, avec l'aide du fidèle intendant de Nicolas, La Forêt, et d'un autre de ses amis, monsieur de Valcroissant, qui parvint à s'introduire dans la forteresse sous le nom d'Honeste. Là, il soudoya des gardes. J'avais vendu une terre pour financer l'opération. Mais le complot fut sans doute trahi. La Forêt et Valcroissant parvinrent à s'enfuir et à gagner Turin. Saint-Mars interrogea, tortura. Les gardes soudoyés furent démasqués et immédiatement exécutés. Puis Saint-Mars obtint du duc de Savoie l'extradition des deux conjurés et les ramena manu militari à Pignerol. Le malheureux La Forêt fut immédiatement pendu dans la cour de la forteresse, sous les yeux de son ami Foucquet. Quant à monsieur de Valcroissant, qui était noble, il fut condamné à cinq ans de galères. Je fis intervenir mon gendre en sa faveur et nous obtînmes sa grâce un an plus tard. Mais ce fut en vain que je cherchai dès lors de nouvelles complicités. La cruauté de l'exemple avait paralysé toutes les audaces. Personne au monde ne voulait plus risquer sa vie pour Nicolas.

Le complot, s'il avait échoué à sauver le prisonnier, avait eu le mérite de ressusciter son souvenir parmi ceux qui commençaient à l'effacer. A la Cour, certaines personnes jugeaient venu le temps de la clémence, la Reine, par exemple. Mais elle avait infiniment moins de pouvoir auprès du Roy que la favorite. Je parvins à émouvoir La Vallière, en dépit de sa prévention passée contre le Surintendant. C'était une femme bonne, qui aimait sincèrement le Roy, et que la Reine elle-même ne détestait pas. Las ! Elle fut détrônée par Montespan, qui fit en sorte d'écarter de la Cour tous ceux qui avaient peu ou prou soutenu La Vallière. Je n'eus plus dès lors aucun moyen d'atteindre le Roy.

Je crus Nicolas perdu, cependant, il survécut. Si ce que raconte le docteur Maubry est vrai, je reconnais qu'il y a là l'explication de sa survie. Mais en ce temps-là, j'ignorais qu'on pût le maintenir en vie pour lui faire avouer le nom de ses complices. Impuissante à le sauver désormais, je m'attendais chaque jour à apprendre son assassinat déguisé en accident... Oh, le lent supplice ! Les années passaient. On s'extasiait de ne pas voir leur empreinte sur mon visage, mais c'est que, pour moi, elles ne s'écoulaient pas, le temps s'était suspendu. On me courtisait, on voulait même m'épouser. Je me souciais d'établir mes enfants et de gérer mes biens. J'écrivais. Je m'occupais de mon parc. J'avais acheté plusieurs terres pour rapiécer mon domaine et étendre mes promenoirs. J'y fis planter de petits arbres et construire un labyrinthe de verdure où tout le monde se perdait. J'avais trouvé un mari pour Françoise-Marguerite.

Mais à tout instant, où que je fusse, je ne faisais jamais qu'aimer Nicolas, aussi fort qu'autrefois. Je continuais de lui parler en songe, comme il devait le faire lui-même. Il n'y avait qu'à lui que je livrais mon cœur sans détour. Les autres, ma plume s'évertuait, au prix souvent de repentirs et de repeints, à les séduire. Je songeais sans cesse que, s'ils me trouvaient plaisante, je pourrais quelque jour leur demander un service en faveur de Nicolas : voilà la seule stratégie qui me guidait.

Me taire, dissimuler. On voudrait, lorsqu'on aime, pouvoir le dire et redire, trouver mille détours de langage pour revenir à son cher tourment. Hélas, ce qui ajoutait à la douleur de la séparation, c'était de ne pouvoir confier à personne le sentiment qui obsédait mon âme. Cent fois chaque jour, son nom venait sur mes lèvres et je devais le réprimer. Je l'imaginais dans son cachot, malade, condamné au silence, et j'avais envie de cogner mon front contre les murs.

Tant que Françoise-Marguerite vécut avec moi, je gardai un élan de vie. Je pouvais être moi-même, lui témoigner mon affection sans frein, avec la certitude d'être comprise. Nous parlions de Nicolas. Elle était partie de lui et partie de moi. Je ne lui imposais pas ces confidences, elle les recherchait autant que moi.

Le monde extérieur, je le sais, n'a rien compris à ma passion pour ma fille, parce qu'il ignore le secret qui nous lie. La distance n'a jamais pu rompre ce lien. Je sais bien ce qu'on a pensé de moi, mon gendre le premier : que j'étais une folle, une radoteuse, avec mon amour maternel. Que cela n'était pas naturel, pas séant, pas normal.

Les pauvres âmes! Y a-t-il donc une aune pour mesurer l'amour et une limite qu'on ne saurait dépasser? Je n'entendrai jamais ce que cela signifie.

Le jour anniversaire de mes quarante ans fut un jour aussi affreux que celui où j'avais reçu la dernière lettre de Nicolas. Ce jour-là, Françoise-Marguerite quitta ma maison pour rejoindre son mari. Elle entrait dans sa vie de femme. Après qu'elle fut partie, je me souviens que j'errai dans mes appartements en cherchant des traces d'elle, en pleurant lorsque je respirais son parfum sur une paire de gants ou un missel. J'avais tant de peine qu'il me semblait que j'allais mourir. A quoi bon vivre désormais? Ma fille chérie, ma seule consolation, m'avait quittée. Je ne pouvais plus rien pour le salut de Nicolas, condamné à pourrir dans son cachot. Chaque jour ne serait plus que la douleur de les avoir perdus.

Pourtant, je retrouvai l'espoir quelques mois plus tard, lorsque j'appris par Mademoiselle qu'on avait enfermé son amant, Lauzun, dans la même forteresse que le Surintendant. Mademoiselle avait de plus hautes complicités que moi. Si elle faisait évader son prisonnier, un peu de la fortune d'icelui retomberait peut-être sur la tête du mien... Durant quelques années, ce fut par Mademoiselle que je reçus des nouvelles de Pignerol, réconfortée de savoir que Nicolas était toujours en vie, qu'il avait trouvé moyen de communiquer avec son compagnon et que cette amitié changeait leur vie... Mais, pas plus que moi, la princesse ne parvint à organiser la fuite de l'homme qu'elle aimait. Du moins aura-t-elle obtenu depuis lors qu'il soit libéré...

Ce fut le 2 avril 1680 qu'on sut à Paris la mort du Surintendant. Des rumeurs confuses coururent sur les circonstances de ce décès. Je ne m'étonnai pas, alors, que personne de sa famille ne se fût trouvé près de lui au moment de sa fin, que personne n'eût assisté à sa mise en bière. Cela me confirmait ce que j'avais toujours redouté : on l'avait finalement assassiné. Aujourd'hui, je me rends compte qu'il eût été tout aussi facile de l'escamoter, de l'emmener ailleurs…

Je ne l'avais pas revu depuis seize ans. Il était mort, cette phrase sonnait dans ma tête mille fois par heure. C'était la seule pensée qui me restât, avec une prière : que son âme s'en fût allée au Ciel. Alors, j'ai vraiment désiré mourir, moi aussi, j'ai supplié Dieu de m'épargner la vie. Mais Il n'a pas voulu m'entendre. Une sorte de paix m'a enseveli le cœur. Je ne crois pas avoir jamais été réellement vivante depuis ce jour et c'est un masque de moi-même qui a continué de parler et sourire.

Plus tard.

J'ai rêvé de Nicolas. Ou plutôt, il est venu — cette visitation qui s'est produite entre lui et moi quelques fois lorsque la souffrance d'être physiquement séparés nous devenait trop intolérable. Il est venu près de mon lit, amaigri, âgé comme il le serait aujourd'hui. Il portait un masque noir en arrivant dans ma chambre, mais il l'a retiré. Il a tenté désespérément de me parler et je voyais ses lèvres s'agiter, mais je n'ai pas entendu un mot de ce qu'il me voulait dire.

Je me suis éveillée en proie à la fièvre, mais je sais que ce n'était pas un délire. Il est venu, il est venu non pas comme un esprit, mais comme la présence « transportée » d'un vivant. Se peut-il que le docteur Maubry ait dit vrai, qu'il ne soit pas mort ?

Et si c'était une ruse ? Si les tortionnaires de Nicolas m'avaient envoyé un espion, se doutant que je suis l'une des deux détentrices du secret, et voulant obtenir que je le détruise ?

Oh, mon Dieu, comme je voudrais comprendre ce qu'il attend de moi ! Mais je suis si faible, la plume tombe de mes doigts engourdis...

Marie de Rabutin-Chantal referma le cahier rouge et le glissa dans le compartiment secret.

Elle souffrait d'une mauvaise fièvre depuis onze jours, s'étant surmenée à soigner sa fille, elle-même fort malade. Elle mourut le surlendemain, entourée des siens.

Elle ne sut jamais, et l'on ne sait toujours pas, si le prisonnier de Sainte-Marguerite était Foucquet. Ce prisonnier, transféré plus tard à la Bastille, y mourut en 1704, sous le nom de « Masque de Fer ». Si c'était Foucquet, il avait alors plus de quatre-vingt-dix ans, mais de telles longévités n'étaient pas si rares qu'on le croit aujourd'hui.

Après la mort de la marquise, on ne découvrit pas le compartiment secret du coffre de voyage, qui fut vendu quelques années plus tard par ses héritiers avec un lot de meubles. On perd ensuite sa trace, car ce n'était pas un objet de prix.

En 1992, j'ai acheté cet objet chez un antiquaire qui en ignorait l'origine et le croyait du XIXe siècle. J'ai entrepris de le restaurer, car il était abîmé. Le compartiment secret s'est ouvert sous un coup de ciseau, hasard comme il en était déjà advenu dans l'histoire des écrits de madame de Sévigné.

La seule liberté que je me suis permise avc le cahier

rouge et le mémoire a été, au lieu de les reproduire l'un après l'autre, de les faire dialoguer entre eux. Les textes se répondent, en effet, comme l'âme de ces deux êtres qui furent si souvent, si longtemps séparés.

Sylvie Dervin.

ROMAN

ASHLEY SHELLEY V.
L'enfant de l'autre rive
L'enfant en héritage

BEAUMAN SALLY
Destinée

BENNETT LYDIA
L'héritier des Farleton
L'homme aux yeux d'or

BENZONI JULIETTE

Les dames du Méditerranée-Express
1 — La jeune mariée
2 — La fière Américaine
3 — La princesse mandchoue

Fiora
1 — Fiora et le magnifique
2 — Fiora et le téméraire
3 — Fiora et le pape
4 — Fiora et le roi de France

Les loups de Lauzargues
1 — Jean de la nuit
2 — Hortense au point du jour
3 — Félicia au soleil couchant

Les Treize vents
1 — Le voyageur
2 — Le réfugié
3 — L'intrus
4 — L'exilé

Le boiteux de Varsovie
1 — L'étoile bleue
2 — La rose d'York
3 — L'opale de Sissi
4 — Le rubis de Jeanne la folle

BINCHY MAEVE
Le cercle des amies
Noces irlandaises
Retour en Irlande
Les secrets de Shancarrig

BLAIR LEONA
Les demoiselles de Brandon Hall

BRADSHAW GILLIAN
Le phare d'Alexandrie
Pourpre impérial

BRIGHT FREDA
La bague au doigt

CASH SPELLMANN CATHY
La fille du vent
L'Irlandaise

CHAMBERLAIN DIANE
Vies secrètes
Que la lumière soit
Le faiseur de pluie

CHASE LINDSAY
Un amour de soie

COLLINS JACKIE
Les amants de Beverly Hills
Le grand boss
Lady boss
Lucky
Ne dis jamais jamais
Rock star

COLLINS JOAN
Love
Saga

COURTILLE ANNE

Les dames de Clermont
1 — Les dames de Clermont
2 — Florine

COUSTURE ARLETTE
Emilie
Blanche

DAILEY JANET
L'héritière

Mascarade
L'or des Trembles
Rivaux
Les vendanges de l'amour

DENKER HENRY
Le choix du Docteur Duncan
La clinique de l'espoir
L'enfant qui voulait mourir
Hôpital de la montagne
Le procès du docteur Forrester
Elvira
L'infirmière

DEVERAUX JUDE
La princesse de feu
La princesse de glace

FALCONER COLIN
Les nuits de Topkapi

GAGE ELIZABETH
Un parfum de scandale

GALLOIS SOPHIE
Diamants

GOUDGE EILEEN
Le jardin des mensonges
Rivales

GREER LUANSHYA
Bonne Espérance
Retour à Bonne Espérance

GREGORY PHILIPPA
Sous le signe du feu

HARAN MAEVE
Le bonheur en partage

JAHAM MARIE-REINE DE
La grande Béké
Le maître-savane

JONES ALEXANDRA
La dame de Mandalay
La princesse de Siam
Samsara

KRANTZ JUDITH
Flash
Scrupules 1
Scrupules 2

LAKER ROSALIND
Aux marches du palais
Les tisseurs d'or
La tulipe d'or
Le masque de Venise
Le pavillon de sucre

LANCAR CHARLES
Adélaïde
Adrien

LANSBURY CORAL
La mariée de l'exil

MC NAUGHT JUDITH
L'amour en fuite

PHILIPPS SUSAN ELIZABETH
La belle de Dallas

PLAIN BELVA
A l'aube l'espoir se lève aussi
Et soudain le silence

PURCELL DEIRDRE
Passion irlandaise
L'été de nos seize ans
Une saison de lumière

RAINER DART IRIS
Le cœur sur la main
Une nouvelle vie

RIVERS SIDDONS ANNE
La Géorgienne
La jeune fille du Sud
La maison d'à côté
La plantation
Pouvoir de femme
Vent du sud
La maison des dunes

RYMAN REBECCA
Le trident de Shiva

SHELBY PHILIP
L'indomptable

SPENCER JOANNA
Les feux de l'amour
1 — Le secret de Jill
2 — La passion d'Ashley

STEEL DANIELLE
Accident
Coups de cœur
Disparu
Joyaux
Le cadeau
Naissances
Un si grand amour
Plein ciel
Cinq jours à Paris
La foudre

TAYLOR BRADFORD BARBARA
Les femmes de sa vie

TORQUET ALEXANDRE
Ombre de soie

TROLLOPE JOHANNA
Un amant espagnol
Trop jeune pour toi
La femme du pasteur

VAREL BRIGITTE
L'enfant du Trieves

VICTOR BARBARA
Coriandre

WESTIN JANE
Amour et gloire

WILDE JENNIFER
Secrets de femme

WOOD BARBARA
African Lady
Australian Lady
Séléné
Les vierges du paradis

ÉGALEMENT CHEZ POCKET LITTÉRATURE « GÉNÉRALE »

ALBERONI FRANCESCO
Le choc amoureux
L'érotisme
L'amitié
Le vol nuptial
Les envieux
La morale

ARNAUD GEORGES
Le salaire de la peur

BARJAVEL RENÉ
Les chemins de Katmandou
Les dames à la licorne
Le grand secret
La nuit des temps
Une rose au paradis

BERBEROVA NINA
Histoire de la baronne Boudberg
Tchaïkovski

BERNANOS GEORGES
Journal d'un curé de campagne
Nouvelle histoire de Mouchette
Un crime

BESSON PATRICK
Le dîner de fille

BLANC HENRI-FRÉDÉRIC
Combats de fauves au crépuscule
Jeu de massacre

BOULGAKOV MICHAEL
Le maître et Marguerite
La garde blanche

BOULLE PIERRE
La baleine des Malouines
L'épreuve des hommes blancs
La planète des singes
Le pont de la rivière Kwaï
William Conrad

BOYLE T. C.
Water Music

BRAGANCE ANNE
Anibal
Le voyageur de noces
Le chagrin des Resslingen

BRONTË CHARLOTTE
Jane Eyre

BURGESS ANTHONY
L'orange mécanique
Le Testament de l'orange

BUZZATI DINO
Le désert des Tartares
Le K
Nouvelles (Bilingue)

CARRIÈRE JEAN
L'épervier de Maheux

CARRIÈRE JEAN-CLAUDE
La controverse de Valladolid
Le Mahabharata
La paix des braves
Simon le mage

CESBRON GILBERT
Il est minuit, Docteur Schweitzer

CHANDERNAGOR FRANÇOISE
L'allée du roi

CHANG JUNG
Les cygnes sauvages

CHATEAUREYNAUD G.-O.
Le congrès de fantomologie

CHOLODENKO MARC
Le roi des fées

COURRIÈRE YVES
Joseph Kessel

DAVID-NÉEL ALEXANDRA
Au pays des brigands gentilshommes

Le bouddhisme du Bouddha
Immortalité et réincarnation
L'Inde où j'ai vécu
Journal
tome 1
tome 2
Le Lama aux cinq sagesses
Magie d'amour et magie noire
Mystiques et magiciens du Tibet
La puissance du néant
Le sortilège du mystère
Sous une nuée d'orages
Voyage d'une Parisienne à Lhassa

DENIAU JEAN-FRANÇOIS
La Désirade
L'empire nocturne
Le secret du roi des serpents
Un héros très discret
Mémoires de 7 vies

FERNANDEZ DOMINIQUE
Le promeneur amoureux

FITZGERALD SCOTT
Un diamant gros comme le Ritz

FORESTER CECIL SCOTT
Aspirant de marine
Lieutenant de marine
Seul maître à bord
Trésor de guerre
Retour à bon port
Le vaisseau de ligne
Pavillon haut
Le seigneur de la mer
Lord Hornblower
Mission aux Antilles

FRANCE ANATOLE
Crainquebille
L'île des pingouins

FRANCK Dan/VAUTRIN JEAN
La dame de Berlin
Le temps des cerises
Les noces de Guernica

GENEVOIX MAURICE
Beau François
Bestiaire enchanté
Bestiaire sans oubli
La forêt perdue
Le jardin dans l'île
La Loire, Agnès et les garçons
Le roman de Renard
Tendre bestiaire

GIROUD FRANÇOISE
Alma Mahler
Jenny Marx

GRÈCE MICHEL DE
Le dernier sultan
L'envers du soleil – Louis XIV
La femme sacrée
Le palais des larmes
La Bouboulina

HERMARY-VIEILLE CATHERINE
Un amour fou
Lola

INOUÉ YASUSHI
Le geste des Sanada

JACQ CHRISTIAN
L'affaire Toutankhamon
Champollion l'Egyptien
Maître Hiram et le roi Salomon
Pour l'amour de Philae
Le Juge d'Egypte
1. La pyramide assassinée
2. La loi du désert
3. La justice du Vizir
La reine soleil
Barrage sur le Nil
Le moine et le vénérable
Sagesse égyptienne
Ramsès
1. Le fils de la lumière
2. Le temple des millions d'années
3. La bataille de Kadesh

JOYCE JAMES
Les gens de Dublin

KAFKA FRANZ
Le château
Le procès

Kazantzaki Nikos
Alexis Zorba
Le Christ recrucifié
La dernière tentation du Christ
Lettre au Greco
Le pauvre d'Assise

Kessel Joseph
Les amants du Tage
L'armée des ombres
Le coup de grâce
Fortune carrée
Pour l'honneur

Lainé Pascal
Elena

Lapierre Dominique
La cité de la joie

Lapierre Dominique
et Collins Larry
Cette nuit la liberté
Le cinquième cavalier
Ô Jérusalem
... ou tu porteras mon deuil
Paris brûle-t-il ?

Lawrence D.H.
L'amant de Lady Chatterley

Léautaud Paul
Le petit ouvrage inachevé

Levi Primo
Si c'est un homme

Lewis Roy
Le dernier roi socialiste
Pourquoi j'ai mangé mon père

Loti Pierre
Pêcheur d'Islande

Mauriac François
Le romancier et ses personnages
Le sagouin

Messina Anna
La maison dans l'impasse

Michener James A.
Alaska
1. La citadelle de glace
2. La ceinture de feu
Caraïbes (2 tomes)
Hawaii (2 tomes)
Mexique

Mimouni Rachid
De la barbarie en général et de l'intégrisme en particulier
Le fleuve détourné
Une peine à vivre
Tombéza

Monteilhet Hubert
Néropolis

Morgièvre Richard
Fausto

Nakagami Kenji
La mer aux arbres morts
Mille ans de plaisir

Nasr Eddin Hodja
Sublimes paroles et idioties

Nin Anaïs
Henry et June (Carnets secrets)

Perec Georges
Les choses

Queffelec Yann
La femme sous l'horizon
Le maître des chimères
Prends garde au loup
La menace

Radiguet Raymond
Le diable au corps

Ramuz C.F.
La pensée remonte les fleuves

Rey Françoise
La femme de papier
La rencontre
Nuits d'encre
Marcel facteur

Rouanet Marie
Nous les filles

Sagan Françoise
Aimez-vous Brahms...
... et toute ma sympathie
Bonjour tristesse
La chamade
Le chien couchant
Dans un mois, dans un an
Les faux-fuyants
Le garde du cœur
La laisse
Les merveilleux nuages
Musiques de scènes
Républiques
Sarah Bernhardt
Un certain sourire
Un orage immobile
Un piano dans l'herbe
Les violons parfois
Un profil perdu
Un chagrin de passage

Salinger Jerome-David
L'attrape-cœur
Nouvelles

Stocker Bram
Dracula

Tartt Donna
Le maître des illusions

Troyat Henri
L'araigne
La clé de voûte
Faux jour
La fosse commune
Grandeur nature
Le jugement de Dieu
Le mort saisit le vif
Les semailles et les moissons
1. Les semailles et les moissons
2. Amélie
3. La Grive
4. Tendre et violente Elisabeth
5. La rencontre

Le signe du taureau
La tête sur les épaules

Vialatte Alexandre
Antiquité du grand chosier
Badonce et les créatures
Les bananes de Königsberg
Les champignons du détroit de Behring
Chronique des grands micmacs
Dernières nouvelles de l'homme
L'éléphant est irréfutable
L'éloge du homard et autres insectes utiles
Et c'est ainsi qu'Allah est grand
La porte de Bath Rahbim

Wallace Lewis
Ben-Hur

Waltari Mika
Les amants de Byzance
Jean le Pérégrin

Achevé d'imprimer en octobre 1997
sur les presses de l'Imprimerie Bussière
à Saint-Amand (Cher)

POCKET - 12, avenue d'Italie - 75627 Paris Cedex 13
Tél. : 01-44-16-05-00

— N° d'imp. 2223. —
Dépôt légal : novembre 1997.

Imprimé en France